THORSTEN TORNOW
Sills' Verhängnis

SERIE PIPER

Zu diesem Buch

Sills ist pleite. Da ist ihm jeder recht, der in seine zwielichtige Agentur in Kreuzberg hereinschneit und ihm erklärt, er habe einen Job für ihn. Daß es dabei allerdings um eine übel zugerichtete Frauenleiche geht, paßt ihm ganz und gar nicht in den Kram. Schon bald steckt er ganz tief in einem Fall, in dem die Spuren nur einen Schluß zulassen: Er muß hinter das Geheimnis einer obskuren Pornofilm-Produktionsfirma kommen, sonst geht es ihm selbst an den Kragen ... Thorsten Tornow knüpft mit diesem Roman keineswegs nahtlos, sondern mit ironisch-parodistischen Nadelstichen an die Tradition der amerikanischen »hard boiled« Detektivgeschichten an. Und er beweist ganz nachdrücklich und vergnüglich, daß Kreuzberg und der Hollywood Boulevard gar nicht so weit auseinanderliegen und daß Lakonik eine hohe Kunst ist.

Thorsten Tornow, geboren 1963, studierte Philosophie, Linguistik und Japanologie in Freiburg i. Br. und Berlin, Abschluß mit einer Arbeit über Wittgenstein. Ab 1991 lehrte er Deutsch an einer japanischen Universität, kehrte 1994 wieder nach Berlin zurück, wo er eine Zeit als Sargträger arbeitete. Nach seinem ersten Kriminalroman »Sills' Verhängnis« arbeitet er, wieder in Japan, am zweiten Roman der Sills-Serie, »Unter Senkern«. Außerdem schreibt er an einem Band mit Kurzgeschichten.

THORSTEN TORNOW

Sills' Verhängnis

Kriminalroman

Piper München Zürich

Von Thorsten Tornow liegt in der Serie Piper
außerdem vor:
Unter Senkern (5679)

Originalausgabe
Januar 1998

Umschlag: Büro Hamburg
Simone Leitenberger, Susanne Schmitt, Annette Hartwig
Umschlagabbildung: Dave McKean
Satz: Ebner, Ulm
Druck und Bindung: Elsnerdruck, Berlin
Printed in Germany ISBN 3-492-25712-7

Erstes Kapitel

1. Verdammt, dachte ich, als ich mit dem Bündel unbezahlter Rechnungen in der Hand hinter meinem Schreibtisch stand, so sieht es aus, das Ende. Wie eine Handvoll unbezahlter Rechnungen. Noch zwei oder drei von der Sorte, und ich würde weg sein vom Fenster. Endgültig weg. Erledigt.

Zwei oder drei Fliegen schwirrten durch die stickige Luft, versuchten, das Oberlicht zu durchlöchern, schlingerten danach benommen über den Schreibtisch, nur um sich nach einer Weile wieder an der Scheibe zu vergehen. Ich ging ans Fenster und sah hinunter in den Hof. Das Fenster war offen, und draußen herrschte eine brütende Hitze, die die Luft flimmern ließ, nach Schweiß roch, nach Müll und nach unüberlegten Entscheidungen, wenngleich nicht nach meinen. Wie die Dinge lagen, hatte ich nichts mehr zu entscheiden. Alles, was ich noch tun konnte, war warten, warten, bis irgend jemand den dringenden Wunsch verspürte, sein Geld zu sehen.

Ich versuchte eine der Fliegen mit dem Bündel in meiner Hand zu treffen, aber sie warf mir nur einen gelangweilten Blick zu und kratzte die Kurve. Nicht daß Sie jetzt denken, ich hätte was gegen Fliegen, im Gegenteil. Was sie treiben, ist vielleicht nicht gerade ergreifend, mit Sicherheit aber ein ganzes Ende besser als mit einer Handvoll unbezahlter Rechnungen in der Hand in einem stickigen Büro zu stehen, zuzusehen, wie der Staub sich legt, und so lange zu warten, bis irgend jemand auf die Idee kam, mir die Knochenbrecher auf den Hals zu schicken. Nein, ich habe nichts gegen die Fliegen, und die Fliegen haben nichts gegen mich. Sie scheinen mein Büro und mich geradezu in ihre Fliegenherzen geschlossen zu haben. Was mich übrigens nicht daran hindert, hin und wieder einen Streifen Fliegenpapier an die Decke zu hängen.

Ich hatte ein paar bewegte Monate hinter mir. Die Fliegenplage war so ziemlich das einzige, auf das ich mich auf meinem Weg in die Gosse noch verlassen konnte. Mit Therese hatte das Ganze angefangen. Sie hatte mich zuerst verlassen. Dann das Telephon. Das Telephon hatte mich ein paar Wochen nach ihr im Stich gelassen. Jetzt fehlte nur noch, daß sich auch die Fliegen aus dem Staub machten. Nicht daß Sie denken, ich würde gleich in die Knie gehen deshalb. Ich bin hart im Nehmen. Rauhe Schale, harter Kern. Letzter Sproß einer Familie von Boxern, die viel versprochen und nichts gehalten hatten, und von Blockwarten, die nichts versprochen hatten und jedes Wort davon gehalten.

Als Therese mir sagte, daß sie gehen würde, konnte ich nichts tun, als mit den Schultern zu zucken. Als die Dame vom Telephonamt mir sagte, daß sie mir das verdammte Telephon abklemmen würden, wenn ich meine Telephonrechnung nicht unverzüglich begliche, sie sagte tatsächlich, wenn Sie Ihre Telephonrechnung nicht unverzüglich begleichen, zuckte ich nicht mal mehr mit der Wimper. Wen juckte es schon, daß ich innerhalb eines Monats, in dem ich mein Büro kaum von innen gesehen hatte, tausendachthundertdreiundneunzig Kröten vertelephoniert haben sollte? Die Dame, die mir gegenübersaß, fuchtelte mir mit den Mahnungen unter der Nase herum und zeigte auf ihren Kalender. Tausendachthundertdreiundneunzig Mark für zwei Telephonate, und das ausgerechnet nach Missoula, Montana, und dafür wollte sie mir die Leitung abklemmen. Im April, las sie von der Rechnung ab. Neunzehnhundertachtundachtzig, fügte sie hinzu, als ob ich nicht wüßte, welches verdammte Jahr gerade angesagt war. Von Ihrem Anschluß aus. Tausendachthundertdreiundneunzig Mark. Sicher, es waren ziemlich lange Telephonate, aber bitte, ich wars nicht, der telephoniert hatte. Wozu, frage ich Sie, sollte ich, ausgerechnet ich, mit jemandem in Missoula, Montana, telephonieren? Ich kannte keine Menschenseele in Missoula, Montana. Ich wußte nicht mal genau, wo Missoula liegt, und ich wollte es auch gar nicht wissen. Als ich versuchte, der Dame, die sich mit der ersten und zweiten Mahnung Luft zuwedelte, einer dünnen, ziemlich unterkühlten Mittfünfzigerin mit scharfen Kanten in der Stimme, hochtoupierten Haaren und Schmetterlingsbrille, einem echten Auslaufmodell sozusagen, klarzumachen, daß ich nicht den geringsten Schimmer hatte, wo Missoula lag, fragte sie mich, wozu ich mit Missoula telephonieren würde, wenn ich nicht einmal wüßte, wo es läge, sie an meiner Stelle würde in Montana nachsehen. Ich sagte ihr, ich hätte auch keine Ahnung, wo zum Teufel Montana läge. Sie sagte etwas von imbezilen, delirierenden Trinkern, die aus ihr unerfindlichen Gründen nicht mehr weggesperrt würden, und hob einen ihrer spitzen Ellbogen gegen das Fenster, vielleicht um mir zu zeigen, daß jeder Versuch, sie zu erweichen, vergeblich war. Wahrscheinlich hatte sie die Flasche entdeckt, die in meiner Tasche steckte. Entweder, sagte sie schließlich leise, entweder zahlen Sie, oder Sie legen dagegen Beschwerde ein. Schriftlich. Wenn Sie Beschwerde einlegen, zahlen Sie allerdings trotzdem, denn die Beschwerde hat keine aufschiebende Wirkung. Wenn Sie zahlen, sagte sie mit dem Hauch eines Lächelns auf den Lippen, sparen Sie sich wenigstens die Beschwerde. Sie haben die Wahl, sagte sie. *Sie haben die Wahl.* Dann wünschte sie mir noch einen angenehmen Tag.

Das alles war zwei, drei Wochen her, und seither hatte das Telephon nicht einen einzigen Ton mehr von sich gegeben. Es hockte da und schwieg. Ich setzte mich hinter meinen Schreibtisch und starrte den Telephonapparat an, und er starrte zurück. Sie klemmen es ab, und dann lassen sie den verdammten Apparat stehen, als Staubfänger und um Ihnen klarzumachen, daß Sie es nicht mal wert sind, Ihnen das Ding wegzunehmen. Klar war, daß es so nicht weitergehen konnte, nicht ohne Telephon. Schon wegen der Rechnungen. Ich hatte seit Monaten nichts mehr für meine Bekannten erledigt. Unklar war, was zu tun war. Um etwas für meine Bekannten zu erledigen, muß ich ein Telephon haben. Ohne Telephon geht nichts. Nicht in dem Geschäft, in dem ich bin.

Ich bin Makler, nebenbei bemerkt.

Wenigstens war ich Makler, damals. Mir ist nicht ganz klar, was ich heute bin, aber damals war ich Makler. Nicht daß Sie das jetzt in den falschen Hals kriegen, mit mir war sonst alles in Ordnung. Damals. Ich war auch nicht wirklich Makler. Mein Geld verdiente ich, indem ich die Wohnung eines Bekannten an eine Bekannte verkaufte, deren Wohnung an einen weiteren Bekannten, dessen Wohnung ich wiederum dem ersten Bekannten verscherbelte. Bei jedem Verkauf blieben ein paar Scheinchen an meinen Händen kleben. So oder so ähnlich lief die Sache, damals, und es war ziemlich schwierig, mich bei irgend etwas zu erwischen, denn das einzige, wobei sie mich erwischen konnten, war, daß ich in meinem Büro saß und die Schuhe auf den Schreibtisch gelegt hatte, und was, bitte, macht ein Makler anderes?

Das Ganze war, Sie ahnen es vielleicht, eine Fassade.

In Wirklichkeit brachte ich mich über die Runden, indem ich bestimmte Dinge für meine Bekannten erledigte. Dinge in Ordnung brachte. Es war nicht immer ganz in Ordnung, wie ich sie in Ordnung brachte, wenn Sie verstehen, was ich meine. Ich werde Sie nicht weiter damit langweilen, es handelte sich fast immer um etwas zwielichtige Angelegenheiten, die kaum jemandem schadeten, außer vielleicht dem Finanzamt. Meistens ging es nur darum, einen Haufen Papier, der eine Weile verschwinden sollte, von einem Platz an einen anderen zu schaffen. Meine Bekannten waren Anwälte. Wahrscheinlich hatte niemand in Berlin so viele Anwälte unter seinen Bekannten wie ich, und sie wiederum hatten viele Mandanten, die auf Bergen von Papier saßen. Und es wurden jedes Jahr mehr. Die ältesten unter ihnen kannte ich aus einer anderen Zeit, in der ich um ein Haar selbst Anwalt geworden wäre. Sie hingen an mir, irgendwie, und ich hing an ihnen. Immerhin hielten sie mich über Wasser. Es stand mir zwar immer wieder bis zum Hals, aber irgendwie hielten sie mich drüber. Nicht daß mir das gefallen hätte, aber da war nichts zu machen. Ganz und gar nichts.

Ich saß übrigens immer noch hinter meinem Schreibtisch und starrte den verdammten Telephonapparat an. Ich überlegte mir, was ich tun konnte. Ich konnte den Hörer abnehmen und lauschen, ob wenigstens die Leitung rauschte. Eine Leitung rauscht doch wohl nicht, wenn sie tot ist, werden Sie sagen wollen. Ich weiß, daß Sie das sagen wollen, Sie sehen genauso aus, als würde es Ihnen schon auf den Nägeln brennen, es zu sagen, aber verdammt, woher wollen Sie das wissen? Woher wollen Sie, ausgerechnet Sie, wissen, ob eine tote Leitung rauscht oder nicht? Ich wette, Sie haben noch nie den Hörer eines abgeklemmten Telephons in der Hand gehabt. Deshalb werde ich Ihnen jetzt was sagen, nur unter uns Klugscheißern: Jede Leitung rauscht. Eine tote sowieso. Sie rauscht, als ob am anderen Ende der Leitung tausend tote Ohren darauf warten, ob Sie nicht endlich Ihre gottverdammte Telephonrechnung bezahlen wollen.

Ich saß, wie gesagt, hinter meinem Schreibtisch und starrte den Telephonapparat an. Es war still. Die Stille fing an, um mich herumzukriechen, schlich wie eine halbtote Fliege mit ausgerissenem Flügel auf dem Fußboden herum, immer im Kreis, immer auf der Suche nach Gott weiß was. Ich wartete darauf, daß mein totes Telephon klingelte.

Aber es klingelte nicht.

Es klopfte.

2. Er war groß, ein Fettwanst, wie ich ihn noch nie gesehen hatte, der in einem zerknitterten weißen Leinenanzug steckte und gut und gern seine drei bis vier Zentner auf die Waage brachte. In der Hand hatte er einen weißen Hut oder das, was von dem weißen Hut übriggeblieben war. Ich schätzte ihn auf dreißig, vielleicht war er aber auch ein paar Jährchen älter, schwer zu sagen bei dem ganzen Fett. Er hatte schwarze Haare, engstehende, wäßrig-blaue Augen und einen kleinen Mund mit vorgewölbten Lippen, der sich öffnete und schloß, wenn er atmete. Und er schwitzte, was das Zeug hielt.

»Sind Sie das?« keuchte er und zeigte auf den Schriftzug an der Tür. »Sills? Der Makler?« Er stand in der Tür, mit dem Rücken zum Türrahmen, und sah raus auf den Flur.

»Vielleicht«, sagte ich. »Wer sind Sie?«

»Ich...« keuchte er und kam einen Schritt auf mich zu. Er schob eine Welle heißer Luft vor sich her. »Ich bin...« Er blieb stehen.

»Vielleicht ist es besser, wenn Sie erst mal die Tür hinter sich zumachen«, sagte ich. »Man weiß nie, wer alles reinkommt.«

Er drehte sich um, ging zur Tür zurück, sah wieder nach draußen und schloß sie. Er schloß sie leise, was nicht vielen Leuten gelingt, nicht mal mir, denn die Tür klemmt. Dann sah er sich im Zimmer um, sah, daß die Türen zu den anderen Zimmern geschlossen waren und niemand da war außer mir und den Fliegen. Erst dann setzte er sich auf meinen Besucherstuhl. Der Stuhl gab einen Laut von sich, der wie ein leiser Hilfeschrei klang, bevor er unter ihm versank. Ich würde wohl oder übel in Betracht ziehen müssen, mir einen neuen Beichtstuhl zuzulegen. Oder meine Besucher stehen lassen. Sollte ich noch irgendwelche Besucher haben.

»Ich bin ein Freund von Charlotte«, sagte er.

»Was Sie nicht sagen«, sagte ich.

Charlotte ist der Name einer meiner Bekannten. Daß er sie Charlotte nannte, war merkwürdig, denn es gibt nur wenige Leute, denen sie erlaubte, sie so zu nennen. Aber das war nicht das einzig Merkwürdige an der Sache.

Charlotte, Charlotte von Dobrow, war Anwältin, und sie war es, die mir die meisten Aufträge zuschanzte. Es hatte eine Zeit gegeben, in der sie noch nicht von Dobrow hieß, und es hatte eine Weile geheißen, der Name sei das einzige, was sie an ihrem Gatten interessiert hätte. All das war Schnee von gestern. Was sie an mir interessiert hatte, war mir nie ganz klar geworden, jedenfalls nahm ich ihr nicht ab, daß sie mir für ein paar schwache Stunden, die über zehn Jahre zurücklagen, eine Art Gnadenbrot aussetzte. Sie behauptete zwar, daß es aus alter Anhänglichkeit passierte, aber das kaufte ich ihr nicht ab. Sie hatte keine Zeit mehr, anhänglich zu sein. Sie hatte eigentlich überhaupt keine Zeit mehr. Deshalb hatte es mich auch gewundert, als sie mich am Vormittag mit einem ihrer seltenen Besuche beehrt hatte.

»Tja«, sagte ich, »Charlottes Freunde sind auch meine Freunde.«

Er sah mich an. Dann sah er sich in meinem Büro um. Er zog die Augenbrauen hoch, musterte den leeren Schreibtisch und sah dabei ziemlich skeptisch aus. Ich überlegte kurz, ob ich ihn aus dem Fenster werfen sollte, und entschied mich dagegen. Zu schweißtreibend. Aber vielleicht sollte ich ihn vor die Tür setzen, mit einem halbherzigen Tritt in seinen fetten Hintern. Es gibt so etwas wie Stolz, selbst wenn ein totes Telephon vor Ihnen auf dem Schreibtisch sitzt und Sie angrinst. Von diesem Stolz schienen mir noch einige Reste verblieben zu sein, was mich nicht wenig erstaunte. Aber er kam mir zuvor.

»Entschuldigen Sie«, sagte er. »Ich... ich wollte Sie nicht beleidigen.«

Ich lehnte mich in meinem Stuhl zurück und griff nach einer Zigarette.

»Was wollten Sie denn sonst so?«

Er sah auf seine Hände, die den Hut zerdrückten.

»Ich will, daß Sie mir helfen«, sagte er nach einer Weile leise.

Er wischte sich mit einem Ärmel seines Jacketts den Schweiß von der Stirn.

»Ich habe versucht, Sie anzurufen«, sagte er, »aber Sie scheinen irgendwelche Schwierigkeiten mit Ihrem Telephon zu haben.«

»Ach ja«, sagte ich, »das.« Niemand glaubt Ihnen, daß die Leitung tot ist, weil Sie die Telephonrechnung nicht bezahlt haben. Niemand hat seine Telephonrechnung nicht bezahlt. So verkommen, seine Telephonrechnung nicht zu blechen, kann einfach niemand sein. »Sicher wieder irgendwelche technischen Schwierigkeiten.«

»Ich will, daß Sie mir helfen, Sills. Sofort.« Er wischte sich wieder den Schweiß von der Stirn. »Ich meine, wenn

Sie können. Ich stecke in Schwierigkeiten. In großen Schwierigkeiten.«

Er starrte mich an. Er keuchte immer noch. Ich fürchtete für einen Augenblick, er würde sich auf den Boden werfen, aber alles, was kam, war ein Blick aus seinen wäßrig-blauen Augen, ein Blick wie ein leiser Schrei.

»In welchen Schwierigkeiten?« fragte ich.

Er starrte vor sich auf den Boden.

»Ich habe sie gefragt, in welchen Schwierigkeiten.«

»In meiner Wohnung«, sagte er und krümmte sich, als wollte er gleich vor sich auf den Boden kotzen, »liegt eine Tote.«

3. Die Uhr an der Wand tickte. Ich ließ den Satz erst einmal in den Staub meines alten Teppichs sinken.

»Ich werde Ihnen sagen, was ich für Sie tun werde.« Ich hatte mich über den Schreibtisch gebeugt und flüsterte. »Ich werde vergessen, daß Sie je hier waren. Wenn in Ihrer Wohnung wirklich eine Tote liegt, und ich will für den Augenblick mal annehmen, daß Sie sich das nicht nur einbilden, sind Sie verpflichtet, es sofort der Polizei zu melden. Wenn Sie statt dessen durch die Gegend rennen und Ihren Hut zerdrücken, kommen Sie in Teufels Küche. Und wenn ich Ihnen helfe, durch die Gegend zu rennen und Ihren Hut zu zerdrücken, komme ich mit. Und darauf bin ich nicht gerade versessen, wenn Sie verstehen, was ich meine.«

Er sah mich flehend an.

»Sprechen Sie mit Charlotte«, jammerte er.

»Ich glaube kaum, daß sie mit mir über irgendwelche Toten sprechen will, die in irgendwelchen Wohnungen rumliegen.«

»Sprechen Sie mit ihr.«

»Sie verstehen nicht.«

»Nein«, sagte er. »Sie sind es, der nicht versteht. Ich habe schon mit ihr gesprochen.«

»Was denn, über die Leiche etwa?« fragte ich und lehnte mich zurück. Er würde mir nicht einreden, daß er mit Charlotte über eine Tote in seiner Wohnung gesprochen hatte. Nicht mit Charlotte. Nicht am Telephon.

Er schüttelte den Kopf.

»Darüber, daß ich in Schwierigkeiten bin. Sie sagte, Sie sollen zuerst mit ihr sprechen, bevor Sie irgendeine Entscheidung treffen.«

Da wars wieder: eine Entscheidung treffen.

Ich schüttelte den Kopf.

»Ich habe nicht die geringste Lust, mit Charlotte über Ihre Schwierigkeiten zu sprechen.«

»Bitte«, sagte er. Nicht mehr und nicht weniger als das.

»Bitte.«

4. Ich wußte nicht, was Schlesinger, Inhaber einer Firma mit dem vielsagenden Namen Invest Tech, trieb, aber was immer es war, er stellte es besser an als ich. Nicht nur, daß sein Büro einen Stock über meinem lag und ich es ertragen mußte, wenn er seine Klienten oder sonstwen beschimpfte und dabei hin und her rannte, in seinem Büro gab es auch noch ein junges Bürschchen, dem, wenn ich die Dinge richtig sah, mehr oblag als nur der Briefverkehr. Und zu allem Überfluß verfügte er auch noch über ein Telephon. Genauer gesagt hatte er sogar zwei davon, und keins von ihnen war tot.

»Er telephoniert«, sagte das Bürschchen, als ich zur Tür hereinstürmte, ließ sich ein paar glänzende, sandfarbene Haarsträhnen in die Stirn fallen und vertiefte sich wieder in seine Zeitschrift. Er hatte die Figur eines Jockeys und ein Gesicht, das er aus einer seiner Zeitschriften ausgeschnitten haben mußte, gutaussehend mit einem leichten Zug ins Gemeine. Als Schlesingers Bürobürschchen wurde er allem Anschein nach nicht überfordert. Die Fingernägel schien er sich heute schon poliert zu haben.

»Um so besser«, sagte ich. »Und wie stehts mit dir?«

»Mit mir?« fragte er, ohne aufzusehen.

»Mit dir? Oder siehst du hier sonst noch wen? Wolltest du nicht noch schnell runter, die Lockenwickler holen?«

»O nein«, sagte er und hielt sich mit einer Hand am Schreibtisch fest.

»O doch«, sagte ich. Mein Schatten fiel jetzt auf seine Zeitschrift, und er sah auf. »Verpiß dich.«

Ich hatte Schlesinger mal einen Gefallen getan, nachts, in einer der Seitenstraßen hier im Kiez, als seine beiden Begleiter in irgendeiner Sache ganz anderer Ansicht waren als er und versuchten, das Ganze mit Hilfe ihrer Schlagringe und einer Eisenstange zu klären. Ich hatte die Lage entschärft und den beiden gezeigt, wieviel Schaden derartige Gerätschaften anrichten können, wenn sie ohne den entsprechenden Sachverstand verwendet werden. Seither waren Schlesingers Telephone auch meine Telephone.

Das Bürschchen nahm sein Jackett und seine Zeitschrift, fluchte, ohne daß ich ein Wort davon verstehen konnte, und ging. Er war schon draußen, als er sich noch mal umdrehte und zischte: »Verreck doch.« Dann wieselte er über die Treppe davon. Hinter der Tür links krächzte Schlesinger heiser. Ich zog das Telephon über den Tisch und wählte.

Ich konnte es noch. Wählen, meine ich. Ab und zu wachte ich nachts schweißgebadet auf und glaubte, daß ich es nicht mehr hinkriegen würde, meine Finger in die Vertiefungen in der Wählscheibe zu stecken. Sie waren irgendwie aufgequollen, und wenn ich sie endlich drin hatte, ließ sich die verdammte Scheibe nicht drehen.

Nach einer halben Ewigkeit hatte ich sie am Apparat. Sie sagte:

»Ja?«

»Charlotte«, sagte ich, und mir wurde klar, daß ich nicht mal wußte, wie der Fettwanst unten hieß, »in meinem Büro sitzt ein Freund von dir, der irgendwie in Schwierigkeiten zu stecken scheint.«

»Und?« fragte sie kühl.

»Weißt du etwas über seine Schwierigkeiten?«

Es rauschte.

»Er hat sich nicht sehr klar ausgedrückt. Er sagte nur, er stecke in großen Schwierigkeiten. Ich hatte den Eindruck, daß es sich um, sagen wir mal, kapitale Schwierigkeiten handelt, und hielt es für besser, nicht weiter nachzuhaken, wenigstens nicht am Telephon, weil ich ihn bei dieser Art von Schwierigkeiten nicht vertreten kann.«

Es rauschte wieder.

»Wie es scheint, steckt er nicht nur in Schwierigkeiten, Charlotte, wenn es stimmt, was er behauptet, steckt er mittendrin in der Scheiße. Gelinde gesagt. Was er braucht, ist ein guter Strafverteidiger. Wie kommst du dazu zu denken, daß ich dem Knaben helfen kann?«

Es rauschte.

»Er hat seine Gründe, Sills. Gute Gründe. Gründe, die du verstehen wirst. Laß dir das von ihm selbst sagen. Wenn ich mich nicht irre, steckst du im Augenblick selbst in ziemlichen Schwierigkeiten. Vielleicht helfen dir seine Schwierigkeiten, ein paar von deinen eigenen loszuwerden.«

Sie räusperte sich.

»Hinter Quilt steht eine Menge Geld.«

Vielleicht lag es ja an der Leitung, aber alles, was ich hörte, klang irgendwie nach Schwierigkeiten.

»Sills?«

»Ja?«

»Es ist deine Entscheidung.« Da wars wieder. *Entscheidungen.* Vielleicht hatte ich gar keine Lust, Entscheidungen zu treffen. »Aber ich will, daß du etwas weißt.«

»Und was, bitte, wäre das?«

»Quilt ist ein Freund. Ein sehr guter Freund. Und noch was.«

Rauschen.

»Du weißt, daß ich dir helfe, wo es geht, Sills. Aber vielleicht ist es besser, wenn du dich ab und zu daran erinnerst, was das heißt. Nach welchen Regeln gespielt wird. Ich muß jetzt in eine Besprechung. Überleg es dir.«

Es rauschte wieder, aber diesmal klang das Rauschen anders. Sie hatte aufgelegt.

5. Auf dem Weg vom dritten in den zweiten Stock gab ich mich der Hoffnung hin, Quilt sei inzwischen irgendwie verschwunden. Mitsamt seinem Hut verdunstet. Oder in der Hitze geschmolzen. Aber es war nur eine meiner vergeblichen Hoffnungen.

Er saß immer noch auf dem Beichtstuhl oder dem, was davon übriggeblieben war, ich sah die Schweißperlen in seinem Nacken, sah, daß der Kragen seines Jacketts dunkel war vom Schweiß und von der Angst. Er drehte sich zu mir um, als er hörte, wie sich die Tür öffnete.

»Und?«

In seinem Gesicht lag etwas Flehendes, aber das war es nicht, was mich so für ihn einnahm. Charlotte hatte mir mehr oder weniger offen gedroht. Und Charlotte war zwar nicht die einzige Bekannte, für die ich ab und zu was erledige, aber sie war eine Bekannte aller anderen Bekannten.

»Ich weiß jetzt, daß Sie Quilt heißen. Nicht viel, aber immerhin. Vielleicht gelingt es mir sogar, mir Ihren Namen zu merken«, sagte ich. »Was haben Sie sonst noch so auf dem Herzen?«

Er wischte sich mit einem Tuch den Schweiß aus dem Nacken.

»In meiner Wohnung liegt eine ...«

»Tote«, unterbrach ich ihn. »Das sagten Sie schon. Ich habe sie nicht dorthin geschafft, und ich werde Ihnen nicht helfen, sie wegzuschaffen, damit das klar ist.«

»Ich will nicht, daß sie mir helfen, sie wegzuschaffen«, sagte er. »Ich will, daß Sie mit mir in meine Wohnung kommen und sich die Sache ansehen. Ich will, daß jemand ... jemand, der auf meiner Seite steht, sich genau ansieht, was passiert ist. Dann werde ich es melden. Ich ...« Er wollte etwas sagen, aber es verlor sich irgendwo. Verlor sich in irgendeinem finsteren Winkel seines Hirns, in finsterer Gesellschaft.

»Ja?«

»Ich weiß nicht, wie das alles passiert ist.«

»Wissen Sie, wer die Tote ist?« fragte ich.

»Ja«, sagte er. »Ich meine, nein.«

»Was jetzt, ja oder nein?«

»Ich habe sie gestern zum ersten Mal gesehen.«

»Wo? Ist sie in Ihre Wohnung gekommen?«

»Ich habe ihr gesagt, daß sie kommen soll«, sagte er und sah vor sich auf den Boden. »Sie und die beiden anderen.«

»Welche anderen?«

»Sie kamen zu dritt. Eigentlich hatten wir nur zwei Mädchen bestellt, aber eine, die andere, nicht die ... Tote, sie brachte noch eine Freundin mit.«

»Sagten Sie eben, *wir* haben nur zwei Mädchen bestellt?«

Er zog das Tuch wieder aus der Tasche und wischte sich die Hände ab.

»Wer ist *wir*?«

Er sah mich an, als wüßte er nicht, wovon ich redete.

»Hören Sie, Quilt, so kommen wir nicht weiter. Entweder Sie sagen mir, wer *wir* ist, und was, verdammt noch mal, zwei was auch immer bestellen heißt, oder Sie verschwinden wieder, ab zu Ihrer Toten.«

»Wir wollten zwei Mädchen, zwei aus dem Pool.«

Das machte die Sache wesentlich klarer.

»Aus welchem *Pool*?«

»Aus dem Pool mit den Probeaufnahmen.«

»Wovon zum Teufel reden Sie eigentlich, Quilt?« herrschte ich ihn an.

Er starrte mich an.

»Von Probeaufnahmen.«

»Probeaufnahmen wofür?«

»Für Filme. Ich dachte, sie wüßten, daß ich für eine Filmgesellschaft ...«

»Ich weiß gar nichts. Und ich weiß auch nicht, ob das nicht besser so bleiben sollte.«

Er fuhr sich mit der Zunge über die Unterlippe.

»Sie werden es nicht bereuen, wenn Sie mir helfen, Sills.«

Ich hatte da so meine Zweifel.

»Wer ist *wir*?«

Er bewegte seine Lippen, als ob ein Wort, das er schon auf der Zunge hatte, ihm immer wieder entschlüpfen würde. Ich beugte mich noch weiter vor.

»*Wir*«, flüsterte ich über den Schreibtisch. »Wer ist *wir*, Quilt?«

Eine Fliege ließ sich zwischen uns auf der Schreibtischablage nieder und fing an, ihre Beine aneinander zu reiben. An den Enden ihrer Fliegenbeine hatte sie kleine Saugnäpfe. Wenigstens sah es so aus.

»Wie stehts? Reden Sie, oder wollen Sie, daß ich Sie zur Tür bringe?«

Er schien seine Schwierigkeiten zu haben, es über die Lippen zu bringen.

»Senger«, wisperte er. »Senger und ich.«

6. »Den Hut lassen Sie besser hier«, sagte ich. »Wenn Sie sich das Ding überstülpen, weiß jeder, daß mit Ihnen was nicht stimmt.«

Wir gingen nach unten, um zu ihm zu fahren. Er war in seinem eigenen Wagen gekommen, so daß mir die peinliche Szene erspart blieb, ihm zu sagen, daß mein Wagen gerade in Reparatur war. Was nicht heißen soll, daß ich keinen Wagen hatte. Ich hatte einen Wagen, einen schwefelgelben Chevrolet Impala. Baujahr 63. Er war zwar alt, aber immerhin, es war ein Wagen. Ich war nur leider mit den Raten etwas im Rückstand. Und da ich nicht wollte, daß etwas mit einem Wagen passierte, den ich noch nicht ganz abbezahlt hatte, hatte ich ihn da untergestellt, wo ihm nichts passieren konnte. Zwei finstere Gestalten, die für Johnny arbeiteten, den Betreiber eines Schuppens, der auf amerikanische Gebrauchtwagen spezialisiert war, hatten mir geraten, wo ich ihn unterstellen sollte. Die beiden waren groß und von eher grobem Zuschnitt, von ihren Umgangsformen ganz zu schweigen, hatten aber ein paar erstklassige Ratschläge auf Lager, so daß ich es trotz der Unbequemlichkeiten, die es mit sich brachte, keinen Wagen zu haben, für besser gehalten hatte, ihnen die Schlüssel zu geben.

Der einzige Grund, weshalb Quilts Wagen noch auf der Straße stand, war wahrscheinlich, daß keiner glauben konnte, daß er überhaupt da war. Nicht auf der Lausitzer Straße. Nicht daß Sie jetzt denken, die Lausitzer wäre eine besonders üble Straße, sie ist ganz in Ordnung. Nur liegt sie in einer ziemlich üblen Gegend, und wer hier wohnte, bekam nicht allzuoft ein cremefarbenes Mercedes-Coupé zu sehen, besonders keines aus den Vierzigern. Der Wagen, die Ledersitze, die Reifen, sogar die Radkappen, alles an dem verdammten Ding war cremefarben. Er paßte auf die Lausitzer wie die berühmte Tarantel auf die Torte. Nur daß in diesem Fall der Wagen die Torte war und die Lausitzer Straße ein häßlicher Vetter der Tarantel. Oder so ähnlich. Wenn Ihnen der Vergleich nicht gefällt, vergessen Sie ihn einfach. Er ist sowieso geklaut.

Quilt hielt die Augen starr auf die Straße gerichtet. Er hatte die Hände ums Lenkrad gekrallt, als ob es von ihm weggezogen würde, und er war fast so bleich wie sein Leinenanzug. Das ölig schwarze Haar hing ihm in Strähnen in die Augen, und seine Lippen bebten ebenso wie sein Dreifachkinn. Sein ganzer Körper zitterte, die ganzen drei bis vier Zentner. Schweißtropfen liefen ihm an den Schläfen entlang ins Hemd.

»Vielleicht ist es besser, wenn ich fahre«, sagte ich.

Er starrte weiter auf die Straße.

»Besser, Sie lassen mich fahren, Quilt. Wie Sie aussehen, gibt es gleich noch mehr Tote.«

Er trat hart auf die Bremse. Die Reifen quietschten, der Wagen scherte hinten nach links aus und blieb dann stehen. Mitten auf der Straße. Mitten auf der verdammten Skalitzer Straße, neben den Stelzen der Hochbahn. Hinter uns machten ein paar Fahrer ihrer Begeisterung mit der Hupe Luft.

Ich stieg aus und ging um den Wagen. Quilt rührte sich nicht vom Fleck. Ich mußte ihn aus dem Wagen zerren und auf den Beifahrersitz setzen.

»Wohin fahren wir eigentlich?« fragte ich ihn.

»Schlachtensee«, sagte er.

»Ach ja?« sagte ich. Als ob ich so was nicht geahnt hätte.

7. Es war halb fünf. Auf den Straßen herrschte der übliche Irrsinn, die Stadt schien langsam ihren Siedepunkt zu erreichen, und ich hatte mit dem Wagen alle Hände voll zu tun. Zuerst gab Quilt keinen Laut von sich. Dann hörte ich, wie er neben mir leise stöhnte.

»Jetzt nicht die Nerven verlieren«, sagte ich. Etwas Besseres fiel mir nicht ein. Er griff nach meinem rechten Arm.

»Sie müssen mir glauben«, preßte er hervor. »Ich weiß nicht, wie es passiert ist, aber ich habe nichts mit dieser Sache zu tun.« Er zerrte an meinem Arm. »Ich habe sie nicht umgebracht.«

»Lassen wir das erst mal. Irgendwas müssen Sie ja wissen, es ist schließlich in Ihrer Wohnung passiert, oder?«

Er schüttelte den Kopf.

»Ich habe gestern eine Party gegeben. Irgendwann, so gegen zwei oder drei Uhr morgens, habe ich die letzten zur Tür gebracht. Übrig blieben nur noch die Mädchen und wir.«

»Senger und Sie.«

»Ja.«

»Sonst niemand?«

Er schüttelte den Kopf.

Wir kamen langsam in die besseren Gegenden Berlins. Unter den Eichen, der großen Ausfallstraße in Richtung Dreilinden und Transitstrecke, schien es kühler zu werden, und der Straßenbelag saugte nicht mehr an den Rädern des Wagens.

»Ich hatte getrunken. Wir hatten alle getrunken, und dann fragte eine... eine von ihnen, ob wir sonst nichts zu bieten hätten. Ich hatte vorgesorgt. Wir haben alle ein bißchen von dem Zeug genommen, und irgendwann ist bei mir der Faden gerissen. Das ist alles, was ich sagen kann.«

»Und dann?«

»Als ich heute zu mir gekommen bin, nachmittags, gegen zwei, waren sie alle weg. Jedenfalls habe ich gedacht, daß sie alle weg sind.« Er stöhnte. »Aber sie waren nicht alle weg.«

Er starrte auf seine Hände. Er hatte kleine, feingliedrige,

fast zierliche Hände für seine Statur, mit Grübchen an den Stellen, wo die Gelenke saßen, und kleinen schwarzen Haaren auf den Handrücken.

»Nicht alle«, sagte er wieder.

»Vielleicht hat sie zuviel von dem Zeug genommen. Oder ihr war schlecht, sie hat sich erbrochen und ist daran erstickt«, sagte ich. »Kommt in den besten Familien vor.«

»Nein«, sagte er leise. »Erstickt ist sie nicht.«

8. Nach dem Wagen hatte ich eine Villa erwartet, im Nach-uns-die-Sintflut-Stil mit einem bescheidenen englischen Landschaftsgarten und einer cremefarbenen Garage. Aber ich hatte mich wieder mal geirrt. Die Villa war da, der Landschaftsgarten war da, aber die Garage war nicht cremefarben, sondern mit Efeu überwuchert wie das Haus. Vielleicht war sie drunter cremefarben.

»Sind Sie verheiratet?« fragte ich, als wir die Auffahrt hinauffuhren. Er stieß einen kurzen Laut aus.

»Sehe ich so aus?« fragte er.

Ich hielt den Wagen an. Er machte keinerlei Anstalten auszusteigen.

»Irgend jemand im Haus?«

»Ich habe eine Aufwartefrau, sie kommt zwei- oder dreimal die Woche, aber heute habe ich ihr abgesagt.«

»Wie oft veranstalten Sie diese Partys?«

»Ein- oder zweimal im Monat.«

»Wer kümmert sich um das Essen und das ganze Zeug?«

»Ein Partyservice.«

»Dieser, wie hieß er doch gleich, Senger, nicht, kommt er oft?«

»Fast immer«, sagte er. Dann drehte er sich zu mir um. »Senger hat mit all dem so wenig zu tun wie ich. Sein Name muß herausgehalten werden aus dieser ganzen ... Angelegenheit. Unbedingt.«

Ich warf ihm die Wagenschlüssel rüber.

»Ich glaube, Sie begreifen nicht ganz, wie sehr Sie in der Klemme stecken, Quilt. Nehmen wir mal an, da drinnen liegt eine Tote, und sie ist nicht im Schnee erfroren und nicht an ihrem eigenen Erbrochenen erstickt. Und nehmen wir weiter an, Sie haben sie nicht um die Ecke gebracht. Dann war es jemand anderes. Und wenn dieser Jemand nicht mit dem Finger auf sich zeigt und sagt: Seht her, Leute, ich wars, dann werden Sie wohl oder übel einen Ihrer hübschen Finger nehmen und auf ihn zeigen müssen und sagen: Seht her, Leute, der wars. Etwa dieser Senger.«

Ich rechnete seit einer Weile damit, daß Quilt umkippen würde, aber es kam anders: Er fing an, hysterisch zu kichern. Er kicherte ganz leise, und das Kichern klang ungefähr so, als würde ihm jemand die Fingernägel ausreißen.

»Ich glaube, Sie haben keine Ahnung«, sagte er, »wer Senger ist.«

Er hatte recht. Er hatte verdammt noch mal recht. Ich hatte auch nicht den Hauch einer Ahnung.

9. Wir stiegen aus dem Wagen und gingen auf das Haus zu. Es stammte aus der Gründerzeit, und wer immer sich hier ausgetobt hatte, hatte es gründlich getan und ungetrübt von jeder Anwandlung von Geschmack. An der Vorderfront klebte ein zu hoch geratener, über und über mit steinernen Weinranken verzierter, ansonsten eher schmalbrüstiger Portikus, so daß das ganze Haus aussah, als ob es sich vornüberbeugen würde. Außerdem gab es Pilaster, Erker, bauchige Säulen, noch mehr Pilaster, eine Art Wintergarten und anderen gemischten Zierat.

Wir gingen ins Haus. Hinter der zweiflügligen Eingangstür lag eine kleine Halle, von der mehrere Zimmer abgingen. Die Türen waren geschlossen. In der Halle überfiel mich das Gefühl, daß sich jemand hier nur damit vergnügte, Türen zu schließen, damit niemand sah, was sich dahinter abspielte.

Quilt ging zu einer der Türen.

»Hier«, sagte er. »Hier drin ist sie.«

»Waren Sie gestern in diesem Zimmer?« fragte ich.

»Nein«, sagte er und schüttelte den Kopf, »wir waren drüben.« Er zeigte auf die andere Seite der Halle.

Als er die Hand auf die Klinke legte, sah ich, daß er immer noch zitterte, vielleicht noch mehr als vorher. Seine Hand zitterte so sehr, daß ich glaubte, die Klinke würde von innen festgehalten.

10. Im Zimmer roch es nach Tod.

Ein schwerer, muffiger Geruch hing darin wie eine Wolke von zerstobenem Blut. Sie hatte versucht wegzukriechen und dabei im ganzen Zimmer Blut verteilt, auf dem Parkettboden, auf den Vitrinen und an den Wänden. An der Wand, an der sie am Ende zusammengebrochen war, waren eine Menge Abdrücke von ihren Händen zu sehen, unten deutlicher, wie die Zweige eines blutigen Gebüschs, nach oben hin immer verschmierter, als ob sie noch versucht hätte, sich aufzurichten.

Quilt war in der Tür stehengeblieben. Ich ging zu der Toten, die zusammengekrümmt in einer Pfütze aus bräunlich-geronnenem Blut lag, mit dem Gesicht zur Wand. Ich ging, soweit ich konnte, ohne in eine der Blutspuren zu treten, aber in der Nähe der Leiche wurde es schwierig.

Sie hatte Verletzungen an den Beinen, was nur bedeuten konnte, daß der Mörder auch im Liegen noch auf sie eingestochen hatte. Ihre Kleider, ein langer, schwarzer Rock mit Seitenschlitz und ein dunkelrotes Seidenhemd, hingen in Fetzen. Ich beugte mich über sie, konnte aber ihr Gesicht nicht richtig sehen. Es war mit Haaren bedeckt, blutgetränkten schwarzen Haaren. Die Haut darunter sah bleich und seifig aus.

Ich sah mich im Zimmer um. An den anderen Wänden hingen Vitrinen, in denen sich eine Sammlung mit alten Schnitzereien befand. Weißes und angegilbtes Elfenbein, soweit ich sehen konnte. In der Mitte des Zimmers stand eine Biedermeier-Liege mit blau und taubengrau gestreiftem Bezug, die links, an der zur Tür hin gelegenen Seite, mit Blut beschmiert war. Vielleicht hatte es hier angefangen. Vielleicht war sie aus dem anderen Zimmer gekommen, hatte sich auf die Liege gelegt, um zu schlafen, und ihr Mörder hatte sie hier angegriffen. Oder sie war mit ihm in dieses Zimmer gekommen, um das zu tun, wozu sie hierherbestellt worden war, wenigstens in diesem Punkt hatte Quilt ja keine Zweifel gelassen. Zwischen der Tür und der Liege waren keine Spuren zu sehen, erst dahinter. Vielleicht war sie vor ihrem Angreifer geflohen oder von der Liege gefallen, als er sie attackiert hatte, und dann bis an die Wand gekrochen. Dort hatte sie versucht, sich an einer der Vitrinen hochzuziehen, und war wieder angegriffen worden. Ihr Mörder hatte sie vor sich hergetrieben, die Blutspur zeigte es deutlich: Es wurde immer mehr Blut auf dem Weg zu der Wand, an der sie dann zusammengebrochen war.

Nicht daß ich sehr viel davon verstand, aber es kam mir so vor, als ob sie mit einem ziemlich kleinen Messer umgebracht worden war. Vielleicht war sie noch nicht tot gewesen, als der Mörder das Zimmer verlassen hatte, vielleicht war sie nur zusammengebrochen und dann an der Wand verblutet.

Es war nichts im Zimmer, das irgendeinen Hinweis darauf gegeben hätte, wer der Angreifer war, jedenfalls nichts, was ich mit bloßem Auge sehen konnte. Es lag nichts herum. Keine der Vitrinen war aufgebrochen worden, und es sah auch nicht so aus, als ob irgendwelche Schnitzereien fehlen würden. Unter den Stücken der Sammlung gab es eine Menge Figuren, die nach Elfenbein aussahen. Aber es war nicht besonders wichtig, ob sie aus Elfenbein waren oder aus polierten Hühnerknochen.

Es war ein totes Zimmer, still und ohne jede Zeit, wie alle Zimmer, in denen irgendwelche alten Sammlungen verstauben. Die Leiche schien noch das Lebendigste hier zu sein.

Quilt stand immer noch in der Tür, er schien sich in den letzten Minuten nicht gerührt zu haben. Er war so bleich wie in meinem Büro, nur daß über seinem teigigen Gesicht jetzt so etwas wie ein grauer Schleier lag, der verriet, daß er ein ganzes Ende älter sein mußte, als ich angenommen hatte. Ich hatte ihn auf dreißig geschätzt, aber jetzt sah er aus wie Ende Dreißig und früh vergreist. Als ob er einen alten Mann mit sich herumtragen würde.

Ich stand mit dem Rücken zur Toten und sah ihn an. Dann sah ich es.

Es war keine Entdeckung. Hätte ich ein bißchen mehr Erfahrung gehabt oder einen Funken Verstand, wäre es mir vielleicht schon früher gekommen. Aber ich hatte keinerlei Erfahrung mit Mord, und meinen Verstand hatte ich verlegt oder vor langer Zeit versetzt.

Wie gesagt, es war keine Entdeckung, die Quilt oder mir in irgendeiner Weise weiterhelfen würde. Links neben der Tür war der Lichtschalter. Und auf dem Schalter klebte ein dunkelbrauner Schmier. Getrocknetes Blut. Der Mörder hatte sich selbst mit Blut besudelt. So wie die Tote aussah, hatte es sich nicht vermeiden lassen. Ein kleines Messer. Ich konnte mit bloßem Auge sehen, daß der Schmier kein richtiger Fingerabdruck war, er hatte das Licht mit dem Rücken eines seiner Finger oder mit dem Handrücken ausgeschaltet.

Er hatte wie verrückt auf sie eingestochen, wie ein durchgedrehter Stecher im Schlachthaus. Und dann hatte er daran gedacht, keinen Fingerabdruck zu hinterlassen, als er das Licht ausmachte.

11. Ich schob Quilt durch die Tür. Er zitterte und schwitzte, und gleichzeitig schien er zu frieren. Mir klebten die Kleider am Leib.

Quilt hatte die Klinke angefaßt. Aber wenn seine Geschichte stimmte, hatte er sie schon früher angefaßt, ohne zu ahnen, daß er hinter der Tür eine Tote finden würde. Dann fiel mir wieder ein, daß die Tür nicht offen gestanden hatte, als wir gekommen waren.

»War die Tür zu, als Sie sie gefunden haben?« fragte ich ihn.

Es starrte mich an, ohne ein Wort zu sagen. Ich nahm ihn bei den Schultern und schüttelte ihn.

»Jetzt reißen Sie sich aber zusammen, Quilt«, herrschte ich ihn an. »Hier geht es um Kopf und Kragen, und zwar um Ihren Kopf und Ihren gottverdammten Kragen.« Und hoffentlich würde es dabei bleiben.

»Sicher. Sicher war sie zu«, sagte er. Seine Stimme kam aus weiter Ferne. »Ja, sie war zu. Oder angelehnt.«

»Gehen wir rüber«, sagte ich.

Wir durchquerten die Halle und kamen in ein ziemlich finsteres Zimmer, das wesentlich größer war als das, in dem die Tote lag. Es sah aus wie eine Lasterhöhle, die mit einer lange verschlissenen Pracht ausstaffiert war. Es hatte gelbliche Stofftapeten, die aus dicken, geflochtenen Haaren bestanden, und es gab ein paar alte, nicht besonders gut erhaltene Wandbehänge. In der Mitte standen Wandschirme und ein Dickicht aus Pflanzen, hauptsächlich Stechpalmen mit vielen verdorrten Blättern, die bis unter die hohe Decke reichten. Zu einer Seite hin öffnete es sich auf den Wintergarten, den ich schon von draußen gesehen hatte, die Fenster auf den anderen beiden Seiten waren mit schweren, dunkelroten Vorhängen verhängt. In der Luft hing ein schwerer, süßlicher Geruch, der Geruch von Staub, Sandelholz und süßeren Vergnügungen.

Ich ging zu einem der Fenster und zog den Vorhang auf. Staubwolken flogen durch die Luft. Hustend riß ich das Fenster auf. Vor dem Fenster stand eine Schlehenhecke, die kaum Licht ins Zimmer ließ.

Quilt setzte sich in einen der Sessel und sank in sich zusammen.

»Wollen Sie was trinken, Quilt?«

Er rührte sich nicht, starrte nur vor sich auf den Boden.

Ich ging zu einem Tisch, auf dem neben einer Menge halbleerer Flaschen auch Gläser standen, die meisten gebraucht, einige mit Lippenstift am Rand. Ich griff mir eine der Flaschen und schenkte ihm einen Fingerbreit Whisky ein. Ich verschüttete einen Teil des Whiskys, weil ich die Hand mit der Flasche nicht ruhig halten konnte. Ich war zwar trocken, von einem gelegentlichen versoffenen Wochenende mal abgesehen, und selbst an diesen Wochenenden machte ich einen Bogen um Whisky. Einen großen Bogen. Aber der bloße Anblick von vollen oder halbvollen Whiskyflaschen zog mir immer noch den Boden unter den Füßen weg. Eines Tages würde ich in eine dieser Flaschen fallen und auf dem Boden festkleben, wenn ich nicht aufpaßte. Ich stellte die Flasche weg, als ob ich mir die Hand daran verbrannt hätte.

»Wir sollten keine Zeit mehr verschwenden«, sagte ich. »Je früher Sie die Bullen rufen, desto besser.«

Ich drückte ihm das Glas in die Hand und setzte mich ihm gegenüber in einen der Sessel.

»Sie haben gestern gefeiert, sagten Sie. Wann fing die Party an?«

Er legte beide Hände um sein Glas. Es sah gut aus. Es sah aus, als ob es ihm Halt geben würde. Es sah viel besser aus, als ohne Glas dazusitzen. Ich klemmte mir eine Zigarette zwischen die Zähne.

»Gegen elf«, sagte er mit tonloser Stimme.

»Wann haben Sie die Mädchen ... bestellt?«

»Nachmittags.«

Ich versuchte, ruhig sitzen zu bleiben.

»Wie sind Sie an die Namen gekommen?«

»Über die Berg. Sie führt Regie bei einigen unserer Produktionen und beaufsichtigt fast alle Probeaufnahmen. Sie ... sie spricht dann die an, die in Frage kommen.«

»Sie meinen, die Versorgung bei Ihren Partys ist organisiert?«

Er sagte nichts.

»Kennen Sie den Namen der Toten? Oder einen der anderen?«

Er schüttelte den Kopf.

»Nichts? Nicht mal Vornamen?«

Er schüttelte wieder den Kopf.

»Was treiben Sie bei dieser Filmgesellschaft?«

»Ich bin Produzent.«

»Heißt das, daß Sie diese Berg auf Ihrer Gehaltsliste haben?«

»Nicht ganz«, sagte er.

»Aber fast.«

»Ja, fast.«

»Haben Sie hier Papier?«

Er zeigte auf einen Sekretär, der in einer Ecke des Zimmers stand, mehr oder weniger verborgen von einem großen Wandschirm.

»Kommen Sie, los.«

Ich packte ihn am Arm und stellte das Glas weg. Wir gingen hinter den Wandschirm.

»Setzen Sie sich und nehmen Sie Papier.«

Ich ließ ihn einen Brief an die Berg schreiben, in dem er sie bat, mir in jeder erdenklichen Weise entgegenzukommen. Wie entgegenkommend sie war, wußte ich ja schon.

Ich schenkte ihm ein zweites Glas ein und ließ ihn eine Liste der Leute schreiben, die gestern nacht hier gewesen waren. Sie waren fast alle bei der Filmgesellschaft angestellt, bei der er die Produktion leitete. Er verblüffte mich, als er sich noch erinnerte, wer als letztes gegangen war. Er verblüffte mich nicht, als er sagte, daß das alles nicht viel zu sagen hatte: Die Eingangstür hatte er zwar verschlossen, aber eine Tür, die auf die Terrasse ging, hatte die ganze Nacht offengestanden. Es war offensichtlich, daß er nicht wußte, wer alles in seinem Haus ein und aus gegangen war.

Der Name Senger stand nicht auf der Liste, die er mir gab.

»Ich werde mit Senger sprechen müssen«, sagte ich zu Quilt.

Quilt stand auf. Wir standen uns gegenüber. »Senger weiß Bescheid. Er wird sich bei Ihnen melden.«

12. Am Anfang hatte Quilt sich alles aus der Nase ziehen lassen, aber mit der Zeit war er dann aufgetaut. Irgendwann hatten wir alle Fragen, die mir einfielen, zwei- oder dreimal durchgekaut, und ich ging dazu über, ihm die Antworten zurechtzulegen. Ich gab mir Mühe, so zu tun, als ob ich wüßte, was ich sagte, aber ich fühlte mich alles andere als wohl in meiner Haut.

»Haben Sie einen Anwalt?« fragte ich ihn schließlich. Quilt brauchte einen guten Anwalt. Wenn er gewußt hätte, wie gut der Anwalt sein mußte, den er brauchte, hätte ers mit der Angst zu tun gekriegt.

»Charlotte sagte, sie würde mit jemandem sprechen, der sich auf diese Dinge besser versteht als sie.«

»Leyfeldt?«

»Ich glaube.«

»Hoffen Sie, daß es Leyfeldt ist«, sagte ich. Ich hoffte derweilen, daß er es nicht war. »Hängen Sie sich jetzt an die Strippe und sagen Sie ihr, daß Sie danach mit den Bullen sprechen. Leyfeldt weiß dann, was er zu tun hat. Wenn es Leyfeldt ist.«

Er rührte sich nicht.

»Los, gehen Sie jetzt«, sagte ich. Aber er blieb stehen und packte mich wieder am Arm.

»Sills«, sagte er.

Ich versuchte meinen Arm wegzuziehen, aber er klammerte sich an mich.

»Glauben Sie, daß ich sie ...?«

Wir standen uns gegenüber.

»Sie meinen, ob ich glaube, daß Sie sie abgestochen haben wie ein Stück Vieh?« fragte ich. »Wozu soll ich Ihnen das sagen, Quilt? Was würde es Ihnen bringen, wenn Sie wüßten, was *ich* glaube? Ich glaube, daß Sie selbst nicht wissen, was Sie glauben sollen.«

»Ich ... es würde mir helfen, wenn ich wüßte, daß Sie auf meiner Seite stehen«, sagte er.

Ich zuckte mit den Schultern.

»Sie zahlen, Quilt. Solange Sie zahlen und solange Sie nicht wollen, daß ich Ihnen helfe, die Dinge irgendwie hinzubiegen, stehe ich auf Ihrer Seite. Sie zahlen dafür, daß ich auf Ihrer Seite stehe. Sie zahlen nicht dafür, daß ich Ihnen glaube.«

Wir standen da und sahen uns in die Augen, die Fenster der Seele.

Ich konnte sehen, daß seine Seele eine wäßrig-blaue Färbung hatte.

Sonst nichts.

Zweites Kapitel

1. »Reisz«, sagte er mit einer schmirgelnden Stimme, in der nicht die geringste Spur von Höflichkeit lag, und hielt mir etwas ins Gesicht, das ich vermutlich für seinen Ausweis halten durfte. »Kriminalhauptkommissar.« Er zeigte hinter sich. »Kriminaloberkommissar Gehrke. Sie sind Herr Quilt?«

Reisz war vielleicht fünfzig oder fünfundfünfzig, klein, dürr, und sein Gesicht sah aus wie ein Stück Karton. Er hatte trockene, graue Haut, kleine, graue Augen, und dazu trug er ein dunkelgraues Jackett, dessen Grauton und Stoff nicht zum Grauton und Stoff seiner Hose paßten, geschweige denn zu dem graustichigen Hemd oder zu der Krawatte, die er sich um den Hals geschlungen hatte. Nur seine Haare waren schwarz ohne ein einziges graues Haar. Auch der Bart wirkte gefärbt. Reisz sah aus, als ob die ganze Sache übel ausgehen würde.

Ich schüttelte den Kopf.

»Wer sind Sie, wenn Sie nicht Quilt sind?«

»Ein Freund von Quilt«, sagte ich.

Er zog die Augenbrauen hoch.

»So, so, ein Freund von Quilt«, sagte er. »Und wie heißen Sie?«

»Sills«, sagte ich.

»Sills«, sagte er und drehte sich zu Gehrke um. »Ein Freund von Quilt.« Gehrke quälte sich ein Dienstgrinsen ins Gesicht. Ich stand immer noch in der Tür.

»Wo ist Quilt? Sind noch mehr von seinen Freunden hier?«

»Drinnen. Einer Ihrer Beamten ist bei ihm.«

»Wo ist die Tote?«

Ich blieb vor der geschlossenen Tür stehen.

»Haben Sie sie gesehen?«

»Ja«, sagte ich.

»Wer hat sie gefunden?«

»Quilt«, sagte ich, »er hat sie gefunden, kurz bevor ich gekommen bin.«

»Und Sie haben die Leiche gesehen?«

»Ja«, sagte ich, »ich habe sie gesehen.«

Er drehte sich zu Gehrke um. Mehr Grimassen.

»Weshalb?« fragte er.

»Weshalb?«

»Weshalb. Sagen Sie es uns ruhig, wir werden es nicht gegen Sie verwenden, daß Sie mal ne Leiche sehen wollten. Haben wir alle Tage.« Er sah mich an, und in seinen Augen lag ungefähr soviel Mitgefühl wie in einer Tüte mit Küchenabfällen. Ich war heilfroh, nicht in Quilts Haut zu stecken.

»Hat das irgendwas mit dieser Sache hier zu tun?« fragte ich.

»Nein«, sagte er und schob mich weg, »mit dieser Sache hier hat das nichts zu tun.«

Einer der Leute, die hinter ihm und Gehrke ins Haus gekommen waren, hatte sich milchig weiße Handschuhe übergestreift und die Tür aufgedrückt. Sie standen in der Tür und sahen ins Zimmer.

»Wie gehabt«, sagte Reisz und drehte sich zu den Leuten von der Spurensicherung um. Er sah nach unten, auf seine Schuhe. Es waren hellgraue, häßliche Treter, die nach Kunstleder aussahen. »Schlachtfest am Schlachtensee. Ihr wißt, was ihr zu tun habt. Ich will so viele Photos, wies geht, ohne daß sie uns auf die Pelle rücken, weil wir ihr Geld zum Fenster rauswerfen, und vergeßt nicht, den Film einzulegen, sonst kriegen wir hinterher wieder von einem dieser gelackten Anwälte ins Ohr geblasen, wir hätten uns die Leiche nur eingebildet. Noch mal so ein Fehler, und ich reiß euch den Arsch auf, meine Herren. An die Arbeit.«

Reisz ging zu der Toten und blieb vor ihr stehen. Er beugte sich nicht vor, bückte sich nicht und sah sie sich nur kurz an, als wüßte er, daß er nichts finden würde, oder als würde ihn das, was er noch finden konnte, nicht interessieren. Er drehte sich um, sah sich die Blutspuren an, warf einen Blick in die Vitrinen und kam zur Tür zurück.

»Eine Frage, Sills, nur unter uns Freunden von Quilt.« Er sah sich seine Fingernägel an. »Sie sind nicht zufällig Anwalt?«

»Nein«, sagte ich. »Makler.«

Er lachte.

»Zur Abwechslung mal ein anständiger Beruf«, sagte er. »Gehen wir und sehen wir ihn uns mal an, unseren Freund Quilt.«

2. Quilt saß immer noch im Sessel. Ich stellte ihn vor und bot Reisz und Gehrke Sessel an, bevor ich mich setzte, aber Reisz lehnte ab und blieb stehen, die Arme auf die Rückenlehne des Sessels gestützt. Gehrke spulte die Rechtsbelehrung herunter und zückte seinen Notizblock.

»Herr Quilt«, sagte Reisz, »wenn Sie einverstanden sind, sparen wir uns erst mal die Formalitäten. Ihr Freund hier, Herr, hm, Sills, sagt, daß Sie die Tote gefunden haben. Wann war das?«

Ein Muskel in Quilts Gesicht zuckte. Reisz hatte es gesehen, und ich machte mich auf ein Desaster gefaßt. Ich war mir sicher, Quilt würde uns reinreiten. Beide. Er würde vor Reisz einknicken und mir die ganze Sache in die Schuhe schieben.

»Ich schätze, gegen sechs«, sagte Quilt mit gefaßter Stimme. »Ich war in einer ziemlich schlechten Verfassung, und als ich die ...«

»Leiche«, sagte Reisz.

»... als ich die Leiche entdeckt habe, ich wäre beinahe ...« Quilts Stimme versickerte im Zimmer. Reisz wartete, aber Quilt starrte nur vor sich auf den Boden.

»Und Ihr Freund, Herr Sills, wann kam der hier an?«

»Kurz danach.«

»Wie kurz danach?«

»Ein oder zwei Minuten würde ich sagen. Ich stand immer noch in der Tür, im Zimmer drüben.«

»Ach ja, die Tür«, sagte Reisz und sah mich an. Die Tür. »Was dagegen, wenn ich rauche?«

Quilt schüttelte den Kopf.

Reisz zog eine Schachtel mit kurzen, dünnen Zigarren aus einer seiner Taschen.

»Wer ist die Tote?« fragte er.

»Sie arbeitet ... sie arbeitete ab und zu als Statistin für uns«, sagte Quilt. »Für den Film. Ich bin Produzent bei einer Filmgesellschaft.« Er fuhr sich mit der linken Hand über den Mund. »Venus Films.«

»Venus Films«, sagte Reisz und grinste. »Wissen Sie vielleicht auch, wie die Tote heißt?«

Quilt fuhr sich wieder mit der Hand über den Mund.

»Nein, ich weiß es nicht«, sagte er. »Ich habe gestern eine Party gegeben, um das Ende der Dreharbeiten zu einem Film zu feiern. Sie wissen ja, wie das ist: Einige Gäste laden Sie ein, die anderen kommen so.«

»Aber sicher«, sagte Reisz. »Ich weiß, wie das ist. Haben Sie mit ihr gesprochen?«

»Nur ein paar Worte, an der Bar.«

»Wissen Sie noch, mit wem sie gekommen ist?«

»Es war eine ganze Reihe von Statistinnen hier. Ich glaube, sie sind alle auf einmal gekommen.«

»Dann haben Sie vielleicht gesehen, mit wem sie gesprochen hat?«

Reisz gab sich keine Mühe zu verbergen, wie sehr ihn seine eigenen Fragen und Quilts Antworten interessierten.

»Nein, ich ... ich mußte mich ja um die Leute kümmern. Es waren einige Leute hier, die ...« Ich hatte ihm eingetrichtert, es nicht zu überziehen. Venus Films drehte nicht die richtigen Filme, um Reisz zu beeindrucken, und die Leute, die hinter der Firma standen, die Gesellschafter und die Geldgeber, würden ihn nur reizen, im Dreck zu wühlen.

»Ja, natürlich«, sagte Reisz. »Ist gestern abend etwas passiert, das mit ihrem Tod in Verbindung stehen könnte?«

Quilt sah auf.

»Ich weiß nicht, was Sie meinen.«

»Ich meine, ob es Streitereien gab? Oder sonst irgend etwas, das aus dem Rahmen fiel.«

Quilt schüttelte den Kopf.

»Wann sind die letzten Gäste gegangen?«

Quilt sah ihn mit diesem flehenden Augenaufschlag an, den er auch an mir ausprobiert hatte.

»Ich habe wirklich keine Ahnung. Ich ... ich bin irgendwann eingeschlafen.«

»Eingeschlafen«, sagte Reisz und zog die Augenbrauen hoch. »War die Tote noch da, als Sie eingeschlafen sind?«

»Ich glaube schon.«

»Wer war sonst noch da?«

»Ich weiß es nicht mehr genau«, sagte Quilt und sah aus, als ob er sich den Kopf darüber zerbrechen würde. Es sah gut aus, wie alles, was er bisher aufgeführt hatte, es hatte nur einen kleinen Fehler: Es sah eine Spur zu perfekt aus, und es beeindruckte Reisz nicht im geringsten.

»Ich glaube, ein paar von den Statistinnen waren noch da.«

»Herr Sills war nicht mehr da?«

»Sills? Nein, Sills war überhaupt nicht da, den ganzen Abend nicht«, sagte er und richtete sich in seinem Sessel auf.

»Wo waren Sie, Herr Sills, wenn Sie nicht hier waren?« fragte Reisz und drehte sich zu mir um.

»Ich?« fragte ich. »Ich war in meiner Wohnung. Ich meine, in meinem Büro«, verbesserte ich mich. »Ich wohne in meinem Büro.«

»Weshalb haben Sie Herrn Sills nicht eingeladen?« fragte Reisz Quilt. Quilt sah mich an. Dafür hatte ich ihn nicht präpariert.

»Wenn Sies genau wissen wollen, mir gehen diese Filmfritzen mit ihrem ewigen Getue auf den ...«

»Ihr Büro ist nicht etwa hier irgendwo in dieser Gegend?«

»Nein«, sagte ich. »Kreuzberg.«

»Sieh an, sieh an«, sagte Reisz zu Gehrke, »welch seltener Vogel. Ist Makler und wohnt in Kreuzberg.«

»Ja«, sagte ich, »Kreuzberg ist nicht mehr das, was es mal war.«

Wir starrten uns an.

»Tja, es soll ja jetzt einige wirklich hochnoble Gegenden geben, dort hinten in Kreuzberg.«

»Besuchen Sie mich doch mal.«

»Werde ich«, sagte Reisz, »werde ich bei der ersten sich bietenden Gelegenheit tun. Und nun wieder zu Ihnen, Herr Quilt. Ich nehme an, Sie haben gestern abend ein bißchen was getrunken. Ist wirklich nichts dabei. Wir werden Ihnen gleich Blut abzapfen, aber vielleicht haben Sie ja jetzt schon die Güte, uns zu sagen, ob Sie gestern vielleicht sonst noch irgendwelche Mittel zu sich genommen haben?«

Quilt sah mich erst an, und in seinen Augen lag zuviel Triumph. Dann sagte er:

»Ich will mit meinem Anwalt sprechen.«

Reisz schob seine Zigarre von einem Mundwinkel in den anderen.

»Ja, ja, ganz wie Sie wollen. Es wird einige Scherereien geben, falls Sie gestern unter Drogeneinfluß gestanden haben sollten, aber ich bin mir sicher, am Ende wird sich zeigen, daß Sie mit diesen Scherereien besser davonkommen als ohne.« Er machte eine wegwerfende Handbewegung. »Zerbrechen Sie sich bloß nicht den Kopf darüber, Sie werden schon damit fertig werden. Sie und Ihr Anwalt. Sie haben doch einen Anwalt, oder?«

Quilt nickte.

»Und Sie haben auch schon mit ihm telephoniert.«

Quilt nickte wieder.

»Leyfeldt?« fragte Reisz leise.

»Die Anwältin, die mich in geschäftlichen Dingen vertritt, sagte, sie würde sich mit Herrn Leyfeldt in Verbindung setzen, aber sie wußte nicht, ob er in der Stadt ist oder nicht.«

»Keine Sorge, er ist. Ich hatte erst heute morgen das Vergnügen. Fürs erste«, sagte er und drückte seine Zigarre aus, »würde ich Sie darum bitten, uns eine Liste Ihrer Gäste zu geben. Beschreiben Sie diejenigen, von denen Sie nicht wissen, wie sie heißen. Gehrke, Sie kümmern sich drum.« Er ging in Richtung Tür. »Wir werden uns jetzt ein bißchen in Ihrem Haus umsehen.«

Quilt, der schon aufstehen wollte, sah mich fragend an.
»Nein, nein, Sie bleiben hier und schreiben die Liste. Herr Sills kann uns führen, er wird sich hier ja auskennen.«

3. Die Führung wuchs sich binnen kürzester Zeit zu einer Katastrophe aus. Reisz sah sofort, daß ich mich im Haus kaum auskannte, und ließ mich hinter sich herlaufen.

Es gab Zimmer über Zimmer, eins schwülstiger eingerichtet als das andere, die Einrichtung war alt und überladen, nur hier und da gab es einen schlichten Lichtblick aus dem Biedermeier. Reisz schien sich nicht besonders für die Einrichtung zu interessieren, nicht mal für Biedermeiereinrichtungen. Das einzige Zimmer, in dem er stehenblieb, war das Ankleidezimmer. Er sah in die Spiegelschränke, und dann sah er sich selbst im Spiegel an.

Nach einer Weile fragte er:

»Was sehen Sie, Sills?«

»Im Spiegel?«

»Im Spiegel, Sills, im Spiegel.«

Er wartete nicht darauf, daß mir was einfiel.

»Ich werde Ihnen sagen, was Sie nicht sehen.«

Er grinste. Dann fiel ihm das Grinsen aus dem Gesicht, und er strich mit den Händen sein Jackett glatt. Es war kein schlechtes Jackett, aber es saß nicht, außerdem war es zu warm. Ich war mir ziemlich sicher, daß es sein bestes Stück war.

»Was Sie nicht sehen in diesem Spiegel, ist jemand, der Ihnen auf den Leim gehen wird.«

Ich sah ihn von der Seite an, dann starrte ich in den Spiegel.

4. »Sills«, sagte er, als wir wieder in der Halle standen, »vielleicht ist Ihnen aufgefallen, daß mir diese ganze Show hier nicht gefällt.«

Er sah mich an. Ich sah ihn an. Ich wußte, daß ich irgendwas sagen mußte, aber was, verdammt, gab es da noch zu sagen?

»Welche Show?«

»Vielleicht irre ich mich ja. Mein Instinkt sagt es mir. Eine ziemlich widerliche Angelegenheit, dieser Riecher. Meistens liege ich damit richtig, aber es ist nicht so, daß ich mich nie irren würde. Vielleicht helfen Sie mir, diese Ahnung, daß es sich um eine Show handelt, zu zerstreuen.«

»Wie?«

»Der Schlitten da draußen«, sagte er und zeigte zur Eingangstür, »ist nicht Ihrer, oder? Damit würden Sie nie und nimmer in Kreuzberg rumkreuzen?«

»Nein.«

»Und draußen auf der Straße, vor dem Haus, steht auch kein anderer Wagen.«

Ich brauchte nicht besonders lange, um zu verstehen, worauf er rauswollte. Er wollte mir zu verstehen geben, daß er es mit Stümpern zu tun hatte, mit elenden Versagern. Er wollte mir zu verstehen geben, daß er es satt hatte und müde war, weil er es sein ganzes Leben lang immer nur mit derselben Stümperei zu tun gehabt hatte. Ich kannte das Gefühl. Ich mußte es kennen, immerhin war ich selbst einer von diesen elenden Stümpern.

»Wo haben Sie Ihren Wagen?«

»Ich bin nicht mit dem Wagen da.«

Er sah mich mitleidig an. Es lag tatsächlich etwas in seinem Blick, das entfernte Ähnlichkeit mit Mitleid hatte, trotz der hochgezogenen Augenbrauen.

»Was Sie nicht sagen. Sie sind nicht mit dem Wagen da. Sagen Sie bloß, Sie sind mit der S-Bahn gekommen.«

Ich sagte nichts.

Er lachte.

»Sie fangen an, mir zu gefallen. Sie sind Makler, Sie wohnen in Kreuzberg, und Sie ziehen es vor, mit öffentlichen Verkehrsmitteln durch die Gegend zu gondeln.«

»Was paßt Ihnen daran nicht?«

»Alles, Sills, einfach alles«, sagte er und lachte wieder.

»Nehmen Sies mir nicht übel, es ist nur ein guter Rat: Fangen Sie an nachzudenken. Denken Sie gründlich nach. Und wenn Sie beim Nachdenken auf die Handtasche stoßen würden, würde ichs Ihnen nicht verübeln.«

»Was für eine Handtasche?«

Seine Hand machte eine wegwerfende Bewegung.

»Haben Sie schon mal eine dieser Damen gesehen, die ohne Handtasche aus dem Haus geht?« zischte er. »Ich habe mich noch nicht besonders gründlich umgesehen hier, aber nach Ihrer kleinen Führung würde ich sagen, sie liegt nirgendwo rum. Wie gesagt, ich kanns noch nicht mit Gewißheit sagen. Vielleicht ist sie noch drinnen bei Quilt. Vielleicht hat sie sie unter einem Sessel versteckt, wer weiß. Wenn nicht, wenn wir sie hier nirgendwo finden, dann kann mir keiner mehr einreden, Sie nicht und Ihr Leyfeldt nicht, daß die ganze Sache nicht zum Himmel stinkt.«

5. Ich hatte Leyfeldt seit ein paar Jahren nicht mehr gesehen und hätte nichts dagegen gehabt, ihm auch in den nächsten paar Jahren nicht zu begegnen. Das letzte Mal, als wir uns gesehen hatten, hatte einen bitteren Nachgeschmack hinterlassen, bei ihm, weil er eine gebrochene Nase davongetragen hatte, bei mir, weil er mir etwas angeknackst hatte, das schlechter heilte als ein Nasenbein.

Als er hörte, daß Leyfeldt die Auffahrt rauffuhr, verzog sich Reisz mit Gehrke in das Zimmer, in dem die Leiche lag. Ich ging zu Quilt, der mit der Liste in der einen und einem Glas Whisky in der anderen Hand dasaß und wartete.

»Leyfeldt kommt«, sagte ich.

Ein Lächeln lag auf seinen Lippen. Ein häßliches Lächeln, das wissen wollte, wie er seine Sache gemacht hatte. Er fuhr sich mit der Zunge über die Unterlippe und drückte mir die Liste in die Hand.

Der Name Senger stand nicht darauf.

Er sah mir über die Schulter und ging in Richtung Tür.

»Sie müssen Leyfeldt sein«, sagte Quilt. »Ich bin Quilt. Ich bin froh, daß Sie kommen konnten.«

»Herr Quilt«, sagte Leyfeldt hinter mir. »Charlotte sagte, Sie seien ein Freund.«

Es klang staubig.

»Gut, daß Sie hier sind, Herr Leyfeldt.«

»Wer leitet die Ermittlungen?« fragte Leyfeldt.

»Ein Herr Reisz.«

»Reisz?« fragte Leyfeldt, und in seiner Stimme lag etwas Süffisantes, trotz des Staubs.

»Aber ja«, sagte Reisz hinter Leyfeldt. »Kein anderer als Reisz.«

»Ich war gerade im Begriff, meinem Mandanten zu versichern, in wie guten Händen er bei Ihnen ist, Reisz«, sagte Leyfeldt. Ich drehte mich um, um ihn anzusehen. Leyfeldt hatte sich zu Reisz gewandt, der in der Tür stand.

»Wenn Sie das sagen, Leyfeldt.«

»Sie sind zu bescheiden, Reisz«, sagte Leyfeldt. Von der Seite sah ich, daß er einen amüsierten Zug um die Mundwinkel hatte. Sein fahles blondes Haar war noch schütterer geworden, die Lippen dünner, und seine Augen schienen noch grauer zu sein als früher. Leyfeldt war achtunddreißig, so alt wie ich, aber er wirkte bereits alterslos, wie jemand, für den die Jahre keine Bedeutung mehr haben. Er wurde immer glatter, je älter er wurde. Der aschgraue Kaschmiranzug, den er trug, saß wie angegossen.

Reisz sagte nichts. Vielleicht wurde sein Gesicht eine Spur grauer, vielleicht auch nicht. Vielleicht hatte er schon lange sein letztes Grau aufgetragen.

Leyfeldt drehte sich zu Quilt um. Und sah mich. In seinem Gesicht war keine Regung zu sehen.

»Wer sind Sie, wenn ich mir die Frage gestatten darf?«

Quilt antwortete: »Herr Sills hier ist ein Freund. Er ist hier vorbeigekommen, kurz nachdem ich die Leiche gefunden habe.«

»Sehr erfreut«, sagte Leyfeldt und kam auf mich zu, um mir die Hand zu geben. Er lächelte mich an. Ich lächelte zurück. Seine Hand war trocken wie Kreide.

»Ist die Liste fertig?« fragte Reisz.

»Welche Liste?« fragte Leyfeldt.

Ich gab Reisz die Liste. Er sagte:

»Die Liste der Gäste, die gestern abend hier waren.«

»Darf ich sie sehen?« fragte Leyfeldt.

Reisz hielt ihm die Liste hin. Leyfeldt las die Namen und gab sie Reisz zurück.

»Ich würde gern einen Augenblick unter vier Augen mit meinem Mandanten sprechen, wenn Sie nichts dagegen haben.«

»Aber nicht das Geringste, Herr Leyfeldt«, sagte Reisz. »Wie ists, begleiten Sie mich, Sills?«

Leyfeldt warf mir einen Blick zu, der alles bedeuten konnte oder nichts.

6. »Wie gehts jetzt weiter?« fragte ich Reisz, als wir in der Halle standen. Die Spurensicherung rannte hin und her, und durch die offene Eingangstür wehten Fetzen des Funkverkehrs aus den Wagen herein.

»Tja, wie gehts jetzt weiter? Auf alle Fälle habe ich vor, Ihnen eine weitere S-Bahn-Fahrt zu ersparen. Ich schlage vor, daß Sie Quilt und mich erst mal in die Keithstraße begleiten. Oder haben Sie schon was Besseres vor?«

»Wollen Sie Quilt festhalten?«

»Festhalten?« lachte er. »Festhalten? Sie reden schon wie ein Anwalt, Sills. Ich würde Quilt gern an die Wand nageln und Leyfeldt und Sie nebendran. Aber wie die Sache im Augenblick aussieht, werde ich mich wohl oder übel damit begnügen müssen, Ihre Aussagen aufzunehmen. Quilt werde ich wegen Verdunkelungsgefahr vielleicht über Nacht bitten müssen, bei uns zu bleiben, aber ich werde keinen Richter finden, der verrückt genug ist, mir einen Haftbefehl für ihn auszustellen. Nicht mit dem, was wir hier bisher haben«, sagte er und drehte mir den Rücken zu.

Er sah Gehrke, der mit einem älteren Mann mit graumelierten Schläfen und Medizinerkoffer nach draußen gehen wollte, hielt ihn an und fragte ihn etwas, aber die beiden redeten so leise, daß ich nichts verstehen konnte.

Gehrke schüttelte den Kopf. Reisz zeigte auf das Zimmer, aus dem wir gekommen waren, und Gehrke nickte.

Ich ging hinaus auf die Terrasse, setzte mich auf eine niedrige Mauer und nahm die letzte Gitanes aus meiner Schachtel. Es war still. Totenstill. Es war eine nette Gegend, immer noch ein bißchen stickig vielleicht, aber was wollen Sie, im Hochsommer ist es stickig, selbst in den besseren Gegenden der Stadt, und hier verhielten sich die Leute wenigstens gesittet. Sie blieben still. Sie starben vielleicht und schrien um ihr Leben, aber alles in ihren Zimmern, hinter geschlossenen Türen, und nach einer Weile war es wieder still. Totenstill.

Ich hatte plötzlich einen bitteren Geschmack auf der Zunge. Ich riß das Zigarettenpapier auf und ließ den Tabak auf die Steinfliesen rieseln.

Irgendwo klingelte ein Telephon.

Drittes Kapitel

1. Sie steckten Quilt und mich in zwei lange, schlauchartige Zimmer, die wie Schließfächer aussahen, nur daß sie dunkler waren. Sie hatten auch dieselbe Einrichtung wie das Standardschließfach: ein Schreibtisch, ein paar zusammengewürfelte Stühle und staubige Aktenschränke. Eine graugrüne Triumph-Schreibmaschine aus den Fünfzigern. Die Wände waren mit einer gelben, kränklich glänzenden Farbe gestrichen und schienen zu schwitzen. Der graumarmorierte Linoleumboden war mit Brandflecken übersät.

Zwischen den Zimmern gab es eine Verbindungstür. Ich blieb mit Gehrke allein. Er setzte sich mir gegenüber und stellte mit ruhiger, routinierter Stimme die üblichen Fragen. Ich gab ihm die üblichen Antworten, die, die ich auch Quilt eingebleut hatte. Gehrkes Gesicht verriet nicht, ob er mir auch nur ein einziges Wort glaubte. Reisz lief zwischen den Zimmern hin und her, blieb ab und zu hinter mir stehen, ließ Gehrke seine Fragen herunterleiern und sagte nichts. Als Gehrke meine Aussage aufgenommen hatte, gab es eine Pause: Offenbar hatten sie Quilt drüben noch in der Mangel. Gehrke klemmte sich hinters Telephon, aber er ließ mich nicht aus den Augen. Nach einer Weile stellte jemand einen Becher Kaffee vor mich hin, der zwar nicht genießbar war, aber immerhin so heiß, daß ich mir die Finger daran verbrennen konnte.

Ich bat Gehrke um eine Zigarette und zündete sie an. Die Tür ging auf. Ich drehte mich um, und Reisz hielt sie einen Augenblick so auf, daß ich nicht anders konnte als hinüberzusehen. Quilt sah aus, als würde er bald vom Stuhl fallen. Er kauerte auf seinem Stuhl, starrte vor sich auf den Boden und schüttelte den Kopf. Er war bleich, so bleich wie nachmittags in meinem Büro, und er zitterte wieder. Gehrke stand auf und ging zu ihm ins Zimmer. Reisz zog die Tür hinter sich zu, ließ sich in seinen Sessel fallen und fing an, in der Mappe mit meiner Aussage herumzuwühlen, ohne mich eines Blickes zu würdigen. Er hatte sein Jackett ausgezogen und zerrte an seiner Krawatte. An irgendeiner Stelle fluchte er, sah auf und sagte:

»Tun Sie mir den Gefallen und verschwinden Sie, Sills. Ich kann Sie nicht mehr sehen.«

»Heißt das, Sie brauchen mich nicht mehr?« fragte ich und warf meine Zigarette in den Becher. Die Glut zischte. Reisz zog eine Augenbraue hoch.

»Ich habe alles, was ich brauche«, sagte er. »Mehr.«

»Was ist mit Quilt?«

»Quilt?« fragte er und steckte seine Nase wieder in meine Aussage. »Quilt braucht einen Anwalt. Ich würde sagen, er braucht einen sehr guten Anwalt, und selbst dann habe ich noch so meine Zweifel, ob...«

»Bleibt er hier?«

»Ich weiß zwar nicht, was Sie das angeht«, sagte Reisz, »abgesehen von Ihrer zweifelhaften Behauptung, Sie seien mit Quilt befreundet, aber wenn Sie mir versprechen, dann zu verschwinden, sage ichs Ihnen: Er bleibt hier.«

»Ich dachte...«

»Sie dachten, Sills?«

»Haben Sie ihn verhaftet?«

»Wir haben noch keinen Haftbefehl, aber wenn Sie wollen, können Sie es so nennen: Wir haben ihn festgenommen, wegen dringenden Tatverdachts.«

»Ich dachte, Sie würden ihn nicht verhaften, Reisz.«

»Das dachte ich auch«, sagte Reisz und lehnte sich in seinem Stuhl zurück. Er verschränkte die Hände im Nacken und zeigte mir die dunklen Schweißflecken unter seinen Armen. Er kostete aus, was er hatte. Was immer er hatte. »Aber das war, bevor wir das Messer gefunden haben.«

»Welches Messer?« fragte ich, aber es klang nicht nach einer Frage. Eher nach einem Kratzen im Hals.

»Welches Messer?« Reisz sah mich an, als müßte ich wissen, welches Messer er meinte. »Das Messer mit Quilts Fingerabdrücken natürlich.«

2. Leyfeldt saß draußen auf dem Gang auf einer Bank und las, die randlose Halbbrille auf der Nase, in irgendeinem Schriftsatz. Als er mich sah, legte er ihn neben sich auf die Bank und sagte: »Ich muß mit dir sprechen.« Ich ging weiter, ich ging einfach weiter und sagte: »Ruf mich an.« Sollte er eine Weile mit meiner toten Telephonleitung reden.

Es war gegen zehn. Ich ging die Keithstraße hinunter bis zur Kleiststraße. In der Keithstraße, besonders auf der östlichen Seite, wo der gedrungene Bunker der Kriminalpolizei steht, reihte sich ein Antiquitätengeschäft ans andere. Die ganze Keithstraße bestand nur aus Antiquitätengeschäften, einer Bar für gutsituierte Schwule und der Kriminalpolizei. Und wenn ich Antiquitäten sage, meine ich Antiquitäten, keinen Trödel. Ich meine Meissen, nicht die Möbel Ihrer Großeltern, die nach lange vergangenen Tagen und Haaröl riechen.

Ich ging nach rechts zum Wittenbergplatz, kaufte eine Stange Gitanes und fuhr mit der U-Bahn in Richtung Schlesisches Tor. Am Kottbusser Tor stieg ich aus.

Meine Wohnung lag in der gleichen heruntergekommenen Gegend wie mein Büro, sogar in der gleichen Straße. Ich hatte schon ein paar Wochen nicht mehr dort geschlafen und hatte nicht vor, jetzt damit anzufangen. Nicht daß Sie denken, irgendwas stimmte nicht mit meiner Wohnung. Meine Wohnung war soweit in Ordnung. Sie sollte bei Gelegenheit gründlich entrümpelt, gestrichen und neu eingerichtet werden, und ich hatte den leisen Verdacht, daß der Schwamm in den Wänden saß, aber sonst war sie in Ordnung. Bis auf eine Kleinigkeit. Ich teilte sie mit Therese. Sie erinnern sich vielleicht an Therese. Sie hatte mich zwar mit einem ziemlichen Trara verlassen, aber nicht so, wie ich es mir vorgestellt hatte, mit Koffern und so weiter. Sie weigerte sich sogar, aus meiner Wohnung zu verschwinden, weil sie, wie sie behauptete, keine andere fand.

Ich hegte keine besonderen Hoffnungen mehr, was Therese betraf. Ich hoffte eigentlich nur noch, daß ich meine Wohnung behalten konnte. Die Sache mit Thereses Schwester war eine ausgemachte Schweinerei, nicht mehr und nicht weniger, und ich gebe außerdem zu, daß es meine Schweinerei war, ganz, oder doch fast ganz allein meine Schweinerei. Ich verstehe, daß Therese ihre Schwester, die nur für ein paar Wochen, hatte sie gesagt, nur für ein paar Wochen, bis sie eine eigene Wohnung gefunden hätte, bei uns gewohnt hatte, sofort und hochkant aus der Wohnung geworfen hatte. Ich verstehe, daß sie mir eine ganze Nacht lang einen Teil meiner Sachen an den Kopf schmiß. Verstehe ich alles. Aber als sie auch noch mich aus der Wohnung werfen wollte, aus der Wohnung, in der ich seit mehr als zehn Jahren vor mich hinvegetierte, inmitten des ganzen alten Gerümpels, das ich sonst auf einem Karren hinter mir herziehen und nachts unter irgendeiner Brücke auf einen Haufen stapeln müßte, hatte die Sache mit dem Verständnis ein jähes Ende.

Ich ging die Reichenberger Straße entlang, bog in die Lausitzer und blieb vor dem Haus stehen. Oben brannte Licht, und ich beschloß, daß ich meine Klamotten noch eine Nacht tragen konnte. Ich ging über die Straße in mein Büro. Als ich die Tür aufmachte, kam mir die stickige Luft entgegen. An dem Fliegenpapier, das von der fleckigen Lampe über meinem Schreibtisch hing, klebten zwei Fliegen mehr als am Nachmittag. Ihre behaarten Beine waren in den giftig-gelben Leim gesunken, mit dem das Papier bestrichen war. Die Fliegen lösten sich mit der Zeit darin auf. Der Leim zerfraß sie. Vielleicht sollte ich mich auch auflösen, mit der Zeit, dachte ich. Vielleicht war das ja nicht mal die schlechteste Idee.

3. Die Couch, die in der Zimmerflucht steht, die ich mein Büro nenne, ist nicht nur zu kurz, sondern zu kurz und durchgelegen. Ich weiß nicht, wer sie durchgelegen hat, sie stand schon in der Ecke, als ich das Büro bezogen habe, aber ich weiß, daß der Betreffende oder die Betreffende oder weiß der Geier wer einen bemerkenswerten Körpergeruch verströmte, der seinen Weg in die gepolsterten Eingeweide gefunden hat, die sich unter dem roten Brokatbezug verbergen.

Es war noch früh, viel zu früh für mich. Ich stand gebeugt in der winzigen Küche, suchte den Kaffeefilter aus dem Mülleimer, spülte den alten Sud aus und setzte Kaffee auf, genau wie Harper.

Mit einer Tasse Kaffee, die nach Zigarettenasche schmeckte, ging ich zu meinem Schreibtisch. Ich bemühte mich, meinem Telephon das Gefühl zu vermitteln, daß es für mich Luft war. Und nahm mir wieder mal vor, meinen Müll zu trennen, in Kaffeefilter und Sonstiges.

Quilt hatte keinen Zweifel daran gelassen, daß er Senger verdächtigte, wer immer Senger war. Er hatte auch keinen Zweifel daran gelassen, daß er Angst vor Senger hatte, wer immer Senger war. Senger war der Mann mit dem Namen, der auf keiner Liste stand. Der Mann, dessen Namen Quilt vor Angst auf keine Liste schrieb, obwohl er ihn verdächtigte. Aber weshalb verdächtigte er ihn, wenn es seine, Quilts Fingerabdrücke waren, die die Bullen auf dem Messer gefunden hatten?

Ich holte mir eine zweite Tasse Kaffee, würfelte Zucker hinein und dachte daran, den Geschmack mit einer Zigarette zu übertünchen, ließ es dann aber. Ich werde unleidlich, wenn ich morgens rauche. Noch unleidlicher, als ich ohnehin schon bin. Und ich konnte es mir nicht leisten, unleidlich zu sein, denn ich hatte eine Verabredung. Mit einer Dame. Mit einer entgegenkommenden Dame. Glücklicherweise wußte sie noch nichts von ihrem Glück.

4. Ich lief in der gleißenden Sonne über die Hobrechtbrücke und dann nach rechts, über den Türkenmarkt, durch ein Gewühl von türkischen Müttern und Großmüttern mit Kopftüchern und Hunderten von roten Plastiktüten zur Kottbusser Brücke.

Noch bevor ich die Hobrechtstraße erreicht hatte, hatte ich sie schon bemerkt. Oder sagen wir, zwei von ihnen. Einer trug eine Jacke, die nach Schlangenleder aussah. Der andere war unauffällig gekleidet und bewegte sich behäbig. Sie folgten mir in weniger als zehn Metern Abstand und verrieten sich dadurch, daß sie nicht aussahen wie türkische Mütter oder Großmütter. Sie sahen überhaupt nicht wie Türken aus, geschweige denn wie türkische Mütter oder Großmütter. Natürlich wußte ich nicht, wie viele türkische Mütter und Großmütter Reisz aufgeboten hatte, um hinter mir herzuschnüffeln, aber ich vermutete, daß es reichen würde, wenn ich mich um die beiden kümmerte.

Ich ging in einen Imbiß an der Ecke zum Kottbusser Damm, bestellte mir ein fettes Lammsandwich zum Frühstück und sah aus dem Fenster. Die beiden standen auf der anderen Straßenseite. Ich kaute eine Weile auf dem Lammfett rum, lauschte der türkischen Schlagermusik und sah den Lammhälften zu, die sich im Schaufenster in den Grills drehten. Dann versuchte ich, den Geschmack des Lammfetts mit einem Mokka hinunterzuspülen, aber alles, wonach der Mokka schmeckte, waren Lammfett und Asche. Ich zahlte und ging hinaus auf die Straße.

Sie sahen, daß ich in ihre Richtung starrte, und drehten sich zum Kanal um. Tauben flogen über die Brücke, mit diesem quietschendem Flügelschlag, immer auf der Suche nach der besten Stelle für einen Schiß. Ich hasse Tauben. Es gibt fast nichts, was ich so sehr hasse wie Tauben. Und es gibt nichts, was es in dieser Gegend in solchen Mengen gibt wie Tauben.

Der U-Bahnhof Kottbusser Damm war kein Umsteigebahnhof. Es gab nur einen einzigen langgezogenen Bahnsteig mit Ausgängen an beiden Enden. Ich lief die Treppe hinunter, schlenderte bis zur BVG-Kabine und drehte mich um. Die beiden kamen gerade die Treppe runter und versuchten so zu tun, als ob sie sich nicht kennen würden. Ich schlenderte weiter in Richtung des anderen Ausgangs und drehte mich wieder um. Der eine stand halb verdeckt hinter einer Litfaßsäule, der andere hatte sich auf eine Bank gesetzt und untersuchte seine Fingernägel. Ich wartete. Ein Zug zum Kottbusser Tor fuhr ein, und ich stellte mich am hintersten Wagen in die Schlange neben der Tür. Der hinterste Wagen war immer am vollsten, voll mit Schwarzfahrern und Leuten, die sich aus irgendwelchen merkwürdigen Gründen hinten und unter Schwarzfahrern wohler fühlen als vorne. Ein paar von den Schwarzfahrern und den Leuten mit den merkwürdigen Gründen stiegen aus. Ich ging zur Seite und konnte meine Begleiter sehen. Die beiden standen weiter vorne vor ihren Türen, aus denen niemand ausstieg, und sahen verstohlen her. Die Lautsprecher keiften: »Einsteigen bitte.« Ich stieg ein und blieb an der Tür stehen. Wieder das Gekeife: »Zurückbleiben.« Als die Tür zuging, stemmte ich mich dagegen und quetschte mich hindurch. Und rannte. Ich rannte den anderen Ausgang hinauf, an einem vergitterten Blumenstand auf dem Treppenabsatz vorbei, rempelte ein paar Passanten an und verschwand um die Ecke in der Schönleinstraße.

Am Hohenstaufenplatz stand ich dann eine Weile hinter dem grün gestrichenen Pissoir, das seit Jahren verfiel, ohne daß sich irgend jemand darum kümmerte, und starrte die Schönleinstraße hinunter. Irgendwann hatten die zuständigen Stellen einen Zaun um das Pissoir gestellt, und jetzt verfiel auch der Zaun. Meine beiden Begleiter kamen mir nicht nach. Ich hatte sie abgehängt. Ich war mir ziemlich sicher, daß es Reisz' Leute waren. Wer würde mir sonst folgen wollen? Es gab da zwar noch ein paar unbezahlte Rechnungen, aber nachdem ich meine Wagenschlüssel abgegeben hatte, war nichts mehr so aufregend, daß jemand sich die Mühe machen würde, mir deshalb die Inkassohelden auf den Hals zu schicken.

Reisz würde ihnen den Arsch aufreißen, aber er würde sich hinterher nicht besser fühlen. Er würde es hinterher immer noch mit denselben Stümpern zu tun haben.

Ich ging in Richtung Südstern.

5. Venus Films, Produktion und Synchronisation, residierte am Mariendorfer Damm in Tempelhof. Eine Tür, die aussah wie die Tür eines Geldschranks, zu meinem Erstaunen aber sofort aufsprang, als ich auf die Klingel drückte, öffnete sich auf einen riesigen Raum mit weiß-gekalkten Backsteinwänden, an denen billige, billig gerahmte Filmplakate hingen, Plakate mit Fleisch. Viel Fleisch. Venus Films war, der Name verschleierte es ja nicht gerade, im Fleischhandel, im Blue Movie Business. Irgendwo, weit hinten, konnte ich so was wie Türen erkennen, aber es war nicht auszuschließen, daß ich mir das nur einbildete. Zwei elegant gekleidete Frauen kamen lächelnd auf mich zu. Sie bemerkten mich, und ihr Brennscherenlächeln wurde noch ein paar Zentimeter breiter. Dann kamen sie noch näher und hörten auf zu lächeln. Nicht ausgeschlossen, daß sie gerochen hatten, wo ich die Nacht verbracht hatte.

Hinter der Empfangstheke sprach eine schwarzhaarige Empfangsdame gleichzeitig in zwei Telephone. Obwohl sie gleichzeitig in beide Telephonhörer quasselte, war das, was sie dem linken Hörer sagte, etwas anderes als das, was sie dem rechten sagte.

»Ich würde gern mit Frau Berg sprechen«, sagte ich.

Sie zeigte mit dem linken Zeigefinger auf den Hörer, den sie in der rechten Hand hielt.

»Es ist dringend«, sagte ich.

»Es ist immer dringend«, zischte sie und deckte mit der Hand einen der Hörer ab. »Haben Sie einen Termin?«

»Ja«, log ich.

Sie sah in ihrem Terminplan nach.

»Nein«, sagte sie und sprach wieder in ihre Telephone.

»Hören Sie, ich habe keine Zeit, mich mit Ihnen rumzustreiten«, sagte ich. »Entweder ich kriege jetzt Frau Berg zu sprechen, oder ich veranstalte hier einen solchen Ärger, daß sich Ihnen die Zehennägel aufrollen.«

Sie sah mich gelangweilt an.

»Wenn Sie wollen, können Sie vielleicht mit Herrn Henning sprechen«, sagte sie nach einer Weile.

»Ich will mit Frau Berg sprechen, nicht mit Herrn Henning.«

Sie legte die Finger über die Hörer und zischte: »Jetzt hörn Sie mir mal gut zu: Sie sprechen entweder mit Herrn Henning oder Sie ziehen Leine.«

Ich verdrehte die Augen. Sie griff sich einen dritten Hörer, drückte einen der Knöpfe und sagte: »Jörn, hier ist so ein Typ, der mit der Berg sprechen will. Nein. Nein, er meint, es sei dringend.« Sie lachte und sah mich mitleidig an. Wenigstens eine, die Mitleid hatte. »Nein«, sagte sie, »er sieht nicht so aus, als ob er hier einsteigen wollte. Oder könnte.« Dann legte sie gekonnt den Hörer auf.

»Warten Sie«, sagte sie und widmete sich wieder ihren Telephonen.

Es dauerte. Ich kann nicht genau sagen, wie lang es dauerte, aber es dauerte mindestens eine halbe Ewigkeit, in der ich nichts Besseres zu tun hatte, als auf die Eingangstür zu starren. Ich wartete darauf, daß Reisz hier auftauchte.

Henning war ein smart aussehender Knabe Ende Zwanzig. Wahrscheinlich war er aus dem Katalog eines besseren Kaufhauses entlaufen. Über seiner handbemalten Krawatte aus Seide trug er ein strahlendweißes Gebiß und ein Gesicht, das verriet, daß er sich für einen smart aussehenden Knaben hielt. Immerhin ersparte er mir sein Verkäuferlächeln und streckte mir auch nicht die Hand hin.

»Henning«, sagte er. »Sie sind Herr...«

»Sills«, sagte ich und ließ ihm keine Zeit, mich einzuseifen. »Ich will Sie nicht weiter aufhalten. Ich will mit Frau Berg sprechen, nicht mit Ihnen. Genauer gesagt will Quilt, daß ich mit ihr spreche. Sie kennen doch Quilt, oder?« fragte ich und drückte ihm Quilts Schreiben an die Berg in die Hand. Er nahm es und las es durch.

Henning hielt sich nicht nur für smart, er war es auch. Außerdem konnte er Quilts Schrift entziffern.

»Weshalb haben Sie das nicht gleich gesagt, Herr Sills?« sagte er mit einem Lächeln. Vielleicht bedauerte er sogar, daß es zu spät war, mir die Hand zu geben. »Ich fürchte, Frau Berg steckt gerade mitten in Aufnahmen«, sagte er, »aber ich will sehen, was ich für Sie tun kann. Wenn Sie bitte hier warten.« Dann verschwand er mit dem Schreiben.

Diesmal dauerte es keine halbe Ewigkeit. Henning kam zurück und führte mich in eins der Aufnahmestudios. Er blieb an einer Rampe stehen, auf der eine Frau mit kurzgeschnittenen grauen Haaren in einem schwarzen Nadelstreifenanzug vor einem Plüsch-Sofa stand und mit ein paar Männern sprach. Sie hatte ihre Hände in die Hüften gestemmt und gab Anweisungen.

»Wenn wir gegen Ende der Kamerafahrt abblenden, kriegen wir die zeitliche Abfolge rein, wenn wir bei der folgenden Einstellung aufblenden.«

»Scheiße«, bellte einer der Männer, ein Mittvierziger mit einer Wampe, die das schwarze Hemd, das er unter einer alten schwarzen Lederjacke trug, über dem Gürtel zu sprengen schien, langen grauen Haaren, die zurückgebunden waren, und einem Achttagebart. Er ging zu einer Kamera, die auf einem fahrbaren Stativ stand. »Abblenden, aufblenden, es ist immer die gleiche Scheiße bei dir. Fehlt nur noch ne Fettscheibe.«

»Niemand zwingt dich, hier hinter der Kamera zu stehen, Weller«, sagte die Berg leise. »Stell dich doch unten an die Straßenecke und halt die Hand auf, wenn dir das hier nicht paßt.«

»Scheiße«, fluchte er und stellte sich hinter die Kamera.

»Warten Sie«, flüsterte mir Henning zu.

Ich wartete.

Die Kamera fuhr in einem großen Bogen auf das leere Sofa zu, und die Scheinwerfer wurden abgeblendet.

»Sie flicken Teile eines Films aneinander«, flüsterte Henning und beugte sich zu mir herüber. »Dicke Luft wie immer.«

Irgendwann drehte sich die Berg um und sah uns. Henning zeigte auf mich. Sie drehte sich wieder um und rief: »Pause.« Dann stieg sie seitlich an der Rampe hinunter.

»Sie kommen von Quilt?« fragte sie, ohne mir die Hand zu geben. Sie war vielleicht fünfzig und versteckte es unter einer dicken Schicht Schminke, die ihre schlechte Haut nur noch hervorhob. »Wo steckt er? Er müßte eigentlich schon lange hier sein.«

»Herr Quilt ist verhindert«, sagte ich. »Er wird ein paar Tage verhindert sein.« Vielleicht ein paar Jahre. Oder Jahrzehnte.

»Was wollen Sie?« fragte sie.

»Könnte ich Sie kurz unter vier Augen...?«

»Kurz«, sagte sie kurz angebunden. »Wissen Sie, was uns diese Pause kostet?« Aber sie wollte gar nicht warten, um zu erfahren, ob ich wußte, was diese Pause kostete. Ihre Zeit war offensichtlich zu kostbar, um zu warten, bis ich ihr sagen konnte, wie kostbar sie war.

»Kommen Sie«, sagte sie.

Als wir in ihr Büro kamen, klingelte das Telephon, aber sie schien es nicht wahrzunehmen.

»Herr Quilt hat sie vorgestern gebeten, einige Damen...«

Sie griff nach einem roten Zigarettenetui und nahm eine Zigarette mit goldenen Streifen am Filter heraus. Ihre Hände verrieten, daß sie noch eine Ecke älter sein mußte, als es den Anschein hatte. Sie waren alt und faltig. Die ersten Altersflecken zeigten sich auf den Handrücken. Sie betrachtete die Zigarette in ihrer Hand.

Ihr Name hatte auf der Liste gestanden.

»...zu seiner Party einzuladen. Erinnern Sie sich an die Namen der Damen?«

»Ich müßte nachsehen«, sagte sie und blies den Rauch über den Schreibtisch in meine Richtung. »Irgendwas passiert?«

»Was sollte passiert sein?«

»Keine Ahnung.«

Wir sahen uns an.

»Es hat ein paar Schwierigkeiten gegeben«, sagte ich.

»Schwierigkeiten? Was für Schwierigkeiten?«

»Sie waren selbst auf der Party, nicht?«

»Nur kurz. Ich mußte gestern nach München und zurück. Wollten Sie mir nicht etwas über diese Schwierigkeiten sagen?«

»Ich bin mir sicher«, sagte ich, »daß Ihre Zeit viel zu kostbar ist, um sie mit solchen Kleinigkeiten zu verschwenden.«

Sie stand langsam auf, ging an ein Regal, zog einen Ordner raus und ließ ihn auf den Tisch fallen.

»Hier sind sie«, sagte sie, nachdem sie eine Weile geblättert hatte. Sie nahm zwei Blätter aus dem Ordner und legte sie vor mich auf den Tisch.

Es waren Vordrucke. Offensichtlich waren die Mädchen nicht von einer Agentur vermittelt worden, sondern hatten sich so, auf eine Anzeige hin oder sonstwie, bei Venus Films gemeldet, denn es war kein Name einer Agentur eingetragen. Oben rechts war ein Feld für ein Bild. Für ein aussagekräftiges Bild. Die erste war eine knochige, hochgewachsene Blondine. Das Blond war zwar falsch, aber immerhin. Sie hatte einen harten Zug um den Mund und hieß Nora LaMotte. Die zweite war kleiner, hatte schwarze Haare und nicht die Spur eines harten Zugs um den Mund. Ansonsten hatte sie weniger Glück gehabt: Sie war tot.

Ihr Name war Christiane Frank.

Ich schrieb die Namen und Adressen ab.

»Was wissen Sie über die beiden?« fragte ich sie.

»Nichts, außer dem, was da steht.«

»Weshalb haben Sie sie zu Quilt geschickt?«

»Sehen Sie mal unten nach.«

Unten auf den Vordrucken war jeweils ein Haken, ein roter, mit viel Schwung durchgezogener Haken.

»Der Haken heißt, daß Sie bereit sind, sich zu diesen Partys bei Quilt einladen zu lassen?« fragte ich.

»Sie habens erfaßt.«

»Sie müssen doch mit ihnen gesprochen haben, um das rauszukriegen.«

Sie schüttelte den Kopf.

»Henning?« fragte ich.

Sie nickte flüchtig.

»Eine der beiden Damen«, sagte ich, »kam in Begleitung einer Bekannten. Sie wissen nicht zufällig ihren Namen?«

»Nein«, sagte sie. Dann sah sie auf ihre Uhr. »Sonst noch was?« Ich konnte sehen, daß sie mich nicht gerade in ihr Herz geschlossen hatte, aber vielleicht hatte das nichts mit mir zu tun, vielleicht hatte sie einfach nicht die Zeit, mich ins Herz zu schließen.

»Ja«, sagte ich. »Heute wird noch jemand nach den

Mädchen fragen. Ohne ein Schreiben von Quilt, und auch sonst von wesentlich weniger einnehmendem Wesen als ich. Wenn er Sie fragt, ob ich hier war, werden Sie es ihm wohl oder übel auf die Nase binden müssen, aber wenn er Sie nicht fragt, wäre es in Quilts Interesse, wenn Sie vergessen, es ihm zu sagen.«

Sie lachte kurz.

»Wissen Sie, was?« fragte sie, drückte ihre Zigarette in den überfüllten Aschenbecher und stand auf.

»Ich habe Sie schon fast vergessen.«

6. Sie ließ mich vor der Tür ihres Büros stehen. Ich wollte so schnell es ging verschwinden, aber dann fielen mir wieder die Plakate an der Wand ins Auge. Ich sah mir ein paar davon näher an. Die Filme waren fast alle von Quilt produziert worden. Bei zwei oder drei von ihnen hatte Weller Regie geführt, bei den meisten die Berg. Es sah so aus, als ob es Weller jetzt wieder an die Kamera verschlagen hätte. Sein Name stand auch nicht auf Quilts Liste. Ich hatte keins dieser Plakate je gesehen und konnte mir nicht vorstellen, wozu Venus Films sie brauchte, außer als Wandschmuck. Die Filme, die hier produziert wurden, liefen in Pornoshops mit Video-Show und in den Sexklitschen am hinteren Ende der Einkaufspassagen oder in den Straßen im Bahnhofsviertel und brauchten keine Plakate, um ihre Kundschaft zu finden.

Eines der Plakate fiel aus dem Rahmen, weil kein Fleisch zu sehen war. Ich ging näher heran, aber es dauerte eine Weile, bis ich begriff, was ich statt dessen sah. Es war der Griff eines Messers. Auf dem Plakat war nicht mehr zu sehen als der Griff eines Messers, das bis zum Heft in den flammendroten Hintergrund gestoßen worden war. Das Messer selbst war dunkelrot, es ging fast in ein verkohltes Schwarz über, und es hatte nur unscharfe Konturen, die im helleren Rot des Hintergrunds zerflossen.

Der Film hieß »Der Stecher«. Quilt hatte ihn produziert, und Weller hatte Regie geführt. Derselbe Weller, der jetzt neben mir stand.

»Sie dürften der erste sein, der je stehengeblieben ist, um sich diese Dinger anzusehen«, sagte er und zog an einer Zigarre.

»Herr Weller?« fragte ich und hielt ihm die Hand hin. »Ich bin ein Freund von Quilt.«

Weller musterte mich mit mißtrauischen Augen, als er mir die Hand gab. Er hatte eine ziemliche Fahne und auch ansonsten etwas angenehm Zwielichtiges.

»Wußte gar nicht, daß Quilt auch Freunde hat«, sagte er.

»Hat er Feinde?«

Er wandte den Blick ab. Es schien ihn nicht zu interessieren, ob Quilt Feinde hatte oder nicht. Wie es aussah, hatte er seine eigenen.

»Kann sein, kann nicht sein.«

Ich winkte Henning, der gerade aus dem Aufnahmestudio geschlichen kam. Seine smarte Fassade hatte unter irgend etwas gelitten, und ich hatte ihm gerade noch gefehlt. Aber er war immer noch smart genug, keine Fehler machen zu wollen. Er konnte schließlich nicht wissen, was es zu bedeuten hatte, daß ich mit einem Brief von Quilt durch die Gegend lief. Vielleicht würde ich morgen in irgendeinem Sessel hinter irgendeinem der Schreibtische hier sitzen und ihm sagen, was er zu tun hatte. Vielleicht würde ich morgen schon in seinem Sessel sitzen.

»Henning, sagen Sie, ich würde mir gern diesen Film hier ansehen. Würden Sie eine Vorführung für mich arrangieren?«

»Jetzt?« fragte er entgeistert.

» Weshalb nicht jetzt?« sagte ich und versuchte, ungeduldig auszusehen.

»Ich...« sagte er.

»Ich kann Ihnen den Film zeigen«, sagte Weller. Henning schien erleichtert. Dann dämmerte ihm, daß Weller und ich vielleicht gemeinsam an seinem Sessel sägten, und er bekam seine Zweifel.

»Sollten Sie nicht zurück zum Set?« sagte er zu Weller.

Weller zuckte mit den Schultern.

»Ihre Gönnerin hat mich gerade gefeuert«, sagte er grinsend. »Endgültig gefeuert, wie sie sagte.«

»Freut mich zu hören«, sagte Henning. Für einen Augenblick schien er vergessen zu haben, wie smart er war.

Die beiden starrten sich an.

»Freuen Sie sich nicht zu früh«, sagte Weller. Henning warf einen Seitenblick auf mich und sagte mit einem Lächeln: »Ich weiß nicht, ob ich Ihnen unter diesen Umständen zumuten kann, Herrn Sills den Film vorzuführen.«

»Jetzt machen Sie sich mal nicht lächerlicher, als Sie es ohnehin schon sind, Henning«, keifte Weller. »Die Berg hat hier genauso wenig zu sagen wie Sie und ich. Die alte Schachtel kann mich gar nicht feuern.«

»Vielleicht ist es besser, wenn wir diese Unterhaltung verschieben, Herr Weller«, zischte Henning.

Weller sah aus, als ob er die Unterhaltung nicht verschieben, sondern so lange fortsetzen wollte, bis einer von ihnen zu Boden ging. Ich unterhielt mich dabei zwar prächtig, aber es war nicht gerade ratsam, noch länger in der Halle herumzustehen. Reisz konnte jeden Augenblick hier auftauchen. Ich wandte mich an Henning.

»Ich bin sicher, Quilt würde es begrüßen, wenn Herr Weller mir den Film zeigen würde. Immerhin ist er der Regisseur. Und Sie müßte ich dann auch nicht bemühen, Herr Henning. Sie haben sicher Besseres zu tun.«

Wir ließen ihn stehen. Weller ging neben mir her und höhnte: »Schleimscheißer.«

Als wir die Halle halb durchquert hatten, warf ich einen Blick zurück. Henning war gerade dabei, seine Fassade zu restaurieren. Das smarte Aussehen kroch langsam in sein Gesicht zurück. Aber für einen Augenblick hatte ich sein wahres Gesicht gesehen. Die Wahrheit war: Er hatte keins.

7. Im Vorführraum, einer Halle über zwei Stockwerke, in der fünf oder sechs Reihen mit breiten Sesseln standen, war es nicht ganz so gemütlich wie in einem Kühlschrank, dafür aber kühler.

»Die Klimaanlage«, sagte Weller. Dann griff er sich den Telephonhörer, der in eine Konsole in der obersten Sitzreihe eingelassen war, und einen silbernen Flachmann in der Innentasche seiner Lederjacke.

»Willy? Wisch doch mal den Staub von einer Stecher-Kopie und leg uns das Ding ein.«

Er hielt mir den Flachmann hin.

»Danke«, sagte ich, »ich bilde mir gerade mal wieder ein, ich könnte von dem Zeug wegkommen.«

»Sollte ich auch mal ausprobieren«, sagte Weller und nahm einen Schluck. Er verzog das Gesicht. »Irgendwann werden sie mich wirklich feuern, und dann wird mir, fürchte ich, nichts anderes übrigbleiben, als mich nach so etwas wie Arbeit umzusehen.« Er lachte. »Nach echter, ehrlicher Arbeit.« Seine Stimme hallte zwischen den Wänden hin und her. »Stellen Sie sich das vor: Kamera von unten, leicht schräg, Großaufnahme eines alten, aufgedunsenen Gesichts. Die angeschwollenen Tränensäcke im Detail. Dann, in Halbtotale, in seiner ganzen Pracht: der alte, halbnackte Weller. Weißes Fleisch mit einem Stich ins Rötliche. In den Knien eingeknickt, Rückgrat leicht gekrümmt. Dann eine Totale, wieder von unten: Er steht auf einem Sprungbrett. Das Sprungbrett wippt leicht, weil er zittert. Weller beim Sprung ins Haifischbecken. Sagten Sie nicht, daß Sie ein Freund von Quilt sind?«

»Freund ist vielleicht ein bißchen zuviel gesagt.«

Weller sah seine Zigarre an. Sie war ausgegangen, und er warf sie auf den Boden, wo sie die Schräge in Richtung Leinwand hinunterrollte.

»Wie ist er so, als Produzent?«

»Keine Ahnung«, sagte Weller.

»Ich dachte, sie haben mit ihm zusammengearbeitet.«

»Freund war wohl wirklich ein bißchen viel gesagt, oder?« Weller nahm eine neue Zigarre aus einem alten Zigarrenetui. »Vielleicht sind Sie ja auch nur so ein Großkotz. Wie Henning. Aber der hat sich wenigstens den richtigen Arsch ausgesucht, um reinzukriechen. Ich sage Ihnen, mit Quilt wird das nichts. Quilt ist kein Produzent. Ein Produzent besorgt Ihnen das Geld, pfuscht im Drehbuch rum, sorgt dafür, daß Sie sich Ihre wirrsten Ideen aus dem Kopf schlagen, rennt rum, schreit rum, klopft Ihnen auf die Schulter, und am Ende versaut er Ihnen den Film beim Schnitt. Ein Arschloch, aber so ein Arschloch scheint notwendig zu sein, wenn der Film sein Geld einspielen soll. Sagen jedenfalls die ganzen Arschlöcher. Quilt ist keins von ihnen.« Er schüttelte den Kopf. »Nein, wenn Sie einen Job suchen, versuchen Sie lieber, Henning bei der Berg auszustechen.«

»Was ist Quilt, wenn er kein Produzent ist?«

»Keine Ahnung. Jeder hier im Studio weiß, daß er hier keinen wirklichen Job hat. Er steht in der Gegend rum, scheint sich gern auf den Sets rumzutreiben. Eine Menge Leute treiben sich hier rum. Ab und zu hat er eine Idee, im Gegensatz zu den anderen, und ab und zu ist die Idee gut. Zu dem Film, den Sie sehen wollen, ist ihm einiges eingefallen, ich werds Ihnen zeigen. Aber es ist nicht wichtig, ob er Ideen hat oder nicht. Es ist nicht sein Job. Er muß nichts tun, nicht mal in der Gegend rumstehen. Jeder weiß, daß der Alte hinter ihm steht.«

»Meinen Sie Senger?«

»Wen sollte ich wohl sonst meinen? Ist Senger vielleicht auch ein Freund von Ihnen?«

Ich sah, wie der Rauch seiner Zigarre zu einer der staubigen Blenden der Klimaanlage gezogen wurde, und spürte einen kalten Luftzug im Nacken.

»Freund ist wieder ein bißchen viel gesagt.«

»Aber Sie kennen ihn, oder?«

»Schon«, log ich.

»Vielleicht legen Sie ja mal ein Wort bei ihm ein für mich, wenn Sie ihm so weit in den Arsch gekrochen sind, daß er auf Sie hört«, sagte er und drehte sich weg, zur Rückseite des Vorführraums.

»Willy!« schrie er. In einem kleinen Fenster erschien die Silhouette eines Kopfs. »Wird das heute noch mal was, oder soll ich vielleicht nach hinten kommen und das Ding selbst einlegen?«

8. Der Vorspann lief. Unbekannte Namen zogen so schnell über die flammendrote Leinwand, als ob sie unbekannt bleiben wollten. Dann kamen Quilt als Produzent und zuletzt Weller.

Weller hatte sich schweigend eine Reihe hinter mich gesetzt. Irgendwann, als alles schon zu spät war, war ihm aufgegangen, daß er sich um Kopf und Kragen reden konnte, wenn er an den Falschen geraten war. Aber er war schon zu sehr in Fahrt gewesen, um noch die Kurve zu kriegen. Daß er nicht an den Falschen geraten war, daß er im Gegenteil der erste seit gestern war, der mir nicht einen leisen Schauer über den Rücken jagte, konnte ich ihm wohl schlecht sagen, während vor mir einer seiner Pornofilme ablief.

Im Film passierte, abgesehen vom Absehbaren, ungefähr so viel wie in der Auslage eines Bestatters im stilleren Teil von Schmargendorf. Wenn wider Erwarten doch etwas passierte, war schleierhaft, in welcher Verbindung es zu dem stand, was vorher geschehen war, und das, was nachher noch passierte, wurde nur in ein um so undurchdringlicheres Dunkel gehüllt. Allerdings tat die Handlung nicht das Geringste zur Sache.

Nach der ersten halben Stunde klapperte ich vor Kälte mit den Zähnen. Außerdem hatte ich genug gesehen. Auf der Leinwand wanden sich die Leiber, und es war abzusehen, daß das Ganze bei der Geschwindigkeit, mit der die Verrenkungen und die Zahl der Verrenkten zunahmen, in kurzer Zeit durchhängen würde. Ich überlegte, ob ich Weller bitten konnte, die Vorführung zu beenden. Ich wollte es mir mit ihm nicht endgültig verscherzen. Dann sagte ich mir, daß es mir ziemlich gleichgültig sein konnte, ob ich es mir mit ihm verscherzte oder nicht.

Und dann passierte es.

Viertes Kapitel

1. Ein roter Samtvorhang machte der Show, bei der mehrere nackte Frauen um die Gunst einer gelangweilten Schlange gebuhlt hatten, ein Ende. Die Kamera folgte ihnen in die Garderobe und griff eine der Frauen heraus, ein verlebt aussehendes Gesicht ohne Schatten, ohne Tiefe. Sie verließ die Garderobe als letzte. Ein Mann, der der Show zugesehen hatte, folgte ihr auf den Parkplatz hinter dem Nachtclub und sprach sie an. Was er sagte, war nicht zu verstehen, es ging im nächtlichen Lärm unter, der von den Straßen hinter dem Parkplatz kam. Er steckte ihr Geld zu, und sie gingen zu einem der Wagen. Sie legte sich auf die Motorhaube des Wagens. Der Mann, ein aalglatter, dunkelhaariger Gigolo um die Vierzig, hatte auf einmal ein Messer in der Hand. Er sah aus wie ein Makler. Nicht wegen des Messers, aber sonst war die Ähnlichkeit mit einigen Maklern aus meinem entfernteren Bekanntenkreis nicht zu übersehen. Der Mann war bisher nur hier und da aufgetaucht. Jetzt fing er an, auf die Frau einzustechen.

»War das eine von Quilts Ideen?« flüsterte ich nach hinten.

»Nein, aber warten Sie, sehen Sie sich die Szene ganz an.«

Die Frau schrie, versuchte, das Messer mit ihren Händen aufzuhalten und schmierte immer mehr Blut auf den Wagen. Aber der Mann war zu kräftig, als daß sie seine Handgelenke hätte packen können. Er stach blindlings auf sie ein, wie im Blutrausch. Die Szene war brutal, aber nicht brutaler als das übliche Gemetzel in Filmen. Was sie von dem Üblichen unterschied, war, daß sie aus dem Nichts kam, mit nichts in Verbindung stand. Eine halbe Stunde hatte sich der Film als Porno getarnt. Um die Tarnung noch perfekter zu machen, hatte er sogar so getan, als ob er ein schlechter Porno wäre.

Aber da war noch etwas anderes, etwas, das der Szene etwas Bodenloses gab. Was es war, bemerkte ich erst, als Weller sie noch einmal wiederholen ließ und mir sagte, ich solle nicht auf den Mann und die Frau achten, sondern auf das, was sonst noch zu sehen war, vor allem aber auf das, was zu hören war. Der Parkplatz lag neben einer stark befahrenen Straße in der Nähe des S-Bahnhofs Charlottenburg, in einem der Rotlichtviertel der Stadt, und seit die beiden den Nachtclub verlassen hatten, rauschte der nächtliche Verkehr vorbei. In dem Augenblick, in dem der Mann anfing, auf die Frau einzustechen, und sie den ersten Schrei ausstieß, wurde er nicht leiser, um die Schreie in den Vordergrund zu rücken, sondern lauter. Ich versuchte, nicht mehr auf die Frau zu achten, die sich verzweifelt auf der Haube hin und her wälzte. Die Kamera filmte über die linke Schulter des Mannes auf die Frau hinunter. In einer Spiegelung in der Windschutzscheibe des Wagens sah ich jetzt, wie ein Wagen hinter dem Mann über den Parkplatz schlich ohne anzuhalten. Bei der nächsten Einstellung war die Kamera im Innern des Wagens, und durch die blutverschmierte Scheibe, am rechten Rand der Leinwand, schimmerte in dem anderen Wagen das helle Gesicht einer Frau, die ohne irgendeine Regung herstarrte. Der Wagen verschwand. Dann kam links ein weiteres Paar ins Bild gelaufen. Sie hatte sich bei ihm untergehakt, knickte mit ihren hochhackigen Schuhen um und lachte. Beide schienen nichts von dem zu bemerken, was sich nur ein paar Meter entfernt von ihnen abspielte. Sie waren betrunken. Lachend verschwanden sie hinter dem Rücken des Mannes, der weiter auf die Frau einstach. Als sie rechts wieder zum Vorschein kamen, sah der Mann her, ging aber in aller Ruhe weiter. Er sagte etwas zu seiner Begleiterin, zeigte in Richtung Kamera, und sie lachte wieder. Dann verschwanden sie rechts wie der Wagen.

»Wir hatten die Szene schon abgedreht«, sagte Weller hinter mir, »als Quilt mit der Idee kam, sie ein bißchen zu beleben, mit ein paar Leuten, die sich einen Dreck um das scheren, was vor ihren Augen auf dem Parkplatz passiert. Wie viele haben Sie gesehen?«

»Einen Wagen und das Paar«, sagte ich.

»Gleichzeitig mit dem Paar sind noch vier andere Leute zu sehen. Sie sind zwar versteckt, aber wenn Sie genau hinsehen, sehen Sie sie: ein Schatten, ein Feuerzeug, das aufleuchtet, Augen. Je besser sie versteckt sind, desto unverhohlener starren sie her.« Weller hatte sich vorgebeugt. Ich konnte seinen Atem in meinem Nacken spüren. »Und dann kam Quilt und schlug vor, auf der Tonspur ihr Schreien zu unterdrücken und noch mehr Straßenlärm drüberzulegen. Ich dachte nicht, daß es funktioniert, aber wir habens trotzdem probiert, und ...«

»Es wirkt ziemlich gespenstisch.«

»Warten Sie ab«, sagte Weller. »Der gespenstische Teil kommt erst noch.«

2. Es fing mit einem großen Gelage bei einer Abendgesellschaft an. Gelage an, unter und auf einem langen Tisch. Die Kamera schwebte zuerst in Deckenhöhe über dem Tisch, dann fing sie an, sich zu senken und immer größere Kreise zu ziehen. Die langsame, gleitende Fahrt endete auf Höhe der Tischkante. Einen Augenblick lang war eine halbnackte Frau von vorne im Bild. Rothaarig, Perlenkette, große Titten. Sie saß allein. Hinter ihr glaubte ich einen Mann an der Wand stehen zu sehen, aber es war zu dunkel, um ihn zu erkennen. Die Kamera fing an, in Höhe der Tischkante um den Tisch zu kreisen, und ein jazziger Rhythmus setzte ein, der fast nur auf dem Becken eines Schlagzeugs gespielt wurde. Dazu Wortfetzen aus dem Off, das Klirren der Gläser, Flüstern, leise Schreie der Lust. Die Kamera zeigte wieder die Frau von vorne, und jetzt stand der Mann hinter ihr. Es war der Mann vom Parkplatz. Nach der Parkplatzszene war er nicht wiederaufgetaucht, und das alte Spiel hatte wieder angefangen. Jetzt hatte er eine Hand auf die Schulter der Frau gelegt. Die beiden verschwanden wieder aus dem Bild. Noch bevor die Kamera sie wieder erreicht hatte, gellte der erste Schrei der Frau durch den Raum. Einige der Feiernden sahen auf. Ein zweiter Schrei, dann war die

Kamera wieder bei den beiden angekommen. Er hatte sie halb über den Tisch geworfen, drückte sie mit der linken Hand an der Schulter nach unten und stach mit dem Messer auf ihren Rücken ein. Wieder verschwanden sie aus dem Bild. Die Frau schrie weiter. Dann verlangsamte sich die Fahrt der Kamera. Gleichzeitig wurde das Schlagzeug lauter. Eine Weile war nicht klar, ob nur die Kamera sich langsamer drehte oder ob auch die Bilder in einer langsameren Geschwindigkeit abliefen. Alle Bewegungen, die ins Bild kamen, hatten etwas Leichtes, Hin- und Herschwingendes. Dann sah ich, wie eine Frau sich umdrehte, um mit jemandem zu sprechen. Ihr Mund bewegte sich so langsam, als ob ihre Kiefer mit einer zähen Masse verklebt wären. Die Szene lief in Zeitlupe ab. Aber irgend etwas stimmte nicht mit der Zeitlupe. Es dauerte eine ganze Weile, bis ich dahinterkam, wie sie es gedreht hatten. Ich konnte hören, was die Frau sagte, zumindest bildete ich mir ein, daß ich es hörte, und es klang nicht langsamer als sonst. Es war, als würden sich das, was zu sehen, und das, was zu hören war, gegeneinander verschieben. Und die ganze Zeit schrie die Frau weiter. Die Kamera war noch nicht wieder bei den beiden angekommen, aber der Tisch war schon mit Blut beschmiert. Dann kam eine ihrer Hände ins Bild, wie sie sich mit einer eleganten, schwebenden Bewegung durch die Luft schwang, auf das weiße Tischtuch fiel, liegenblieb, wieder bewegte und eine dünne Blutspur über den Tisch zog. Die Kamera fuhr über ihren Arm. Sie hatte sich auf den Rücken gedreht, wehrte sich mit den bloßen Händen wie das erste Opfer und schrie. Während einer Nahaufnahme, in der sie mit unendlicher Mühe ihren Mund zu einem Schrei aufzureißen schien, wurden dann die einzelnen Teile der Tonspur gegeneinander verschoben: Das Schlagzeug wurde immer lauter, die Tischgeräusche leiser, und beides legte sich über die Schreie. Dann verstummten die Schreie. Die Frau bewegte sich nicht mehr. Der Mann stieß ihr das Messer noch ein paarmal in die Brust und in den Bauch, und jeder Stoß schien eine halbe Ewigkeit zu dauern. Dann stützte er sich mit der linken Hand auf dem Tisch auf. Die Kamera fing wieder an, um den Tisch zu kreisen, immer noch in Zeitlupe. Die Tischgeräusche waren weg, nur das Schlagzeug war geblieben. Und die anderen, die weiter aßen, mit stummer Stimme lachten und in ihrer Lust versanken.

3. Nach dem Abspann saßen wir einen Augenblick lang im Finstern.

»Der Film ist nie gelaufen«, sagte Weller hinter mir.

»Weshalb nicht?«

Er schwieg eine Weile. Ich drehte mich zu ihm um und sah in die Glut seiner Zigarre.

»Das ist eine lange Geschichte«, sagte Weller.

Die Lichter an der Decke flackerten auf.

»Ich habe Zeit.«

Weller sah mich an. In den letzten anderthalb Stunden in der kühlen Luft des Vorführraums hatte sich sein Aussehen nicht gerade gebessert. Seine Haut war fahl, und seine Augen waren ohne jeden Glanz, dunkle, ausgeschabte Höhlen.

»Aber ich nicht«, sagte er. Er stand auf. »Ich weiß nicht mal, was Sie hier eigentlich treiben.«

»Gehen wir in Ihr Büro. Ich werds Ihnen sagen, sobald meine Zähne nicht mehr klappern.«

Wir gingen in sein Büro. Es war weniger ein Büro als eine Sammelstelle für leere Flaschen, aber die Luft war angenehm stickig. Auf den Regalen stapelten sich Videos, zerfledderte Manuskripte und anderes Papier. Und Flaschen. Sie standen, lehnten und lagen zwischen den Stapeln. An der Wand hingen ein Drehplan, der für ein eingeweihtes Auge vielleicht erste Anzeichen von Wahnsinn aufwies, und das signierte Photo eines schmächtigen, kalkweißen Mannes mit Bart, der mir irgendwie bekannt vorkam. Weller wischte einen Stapel Papier von einem Stuhl und ging zum Kühlschrank.

»Setzen Sie sich. Was zu trinken?«

Ich sagte ihm, daß ich ein Mineralwasser trinken würde, und er stellte ein Perrier auf meine und eine Flasche Aquavit und ein Wasserglas auf seine Seite des Schreibtischs. Er setzte sich und musterte mich unverhohlen.

»Sie sehen nicht so aus, als ob die Trinkerei Sie besonders mitgenommen hätte. Wie wars, als Sie mit dem Zeug aufgehört haben?« fragte er.

»Vielleicht habe ich nicht lange genug getrunken«, sagte ich. »Eine Weile war es so, als ob einer die Farbe rausgelassen hätte. Alles war fahl, fahler als vorher. Langsamer. Und langweiliger. Ich dachte, am Anfang wärs am schlimmsten, aber am Anfang haben Sie wenigstens noch was, das Sie ablenkt: Nachts schlafen Sie nicht, Sie schwitzen und zittern, Sie müssen sich zu allem zwingen und sind dauernd fertig. Aber es ist lange nicht so schlimm, wie Sie sich das gedacht haben. Am Anfang. Wenn Sie nachts wieder schlafen, sagen Sie sich, das war er jetzt, der Kampf mit der Flasche. Sie warten, aber es passiert nichts. War alles gar nicht so schlimm, sagen Sie sich. Und warten. Es sickert wieder ein bißchen Farbe in Ihren Film, aber nicht so viel, wie er früher hatte. Und irgendwann dann wird Ihnen klar, daß es einfach so bleiben wird: fahl. Langweilig. Eine langweilige Quälerei. Weil Sie nicht aus dem Schädel kriegen, wie es war, bevor es fahl war. Und dann wird es wirklich schlimm. Ich habe manchmal gedacht, vielleicht ist es das beste, wenn ich mir ein paar Finger abhacke, nur um es für eine Weile zu vergessen.«

Weller hatte sich in seinem Stuhl aufgesetzt. Er schüttelte sich.

»Und es hört nicht auf?«

»Ich weiß es nicht. Es gibt Leute, die behaupten, daß es nie aufhört. Vielleicht ist es besser, nicht mit der Trinkerei aufzuhören.« Ich nahm meine Wasserflasche. »Andererseits gibt es Leute, für die der Gedanke, damit aufzuhören, fast etwas Zwanghaftes hat.«

Weller lachte. Er nahm den Aquavit und goß sich das Glas halbvoll, ohne es anzurühren.

»Auf die Anonymen Alkoholiker, Herr ...«

»Sills.«

»Ich denke, Sie sollten mir erst mal ein paar Dinge erklären«, sagte er. »Wer sind Sie und was haben Sie mit Quilt zu tun?«

Ich fing an zu erzählen. Das, was ich ihm erzählte, war nicht gerade die Wahrheit und schon gar nicht die ganze, und einiges, was ich ihm sagte, war glattweg gelogen. Aber hinterher wußte er, was er wissen mußte.

»Sie sagten, daß der Film nie gelaufen ist. Weshalb nicht?«

»Wo hätte er laufen sollen? Er war nicht für unseren eigenen Vertrieb produziert worden, und das Geld kam zum Teil von außerhalb. Es ist ein Film über Pornos, ein Film darüber, Pornos zu sehen, aber kein Porno. Ich wollte mit ihm wieder einen Fuß in die Tür kriegen. Richtiges Kino. Der Plan war, ihn über einen der großen Verleiher in die Kinos zu bringen, nicht über unseren Vertrieb in die Sexshops und Videoläden. Als wir den Film abgedreht hatten, war ich für ein paar Wochen weg vom Fenster. Kaum hatten wir die letzten Meter im Kasten, bin ich umgekippt. Geht mir nach jedem Film so. Nach einem Monat komme ich wieder, und die Berg, diese ekelhafte Schwarte, reibt mir mit einem Grinsen hin, der Film sei abgeschrieben. Ich frage sie, was das heißen soll, abgeschrieben, und sie tischt mir eine Geschichte auf, ein Stockwerk weiter oben hätten sie sich entschieden, den Film bei der Bundesprüfungsstelle einzureichen, um die beiden Messer-Szenen und ein paar andere Szenen überprüfen zu lassen. Das müssen Sie sich mal auf der Zunge zergehen lassen«, sagte er bitter. »Sie hätten sich entschieden, den Film einzureichen.« Er stürzte das Glas runter und verzog das Gesicht. Dann goß er nach. »Die Bundesprüfungsstelle konfisziert vielleicht Filme, aber sie bekommt sie nicht *eingereicht*. Niemand in der ganzen Branche reicht einen Film bei diesen Hütern der Scheinheiligkeit ein. Niemand. Niemand reicht denen auch nur den kleinen Finger, weil jeder weiß, daß sie einem dann den ganzen Arm abreißen und dann noch am Schulterblatt rumkauen. Ich bin ein Stockwerk höher gegangen und hab dort rumgetobt und ihnen ins Gesicht gesagt, daß sie mir in den Rücken gefallen sind, aber die Luft ist ziemlich dünn dort oben. Die sahen so aus, als ob sie in der dünnen Luft gar nicht hören könnten, daß ich vor ihnen rumtobe. Firmenpolitik, hieß es schließlich.« Er höhnte. »*Firmenpolitik!* Gezwirbelte Scheiße, sage ich ihnen.«

»Was meinten die da oben mit Firmenpolitik?«

»Wir kommen ihnen ein bißchen entgegen, in der Hoffnung, daß sie uns ein bißchen entgegenkommen. Vorzensur, damit das, was nicht gezeigt werden darf, gar nicht erst gedreht wird. Produktionskosten herunterfahren. Aber vergessen Sies, das war erst der erste Teil der Geschichte. Ein paar Wochen danach, ich staune nicht schlecht, weil sie mir inzwischen ein Projekt mit einem ziemlich fetten Budget gegeben haben statt einem Tritt in den Hintern, treffe ich einen, der in der Großen Kommission der Bundesprüfungsstelle sitzt.« Er grinste. »Ich schleime mich ran, und es stellt sich raus, daß der Kerl noch nie von dem Film gehört hat. Na ja, denke ich, er wird ja nicht bei jeder Sitzung dabeisein. Es gibt da noch eine Notkommission für besonders dringende Fälle, und wenn schon, will ich wenigstens ein besonders dringender Fall gewesen sein, oder? Ich sage ihm, daß er vielleicht nicht dabei war, als sie über den Film entschieden haben. Und der Kerl, ein echter Korinthenkacker, fühlt sich natürlich auf den Schlips getreten. Am Morgen danach habe ich ihn an der Strippe. Er hat sich die Sitzungsprotokolle noch mal vorgenommen und ruft nur an, um mir sagen, daß er sich nicht geirrt hat. Der Film ist nie vor die Kommission gekommen.« Weller fuhr sich mit der Hand über sein Gesicht. »Ich gehe wieder einen Stock höher. Sage ihnen ins Gesicht, daß sie mich angelogen haben. Und wissen Sie, was die mir antworten?«

Ich zuckte mit den Schultern.

»Sie sagen, ich solle meine Nase nicht in Dinge stecken, die mich nichts angehen. Ich wollte wieder toben, aber dann hieß es, wenn es mir nicht passen würde, müßte ich nicht hier bleiben, die Einspielergebnisse meiner Filme würden es rechtfertigen, sich von mir zu trennen. Ich kann Ihnen sagen, im ersten Moment wollte ich denen die Einrichtung dort oben demolieren.« Er leerte sein Glas und goß sich sofort nach. »Ich hätte es tun sollen, aber dann habe ich angefangen nachzudenken. Früher habe ich weniger nachgedacht, oder erst, wenn ich mit dem Demolieren fertig war, aber jetzt erwische ich mich immer wieder dabei. Es ist wie ein Krankheit. Ich dachte über einen alternden Pornographen nach, der nicht mehr besonders erfolgreich ist und sich seiner Leber zu entledigen versucht, und nach einer Weile fingen mir die Knie an zu zittern. Am nächsten Tag, als klar war, daß ich nicht gehen würde, war ich das Projekt los, angeblich hatten sie noch Schwierigkeiten mit der Finanzierung, und ich war wieder Kameramann. Bei der Berg. Ich habe vor ein paar Jahren in diesem Laden als Kameramann angefangen. Aber nicht bei der Berg. Die denken, daß die Berg mit ihren Fettfiltern und ihren Dessousstreifen in Beate-Uhse-Machart mich schon noch kleinkriegen wird. Und ich denke langsam, daß sie damit richtig liegen.«

»Haben Sie mit Quilt über den Film geredet?«

»Mit Quilt? Vergessen Sie Quilt. Ich habe Ihnen doch schon gesagt, daß Quilt nicht derjenige ist, mit dem Sie über irgendwelche Dinge reden. Nein, der Film war gestorben.« In seiner Stimme war ein leichtes Schleifen. »Und wie es aussieht, bin ich gleich mit gestorben.«

»Und Senger?«

»Senger?«

»Haben Sie mit Senger darüber geredet?«

Er lachte.

»Sehe ich so aus? Lassen Sie sich was gesagt sein, Sills: Ich habe noch nie mit Senger geredet. Weshalb sollte sich der große alte Mann dazu herablassen, mit mir zu reden? Ich hatte vor einiger Zeit die Ehre, ihm im Aufzug zu begegnen, als er am Arm einer seiner Hofschranzen nach oben schwebte. Wissen Sie, was er sagte, als ich ihm vorgestellt wurde?« Er lachte und sagte mit leiser Stimme: »›Ich weiß leider nichts über Ihre Filme, Herr Weller. Ich sehe mir die Filme, die wir hier machen, nicht an. Ich sehe mir überhaupt keine Filme an‹, sagte er. *›Ich hasse Filme.‹*«

4. »Denken Sie, Quilt wäre fähig, jemanden blindlings zu erstechen, wie in Ihrem Film?«

Weller sah auf, dann dachte er nach. Nach einer Weile zuckte er mit den Schultern.

»Denken Sie, Sie wären dazu fähig?« fragte er mich.

»Unter bestimmten Umständen, vielleicht.«

»Sehen Sie, dasselbe würde ich über mich sagen. Unter bestimmten Umständen. Aber immer mit einem *vielleicht* versehen.« Er sprach gegen Ende des Satzes schneller, um das Schleifen in seiner Stimme zu verbergen. »Und was Quilt betrifft, denke ich, daß er unter bestimmten Umständen, *vielleicht*, dazu in der Lage wäre, wenn Ihnen das weiterhilft«, sagte er giftig.

Ich hob die Hände.

»Immer mit der Ruhe. Alles, was Sie mir sagen, bleibt unter uns.«

Er lachte und trank.

»Ich werde langsam betrunken, Sills. Und ich werde nicht angenehmer, wenn ich betrunken werde.«

»Wie viele Leute wissen, daß es diesen Film gibt?«

»Nur die paar Leute, die daran gearbeitet haben«, sagte er. »Die dort oben, die Techniker und eine Handvoll Schauspieler.«

»Eine Handvoll? Ich habe zwar nicht mitgezählt, aber ich würde schätzen, sie müssen mindestens hundert bis hundertfünfzig Leute eingesetzt haben.«

»Aber Sills«, grinste Weller, »wo haben Sie nur Ihre Augen? Sind wahrscheinlich an den Titten hängengeblieben. Wir haben altes Material aus anderen Filmen genommen. Und dann Szenen gedreht, in denen wir immer dieselben Leute so geschminkt haben, daß sie wie diese Schauspieler aussehen. Ich habe Ihnen ja gesagt, es ist ein Film über Pornos. Die meisten Schauspieler, die in Pornofilmen auftreten, würden Sie auf der Straße nie wiedererkennen. Viele tragen beim Drehen Perücken. Es gibt ein paar Typen für die Maske, und richtig sieht sich die Gesichter eh kein Schwein an. Und das macht es ziemlich leicht, einen Schauspieler so zu schminken, daß er aussieht wie ein anderer.«

»Vielleicht sollte ich mir den Film noch mal ansehen.«

Er zuckte mit den Schultern.

»Ich kann Ihnen nur raten, sich zu beeilen, bevor die Kopien verschwunden sind.«

»Würden Sie mir die Besetzungsliste geben?«

»Die Besetzungsliste? Sicher.« Er stand auf, ging zu einem Regal und nahm einen Aktenordner heraus. Die anderen Ordner kippten nach rechts, und eine Flasche rollte über die Regalkante und ging neben Weller zu Bruch. Er fluchte und trat nach den Scherben. Sie schlitterten unter seinen Schreibtisch. »Hier. Aber Sie wissen sicher, daß Sie die an die Hühner verfüttern können. Die meisten Namen auf dieser Liste sind falsch.« Er stützte sich mit beiden Händen auf den Schreibtisch, und sein Aquavitatem wehte mich an. »Künstlernamen.«

»Haben Sie die richtigen Namen?«

»Kommen Sie, ich doch nicht«, sagte er.

»Wer hat sie?« fragte ich. »Die Berg?«

»Ich bin mir nicht sicher, aber bei der würde ichs versuchen«, sagte er.

Ich schrieb Weller meine Adresse auf einen Zettel und gab ihm Schlesingers Telephonnummer.

»Können Sie mir sagen, wer den Schauspieler ausgesucht hat, der den Mörder spielt?«

»Ausgesucht?« höhnte er. »Ich bin gezwungen, jeden zu nehmen, der mir im Weg rumsteht. Wenn ein Beleuchter auch nur entfernt so aussieht wie ein Mörder, spielt er ihn.«

»Wollen Sie damit sagen ...?«

»Ich will damit gar nichts sagen. Sehen Sie auf der Liste nach, finden Sie raus, wie er wirklich heißt, und fragen Sie ihn. Ich habe keine Ahnung, wie der Mörder besetzt wurde.«

»Eine letzte Frage«, sagte ich, faltete die Besetzungsliste und stand auf.

»Ich habe mich schon gefragt, wann Sie mich endlich mit den Bewohnern des Wandschranks alleinlassen.«

»Den Bewohnern des Wandschranks?«

»Vergessen Sies.«

»Die beiden Mordszenen sind doch echt, oder? Ich meine, Sie haben sie selbst gedreht.«

Er grinste.

»Sicher. Ich habe Ihnen doch gesagt, daß wir die erste noch mal gedreht haben, nachdem Quilt die Idee mit dem Ton und so weiter gekommen war.«

Wir standen uns gegenüber, so nah, wie ich es gerade noch ertragen konnte, ohne zur Flasche zu greifen.

»Wer hatte die Idee zu den Szenen?«

Weller hielt mir die Hand hin.

»Das ist schon Ihre zweite letzte Frage. Sie fangen langsam an, sich zu einer Art Plage zu entwickeln, Sills«, sagte er und ging zur Tür. »Aber es ist nicht so, daß ich mich durch Ihr Interesse an meiner künstlerischen Arbeit nicht geschmeichelt fühlen würde.«

Er hielt mir die Tür auf.

»Die Morde«, sagte er dann, »beide Morde gehen einzig und allein auf mein Konto.«

5. Ich überlegte, ob ich noch mal versuchen sollte, zur Berg durchzudringen, entschied mich aber dagegen. Ich hatte immer noch einen Vorsprung vor Reisz und wollte nicht riskieren, ihm über den Weg zu laufen. Wie groß der Vorsprung war, wurde mir in dem Augenblick klar, als ich die Treppe runterkam. Reisz kam gerade mit Gehrke durch die Drehtür. Wenn es unten im Foyer, dicht neben der Treppe, nicht ein Café mit zwei Eingängen gegeben hätte, wäre ich ihm in die Arme gelaufen.

Die falsche Blondine, die noch mal davongekommen war, hörte auf den Namen Nora LaMotte und wohnte am Paul-Lincke-Ufer. Das Haus lag ungefähr dreihundert Meter von meiner eigenen Wohnung entfernt. Trotzdem konnte ich mich nicht erinnern, ihr je begegnet zu sein.

Die Mütter und Großmütter auf dem Türkenmarkt waren nicht mehr unter sich. Es war Freitag, der Tag, an dem die Kreuzberger Schickeria sich anschickt, dem schönen Leben ein weiteres Wochenende zu opfern, und der

Markt belebte sich langsam mit Designerlederkleidern, Designerbrillen und Designergesichtern.

Ich klingelte unten an der Haustür. Nichts rührte sich. Ich wurde das Gefühl nicht los, daß Reisz mir über die Schulter sah, deshalb klingelte ich an allen Klingeln wie die Müllabfuhr. Wieder rührte sich nichts.

Eine alte Dame mit einer alten Perücke und einem noch älteren Hund kam durch das Gartentor. Sie sah mich mißtrauisch an, und der Hund knurrte und versuchte mich ins Bein zu beißen. Aber der arme Knabe brachte es nicht mehr, er war zu alt und zu schwach auf den Beinen. Er sah aus wie ein Knäuel talgverklebter Haare, das jemand aus den Eingeweiden eines Badewannenabflusses gezogen hatte. Die alte Dame rückte mit ihrer linken Hand ihre Perücke zurecht. Die Hand steckte in einem vergilbten Handschuh aus durchbrochener Spitze. Sie fragte spitz: »Zu wem wollen Sie, junger Mann?«

Junger Mann hatte mich schon eine Weile niemand mehr genannt. Sie mußte wirklich steinalt sein, wenn sie mich junger Mann nannte. Und blind.

»Zu Frau LaMotte.«

»Zu Fräulein LaMotte, meinen Sie.«

Alte Damen mögen mich. Meistens. Ich strahlte sie an und trat nach dem Hund.

»Wir sind verlobt.«

»Das«, sagte sie noch spitzer, »ist Ihr Pech.« Sie war wohl die Ausnahme von der Regel. Sie schloß die Tür auf. »Komm, Stinker.«

»Stinker?«

»Der Hund heißt Stinker. Wie mein Mann. Sie stinken übrigens auch.«

»Ich kann nichts dafür«, sagte ich.

»Das sagt mein Mann auch«, sagte sie und fing an, die Treppe raufzusteigen.

»Ich habe einen Rohrbruch in meiner Wohnung.«

»Aber ja«, sagte sie. »Und Sie sind mit Fräulein LaMotte verlobt.«

Ich strahlte sie wieder an.

»An Ihrer Stelle, junger Mann, würde ich anfangen, mich zu fragen, was schlimmer ist, der Rohrbruch oder ...« sagte sie und zog ihren knurrenden Hund hinter sich her die Treppe hinauf.

Die LaMotte wohnte im Vorderhaus, dritter Stock links, mit Fenstern zum Kanal. Auf dem Türschild standen zwei Namen, LaMotte und Berger. Ich klingelte und lauschte. Die Klingel schrillte in der Stille hinter der grün gebeizten Jugendstiltür, aber da schien nichts zu sein. Keine Schritte, keine Stimmen. Nichts. Mir fiel ein, daß ich vergessen hatte, Weller nach dem Mann auf dem Photo zu fragen.

Es gibt eine Menge Möglichkeiten, in eine Wohnung zu kommen, wenn Ihnen die Tür nicht geöffnet wird. Sie können die Tür einrennen, wenn es sich nicht gerade um eine grün gebeizte Jugendstiltür handelt, denn diese üppigen Jugendstilmonstren sind so ziemlich das Übelste, was Ihnen in dieser Hinsicht begegnen kann. Nehmen Sie ruhig mal Maß an einer und kugeln Sie sich die Schulter aus. Sie können statt dessen auch das Schloß rausschrauben. Sie können es mit einem Dietrich versuchen, oder, wenn die Bewohner dumm genug sind, mit einer Haarnadel. Wahrscheinlich wird Ihnen das alles nichts bringen, aber sie können es wenigstens versuchen. Wenn Sie gerade einen Schraubenzieher, einen Dietrich oder eine Haarnadel bei sich haben. Hatte ich aber alles nicht. Sie können das Ganze auch richtig gerissen anfangen. Sie können auf dem Absatz kehrtmachen und es ein anderes Mal versuchen. Und genau das hatte ich vor.

Fünftes Kapitel

1. Ich saß hinter meinem Schreibtisch, klebte mit dem Rücken an der Lehne des Sessels fest und sah den Fliegen zu. Die Hitze schien ihnen nichts auszumachen, im Gegenteil. Von dem Fliegenpapier über meinem Schreibtisch fiel alle paar Stunden ein schleimiger gelber Tropfen aufs Telephon, aber sonst war alles beim alten. Ich überlegte, ob Therese in der Wohnung sein konnte. Sie war Architektin und arbeitete in einem dieser unkonventionellen Kreuzberger Büros mit noch unkonventionelleren Arbeitszeiten, und es bestand zu jeder Tages- und Nachtzeit die Gefahr, ihr zu begegnen. Nicht daß ich sie nicht sehen wollte. Ich hatte nur Grund zu der Annahme, daß sie mich nicht sehen wollte. Trotzdem war die Zeit reif, mich für eine Weile in meinem Bad einzuschließen.

Die Wohnung war leer. In der Tür meines Kleiderschranks steckte eine Schere. Es war immer noch dieselbe Schere, die Therese nach der Sache mit ihrer Schwester nach mir geworfen hatte.

An der Schere hing ein Zettel:

Du elendes Miststück. Wie geht's?

Ich zog die Schere aus dem Schrank, drehte den Zettel um, griff mir einen Stift und schrieb drauf:

Nicht schlecht, und selbst, Pißnelke?

Dann steckte ich den Zettel wieder auf die Schere und stieß sie zurück in den Schrank. Oben vom Schrank holte ich Thereses Koffer und fing an, einen Teil meiner Klamotten hineinzulegen. Wenn sie schon meine Wohnung besetzt hielt, konnte sie mir wenigstens ihren Koffer leihen. Außerdem suchte ich meinen alten Ventilator, mußte aber feststellen, daß Therese ihn schon vor mir gefunden hatte.

Ich duschte, und dann nahm ich ein langes Bad in kaltem Wasser. Danach stand ich eine Weile vor dem Spiegel. Ich war abgemagert, hatte Schatten unter den Augen, und ich hatte mich seit Tagen nicht mehr rasiert. Meine Muskeln wurden langsam schlaff, weil ich seit Monaten nicht mehr zum Sparring gegangen war. Mein Magen brannte. Ich dachte daran, daß ich mit Charlotte sprechen mußte, schon deshalb, um an diesen Senger heranzukommen. Irgendwann würde ich wahrscheinlich auch mit Leyfeldt sprechen müssen, aber alles zu seiner Zeit. Und das alles ohne Telephon.

Therese hatte mir monatelang in den Ohren gelegen, einen Anschluß in meine Wohnung legen zu lassen, aber ich hatte mich geweigert. Ich hasse Telephone. Eigentlich. Schlimmer als Telephone sind nur noch Telephone mit Anrufbeantwortern. Und dann hatte ich ja das Ding in meinem Büro. Aber seit mich das Telephon dort im Stich gelassen hatte, wußte ich, was ich noch mehr hasse, als eins von diesen gottverdammten Dingern zu haben: keines von diesen gottverdammten Dingern zu haben.

Ich rasierte mich, fragte mich, ob die Schatten unter meinen Augen irgend etwas zu bedeuten hatten, kämmte mir die Haare nach hinten, zog ein schwarzes Hemd an und fummelte fluchend mit den Manschetten herum. Dann nahm ich meinen besten Anzug aus dem Schrank, einen schwarzen Leinenanzug. Und eine rote Krawatte.

2. Die Fliegen trieben es immer noch ziemlich wild. Ich saß in meinem Sessel, klebte schon wieder mit dem Rükken an der Lehne fest, diesmal allerdings in meinem besten Anzug, und überlegte mir, ob es einen anderen Weg als den über Charlotte gab, um an Senger heranzukommen. Sie würde nicht begeistert sein, wenn ich sie mit reinzog, und wenn Senger irgendwas mit der Sache zu tun hatte, würde ich sie mit reinziehen müssen. Und Senger, soviel war klar, hatte irgendwas mit der Sache zu tun.

Das Berliner Telephonbuch führte runde hundertfünfzig Sengers auf und eine Frau Senger-Zumpe, die ich immerhin ausschließen konnte. Ich meine nicht nur Frau Senger-Zumpe, ich meine auch die restlichen hundertfünfzig Sengers. Denn der Senger, den ich suchte, stand mit Sicherheit nicht im Telephonbuch.

Das einzige, was Quilt mir über Senger gesagt hatte, war, daß er irgendwas mit Geld zu tun hatte. Mit viel Geld, wie es schien. Senger steckte Geld in Quilts Filmproduktionen, zum Teil, um es zu verlieren, und jemand, der Geld in etwas steckte, nur um es zu verlieren, mußte noch viel mehr Geld haben, sagte ich mir. Nicht daß ich sonderlich viel von Geld verstehen würde, dazu begegne ich ihm zu selten, aber ich hatte lange genug Papier verschwinden lassen, um zu wissen, daß es sich um Steuertricks handeln dürfte.

Wenn Weller sich nicht irrte, war Senger der Chef oder einer der Chefs von Venus Films. Ich hatte nicht nachgehakt, um nicht zu zeigen, daß ich Senger nicht kannte. Vielleicht war es das Beste, erst mal rauszukriegen, auf welchen Namen Venus Films im Handelsregister eingetragen war.

Wie sollte ich eine Nummer herausfinden, die nicht im Telephonbuch stand? Vielleicht schwirren Ihnen irgendwelche wirren Ideen im Kopf rum, Ideen von Bullen, die sich bestechen lassen, oder Damen, die an solche Nummern herankommen und sich noch dazu bezirzen lassen. Schlagen Sie sich das aus dem Kopf. Meinen Erfolg bei den Damen hatte ich schon getestet. Und selbst wenn ich einen Bullen gefunden hätte, der nichts gegen eine kleine Bestechung einzuwenden hatte: Womit sollte ich ihn bestechen? Mit meiner Telephonrechnung?

Ich mußte Geld in die Finger kriegen, mein Telephon und am besten gleich noch meinen Wagen. Natürlich konnte ich auch weiter müßig in meinem Büro sitzen und den Fliegen zusehen. Nur würde das auf Dauer zu nichts führen. Nichts würde geschehen. Quilt würde nicht freikommen, und ich würde hier verschimmeln. Wenn die Blutsauger mich in Ruhe verschimmeln ließen.

Und dann, als ich dasaß, der Schweiß an mir runterlief und ich einem weiteren schleimigen gelben Tropfen zusah, wie er vom Fliegenpapier auf den Hörer fiel, geschah etwas. Es geschah das, was immer geschieht, wenn gerade nichts geschieht: Das Telephon klingelte.

3. Ich nahm den Hörer ab, ohne in den gelben Schleim zu greifen, und meldete mich wie immer:

»Ja?«

»Was heißt hier ja?« krähte mir die Stimme eines älteren Mannes entgegen. »Heißen Sie ja?«

»Wer sind Sie?« fragte ich.

»Die Frage ist nicht, wer ich bin, sondern wer Sie sind. Sind Sie Sills?«

»Wer will das wissen?«

»Senger hier«, knarrte er. Ich fiel fast aus meinem Sessel.

»Senger?«

»Ist mit Ihrem Telephon etwas nicht in Ordnung? Ach ja, es scheint, daß Sie vergessen haben, Ihre Telephonrechnung zu bezahlen.«

»Woher wissen Sie das?«

»Ich habe nachfragen lassen. Und sie bezahlt.«

»Wie kommen Sie dazu, Ihre Nase in meine Angelegenheiten zu stecken?«

»Kommen Sie mir nicht so«, herrschte er mich an. »Sie wissen sehr wohl, daß Ihre Angelegenheiten auch meine sind. Sie haben einen Klienten namens Quilt, nicht? Er scheint in Schwierigkeiten zu stecken, und ich will, daß Sie alles für ihn tun, was Sie tun können. Und ich sehe nicht, wie Sie das können, wie wenig das auch immer sein mag, wenn Sie nicht einmal in der Lage sind, von ihrem Büro aus zu telephonieren. Können Sie mir folgen, Sills?«

Ich fluchte leise. Ich hatte den gelben Schleim an den Fingern.

»Was haben Sie gesagt?«

»Nichts«, sagte ich. »Ich würde mich gerne mit Ihnen unterhalten, Herr Senger. Könnten wir uns treffen?«

»Das trifft sich bestens. Ich lasse Sie gegen zwei von meinem Fahrer abholen.«

»Vielleicht ist es besser, wenn ich ...«

»Nein«, sagte er. »Da fällt mir ein, es scheint, daß Sie auch vergessen haben, die Raten für Ihren Wagen zu bezahlen. Sie machen auf mich überhaupt den Eindruck eines sehr vergeßlichen Menschen. Ich glaube nicht, daß mir das gefällt, aber vielleicht ist es ja auch kein Dauerzustand. Man scheint zu glauben, daß Sie in der Lage sind, Quilt zu helfen. Ich habe nachfragen und die ausstehenden Raten für Ihren Wagen bezahlen lassen. Sie können ihn abholen. Aber ich zöge es vor, wenn Sie sich von meinem Fahrer holen ließen.«

»Was Sie nicht sagen«, sagte ich und sah mich mit verbundenen Augen im Fond eines Wagens sitzen.

»Ja«, sagte er. »Wenn Sie mich jetzt...«

»Warten Sie«, sagte ich.

»Ich habe jetzt leider nur wenig Zeit. Ich sehe Sie dann...«

»Sie sehen mich nicht, wenn Sie mir jetzt nicht zuhören«, sagte ich. Langsam gewöhnte ich mich wieder daran, einen Telephonhörer in der Hand zu haben.

»Ich will nur klarstellen, daß es keine Mißverständnisse gibt zwischen uns. Mein Klient heißt Quilt, nicht Senger. Ich bin verpflichtet, im Interesse meines Klienten zu handeln. Es könnte sein, ich sage, es *könnte* sein, daß Quilts Interessen sich nicht mit Ihren decken. Vielleicht ist das ja nicht so, vielleicht decken sie sich, und alles ist bestens, aber bisher weiß ich nicht die Bohne von Ihnen und Ihren Interessen. Was ausschließt, daß ich Geld von Ihnen nehme. Es schließt auch aus, daß Sie meine Telephonrechnung oder sonstwas bezahlen.«

Ich kam langsam in Fahrt. »Im übrigen finde ich es, gelinde gesagt, unter aller Sau, daß Sie durch die Gegend rennen und ihre Nase in meine finanziellen Angelegenheiten stecken.«

Wir ließen es ein bißchen rauschen. Dann sagte er:

»Sind Sie fertig?«

Ich sagte nichts.

»Ich verstehe, daß Ihnen bestimmte Dinge unklar sind, Sills«, schnarrte er. »Aber dann empfehle ich Ihnen, es sich nicht mit dem einzigen zu verscherzen, der sie Ihnen vielleicht erklären kann. Meine Interessen decken sich mit Quilts Interessen. Und Ihre Interessen, Sills, decken sich mit meinen.«

»Inwiefern?«

»Quilt steckt in Schwierigkeiten, nicht erst seit gestern. Wenn Sie darauf warten, daß er Sie bezahlt, werden Sie vielleicht lange warten. Und aller Wahrscheinlichkeit nach vergeblich.«

Wir ließen es wieder ein bißchen rauschen.

»Verstehen Sie?«

»Sagen Sie Ihrem Fahrer, daß ich unten auf der Straße auf ihn warte«, sagte ich.

Er legte auf. Er fragte nicht nach, in welcher Straße mein Büro war, und es stand nicht im Telephonbuch. Aber wahrscheinlich hatte er schon nachfragen lassen. Und die Straße bezahlt.

4. Ich hatte es gerade geschafft, den Schleim von der Hand und dem Telephonhörer zu wischen, als es wieder klingelte.

»Ja?«

»Sills? Hier Leyfeldt.«

Einen Augenblick, einen kurzen Augenblick nur hatte ich mir eingebildet, daß es gar nicht so schlecht war, wieder ein Telephon zu haben.

»Was ist los, hast du vergessen, deine Telephonrechnung zu bezahlen? Ich habe gestern abend angerufen, und es hieß nur: ›Kein Anschluß unter dieser Nummer.‹ Heute morgen immer noch: ›Kein Anschluß unter dieser Nummer.‹ Irgendwann werden sies auf deinen Grabstein schreiben: *Hier liegt Sills. Kein Anschluß unter dieser Nummer.*«

Einer der Gründe, weshalb ich es hasse, ein Telephon zu haben, ist, daß jeder anrufen und jede Menge unflätiges Zeug auf mir abladen kann. Jederzeit.

»Ende der Einleitung«, sagte ich. »Was willst du, Leyfeldt? Und machs kurz.«

»Ich will mit dir reden«, sagte er.

»Und wenn ich nicht mit dir reden will?«

»Du willst mit mir reden«, sagte er. »Du kannst es gar nicht mehr erwarten, mit mir zu reden.«

»Gut«, sagte ich. »Reden wir.«

»Nicht jetzt«, sagte er.

»Gut, reden wir nicht jetzt«, sagte ich.

»Wie wärs mit dem Exil, gegen sechs?« sagte er.

»Gegen sechs.«

Eine Fliege kroch um einen der schleimigen gelben Tropfen rum. Sie schien sich für irgendwas in diesem Tropfen zu interessieren. Vielleicht für ein übriggebliebenes Fliegenbein.

»Leyfeldt?«

»Ja?«

»Wie stehen die Dinge für Quilt?«

»Übel«, sagte er.

Und wenn Leyfeldt übel sagt, meint er nicht mehr und nicht weniger als das.

5. Es hatte eine Zeit gegeben, in der Leyfeldt und ich ziemlich dicke Freunde gewesen waren. Ich hatte ihn, eine hagere, graue Gestalt, mit dünnen Lippen, schütterem blondem Haar und einem irgendwie schiefen Gesicht, unter einem Haufen von Gesetzestexten in roten Einbänden hervorgezogen, ihn mir genauer angesehen, abgestaubt und ihm gezeigt, daß es hinter den Gesetzestexten einen zweiten Haufen gab, der sich die Welt nannte und genauso hoffnungslos verworren, aber lange nicht so langweilig war wie der erste. Er hatte mir gezeigt, daß ich es nie schaffen würde, die Prüfungen zu bestehen, wenn ich meine kostbare Zeit lieber im Boxring als in Vorlesungen verbrachte. Seine immer wieder von einem Kopfschütteln begleitete Frage, wenn er die Veilchen und aufgeplatzten Lippen sah, war, ob ich die Prüfer niederschlagen wollte, um mein Staatsexamen zu bestehen.

Er hatte recht behalten. Ich hatte es nicht geschafft. Leyfeldt zog kopfschüttelnd an mir vorbei. Er zog nicht nur an mir vorbei, als hätte ihm jemand einen Tritt in den Hintern gegeben, sondern an allen, die mit uns in den Vorlesungen saßen und mit dem Schlaf kämpften. Ich war der einzige, zu dem er sich ab und zu umdrehte, um zu fragen: »Wie stehts, Sills? Ein Haken mit der Rechten oder die Birne hinhalten, was darfs sein?«

Kann sein, ich wußte wirklich nicht, was ich wollte. Vielleicht weiß ichs immer noch nicht, und vielleicht ist das heute merkwürdiger, als es damals war, aber damals wußte ichs noch viel weniger. Leyfeldt wußte es.

Leyfeldt war einer der häßlichsten Knaben, die ich je gesehen hatte. Damals. Die Meßlatte für das, was häßlich ist, verschiebt sich mit der Zeit. Stecken Sie einen häßlichen Knaben in einen aschgrauen Kaschmiranzug von Armani, und niemand sieht mehr, daß er häßlich ist wie die Nacht, wenn es auf halb vier zugeht. Dafür sind Armani-Anzüge da.

Leyfeldt litt damals unter einer besonders schlimmen Form von Häßlichkeit, vielleicht der schlimmsten von allen: Er hatte kein Geld. Natürlich hatten wir alle kein Geld, oder fast kein Geld, aber Leyfeldt hatte noch weniger, weil er nicht nebenher jobte. Er kam aus ziemlich bescheidenen Verhältnissen, und wenn ich das sage, hat das was zu heißen. Vielleicht hat uns das zusammengebracht. Mit Sicherheit war es das, was ihn antrieb. Als ich ihn einmal fragte, weshalb er wie ein Besessener Zeug in seinen Kopf hineinstopfte, das niemand von ihm wissen wollte, sagte er: »Weil ich nicht immer die Dreckarbeit für die anderen machen will.«

Meine eigenen Interessen in dieser Zeit galten weniger dem Studium als den Studentinnen, und mit der Boxermasche hatte ich auch einigen Erfolg. Leyfeldt hingegen hatte Schwierigkeiten mit ihnen. Wenn ich in der Nähe war, fiel es ihm etwas leichter, sich zu vergessen, und wenn er sich so richtig vergessen hatte, hatte er manchmal sogar so etwas wie Charme. Einen Charme, der ein bißchen im Hals hinten kratzte, als ob er Staub geschluckt hätte.

Ich lief ihm ein paarmal mit einer meiner Begleiterinnen über den Weg, stellte ihn als den Überflieger vor, der er war, verwickelte die beiden in eine juristische Diskussion und ließ sie dann einfach stehen. Manchmal klappte es. Nennen wir es eine milde Form der Kuppelei, aber keine meiner Begleiterinnen hat sich je beschwert.

Daß sich irgendwas getan hatte, merkte ich, als er mir das erste Mal mit einer Dame über den Weg lief, mit der ich ihn nicht verkuppelt hatte. Sie hatte alles, was sie haben mußte, um Leyfeldt vergessen zu lassen, woher er kam: Perlenkette, Perlenohrringe, eingedrehte Locken, ein perfektes Gebiß und schwarze Lackschuhe mit Schleifen. Es war damals eine gute Zeit für Lackschuhe mit Schleifen, große Schleifen, die den ganzen Schuh bedeckten. Glücklicherweise kam Leyfeldt nicht auf die Idee, mich mit ihr stehen zu lassen.

Ich hielt mich mehr und mehr von ihm fern, weil mir langsam klar wurde, daß ich es nicht schaffen würde. Leyfeldt bestand das erste Staatsexamen, und ich gestand mir ein, daß ich nie versuchen würde, es zu machen. Er bestand sein zweites Staatsexamen, und ich kehrte die Scherben aus sechs oder sieben verlorenen Jahren auf einen kleinen, bescheidenen Haufen. Er fing als angestellter Anwalt in einer Kanzlei in der Fasanenstraße an, einer der ersten Adressen in Berlin. Ich hielt mich irgendwie über Wasser. Wir begegneten uns nur noch selten. Wenn, redeten wir irgendwie drumherum, daß ich es nicht geschafft hatte. Aber es wurde immer schwieriger, drum herumzureden, deswegen redeten wir immer weniger.

Dann sahen wir uns über ein Jahr nicht mehr. Leyfeldt hatte seine eigene Kanzlei aufgemacht, nicht gerade in der Fasanenstraße, aber in einer anderen Seitenstraße des KuDamms, und er war unaufhaltsam auf dem Weg in die Fasanenstraße. Ich hatte angefangen, alten Bekannten, die allesamt Anwälte waren, den einen oder anderen Gefallen zu tun. Gegen Bezahlung. Allen möglichen und unmöglichen Bekannten, nur nicht Leyfeldt. Aber natürlich wußte Leyfeldt Bescheid. Leyfeldt wußte über alles Bescheid.

Es war ein Zufall, daß wir uns dann überhaupt trafen. Er ging mit seiner Begleiterin auf der anderen Straßenseite, und ich wäre weitergegangen, wenn er mich nicht gesehen hätte. Sie kamen über die Straße, und seine Begleiterin, die zwei Perlenketten hatte, Perlenohrringe, eingedrehte Lokken, ein perfektes Gebiß und Schuhe ohne Schleifen, die

Zeit für Schleifen war damals schon endgültig vorbei, taxierte meine Tätowierung und mich ab wie etwas, in das sie hineingetreten war und das sie jetzt so schnell wie möglich abstreifen wollte.

Leyfeldt fragte mich, was ich machte.

»Dies und das«, sagte ich.

»Dies und das«, sagte er. »Muß ein erhebendes Gefühl sein, dies und das zu machen, nach den ganzen Jahren.«

»Ja«, sagte ich. »Manchmal ist es erhebender als die anderen Male.«

»Dann paß auf, daß sie dich bei den weniger erhebenden Malen nicht erwischen«, sagte er und legte seine Hand auf die kalbsledern behandschuhte Hand seiner Begleiterin, die ungeduldig zu werden schien.

»Bei was sollten sie mich erwischen?« fragte ich.

»Dabei, daß du die Dreckarbeit für deine merkwürdigen Freunde erledigst«, sagte er.

Was ein bißchen mehr war, als ich von ihm oder von sonstwem wissen wollte.

Es ist nicht weiter schwer, jemandem die Nase zu brechen. Das Nasenbein ist ein ziemlich dünner Knochen, eigentlich mehr ein Knorpel. Sie müssen aufpassen, es im richtigen Winkel zu treffen, damit es nicht ins Hirn getrieben wird. Natürlich nützt es nichts. Auch damals, mitten auf dem KuDamm, nützte es nichts. Mir nicht und Leyfeldt schon gar nicht. Die einzige Genugtuung, die es mir brachte, war, daß seine Begleiterin auf der Straße einen hysterischen Anfall hatte.

Es ist immer noch so, daß ich nur an sie denken muß, wie sie auf der Straße stand und zusah, wie das Blut zwischen seinen Fingern hindurch auf sein Hemd lief, wie sie mit weit aufgerissenen Augen dastand, eine Hand mit dem Handschuh am Hals, vielleicht wegen ihrer Perlenketten, wie sie schrie wie am Spieß, während uns fette, schlechtgekleidete Touristen mit Kindern im Schlepptau umzingelten, und ich fühle mich wie der letzte Dreck.

6. Gegen zwei ging ich nach unten und durch den Hof hinaus auf die Straße. An der Reichenberger Straße blieb ich eine Weile an der Kreuzung stehen und lief dann zurück. Von meinen beiden Freunden war keine Spur zu sehen, aber vielleicht hatten sie Reisz schon gebeichtet, daß ich sie abgehängt hatte, und er hatte sie in kleine Streifen geschnitten. Auf der anderen Seite der Lausitzer Straße stand ein Mann und tat so, als ob er mit der ganzen Sache nichts zu tun hätte. Ich schlenderte zu ihm und fragte ihn nach der Uhrzeit. Er zeigte mir ein leeres Handgelenk. Es sah so aus, als ob er mit der ganzen Sache wirklich nichts zu tun hätte, und ich ließ ihn in Ruhe.

Die Luft flimmerte in der Hitze. Eine Taube, die auf einem Fenstersims in ihrem eigenen Dreck hockte oder in dem ihrer Leidensgenossen, gurrte zu mir herunter. Vor dem Haus parkte seit Wochen ein ausgebranntes Autowrack. Wo der Lack nicht schwarz verkohlt war, hatte er schwärzlich-rote Blasen geworfen. Jemand hatte in Gold *Fick dich ins Knie Koscinsky* über die ganze Karosserie gesprüht.

Ich hörte den Wagen erst, als er ihn am Straßenrand in der zweiten Reihe parkte. Er stieg aus und kam auf mich zu.

»Sind Sie Herr Sills?«

Er war nicht ganz so breit wie ein Kleiderschrank und nicht ganz so groß, sah aber so aus, als ob er viel mehr einstecken konnte als ein Kleiderschrank, wenn es hart auf hart kam. Vierzig Jahre, vielleicht älter. Seine Augen waren nicht zu sehen, weil sie hinter dunklen Gläsern verborgen waren, aber ich stellte sie mir klein vor, klein, dunkel und stumpf wie Spitzen aus Eisen. Seine Glatze glänzte in der Sonne. Hinter der Glatze glänzte ein langer, schwarzer Wagen. Die Marke kannte ich nicht, aber es war ein langer amerikanischer Wagen wie mein Chevrolet.

»Ich soll Sie abholen«, sagte er und ging um den Wagen herum. Er bewegte sich mit der Eleganz eines Schwergewichts, unter dem dunklen Hemd zeichneten sich dabei eine Menge beeindruckender Brustmuskeln ab, und er hatte eine leise, beherrschte Stimme, die angenehm klang, fast ein bißchen sanft. Zur Tarnung, nehme ich an.

Mit einer angedeuteten Verbeugung hielt er mir die Wagentür auf. Im Innern des Wagens war es kühl, die schwarzen Ledersitze fühlten sich fast kalt an. Alle Scheiben im Heck waren dunkel getönt, und als ich mir die Lausitzer durch diese Scheiben ansah, kam sie mir anders vor als sonst: Sie war immer noch leicht verwahrlost, hatte aber den eigentümlichen Reiz verloren, den sie für die besitzt, die dort wohnen müssen. Sie sah bloß noch verwahrlost aus.

»Wie heißen Sie?« fragte ich ihn, als er auf den Fahrersitz glitt.

»Nennen Sie mich Lohmeyer«, sagte er leise.

7. Der Wagen fuhr langsam über die kleine Brücke, die die Insel Schwanenwerder mit dem Grunewald verbindet. Rechts, weit hinten in der Steinlanke, zog ein Motorboot dröhnend seine Kreise und eine silberhaarige Schönheit hinter sich her, die immer wieder in Richtung Boot winkte. Hinter ihr flimmerte die Lindwerder über der gleißenden Havel. Das Ganze sah aus wie Eiswerbung.

Ich fragte Lohmeyer, ob uns ein Wagen gefolgt war. Die Frage legte seinen kahlrasierten Nacken in Falten.

»Nein«, sagte er langsam. »Ich meine, ich weiß es nicht. Soll ich es herausfinden?«

»Kann nicht schaden.«

Lohmeyer trat vor dem Haus der Wasserschutzpolizei aufs Gas, daß die Reifen durchdrehten, und raste die Inselstraße entlang. Auf Schwanenwerder gab es nur diese eine Straße. Sie führte von der Brücke weg in einer Schleife um die Insel und wieder zur Brücke zurück.

Er hielt den Wagen mitten auf der Brücke an, stieg aus und sah sich um. Auf der Inselstraße kam kein Wagen hinter uns her. Erst nach einer Weile fuhr ein moosgrüner Jaguar langsam an unsern Wagen heran und blieb stehen. Der Fahrer stieg aus und unterhielt sich eine Weile mit Lohmeyer. Die beiden sahen aus wie Zwillinge, nur daß der zweite Fahrer keine Glatze hatte, sondern kurzgeschorenes Haar.

»Ich denke nicht, daß jemand hinter Ihnen her ist«, sagte Lohmeyer, als er wieder einstieg.

Und was soll ich Ihnen sagen, wo er recht hatte, hatte er recht. Reisz' Leute waren nicht hinter mir her. Genaugenommen brauchten sie auch nicht hinter mir her zu sein, denn sie erwarteten mich schon.

Das Haus, in dem Senger residierte, stand rechts am Ufer, hinter der Säule mit den Resten aus den Tuilerien. Es sah nicht aus wie ein Haus, eher wie ein Bunker, der aus zwei gedrungenen, leicht versetzt stehenden Teilen bestand, die in einem schimmligen Grün gestrichen waren. Der Bunker hatte keine Fenster, aber es gab so etwas wie waagrechte Blenden, und in zwei von ihnen sah ich schwarze Kästen, in denen die Linsen der Überwachungskameras funkelten.

Vor dem Haus, am Ende der Auffahrt, war ein halbrunder Platz mit einer niedrigen Steinmauer als Einfassung. Im Schatten saß einer von Reisz' Leuten aus der Keithstraße. Als der Wagen hielt, war ich nicht weiter als zwei Meter von ihm entfernt, aber wegen der getönten Scheiben konnte er mich nicht erkennen. Neben dem Haus war die Einfahrt zu einer Tiefgarage. Lohmeyer fuhr bis zur Einfahrt und öffnete das Tor mit einer Fernbedienung.

»Hier entlang, bitte«, sagte Lohmeyer, als er mir unten die Tür des Wagens aufhielt.

8. Die Türen des Aufzugs glitten auseinander und gaben den Blick auf einen Innenhof frei, der von einem Glasdach bedeckt war. Ich hatte keine Ahnung mehr, wo in dem Bunker ich mich befand. Nichts wies darauf hin, daß der Innenhof mit seinen weiß verputzten Wänden, grauen Steinplatten und den vier Bänken, die in der Mitte, in einer Vertiefung, ein Viereck bildeten, überhaupt in dem schimmelgrünen Bunker lag. Keine der Türen, die von hier abgingen, sah aus wie der Notausgang.

Lohmeyer blieb im Aufzug und sagte leise: »Warten Sie hier.« Die Türen glitten zu, und der Aufzug setzte sich wieder in Bewegung.

Ich stand an der Wand neben dem Aufzug, und außer dem Licht, das durch die Baumkronen fiel, und der Kamera, die in einer Ecke des Hofs auf einer Stange hockte wie ein Geier, der in der Mittagssonne seinen faltigen Hals eingezogen hat, rührte sich nichts. Ich ging zu den Bänken und merkte, wie die Kamera einen Schwenk in meine Richtung machte. Ich ging um die Bänke herum, und sie folgte mir. Ich blieb stehen, und sie bewegte sich nicht mehr.

Bevor ich mich fragen konnte, ob mich jemand beobachtete oder ob die Kamera die Bewegungen von selbst registrierte, ging eine der Türen auf, und Reisz kam aus dem Zimmer, begleitet von einem bleichen Mann mit dunklem Haar.

»Sills«, sagte Reisz, und in seinem Gesicht machte sich ein Grinsen breit. »Was treiben Sie denn hier?«

»Dachte, ich sollte mal nachsehen, wo Ihre Leute stekken.«

»Meine Leute?«

»Die, die ich heute morgen verloren habe.«

Er lachte.

»Sie glauben doch wohl nicht im Ernst, daß ich genug Leute habe, um sie hinter Ihnen herlaufen zu lassen? Und wenn ich sie hätte: Wozu sollte ich Sie beobachten lassen? Sie haben doch wohl nichts zu verbergen, oder?«

»Wenn, würden Sie und Ihre unermüdlichen Gesetzeshüter mir sicher auf die Schliche kommen.«

Er wandte sich mit einem süffisanten Grinsen an seinen Begleiter, in dessen Miene sich nicht die leiseste Regung zeigte. Reisz drehte sich wieder zu mir um.

»Ich bin mir sicher, wir sehen uns, Sills. Würde mich nicht wundern, wenn es gar nicht mehr lange dauern würde. Ich würde gerne darüber reden, was Sie heute morgen bei Venus Films zu suchen hatten, wo Ihnen die Filmfritzen so auf die Nerven gehen. Ich habe Ihre Einladung nicht vergessen.«

»Herr Senger wird gleich Zeit für Sie haben«, sagte der bleiche Begleiter.

Ich stand da, und die Kamera in der Ecke sah sie hinter einer Tür verschwinden.

Wenn Reisz den Weg hierher gefunden hatte, mußte Quilt oder irgend jemand auf Quilts Liste oder bei Venus Films ihm Sengers Namen gegeben haben. Hatte Quilt angefangen, mit einem seiner feisten Fingerchen auf Senger zu zeigen? Wenn ja, was würde Senger tun? Auf Quilt zeigen?

Und wer hatte Reisz gesteckt, daß ich mich bei Venus Films herumgetrieben hatte?

9. Es war ein riesiges Zimmer, L-förmig und ohne irgendwelche Schnörkel, ein echtes Prachtstück. Der Raum lag nach hinten, mit Blick auf die Havel. Der untere Teil des L bestand ganz aus Glas, selbst der Boden war aus dicken Glasscheiben. Er überdachte einen Teil des Teichs draußen im Garten. Hier standen zwei große, schwarze Sessel aus Chrom und Leder, über der trübgrünen Brühe, in der irgendwelche fetten Fische mit schleierartigen Auswüchsen an den Flossen herumtümpelten. Der obere Teil des L war langgestreckt und kahl, die Wände waren nackt, nur von einer langgezogenen Blende unterbrochen und in einem graustichigen Weiß gehalten. Am Ende des oberen Teils stand ein riesiger Schreibtisch, und hinter dem Schreibtisch wartete ein kleiner, hagerer Mann, der seine besten Jahre schon eine Weile hinter sich hatte, mit einigen Papieren in der Hand.

»Herr Sills«, krächzte er, warf den Papierkram auf den Schreibtisch und fuhr mit der Hand über die Weste seines grauen Anzugs. Er näherte sich mit den langsamen, bedächtigen Schritten eines alten Mannes, aber er sah lange nicht so alt aus, wie seine Bewegungen vermuten ließen, wenigstens nicht auf den ersten Blick. Er mußte in seinem Leben einiges mit seinem Gesicht angestellt haben. Seine Haut war weiß, sehr weiß, mit einem rötlichen Schimmer, glatt, und sie glänzte wie geschliffener Speckstein. An einigen Stellen schien ein Flechtwerk feiner bläulicher Adern durch die Haut zu treten. Seine schütteren Haare waren weißblond, seine Augen grau, und eins von ihnen war stark blutunterlaufen.

»Entschuldigen Sie, daß Sie warten mußten, Herr Sills«,

sagte er, und einen Augenblick lang sah es so aus, als ob er seine Hand auf meine Schulter legen wollte, aber er deutete die Bewegung nur an. Dann gab er mir die Hand und lächelte. Das Lächeln sah so aus, als ob er die letzte Ration schon vor einer ganzen Weile verbraucht hätte, obwohl er ziemlich sparsam damit umging.

»Senger«, stellte er sich vor, mit der unangenehm knarrenden Stimme, die ich schon vom Telephon kannte. »Setzen Sie sich.« Er zeigte auf einen der Sessel, die über dem grünen Tümpel standen.

Die Sessel waren nebeneinander aufgestellt, so daß ich die Havel sehen konnte. Der Ausblick war um einiges besser als der in einen Kreuzberger Hinterhof. Von hier aus war kein einziges Haus mehr zu sehen, nur das Wasser der Havel, dunkel trotz des gleißenden Lichts, die Wand aus Bäumen am anderen Ufer, die im Wasser zu versinken schien, und einige Segel auf dem Fluß.

Senger setzte sich neben mich.

»Wollen Sie vielleicht etwas trinken? Es scheint heiß zu sein.«

Ich schüttelte den Kopf.

»Entschuldigen Sie unsere kleine Meinungsverschiedenheit von heute morgen. Ich verstehe Ihre Erregung, ich verstehe Sie vollkommen, aber ich konnte nichts anderes tun, Herr Sills, ich wollte keine Zeit verlieren, und wenn Sie mir die Gelegenheit geben, werde ich Ihnen erklären, weshalb.«

Er bewegte seine Füße über dem Boden, und ich sah, wie die Fische sich unter ihnen streckten, wie sie ihre Mäuler, an denen irgendwelche langen Fäden hingen, aus dem Wasser reckten und nach dem Glas schnappten.

»Quilt«, sagte er, »ist in Schwierigkeiten. Seine Schwierigkeiten sind so groß, daß sein Anwalt, ein gewisser Herr Leyfeldt, ich glaube, er ist ein Bekannter von Ihnen, ihn heute morgen davon überzeugen konnte, es wäre das beste, der Polizei meinen Namen zu nennen, in der Hoffnung, ich könnte Quilt in irgendeiner Weise helfen. Quilt schien zu glauben, es sei besser, meinen Namen so lange wie möglich aus dieser Angelegenheit herauszuhalten. Ich weiß, ich sollte ihm dankbar dafür sein, aber trotzdem halte ich seine Vorgehensweise für falsch«, sagte er und sah kurz nach draußen, aufs Wasser. »Für ganz und gar falsch. Ich verstehe nicht, wie er auf diese Idee kommen konnte. Es könnte ein falscher Eindruck entstehen. Wie es scheint, hat Quilt in Ihnen diesen Eindruck schon geweckt, wenigstens habe ich Ihre Bemerkung heute morgen so verstanden, Quilts und meine Interessen deckten sich möglicherweise nicht. Aber jetzt, wo Sie hier sind, hoffe ich, Sie davon überzeugen zu können, daß es keine Divergenzen in unseren Interessen gibt.« Er sah mich wieder an. Das Reden schien ihn zu ermüden. »Mein Interesse in dieser Sache ist, daß Sie Quilts Unschuld beweisen, und ich werde alles, was in meiner Macht steht, tun, um Sie dabei zu unterstützen.«

Senger lehnte sich in seinem Sessel zurück und machte mir mit der Hand ein Zeichen, daß er gesagt hatte, was zu sagen war.

»Vergessen wir erst mal das Gespräch von heute morgen«, sagte ich. »Hätten Sie etwas dagegen, wenn ich Ihnen ein paar Fragen stelle?«

Seine Hand sagte mir, daß er nichts dagegen hätte.

»Sie waren in der Nacht von Mittwoch auf Donnerstag bei Quilt?«

Er nickte.

»Wann sind Sie gegangen?«

»Gegen drei«, sagte er. »Ich konnte erst spät kommen, gegen eins vielleicht. Lohmeyer wird es noch wissen.«

»Lohmeyer?«

»Aber ja, Lohmeyer hat mich gefahren. Er fährt mich immer.«

»Das heißt, er hat sie danach auch wieder hierher gefahren?«

»Wie immer.«

»Und als sie gingen ...«

»Sehen Sie, Sills, ich habe eben schon mit Herrn Reisz gesprochen, der die Ermittlungen leitet. Sie sind ihm sicher begegnet. Ich bin gegen drei gegangen, und als ich gegangen bin, waren die Damen noch da, alle drei, und sie lebten noch. Niemand bestreitet das.«

Niemand?

»Und Quilt?« fragte ich.

»Was ist mit Quilt?« knarrte er.

»Als ich ihn gestern das erste Mal traf, hatte er große Schwierigkeiten, sich überhaupt an Ihren Namen zu erinnern.«

»Ich dachte, das hätte ich Ihnen schon erklärt.«

»Außerdem hatte er Schwierigkeiten, sich an den Verlauf des Abends zu erinnern«, sagte ich so beiläufig, wie ich konnte, den Blick auf die Fische unter seinen Füßen gerichtet.

»Ich nehme an, daß er verwirrt war und nicht wußte, was er tun sollte. Sie verstehen, Sills, es fiel ihm in der Eile vielleicht einfach nichts Besseres ein.«

»Aber Sie erinnern sich noch an den Verlauf des Abends, oder?«

»Wie gesagt, ich kam gegen eins, als die meisten der Gäste schon gegangen waren. Gegen zwei gingen die letzten, nur Quilt und ich sind geblieben.«

»Und die Mädchen.«

»Natürlich. Und die Mädchen«, sagte Senger. Wenn er verlegen war, war es ihm jedenfalls nicht anzumerken.

»Es waren drei, aber Quilt sagte mir, er habe nur zwei... bestellt. Er selbst meinte, daß es nicht das erste Mal war, das mit den Mädchen. Es ist Ihnen doch nicht peinlich, Herr Senger, wenn ich Sie frage, wozu Sie sie bestellt haben?«

Senger sah mich an, und ein sehr, sehr dürftiges Lächeln zeigte sich auf seinen dünnen, blutleeren Lippen.

»Sie sehen gar nicht so prüde aus, Sills. Ich wüßte nicht, weshalb mir die Frage peinlich sein sollte. Ich bin ein alter Mann. Alt, aber reich. Ich bin nicht verheiratet, ich habe keinerlei Rücksichten zu nehmen«, sagte er. »Wozu würden Sie sich zwei junge Damen in Ihre Wohnung bestellen?« fragte er und hob die Hände, die Handflächen nach oben gerichtet.

»Aber es waren drei Damen.«

»Ja«, sagte er, »es waren drei Damen. Eine von Ihnen hatte eine Freundin mitgebracht.«

»Die Tote?« fragte ich.

Einen Augenblick lang dachte ich, er würde mir antworten. Sein Oberkörper bewegte sich nach vorne, spannte sich, und er holte Atem. Dann hielt er an sich und sah mich an.

»Nein«, sagte er, und das Lächeln wurde noch dünner. »Sehen Sie, es ist merkwürdig, aber Reisz hat mir die gleiche Frage gestellt. Und natürlich wüßte ich nicht, wessen Freundin sie war, wenn Reisz mir nicht eine Photographie der Toten gezeigt hätte. Die dritte war die Freundin der anderen.«

»Ich nehme an, Sie erinnern sich nicht mehr an ihre Namen.«

Er bedauerte.

»Kannte Reisz sie?«

»Er sagte, sie hätten die Tote und ihre Freundin identifiziert, aber noch nicht die Freundin der Freundin.«

Ich sah auf die Havel.

»Ich bin nicht prüde, Herr Senger. Deshalb würde ich auch gerne wissen, was zwischen zwei und drei geschehen ist?«

»Nichts«, sagte er.

»Nichts?«

»Nichts«, sagte er und legte den Kopf zurück. Sein Kopf schien schwer zu sein. »Vielleicht lag es daran, daß es drei waren, es herrschte eine gewisse Verwirrung, und irgendwie ergab es sich nicht mit der Selbstverständlichkeit, mit der es sich sonst zu ergeben pflegt.«

»Was?«

»Aber ich bitte Sie«, sagte Senger.

»Und deshalb sind Sie dann gegangen.«

»Ja, deshalb bin ich dann gegangen.« Er hatte die Augen geschlossen, oder fast geschlossen. Eine Bewegung ging durch das Wasser unter uns, und die Fische waren von einem Augenblick auf den anderen verschwunden. Eine

Wolke hatte sich vor die Sonne geschoben, und die Havel draußen sah auf einmal schwarz aus, schwarz und bleiern. Ich glaubte, ein schwaches, saugendes Geräusch zu hören, aber da war nichts. Kein einziges Geräusch. Wir saßen über dem grünen Wasser, in der grünen Stille, und ich wartete darauf, langsam nach unten gesaugt zu werden.

10. »In welcher Beziehung stehen Sie zu Quilt?« fragte ich, nachdem wir eine Weile geschwiegen hatten. Er zuckte in sich zusammen, dann öffnete er die Augen und sah sich einen Augenblick lang um.

»In welcher Beziehung stehen Sie zu Quilt, Herr Senger?«

»Quilt produziert Filme für Venus Films. Dafür braucht er Kapital, und ich stelle ihm einen Teil dieses Kapitals zur Verfügung.«

Es klang so, als wollte er mich mit der offiziellen Version abspeisen.

»Haben Sie bei Venus Films das Sagen?«

Er schüttelte den Kopf, ein paar Millimeter nach links, Pause, dann wieder ein paar Millimeter nach rechts.

»Ich bin an der Firma beteiligt, aber es gibt noch ein paar andere Teilhaber.«

»Am Telephon deuteten Sie so etwas an, daß Quilt nicht gerade im Geld schwimmt. Ist er pleite?«

»Zu sagen, er sei *pleite*, wäre vielleicht übertrieben, aber über kurz oder lang wird er Schwierigkeiten haben, seine Rechnungen zu bezahlen.«

»Er oder Venus Films?«

»Er selbst. Aber die Dinge sind in diesem Fall nicht so klar zu trennen.«

»Wird er viel Geld verlieren?«

»Für einige Leute wird es viel Geld sein.«

»Wessen Geld ist es? Ihres?«

»Ein Teil davon. Kein sehr großer Teil, nur das Geld aus einigen laufenden Produktionen, und ein Teil dieser Verluste wird sich am Ende als Gewinn erweisen.«

»Heißt das, daß Sie nicht besonders unter seiner Pleite leiden werden, weil sie vorher wußten, daß er pleite geht?«

Er bewegte die Finger der rechten Hand.

»Aber es gibt Leute, die darunter leiden werden.«

»Unter einem guten Konkurs«, sagte er, »leiden immer eine Menge Leute. Sonst lohnt er sich nicht.«

11. »Vielleicht kommen wir noch mal auf Mittwoch nacht zurück«, sagte ich. »Mir scheint, daß Lohmeyer kein besonders guter Zeuge ist.«

»Nein, da haben Sie recht, Lohmeyer ist kein besonders guter Zeuge«, sagte Senger. »Aber es ist nicht Lohmeyer, der mich entlastet, es ist Quilt, weil er sich mit seiner Aussage selbst belastet.«

»Quilt?«

»Quilt hat heute morgen nicht nur meinen Namen genannt, er hat auch ausgesagt, die Tote sei noch am Leben gewesen, als ich gegangen bin.«

Er hatte seine Augen wieder geschlossen, und seine Stimme wurde zusehends leiser.

»Was denken Sie, was passiert ist?«

»Ich weiß es nicht, Sills. Ich habe keine Idee, was passiert ist, nachdem ich gegangen bin. Finden Sie es heraus. Aber eines weiß ich: Quilt hat es nicht getan. Quilt ist, wie soll ich es sagen, Quilt ist schwach, Sills. Vergessen Sie das nicht. Er hat nicht nur seine kleinen Schwächen wie wir alle, verstehen Sie, er *ist* schwach. Ein Schwächling. Ich kenne Quilt seit einiger Zeit. Seit etwas mehr als zehn Jahren.« Seine Hände krallten sich wie Haken in die Lehnen des Sessels, und er zog sich ein paar Zentimeter nach vorne. »Ich weiß«, sagte er leise, »Reisz kann gar nicht anders, als ihn verdächtigen. Er ermittelt in diese Richtung, und obwohl er verpflichtet wäre, auch andere Möglichkeiten in Erwägung zu ziehen, wird er es nicht tun, und wenn, dann nur halbherzig. Deshalb ist es wichtig, daß wir, daß Sie, Sills, selbst ermitteln.« Er ließ sich wieder zurücksinken. »Nehmen Sie an, Quilt habe es nicht getan. Wohin kommen Sie, wenn Sie von dieser Annahme ausgehen?«

»Zu Ihnen.«

»Und wenn wir von mir absehen?«

»Wenn ich Sie für den Augenblick ausschließe«, sagte ich, »erst mal zu den beiden anderen Mädchen.«

»Und?«

»Ich weiß, wie die beiden heißen, die die Berg geschickt hat«, sagte ich.

»Ich habe schon gehört, daß Sie heute morgen bei Venus Films waren. Haben Sie mit dem anderen Mädchen gesprochen?«

»Sie war nicht in ihrer Wohnung. Woher wissen Sie, daß ich heute morgen dort war?«

»Von Frau Berg. Sprechen Sie mit ihr, Sills, und finden Sie die dritte, ihre Freundin.«

»Was können Sie mir über sie sagen.«

»Nicht sehr viel, fürchte ich.« Er legte die Hand über die Augen, als ob die Dunkelheit ihm helfen würde, sich zu erinnern. »Sie war nicht groß und nicht klein. Sagen wir, einssechzig oder einsfünfundsechzig. Rotes Haar, aber gefärbt. Ich habe nicht viel für gefärbte Haare übrig. Schlank. Haltung, was eher selten ist. Sie redete nicht besonders viel, was vielleicht noch seltener ist. Warten Sie, sie hatte ein grünes Kleid an, eins von diesen glitzernden Dingern. Ich habe auch nichts für grüne, glitzernde Kleider übrig.« Er nahm die Hand von den Augen und flüsterte: »Ich fürchte, mehr kann ich Ihnen nicht sagen. Es ist nicht sehr viel, aber Sie werden ja bald mit der Freundin der Toten sprechen.« Seine Stimme schien sich von mir wegzubewegen. Ich wollte ihn noch nach Wellers Film fragen, aber er hatte schon die Augen geschlossen, als er sagte: »Sie müssen mich jetzt entschuldigen, Sills. Ich bin müde. Gehlenz, mein Sekretär, wird sich um Sie kümmern.«

Ich hörte, wie sich die Tür hinter mir öffnete und der bleiche Begleiter ins Zimmer geschlichen kam.

12. »Sie sind Gehlenz?«

Er sah mich an, als er einen der Türflügel für mich aufhielt. Er war Mitte dreißig und eher schmalbrüstig. Sein Rücken war leicht gekrümmt, die Schultern nach vorne gebeugt.

Er sah aus wie der geborene Privatsekretär, die ganze Gestalt hatte etwas Serviles, aber es wirkte aufgesetzt, so als ob er abends vor dem Spiegel den Rücken durchstrecken und ein Grinsen aufsetzen würde, das er sich tagsüber verkniff. Seine dunklen Haare waren perfekt geschnitten, aber stumpf, und ich sah ein paar Schuppen auf seinen wattierten Schultern. Ein leicht säuerlicher Geruch ging von ihm aus, sonst war nichts an ihm bemerkenswert, mit Ausnahme seines Anzugs: Er hatte einen maßgeschneiderten Anzug und ein Gesicht von der Stange.

Gehlenz nickte.

»Woher wußten Sie, wann Sie kommen sollten?« fragte ich ihn, als wir durch den Innenhof gingen.

»Mikrophone«, sagte er und zeigte undeutlich in eine der Ecken. Im Innenhof blieben wir stehen, und er schloß leise die Tür. Dann griff er in sein Jackett.

»Herr Senger hat mich gebeten, Ihnen das hier zu geben.« Er hielt ein weißes Briefkuvert in der Hand.

»Ich habe ihm schon gesagt, daß ich kein Geld von ihm annehmen kann«, sagte ich.

»Herr Senger hat mich gebeten, Ihnen zu sagen, daß Sie den Umschlag Herrn Leyfeldt geben sollen, wenn Sie ihn sehen«, sagte er. In seiner Stimme lag soviel Ausdruck wie in seinem Gesicht.

»Hat er mit Leyfeldt gesprochen?«

»Er muß wohl mit ihm gesprochen haben«, sagte er und drückte mir das Kuvert in die Hand. Dann führte er mich zum Aufzug.

»Der Fahrer wird Sie nach Hause fahren.« Er drückte einen Knopf, und ein roter Pfeil leuchtete auf, der nach oben zeigte. Der Pfeil war der einzige Farbfleck im Innenhof, abgesehen von meiner Krawatte.

»Wie kann ich Herrn Senger erreichen, wenn ich mit ihm

sprechen muß?« fragte ich. Er gab mir eine Karte, auf der eine Telephonnummer stand.

»Sie haben doch Telephon, oder?« sagte er und drehte sich um.

13. Die ganze Sache stank zum Himmel. Zuerst hatte Quilt Sengers Namen nicht genannt, als ob er ihn decken oder den Verdacht auf ihn lenken wollte, dann hatte er ihn genannt, und siehe da, es stellte sich heraus, daß es Senger vollkommen egal sein konnte, ob Quilt ihn deckte oder nicht. Senger war die Unschuld selbst, eine müde Unschuld zwar, aber dann doch wieder nicht müde genug, um sich nicht nachts mit Quilt zu vergnügen. Immerhin mußte er dabei keine Rücksichten nehmen, wenn er sich vergnügte. Mit Quilt, der ohne Zweifel wesentlich munterer, weil mindestens zwanzig Jahre jünger war, und den er schon seit etwas mehr als zehn Jahren kannte. Mit Quilt, der jetzt mit dem Finger auf sich selbst zu zeigen schien. Wobei Senger ihm bereitwillig die Hand hielt.

Wie gesagt, die ganze Sache war faul. Nichts gegen ein bißchen Gestank. Es gibt eine Menge Möglichkeiten, dagegen anzustinken. Sie können versuchen, nachzusehen, wo der Gestank herkommt. Sie können sich daran gewöhnen. Oder Sie können warten, bis Ihnen der kalte Angstschweiß auf die Stirn tritt, bis Ihnen die Knie zittern und die Zähne klappern. Und dann, wenn Sie ein bißchen gewartet haben, können Sie ein paar Haken schlagen und hoffen, daß es Sie nicht erwischt. Und soviel kann ich Ihnen sagen: Wenn ich gewußt hätte, worauf ich mich eingelassen hatte, hätte ich mich hakenschlagend aus dem Staub gemacht.

Sechstes Kapitel

1. Ich ließ mich von Lohmeyer neben der Kottbusser Brücke absetzten, wo sich in der drückenden, staubigen Hitze des späten Nachmittags die Abgase mit dem Fettgestank mischten, der einen Imbiß namens Sindbad einhüllte, Tag für Tag, Nacht für Nacht, jeden verdammten Tag und jede verdammte Nacht des Jahrs. Tauben hockten auf der Brüstung der Brücke und scharrten mit ihren roten Krallen im Staub, und unter ihnen, mit dem Rücken an die Brüstung gelehnt, knieten zwei dreckige Gestalten in Tarnanzügen, die an einer leeren Tüte schnüffelten. Unter der Brücke fuhr einer der Touristenschlepper der Reederei Siehl durch das grünlich schillernde, blasige Wasser des Landwehrkanals, auf dem außer ein paar Schwänen noch so einiges trieb, was dort nicht hingehörte. Brauner Schaum schwappte an der Betonverschalung hoch. Ein paar Touristen winkten zur Brücke rauf, und einer der Schnüffler zeigte ihnen den Finger und winkte dann mit der Tüte. Fünf Türken, die sich am Anfang der Brücke um einen Wagen geschart hatten, sahen mißbilligend zu ihm hin, dann fingen sie wieder an, auf den Wagen einzuschreien. Der aufgedonnerte Schrott auf der Brücke stand zum Verkauf.

Es war halb fünf, Zeit für einen weiteren Besuch bei Nora LaMotte. Ich ging über die Straße und auf der Uferseite bis zu dem Haus am Paul-Lincke-Ufer.

Die Fenster im dritten Stock rechts standen offen wie bei meinem ersten Besuch, ebenso die Tür unten. Ich klingelte nicht, sondern ging sofort nach oben. Vielleicht waren Reisz' Leute da, vielleicht sogar meine beiden Freunde vom Morgen, um auf sie zu warten. Oder auf mich. Ich kaufte Reisz nicht ab, daß er mich nicht beschatten ließ. Er hatte nur nicht zugeben wollen, daß ich nicht der einzige Stümper war, der in dieser Geschichte mitmischte.

Im Treppenhaus roch es nach Desinfektionsmitteln. Im

zweiten Stock hörte ich ein Kläffen, das aus der Wohnung meiner Freundin kommen mußte. Entweder kläffte ihr Hund oder ihr Mann. Ich sah den Mann vor mir, ein geschlagenes Männlein, das in einer Küche aus den Fünfzigern auf einem Küchenstuhl mit kariertem Plastikbezug saß und Kreuzworträtsel löste, während die alte Dame mit der Perücke die Messer wetzte.

Oben im dritten Stock wartete niemand, um mich in Empfang zu nehmen, weder die LaMotte noch sonstwer. Ich klingelte. Nichts. Ich ließ den Finger auf der Klingel, aber es rührte sich nichts. Die Tür wurde nicht aufgerissen, ich wurde nicht ins Halbdunkel der Wohnung gezerrt und von starken Armen mit dem Gesicht nach unten auf den Parkettboden gepreßt, und keine Stimme fragte mit brachialem Charme: »Was haben Sie hier zu suchen, Sills? Spucken Sies aus, und ein bißchen plötzlich.« Nichts dergleichen. Es tat sich überhaupt nichts. Sagen wir, fast nichts. Die Sonne warf scharfgeränderte Flecken durch das große Fenster neben mir, Staub tanzte in den schräg einfallenden Sonnenstrahlen, und draußen warteten die Tauben darauf, daß ein paar Touristen über Bord gingen.

Ich ging die Treppe hinunter und blieb auf dem Absatz zwischen dem zweiten und dritten Stock stehen. Das Fenster hatte einen Flügel, der sich öffnen ließ. Ich sah nach draußen, und es war genau, wie ich es aus der Lausitzer kannte: Die Wohnung der LaMotte hatte einen Balkon auf den Innenhof, in dem Zimmer, das an das Treppenhaus grenzte. Ich stieg auf den Fenstersims. Es konnte klappen. Ich meine, es war nicht unmöglich. Andererseits war es auch möglich, daß es nicht klappte und ich mir alles mögliche brechen würde beim Sturz in den Hof. Das waren sie, die Modalitäten, mit denen ich zu tun hatte, so ungefähr wenigstens.

Ich sprang.

Mir konnte nichts passieren. Ich wußte es, weil ich es mir unmöglich leisten konnte, daß mir irgendwas passierte. Denn abgesehen von allem anderen konnte ich nicht einmal den Arzt bezahlen, wenn mir irgendwas zustieß. Vorausgesetzt, ich brauchte dann noch ärztlichen Beistand.

Ich bekam die Brüstung zu fassen. Pissoirgrüne Farbe blätterte von den Stäben ab, als ich an ihnen abrutschte, und ich spürte, wie mir der Rost die Haut an den Fingern aufriß, während ich unter dem Balkon hin und her baumelte. Jetzt mußte ich mich nur noch hochziehen. Nichts, was mich lange aufhalten konnte. Boxerehre: Rauhe Schale, harter Kern.

Kurz darauf, ich hing übrigens immer noch an der Brüstung, überdachte ich die ganze Sache. Der betonierte Hofboden schien in ziemliche Ferne gerückt zu sein. Aus den Augenwinkeln sah ich im Seitenflügel einen alten Mann am Fenster stehen. Er trug nur ein Unterhemd, hatte eine Bierflasche in der Hand und sah zu mir herüber. Ich schwang mich hin und her und versuchte, mit dem Fuß den unteren Rand des Balkons zu erreichen, aber ich rutschte immer wieder ab. Ich schielte zu ihm hin, vielleicht in der vergeblichen Hoffnung, daß er mir irgendwie helfen würde. Er sah her, schien das Ganze aber für einen Witz zu halten. Dann winkte er ab und verschwand in den Tiefen seiner Wohnung.

2. Irgendwie schaffte ich es dann doch noch. Als ich oben stand, war ich so erledigt, daß ich fast kotzen mußte. Ich fiel auf den Boden des Balkons, zwischen irgendwelche Töpfe mit verdorrtem Zeug, das wie Hanf aussah. Der Schweiß lief mir ins Hemd.

Die Balkontür stand offen, und in der Küche dahinter herrschte die übliche Unordnung. Ich stieß auf nichts Besonderes. Stilleben mit benutztem und unbenutztem Geschirr, gelesenen und ungelesenen Zeitungen, an den Wänden hingen ein paar Ausstellungs- und Theaterplakate, es gab den verchromten Toaster, die verchromte Warmhalteplatte und den verchromten Cocktailmixer, die notwendigen Requisiten eben, und der ganze Kram wurde beherrscht durch das ererbte Küchenbüfett mit Jugendstilverzierungen und Jugendstilstaub. Wie gesagt, nichts Besonderes. Es war alles da, was da zu sein hatte, und nichts da, was nicht da zu sein hatte. Nur Nora LaMotte fehlte.

Ich warf einen Blick in die anderen Zimmer, um zu sehen, ob sie sich nicht vielleicht doch irgendwo herumtrieb, sie oder sonst irgend jemand, der etwas dagegen haben konnte, daß ich mich hier herumtrieb. Die Wohnung war groß, und ich ließ nichts aus, ich sah sogar hinter dem fleckigen Duschvorhang im Bad und in der ehemaligen Speisekammer nach, aber in keinem der vier Zimmer stieß ich auf eine der Bewohnerinnen. Die Damen waren ausgeflogen.

Es war nicht schwer zu sagen, welches das Zimmer Nora LaMottes war. An einer Wand war ein Spiegel, der über die ganze Seite des Zimmers ging, an einer anderen stand ein Schminktisch mit einem kleineren Spiegel. An der Wand neben dem Spiegel hingen Photographien, die meisten von der LaMotte in mehr oder weniger bekleidetem Zustand.

Auf den neuesten Photos war sie über dreißig und versuchte, jünger auszusehen, aber der harte Zug um den Mund und die Krähenfüße neben den Augen verrieten sie. Sie hatte zwei Falten, die von den Nasenflügeln zu den Mundwinkeln liefen und sich durch die Schminke gruben, wenn sie den Mund bewegte. Auf vielen Bildern hatte sie Schatten unter den Augen. Sie sah gut aus, an- und ausgezogen, mit und ohne Schatten unter den Augen, aber sie hatte es nicht geschafft, und sie würde es auch nicht mehr schaffen. Nicht auf der Leinwand.

Ich denke nicht, daß ich ihr gefallen hätte. Nichts in ihrem Zimmer ließ darauf schließen, daß sie sich etwas aus Männern machte.

Hinter dem Namen Berger verbarg sich ein vielleicht zwei oder drei Jahre älterer zierlicher Rotschopf. Irene Berger. In ihrem Zimmer gab es nur einen Spiegel, dafür aber eine Unmenge Bücher. Neben dem Bett lag ein geschundener Haufen Papier, ein Manuskript mit roten Korrekturen. Ich krallte mir eins der Blätter:

Schluchzend sackte sie in sich zusammen. Maria fing

das Mädchen auf. Zärtlich fuhr sie ihr mit der Hand übers Haar und drückte den früh erblühten Körper an sich. Die Hitze war immer noch unerträglich. Carmens Gesicht glühte …

Wie die Sache aussah, hatten sie es beide nicht leicht gehabt.

Wenn ich Glück hatte, war die Berger die Frau, die ich suchte. Ich fand das Telephon, unter dem Telephon das Telephonregister und im Telephonregister eine Menge Namen und Nummern. Namen über Namen und Nummern über Nummern, in zwei Handschriften. Ich ging in das Zimmer der LaMotte zurück, wühlte die Bücher- und Papierstapel auf einem niedrigen Tischchen durch und fand ein paar Zettel, auf denen sich die Schrift glich. Ich ließ die Namen und Nummern in der zweiten Handschrift weg und die wenigen Männernamen und -nummern in ihrer eigenen, und es blieben siebenundzwanzig Namen und Nummern übrig. In Worten: siebenundzwanzig. Ich kam mir ziemlich einsam vor.

Ich schob das Telephonregister wieder zu und sah mich noch mal in ihrem Zimmer um. Auf dem Bett lagen ein paar Kleider. Keine Kleider, die sie tagsüber tragen würde. Daß sie da lagen, gefiel mir nicht. Aber vielleicht hatte es auch nichts zu heißen.

Ich ging in den dunklen Flur, blieb an der Wohnungstür stehen und lauschte ins Treppenhaus hinaus. Es war still. Ich hatte schon die Hand auf der Klinke liegen, als leise Schritte die Treppe heraufkamen.

»Hier ist es«, sagte eine Stimme.

Es klingelte. Das Klingeln war so laut, daß ich zusammenzuckte.

»Frau LaMotte«, rief eine andere Stimme. »Nora LaMotte.«

Reisz.

Mir stand der kalte Schweiß auf der Stirn. Und im Nakken. Ich griff mir mit der Hand in den Nacken, um ihn wegzuwischen, und hatte etwas Schmieriges an den Fingern, etwas, das dicker war als aller Angstschweiß, auch wenn das, was an mir hochkroch, ganz klar Angst war, nicht mehr und nicht weniger als nackte Angst.

Ich hatte Blut an den Fingern.

»Frau LaMotte.« Es klopfte. »Herrgott noch mal, die ist wieder nicht da«, fluchte Reisz.

»Soll ich ...« wollte die andere Stimme fragen.

»Laß den Quatsch«, sagte Reisz. »Gleich haben wir die Alte auf dem Hals, und die LaMotte ist doch nicht da.«

Ich hatte so eine Ahnung, daß sie doch da war. Sie lag im Hängeboden über mir, zwischen alten, staubigen Koffern, und nichts war ihr gleichgültiger als ihre Besucher. Ich blieb stehen und wartete darauf, bis Reisz wieder ging. Neben meinen Füßen bildete sich eine kleine Pfütze mit Blut.

Die Schritte entfernten sich. Ich ging zu einem der Fenster, stellte mich hinter den offenen Fensterflügel und wartete, bis Reisz und sein Begleiter aus dem Haus kamen, in einen Wagen stiegen und Richtung Lausitzer Straße fuhren, um mir einen Besuch abzustatten. Dann holte ich mir einen Stuhl und einen Schal, den die LaMotte nicht mehr brauchen würde, und stieg auf den Stuhl. Ich öffnete die Klappe des Hängebodens und machte mein Feuerzeug an. Ich fand den Staub, den ich gesucht hatte, die alten Koffer und etwas, das in schwarz glänzende Plastiksäcke verpackt war. Mir brannte der Magen. Unter den Plastiksäcken war Blut. Ich tastete sie ab, um zu sehen, wo der Kopf lag. Dann zog ich an einem der Säcke und versuchte, ihn so weit nach oben zu ziehen, daß ich sehen konnte, ob es die LaMotte war. Ich sah ein Kleid, oder etwas, das ich für ein Kleid hielt, blutgetränkt. Einen Arm. Schnittwunden am Arm. Ich berührte den Arm. Er war kalt, nicht sehr kalt, aber kalt genug. Sie mußte schon eine Weile tot sein. Immer mehr Blut lief mir aus den Plastiksäcken entgegen, dunkel und zähflüssig wie Schlamm. Ich mußte würgen. Es war nicht mehr weit vom Rand der Klappe weg und würde drüberlaufen. Ich tastete nach einem Gesicht und riß ein Loch in den Plastiksack, über ihrem Kopf. Die toten Augen von Nora LaMotte starrten in die Flamme meines Feuerzeugs.

3. Das Blut sickerte schon durch die Ritzen, als ich die Klappe des Hängebodens schloß. Ich stellte den Stuhl zurück und ging durch die Wohnung. Ich wischte mit dem Schal über alles, was ich angefaßt hatte. Mein Magen brannte, und ich hatte einen üblen Geschmack im Mund. Ich hatte seit dem Morgen nichts mehr getrunken, und da nur Harpers Kaffee und den Mocca. Und ich war meiner zweiten Leiche in zwei Tagen begegnet. In der Küche nahm ich mir ein Glas und trank Wasser. Dann hielt ich den Kopf unter den Wasserhahn und versuchte mir das Blut aus dem Nacken zu waschen.

Noch war es nicht zu spät, um zu Reisz zu gehen und meine Sünden zu beichten. Auf den Teil mit dem Hängeboden würde ich vielleicht verzichten müssen, aber ich konnte ihm sagen, daß ich gesehen hatte, wie Blut aus dem Hängeboden tropfte. Ich würde ihm wohl oder übel erklären müssen, wie ich in die Wohnung gekommen war, und ich würde nicht besonders gut dabei aussehen. Es konnte eine Menge Stunk geben, aber irgendwie würde sich die Geschichte wieder hinbiegen lassen. Ich würde ihm sagen, wie ich in die ganze Sache hineingeraten war, und ich müßte nicht einmal Quilt reinreiten, denn Quilt war jetzt aus dem Schneider. Wenn die LaMotte auf die gleiche Weise umgebracht worden war wie die erste Tote, sah es nicht schlecht aus für Quilt, dachte ich, als ich meine Kleider nach Blutflecken absuchte.

Und dann, langsam wie ein flacher Stein, der in einem trüben Gewässer versinkt, dämmerte es mir. Je besser es für Quilt aussah, desto schlechter standen die Dinge für mich.

4. Ich verließ die Wohnung, wie ich es von Anfang an vorgehabt hatte: durch die Tür und ohne mit Reisz gesprochen zu haben. Es war nicht weiter schwierig. Ich mußte nur über die Pfütze mit dem Blut steigen, die Tür aufschließen und sie hinter mir zuziehen, alles mit dem Schal in der Hand. Niemand lauerte mir auf. Niemand kläffte mir nach. Den Schal steckte ich bei Nora LaMotte in den Briefkasten.

Es waren nur ein paar Schritte am Kanal entlang, zurück in Richtung Kottbusser Brücke. Leyfeldt saß im Vorgarten des Exil, eines höhlenartigen Restaurants mit österreichischen Spezialitäten. Er saß hinter einem Glas Wein und las in einer Akte.

»Sills«, sagte er erstaunt und sah auf seine Uhr. »Es ist kaum zu glauben. Der leibhaftige Sills, auf die Minute, und in seinem besten Anzug.«

»Halt den Rand«, sagte ich, nur um uns über die ersten Schwierigkeiten hinwegzuhelfen. Eine leidlich gut erhaltene Dame am Nebentisch, die seit Jahrzehnten Ende Dreißig sein mußte und aussah wie gegrillt, starrte mich mißbilligend an und klapperte mit ihren Armringen.

»Setz dich«, sagte Leyfeldt.

Ich nahm das Kuvert aus der Tasche und warf es zwischen uns auf den Tisch.

»Von Senger?« fragte er.

»Gehlenz«, sagte ich. Leyfeldt zeigte mir ein paar Falten auf seiner hohen Stirn. »Einer von Sengers Schergen.«

»Ich hatte schon das Vergnügen.«

Ich schob ihm das Kuvert rüber. Leyfeldt schob es zurück.

»Für dich«, sagte er. »Senger meinte, es sei besser, wenn das Geld von mir kommt, das heißt natürlich von Quilt. Er meinte, du bist empfindlich.« Ich nahm das Kuvert. »Ich wußte gar nicht, daß du empfindlich bist.«

Ich riß das Kuvert auf. Er war nicht besonders dick, aber der Inhalt hatte es in sich. Es waren Tausender. Zwanzig verdammte Tausender.

»Nicht immer«, sagte ich.

Leyfeldt nahm seine Brille ab und legte sie langsam auf den Tisch.

»Wenn es mich irgendwas anginge, würde ich sagen, nimm es nicht.« Er sah mich an. Ich sah ihn an. Die gegrillte Dame starrte uns an und das Kuvert, aus dem die Tausender winkten. Ich sah sie an, und sie drehte sich pikiert weg. »Ich glaube, du weißt gar nicht, worauf du dich da einläßt.«

Ich dachte an die LaMotte.

»Wie du sagst, es geht dich nichts an. Nur zu deiner Beruhigung: Ich habe inzwischen mehr als eine Ahnung, worauf ich mich einlasse«, sagte ich.

Er zuckte mit den Schultern.

»Wie du willst«, sagte er. »Was trinkst du? Wein?«

»Wasser.«

»Wasser?«

Er lachte.

»Wasser.«

Er bestellte.

»Zehntausend für zehn Tage. Die restlichen zehntausend sind als Spesenpauschale gedacht. Die Spesen sind abzurechnen.« Er räusperte sich. »Mit mir.«

»Wie stehts mit einer Quittung?« fragte ich.

»Du vergißt, daß du Quilts Freund bist. Von seinen Freunden braucht Quilt keine Quittungen, wenigstens nicht, bis diese Geschichte gegessen ist. Und wie es im Augenblick aussieht...«

»Was haben sie?«

»Die Tatwaffe, mit Quilts Fingerabdrücken. Ein Papiermesser. Und eine Art Hausmantel mit Quilts Initialen und einer Menge Blut.«

»Irgendwas, das darauf hinweist, daß es nicht Quilt war?«

»Nicht wirklich. Die Abdrücke sind teilweise verwischt, und sie sind nur auf dem unteren Teil der Klinge, nicht auf dem Griff. Wir werden natürlich sagen, daß Quilts Fingerabdrücke auf allen Messern sind, die sich bei ihm finden, aber das allein wird nicht reichen.«

Der Kellner kam mit dem Wasser und schenkte mir ein. Ich nahm einen Schluck. Es war zu kalt, und mein Magen krampfte sich zusammen.

»Was wirst du tun?« fragte ich.

»Du meinst, wenn du nichts findest?« Er lachte. »Dann werden wir Gutachten über Gutachten brauchen, um wenigstens das Schlimmste zu verhindern. Was ist mit den...« Er suchte in der Akte.

»Mädchen«, sagte ich.

»Ja«, sagte er, »was ist mit ihnen?«

»Nichts, bisher. Ich habe den Namen der Toten und ihrer Freundin, aber noch nichts über die dritte. Die Freundin, Nora LaMotte, wohnt hier ganz in der Nähe.« Wohnte. Jetzt wohnte sie in ihrem Hängeboden.

»Ich hoffe, daß sie uns irgendwie weiterbringen.«

»Ja«, sagte ich und hustete. »Werden sie. Werden sie schon. Was weißt du über diesen Senger?«

»Fast nichts. Noch fast nichts. Ich habe jemanden aus der Kanzlei drangesetzt. Er hat Geld, aber das ist ja wohl offensichtlich. Und hinter ihm steht noch mehr Geld.«

»In welcher Beziehung steht er zu Quilt?«

»Das ist eine heikle Frage«, sagte er und fixierte mich. »In keiner rein geschäftlichen, scheint mir. Das ist es, was er sagt, aber er sagt nicht die Wahrheit. Aber daß er nicht ganz astrein ist, ist alles, was ich dir im Augenblick sagen kann.«

»Und Quilt?«

»Quilt?«

»Er behauptet, daß er nicht derjenige ist, welcher. Sagt er die Wahrheit?«

»In Quilts Fall interessiert es mich nicht, ob er die Wahrheit sagt oder nicht. Was Quilt sagt, ist erst mal die Wahrheit«, sagte Leyfeldt, und ich sah, wie sich sein Gesicht leicht verzerrte. Vielleicht brannte sein Magen ja auch.

»Was kannst du mir über Quilt sagen?«

Er kramte in seiner Akte und fand ein Blatt mit handschriftlichen Bemerkungen am Rand.

»Quilt, Richard, geboren 1952 in Freiburg im Breisgau. Sohn eines Antiquitätenhändlers. Daher die Sammlung in dem Zimmer. Studierte seit 1971 Rechtswissenschaft in Freiburg und München. 1975 Abbruch des Studiums.« Leyfeldt sah nicht auf. »In München hatte er erste Jobs beim Film, hatte seine erste eigene Firma 1977, ein kleines Studio für Synchronisation und so weiter, Voices and Sounds, eine GmbH, mit einigen anderen. Wurde 1979 liquidiert.«

»Liquidiert?«

»Hat nichts zu heißen. Es ist wie ein Spiel: Eine Menge dieser kleinen Firmen wird immer wieder aufgelöst, und an ihrer Stelle werden neue kleine Firmen gegründet, mit demselben Geschäftssitz, denselben Geschäftsführern, denselben Telephonanschlüssen und denselben kleinen Tricks, um die Begierden immer derselben Teilhaber zu befriedigen. Gründungsdarlehen, steuerliche Erleichterungen, Berlinhilfe, was du willst. Weiter?«

»Gehts weiter?«

»1981 erscheint Quilt hier auf der Bühne, für...«

»Was ist mit der Zeit seit 1979?«

»... die Zeit zwischendrin finde ich hier nur eine Lücke. Mit Senger gründete er dann...«

»Mit Senger?«

»So stehts hier«, sagte er, sah mich über den Rand seiner Halbbrille an und schnippte mit dem Finger gegen das Papier. »Vielleicht willst du es lieber selbst lesen.«

Ich ließ ihn weiterlesen.

»Mit Senger gründete er Ende 1981 wieder eine Firma für Film-Synchronisation, die wieder Voices and Sounds hieß. 1983 wird Voices and Sounds in eine Filmgesellschaft eingegliedert, die sich Lite Films nennt, und bald darauf, Anfang 1984, wird aus Lite Films Venus Films. Offiziell ist Quilt Produzent bei Venus Films.«

»Und inoffiziell?«

»In Wirklichkeit produziert er weniger Filme als vielmehr finanzielle Schwierigkeiten«, sagte Leyfeldt.

»Wie ist Sengers Position bei Venus Films?«

Er zuckte mit den Schultern.

»Ich weiß es nicht. Senger und Quilt waren gleichberechtigte Teilhaber bei Voices and Sounds, aber ich weiß noch nicht, wie die Eigentumsverhältnisse bei Venus Films sind. Kann sein, daß er hinter Venus Films steht. Wir werden es herausfinden. Wenn ich die Dinge richtig sehe, produziert Venus Films zweierlei: Pornos, die sie ›erotisch‹, und Verluste, die sie ›künstlerisch wertvoll‹ nennen. Und Quilt ist ihr Spezialist für Verluste.«

Leyfeldt legte den Schriftsatz weg.
»Was weißt du sonst noch?« fragte ich.
»Über Quilt? Außer dem Geschäftlichen? Er ist nicht verheiratet, war es nie, er scheint keine Freundin zu haben, nichts. Nur...«
»Mädchen.«
»Nur Mädchen, richtig.«
»Kannst du mir alles, was du über Quilt und Senger in Erfahrung bringst, in mein Büro schicken?« Ich überlegte kurz. »Oder nein, besser nicht in mein Büro.«
Ich schrieb ihm Schlesingers Namen auf.
»Schicks an ihn. Gleiche Adresse.«
»Weshalb nicht an dich?« fragte er mißtrauisch.
»Es kann sein, daß ich mich für ein paar Tage nicht in meinem Büro blicken lassen kann.«
»Weshalb nicht?«
»Rohrbruch«, sagte ich. »Es steht alles unter Wasser.«
»Auch das Telephon?« fragte er.
»Besonders das Telephon«, sagte ich und nahm das Kuvert. »Das Telephon stand genau unter dem verdammten Rohr.«

5. Es war fast sieben, als ich wieder in den Abgasen an der Kottbusser Brücke stand und den vorbeifahrenden Taxis winkte. Ein paar der Taxifahrer winkten zurück. Es war zehn nach sieben, als ein Taxi hielt. Ich sagte dem Fahrer die Adresse und gab ihm zu verstehen, daß ich nicht die Absicht hatte, mit ihm zu reden. Taxifahrer lieben es, mit mir zu reden. Zuerst sehen sie mich nicht am Straßenrand stehen, und dann reden sie ununterbrochen auf mich ein. Reden über das Wetter, die BZ und den Jahreskongreß der Zeugen Jehovas. Allerdings nicht dieser hier. Vielleicht hatte es ihm die Sprache verschlagen. Oder vielleicht war er einfach nur stumm.
Ich mußte lange klingeln. Irgendwann kam ein verärgertes »Ja, verdammt« durch die Tür. Ich nahm den Finger von der Klingel, und die Tür ging auf. Eine gutaussehende,

gutgekleidete und gutriechende junge Dame stand vor mir, und wenn sie zwanzig war, sah sie jedenfalls nicht danach aus.

»Ich will ...« sagte ich. Ich sagte es zu ihrem Rückenausschnitt, denn sie war schon wieder durch die halbe Halle gerannt.

»... zu Herrn Henning.«

Manchmal denke ich, daß ich langsam alt werde. Zu alt und zu langsam. Und daß mein bester Anzug nicht gut genug ist.

Es war, wie ich es mir gedacht hatte. Sie drehten noch. Die Empfangsdame war weg, aber sie konnten wohl auch ohne sie drehen. Ihre Telephone wußten, daß sie schon weg war, und hielten still. Ich ging durch die Halle. In Sesseln, die weiter hinten neben einer Art Bar standen, saßen ein paar mehr oder weniger angezogene Gestalten und tranken etwas aus weißen Bechern. Das Ganze sah nicht sehr aufregend aus. Ich ging zu der Tür, an der der Name *Berg* stand und lauschte im Vorübergehen. Stimmen. Mindestens zwei.

Ich wollte nicht allzulange in der Halle rumstehen, deshalb ging ich auf die Toilette. Ich schloß mich in einer der Kabinen ein und blieb eine Stunde lang sitzen. Ich blieb einfach sitzen, starrte die Wand an, rauchte eine Zigarette nach der anderen und fing an, wie die Seifensteine zu stinken, die in den Latrinen hingen. Dann ging ich wieder nach draußen.

Die Halle lag im Halbdunkel. Sie schienen immer noch zu drehen, über einer der Türen an der hinteren Wand glühte ein neonrotes Schild mit der Aufschrift *Aufnahme*, und die Sessel waren leer. Außer mir war kein Mensch zu sehen. Ich ging wieder zu der Tür, hinter der die Berg ihr Büro hatte, und drückte auf die Klinke. Sie hatte nicht abgeschlossen.

Ich stieß die Tür einen Spalt auf und sah, weshalb sie nicht abgeschlossen hatte: Sie war noch da. Irgendwann im Lauf des Tages mußte sie sich umgezogen haben, denn sie lag jetzt mit dem Rücken auf ihrem Schreibtisch, den Kopf von der Tür weggedreht, und ihr Rock war bis zu den Hüften hochgezogen. Die Knie waren angewinkelt, und sie stieß leise, gepreßte Schreie aus. Einen ihrer roten Schuhe hatte sie verloren, der andere zeigte mit der Spitze zur Decke. Der von ihr Angespornte stand vor ihr, die Hosen bis zu den Knöcheln heruntergelassen, hatte die Hände neben ihr auf den Schreibtisch gestützt, und tat, was zu tun war, um seine Vorgesetzte bei Laune zu halten. Die Berg hielt sich plötzlich die Hand vor den Mund, stöhnte und streckte ihre Beine aus. Im gleichen Augenblick fing das Telephon an zu klingeln, und sie stieß Henning zurück. Ich zog leise die Tür ins Schloß und suchte mir im Halbdunkel bei den Sesseln einen Platz, wo sie mich nicht sehen konnten.

Sie konnte nicht lange telephoniert haben. Ich hatte mich kaum gesetzt, als sie aus dem Büro kamen, zuerst Henning, der sich mit der Hand durch die Haare fuhr, dann seine Chefin. Beide verschwanden hinter der Tür mit dem roten Schild.

Ich sah mich um, stand auf und ging in ihr Büro. In der Luft hing ein leichter Schweißgeruch, aber ich wußte, daß sich mein eigener Duft früher oder später durchsetzen würde.

Der Ordner mit der Beschriftung »Probeaufnahmen/w/Reg« stand noch im Regal. Ich nahm ihn heraus und legte ihn auf den Schreibtisch. Die Vordrucke für die Tote und Nora LaMotte, für die beiden Leichen, waren verschwunden, wahrscheinlich hatte Reisz sie sich unter den Nagel gerissen. Aber ich suchte nicht nach diesen Vordrucken. Ich suchte nach den anderen.

Ich schlug den Ordner von hinten auf und ging ihn durch, Vordruck für Vordruck. Ich nahm jeden, der mit einem roten Haken versehen war, heraus. Es waren mindestens fünfzig. Ich war so sehr in die Blätter vertieft, daß ich nicht hörte, wie er die Tür öffnete.

»Was machen Sie da?« fragte eine Stimme, ganz und gar unsmart.

»Henning«, sagte ich und grinste. »Wenn Sie wegen des Nachspiels kommen, sind Sie bei mir an der falschen Adresse.«

Er kam einen Schritt auf mich zu. Die Tür ließ er auf.

»Machen Sie die verdammte Tür zu«, herrschte ich ihn an. »Sie wissen doch, daß ich für Quilt…«

»Daß Sie für Quilt in den Büros rumschnüffeln?« zischte er, aber er machte die Tür zu. Was ein Fehler war, aber das konnte der smarte Herr Henning nicht ahnen. Ich ging einen Schritt in seine Richtung.

»Was ich für Quilt mache, ist Quilts Sache. Besser, wenn Sie sich da raushalten«, sagte ich und ging weiter in seine Richtung. Es entging ihm nicht. Er drehte sich wieder um und versuchte, die Tür aufzumachen, aber ich hatte mich schon mit der Schulter dagegen gelehnt.

»Immer mit der Ruhe«, flüsterte ich in sein Ohr und bog ihm den Arm nach oben. Weit nach oben, bis es knackte. »Immer mit der Ruhe, oder ich knote Ihnen den Arm um den Hals.« Er wollte schreien, und ich schlug ihn mit dem Kopf gegen die Tür.

»Seien Sie ruhig, Henning, und Sie haben es in einer Minute hinter sich.«

Ich führte ihn vor den Ordner, neben dem die Vordrucke mit roten Haken lagen, und drückte sein Gesicht nach unten.

»Sehen Sie die roten Haken?«

Er sagte nichts. Ich schlug ihn mit dem Gesicht auf den Stapel mit den Vordrucken.

»Sehen Sie sie?«

»Ja, verdammt. Ja, Sie Arschloch.«

Ich ließ es ihm durchgehen. Vielleicht versetzen Sie sich mal in seine Lage, mit dem ausgerenkten Schultergelenk, und vergessen Sie das Blut in seinem Gesicht nicht.

»Ich will, daß Sie mir sagen, welche von denen Sie schon mal zu Quilt geschickt haben.«

Am Anfang zierte er sich, aber dann gingen wir die Vordrucke durch, und er sortierte sie in einen größeren und einen kleinen Haufen. Der kleinere Haufen war, was ich brauchte.

»Und jetzt will ich, daß Sie mir sagen, ob irgendeine der Damen sich schon mal, sagen wir, beschwert hat, nachdem sie bei Quilt war.«

Ich konnte spüren, wie sein ganzer Körper sich anspannte. Aber ich wußte dem zu begegnen, und als er mit dem entsprechenden Geschrei fertig war, sagte er:

»Ein paar. Ein paar haben sich beschwert, verdammt, ich sage Ihnen doch, ein paar.«

»Was haben sie gesagt?«

»Nichts.« Ein dumpfes Geräusch, gefolgt von einem Schrei. »Nichts Be... Bestimmtes. Daß das nicht ausgemacht war.«

»Was war nicht ausgemacht?«

»Was dort passiert ist.«

»Was ist passiert?« Langsam riß mir der Geduldsfaden. »Was hat Quilt mit ihnen gemacht?«

Henning versuchte, den Kopf herumzudrehen. Ich drückte ihn weiter nach unten, so daß er den obersten Vordruck vollschmierte.

»Quilt?« keuchte er. »Was heißt hier Quilt?«

»Ich dachte, wir reden über Quilt.«

»Sie reden über Quilt, Mann. Ich rede über das, was dort passiert ist.«

»Soll das heißen, wir reden über etwas, das überhaupt nichts mit Quilt zu tun hat?«

Er versuchte zu lachen, aber es kam nur ein Gurgeln dabei heraus.

»Mit Quilt?« gurgelte er. »Dieser elenden Tunte?«

6. Die Vordrucke von den Mädchen, die sich beschwert hatten, waren aussortiert.

»Und jetzt noch den Schlüssel für die Künstlernamen«, sagte ich.

»Was?«

»Den Schlüssel für die Künstler... Ach was, vergessen Sies, Henning. Drucken Sie mir einfach die Adressendatei mit allen Leute aus, die hier arbeiten, mit dem Schlüssel für die Künstlernamen.«

»Das...« stotterte er, »das kann ich nicht. Die Namen sind vertraulich.«

Ich packte ihn bei den Haaren und hielt ihn über die Schreibtischplatte. Er tropfte auf den Tisch.

»Mir scheint, Sie haben den Ernst der Lage noch nicht ganz begriffen.«

Er schrie, bevor ich ihn wieder mit dem Kopf auf den Schreibtisch schlagen konnte.

Nachdem Henning mir ausgedruckt hatte, was ich haben wollte, war er mir dabei behilflich, ein Klebeband zu finden. Dann war ich ihm dabei behilflich, sich mit Hilfe des Klebebands eine Weile zu entspannen. Er sah nicht besonders dankbar aus.

Ich nahm die U-Bahn, um dem Geseier der Taxifahrer zu entgehen. In die U-Bahn kommen sie nicht. Noch nicht.

Die Dinge wurden immer undurchsichtiger. Ich hatte einen Klienten, der für sich und seinen Freund Senger Mädchen ins Haus kommen ließ, um mit ihnen zu feiern, nur daß mein Klient schwul war und sein alter Freund Senger durch die Gegend schlich wie mumifiziert, mal ganz davon abgesehen, daß er zu alt war, um Quilts Freund zu sein. Ich konnte mir nicht vorstellen, daß es das war, worüber die Damen sich beschwert hatten, aber aus Henning hatte ich nicht mehr herausbekommen. Für ihn waren die Dinge genauso undurchsichtig wie für mich, und er machte das Beste draus: Er kümmerte sich nicht drum.

Ich beschloß, daß ich noch mal in der Lausitzer Straße schlafen konnte. Ich stieg am Kottbusser Tor aus und ging die Reichenberger Straße runter. An der Ecke stießen zwei Betrunkene zusammen und gingen fluchend auseinander.

In meiner Wohnung brannte das Licht, aber es war kein Schatten zu sehen. Ich stand eine Weile auf der Straße und sah zum Fenster rauf. Mein Magen brannte immer noch, und mir fiel ein, daß ich seit dem Morgen nichts mehr gegessen hatte. Keine Zeit gehabt hatte, etwas zu essen. Die Lampen warfen trübes gelbes Licht auf die Fassaden. Ich dachte an etwas, das in schwarze Plastiksäcke eingehüllt in einem Hängeboden lag und auf mich wartete, still wartete, weil es alle Zeit hatte, die es nur gab.

Siebtes Kapitel

1. Die Klingel erwischte mich, als ich mir gerade dabei zusah, wie ich bis zum Hals in einem schwarzen Plastiksack mit geronnenem Blut steckte und um mich schlug, weil ich nicht der einzige war, der in dem Sack saß: Ab und zu tauchte eine Hand auf und griff nach mir. Es war eine alte Hand mit langen, verwachsenen Nägeln, die sich vorne drehten. Ich wehrte mich gegen sie, Blut schwappte über den Rand des Sacks, die Hand verschwand wieder und ließ ein paar schillernde Luftblasen nach oben steigen. Weil ich das Geklingel auf der Couch nicht mehr ertragen konnte, fiel ich auf den Boden, mitten in die Staubwolken. Dort blieb ich eine Weile liegen. Es war nicht schlecht, auf dem Boden zu liegen, aber dann zwirbelte sich die Klingel wieder in mein Hirn.

Die Uhr an der Wand, die ich von den Bewohnern der Couch übernommen hatte, zeigte halb sieben.

»Gehen Sie weg, gehn Sie um Himmels willen weg«, knirschte ich durch die Tür.

»Ich stehe unter Quarantäne.«

»Sills?«

Ich riß die Tür auf und fiel fast um, weil ich immer noch meinen Fuß in der Hand hatte.

»Was soll der Quatsch mit der Quarantäne?« fragte Therese und musterte mich von oben bis unten. Was sie sah, gefiel ihr vielleicht nicht, aber irgendwie schien sie Schlimmeres erwartet zu haben, und für einen Augenblick glaubte ich, so etwas wie Erleichterung in ihrem Gesicht zu sehen. Dann fiel wieder der Vorhang.

Ich musterte sie von oben bis unten, und was ich sah, gefiel mir durchaus. Sie trug ein einfaches, enganliegendes Kleid aus schwarzer Seide, das viel von ihren Beinen zeigte, von denen sie viel hatte.

Ich ließ sie stehen und hinkte zu meinem Besucherstuhl.

Auf dem Stuhl lagen immer noch die Überreste von Quilts Hut. Ich ließ mich auf sie fallen.

Therese kam in mein Büro, lehnte sich gegen die Tür und warf den Kopf zurück. Ihre Haare waren noch naß, und naß sahen sie aus wie Ebenholz. Die rechte Augenbraue hatte sie so hochgezogen, daß sie einen rechten Winkel bildete. Ich kannte den rechten Winkel. Er verhieß nichts Gutes.

»Ich habs nachgeschlagen«, sagte sie.

»Ach ja?« sagte ich. Hätten Sie vielleicht was Besseres auf Lager gehabt, nachts um halb sieben?

»*Pißnelke*«, sagte sie.

Eine Fliege kam zum Fenster rein und kreiste ein bißchen um das Fliegenpapier.

»Du bist ein elender, dreckiger Lügner.«

»Gut«, sagte ich. Schließlich ließ es sich gut an. »Ich bin ein elender, dreckiger Lügner. Und weiter?«

»Was hast du mit den Bullen zu tun?« fragte sie, und ihre grünen Augen wurden noch grüner. Tümpelgrün, wenn Sie wissen, was ich meine. Sie wurden zu tiefen, tümpelgrünen Schlitzen.

»Gestern waren sie bei mir. Ich meine, bei dir. Ein Typ namens Reisz. Er wirkte, als ob er ziemlich unangenehm werden könnte. Er sagte, du weißt Bescheid. Er sucht dich.«

»Wann waren sie da?«

»Um fünf«, sagte sie und sah sich um. »Weißt du, daß es hier stinkt?«

»Hier?«

Sie sah mich an, und die tümpelgrünen Schlitze blitzten mißtrauisch.

»Du hast getrunken.«

Ich schüttelte den Kopf.

»Habs vergessen. Glatt vergessen.«

»Und du stehst unter Quarantäne, was?«

Sie kam ein paar Schritte näher.

»Was ist das?« fragte sie und zeigte auf meine Beine.

»Beine.«

»Und drunter?«

»Ein Hut«, sagte ich und zog Quilts Hut unter mir hervor.

»Seit wann trägst du einen Hut?«

»Ich trage den verdammten Hut nicht, ich sitze nur drauf. Siehst du das nicht?«

»Kling sagt, daß du die Miete nicht zahlst.«

»Wer sagt das?«

»Kling.«

»Seit wann redest du mit Kling?«

Angeekelt betrachtete sie das Fliegenpapier.

»Ich habe ihn gefragt, ob er eine Wohnung für mich hat.«

»Und?«

»Er hat gesagt, daß deine vielleicht frei wird.«

»Meine?«

Irgendwas lief da schief. Irgendwas lief da ganz und gar schief.

»Er meint, daß du mit mehr als dreitausend bei ihm in der Kreide stehst, für dein Büro und die Wohnung.«

»Vergiß es«, winkte ich ab. »Ich habe das Geld.«

»Ach ja?«

»Ja.«

»Gut«, sagte sie. »Du siehst übrigens nicht gut aus.«

»Ach ja?«

»Ja.«

»Danke«, giftete ich sie an.

Sie fuhr sich mit der Hand durch die nassen Haare.

»Was hast du mit den Bullen am Hut?«

Ich sah die Wand an. Die Tür ins Nebenzimmer. Die Uhr an der Wand dort drüben. Es war fünf nach halb sieben. Ich sah auf den zerdrückten Hut in meiner Hand. Und wieder zur Wand. Es war immer noch fünf nach halb sieben.

»Nichts. Na ja, sagen wir, fast nichts. Einer meiner Klienten hat ein paar Schwierigkeiten, nichts weiter. Nichts Ernstes.«

Fünf nach halb sieben. Die Uhr war stehengeblieben.

Ich sah die Wand an, jede verdammte Ritze in der Wand an, jeden Fleck und jede totgeschlagene und vertrocknete

Fliege. Als es nichts, aber auch wirklich gar nichts mehr zu sehen gab an der Wand, sah ich sie an.

Hinter dem Vorhang sah sie immer noch so verloren aus wie vor ein paar Monaten.

»Willst du jetzt mit mir frühstücken, oder willst du weiter auf dem Hut rumkauen?« fragte sie nach einer Weile ungeduldig.

Aufspringen, sagte ich mir, den Magen dort verstauen, wo er verdammt noch mal hingehört, mit ihr gehen und alles, aber auch alles tun, was sie verlangt, selbst wenn sie von dir verlangt, daß du ihre selbsteingemachte Stachelbeermarmelade ißt. Alles, alles. Sagte ich mir.

»Besser, wenn ich noch eine Weile auf dem Hut rumkaue«, sagte ich ihr.

»Dann mach doch, was du willst«, zischte sie, drehte sich um, riß die Tür auf und warf sie hinter sich zu.

Zurück blieb ein leiser Geruch, so leise, daß ich ihn mir vielleicht nur einbildete, ein Geruch wie von nassem Holz.

2. Es war Samstag, und Samstag ist nicht der schlechteste Tag, um zu telephonieren. Ich beschloß, ein paar Leute dafür büßen zu lassen, daß ich schon um halb sieben von der Couch vertrieben worden war, und mich dann zu bescheuert benommen hatte, um Thereses erstes Angebot in den letzten Monaten anzunehmen, über die Sache mit ihrer Schwester zu sprechen. Aber zuerst ging ich rüber zu Willy und Cilly, um zu frühstücken.

Willy und Cilly bieten gegen ein geringes Entgelt das übelste Frühstück, das Sie in der ganzen Gegend finden, und die Gegend ist nicht gerade berühmt für ihre Eßkultur. Bei Willy und Cilly wird Ihnen gezeigt, wie tief ein Frühstück sinken kann, aber ich habe noch nicht erlebt, daß sich jemand darüber beschwert hätte, weil keiner je auf die Idee gekommen wäre, es zu essen. Die, die zu Willy und Cilly ins Reichenberger Eck gehen, brauchen ihren Magen oder das, was davon übriggeblieben ist, für etwas anderes als fürs Frühstück. Wenn sie nur das Wort hören, wird ihnen speiübel. Aber jeder, der sich morgens dorthin verirrt oder morgens dort vorfindet oder morgens versucht, von dort wegzukommen, bestellt sich ein Frühstück, weil er damit das Recht erwirbt, im Reichenberger Eck zu übernachten. Nur das Obdachlosenasyl ist billiger, und der Service dort ist wesentlich schlechter. Willy ist ein echter Freund. Wenn Ihre Hand zu sehr zittert, um morgens den ersten Schnaps runterzukriegen, führt er Ihnen die Hand mit dem Glas an den Mund. Er füllt Formulare aus, klebt Ihre Brille, wenn Sie wieder mal eine Schlägerei hinter sich gebracht haben, und liest Ihnen die Briefe Ihrer Schwester vor, die Gebete schickt statt Bargeld. Wenn Sie abends zu betrunken sind, um in Ihre Behausung zu kriechen, bleiben Sie einfach sitzen. Willy schließt ab, Sie legen Ihr müdes Haupt auf eins der grün gefransten Tischtücher mit den rot-weiß gestreiften Zierdeckchen in der Mitte und den Brandflecken drumherum und schlafen ein, zusammen mit den anderen Beladenen und Verdammten an diesem Ende der Welt, schlafen im verrauchten Halbdunkel unter einem präparierten Sägezahnfisch. Einer von Willys Vorfahren war Angler.

»Was ist das?« fragte ich, als Cilly das Tablett vor mich hinknallte. Neben dem sauren Hering in Sahnesauce, der gerade versuchte, sich vom Teller davonzustehlen, war eine kleine Schale mit einer graugrünen, schleimigen Flüssigkeit, die mich an Nesselfieber erinnerte. Auf dem Tablett mischten sich Sahnesauce und das, was im Reichenberger Eck Kaffee genannt wird. Andere Leute nennen es anders.

»Stachelbeermarmelade«, keifte Cilly und schloß den Morgenmantel vor der Brust. Cilly ist eine kleine, drahtige Gestalt mit drahtigen Haaren, die immer kleiner und drahtiger zu werden scheint. »Selbstgemacht. Hat Therese für uns rübergebracht.«

»Ach ja?«

»Ja«, sagte sie. Sie beugte sich zu mir runter und zischte: »Erstick dran.« Dann schlurfte sie zurück zur Theke.

Ich wußte schon seit einer Weile, auf wessen Seite Cilly stand. Sie stand auf der gleichen Seite wie alle anderen hier in der Gegend, von Schlesinger mal abgesehen. Aber Schlesinger hatte für Frauen nicht viel übrig.

»Wird wieder heiß heute«, sagte Willy, gegen die Theke gelehnt, und schlug mit einer Hand auf seine aufgeschlagene Mottenpost.

»Willstn Bier?«

Weiter hinten, in der Ecke mit den Trinkern, schossen einige Köpfe in die Höhe. Ich schüttelte mich, leerte den Zuckerstreuer in die Tasse und verbrühte mir die Lippen. Mit einem stumpfen Messer versuchte ich, eine der Schrippen aufzusäbeln, aber das elende Ding leistete erbitterten Widerstand. Ich riß es auseinander und aß es mit dem Hering. Besser, endlich was in den Magen zu kriegen.

Willy schlurfte rüber und setzte sich zu mir.

»Cilly sagt, daß du dich hier nicht mehr blicken lassen sollst«, sagte er.

»Seit wann hat Cilly hier was zu sagen?«

Willy grinste verlegen.

»Du weißt, wies ist. Cilly sagt, entweder du oder ich.«

Ich knallte meine Kaffeetasse auf das Tablett.

»Sag Cilly, daß sie sich nicht um Dinge kümmern soll, die sie nichts angehen.«

»Hab ich ihr schon gesagt.«

»Und?«

Er zuckte mit den Schultern.

»Sie sagt, entweder du oder ich.«

»Sag ihr, daß Therese schon meine Wohnung besetzt hat. Meine eigene gottverdammte Wohnung.«

»Hab ich ihr doch schon gesagt.«

»Und?«

Er zuckte wieder mit den Schultern.

»Und wo, bitte, soll ich hin, wenn Ihr mich auch noch rausschmeißt?«

Willy kratzte sich am Kopf. Aber da war nichts, was er kratzen konnte, außer seiner Glatze und ein paar Altersflekken.

»Sie sagt, entweder du oder ich, und ich tu mir schwerer als du, wenn ich auf der Straße liege. Das verstehst du doch, oder?«

Ich stand auf.

»Dann sag ihr, daß alles, was mir von jetzt ab da draußen passiert, auf ihre Kappe geht. Alles. Und schreib das hier an.«

3. Es war kurz nach halb acht. Ich hatte das Telephon vor mir stehen, daneben die vier Blätter, die Henning für mich rausgesucht hatte. Die Hitze war noch erträglich. Ich wählte. Es ging wie geschmiert. Das Wählen, meine ich. Der Rest war schwieriger.

»Richter«, sagte die Stimme einer jungen, unausgeschlafenen Frau. Ich konnte ihr nachfühlen, was sie durchlitt, aber irgend jemand mußte einfach dafür büßen.

»Hier Leyfeldt, von Leyfeldt, Leyfeldt und Lohmeyer. Spreche ich mit Frau Irene Richter?«

»Wer sind Sie?«

»Mein Name ist Leyfeldt, Frau Richter, ich bin Anwalt. Kanzlei Leyfeldt, Leyfeldt und Lohmeyer.«

»Was wollen Sie von mir?«

»Entschuldigen Sie, daß ich Sie so früh schon stören muß, aber wir stehen unter Zeitdruck. Fristen, Sie verstehen. Es geht um eine unserer Mandantinnen, Frau LaMotte. Sehen Sie, Frau LaMotte arbeitet bei einer Filmgesellschaft, Venus Films, und ein Angestellter von Venus Films hat uns Ihren Namen genannt.«

»Und?« gähnte sie.

»Frau LaMotte hat die Absicht, Venus Films zu verklagen. Sie war zu einer Feier eingeladen, bei einem Herrn ... warten Sie bitte«, sagte ich und raschelte ein bißchen mit einer alten Zeitung, »bei einem Herrn Quilt, einem der Produzenten von Venus Films. Nach der Feier kam es zu einer höchst unschönen Szene.« Ich legte die Hand halb auf den Hörer. »Nein, jetzt nicht, Frau Frank.« Ich nahm die Hand wieder weg. »Frau Richter? Entschuldigen Sie die Störung.

Es kam, wie gesagt, zu einer höchst unschönen Szene, wegen der Frau LaMotte jetzt klagen will.«

»Ja?« sagte sie langsam. Langsam und verhalten.

»Der Angestellte von Venus Films, ein Bekannter von Frau LaMotte, sagte uns, daß Sie uns unter Umständen helfen könnten.«

»Wie heißt er?« fragte sie schnell. »Ich meine, der Angestellte.«

»Ich kann Ihnen den Namen leider nicht nennen, nicht am Telephon. Sie werden verstehen, sein Stellung hängt davon...«

»Ich weiß nicht, wovon Sie reden, Herr...«

»Leyfeldt«, sagte ich. »Ernst Leyfeldt.«

»Ich weiß nicht, wovon Sie reden, Herr Leyfeldt.«

»Aber Sie haben bei Venus Films...«

»Ich weiß nicht, wovon Sie reden, Herr Leyfeldt.«

»Vielleicht, wenn wir uns treffen könnten.«

Es rauschte.

»Frau Richter? Sehen Sie, es ist sehr wichtig. Frau LaMotte...«

Es rauschte.

»Frau Richter?«

»Ich kann Ihnen da leider nicht helfen. Es... es tut mir leid. Rufen Sie mich nicht mehr an«, sagte sie und legte auf.

Ich legte den Hörer auf die Gabel. Es war eins dieser alten schwarzen Telephone, aus den Fünfzigern, mit hoher Gabel, ein echtes Schmuckstück, jedenfalls für ein Telephon, wenn nicht gerade dieser gelbe Fliegenschleim drauf klebte, aber es hatte nichts genützt.

Die zweite Nummer gehörte einer Blondine namens D. Döring. Sie war weder für mich zu sprechen noch für sonstwen. Ich habe übrigens nie rausgekriegt, wofür das D. steht.

Die dritte Nummer gehörte Hely Rehde, ebenso wie eine Wohnung im tiefsten Wedding.

»Wassn los?« fragte eine Stimme, die nicht Hely Rehde gehörte, sondern einem Berliner. Einem echten. Einem von der Sorte, die einem Irgendeinerseisgedankt nicht besonders oft über den Weg laufen.

»Hier Leyfeldt, von Leyfeldt, Leyfeldt und Lohmeyer.«

»Na«, lachte er, »wassn det für ne Masche. Sie ham wohl ne Macke, Mann.«

»Nein. Hier spricht Leyfeldt, von Leyfeldt, Leyfeldt und Lohmeyer. Ich bin Rechtsanwalt, und ich würde gerne mit Frau Rehde sprechen. Sie wohnt doch noch dort, oder?«

»Wer willn det wissen?«

Ich hielt den Hörer fest in der Hand.

»Ernst Leyfeldt«, sagte ich leise.

»Der Name saacht mir nu leider rein jar nüscht.«

»Hören Sie mir mal gut zu«, preßte ich stoßweise ins Telephon. »Es ist kurz nach halb acht. Kurz nach halb acht ist nicht meine beste Zeit, von Ihnen mal ganz zu schweigen. Kurz nach halb acht hab ich mich schon mal an einem Kerl von Ihrer Kragenweite vergangen, und der Kerl bereut es immer noch, ob Sies glauben oder nicht. Also, ganz egal, welche Kragenweite Sie haben, geben Sie mir jetzt Frau Rehde, oder wollen Sie mir mal im Dunkeln begegnen?«

»Imma sachte«, lachte er, »Wo hamsn det jelernt?«

»Frau Rehde«, keifte ich.

»Hely«, sagte er, nicht in den Hörer. »Hey, Hely. Los, nu komm schon hoch. Leyfeldt, Leyfeldt und Lohmeyer selbst wünschen dir zu sprechen.«

Irgendwie wechselte der Hörer die Bettseite.

»Wer?« fragte sie.

»Frau Rehde? Hier Ernst Leyfeldt. Ich bin Anwalt, Kanzlei Leyfeldt, Leyfeldt und Lohmeyer, und ich würde mich gerne mit Ihnen unterhalten.«

»Um die Zeit?«

»Ich weiß, daß es ein bißchen früh ist für diese Art von Unterhaltung, aber glauben Sie mir, ich habe mir die Zeit nicht ausgesucht.«

»Worüber wollen Sie sich unterhalten?«

»Über Venus Films«, sagte ich und ließ ihr keine Zeit, sich zu überlegen, wie sie mich loswerden konnte. »Über eine unserer Mandantinnen namens Nora LaMotte. Sie kennen Sie doch?«

»Nora LaMotte, sagten Sie? Nein, ich glaube nicht.«

»Sie kennt Sie. Sie sind sich bei Venus Films begegnet, ich glaube, bei Probeaufnahmen mit einer Frau... warten Sie, mit einer Frau Berg.«

»Berg?«

»Ja, eine grauhaarige Frau, Mitte Fünfzig, würde ich sagen...«

»Ich weiß, wer die Berg ist.«

»Vielleicht erinnern Sie sich auch an ihren Assistenten, einen Herrn Henning.«

»Nur ungern.«

»Ja, Frau LaMotte deutete etwas in der Richtung an. Frau Rehde, Frau LaMotte beabsichtigt, gegen Venus Films zu klagen.«

»Ja?« sagte sie, und ich konnte hören, wie sie irgendwas mit dem Hörer machte und plötzlich leiser sprach. »Ja?«

»Ja. Genauer gesagt wird sie nicht gegen Venus Films klagen, sondern gegen einen der Produzenten dort, einen Herrn Quilt, und andere Leute, die bei einer Feier bei Quilt waren.«

»Jaaa?«

Es rauschte.

»Herr... Leyfeldt?«

»Frau Rehde, ich weiß, daß Sie selbst bei einer dieser Feiern eingeladen waren und daß dabei Dinge geschehen sind, von denen Sie nicht wollten, daß sie geschehen. Wenn Sie bereit wären, sich mit mir zu treffen, erzähle ich Ihnen alles, auch, woher ich das weiß. Es ist wichtig«, schmalzte ich, »es ist wichtig, daß irgend jemand den Anfang macht.«

Rauschen.

»Frau Rehde? Sie verpflichten sich zu nichts, wenn Sie sich mit mir treffen. Wirklich zu nichts. Alles, was Sie mir sagen, kann zwischen uns bleiben, es sei denn, daß Sie sich dafür entscheiden, Frau LaMotte zu helfen.«

Rascheln.

»Frau Rehde?«

»Ich...« sagte sie, »ich weiß nicht, es ist...«

»Ich weiß, es ist schwer«, sagte ich leise. »Ich sage es nicht gern, Frau Rehde, aber für Frau LaMotte ist es noch schwerer, und es besteht nicht die geringste Hoffnung, etwas zu erreichen, wenn Sie ihr nicht helfen. Treffen Sie sich mit mir. Ich bitte Sie darum. Nur zu einem Gespräch.«

»Wann?« fragte sie. Die Frage klang so, als ob sie eine Fliege verscheuchen wollte.

»Es ist jetzt, warten Sie, es ist jetzt fast acht. Ich könnte um neun bei Ihnen ...«

»Nein«, sagte sie schnell. »Nein.«

»Verstehe. Unsere Kanzlei ist am KuDamm. Vielleicht könnten wir uns hier in einem Café treffen. Vielleicht im Kempinski?«

»Gegen zehn«, sagte sie.

»Gegen zehn«, sagte ich und nahm das Blatt mit ihrem Photo in die Hand. »Wie kann ich Sie erkennen?«

»Ich trage einen weißen Leinenanzug«, sagte sie.

»Danke«, sagte ich.

Sie legte auf.

Ich legte den Hörer langsam auf die Gabel. Neben dem Telephon hockte eine feiste, grünlich schillernde Schmeißfliege und starrte mich angewidert an.

4. Es war fast acht. Die Fliegen kreisten über mir, und ich überlegte, ob ich die vierte Nummer auch noch anrufen sollte oder meinen Wagen bei Johnny abholen oder lieber noch ein paar Streifen Fliegenpapier besorgen. Oder ob ich mich nicht einfach noch eine Weile hinhauen sollte. Dann ging die Tür auf.

Es war Reisz.

»Sills«, sagte er mit seinem grauen, grausamen Grinsen. »Sie glauben gar nicht, wie ich mich freue, Sie zu sehen.«

»Die Freude ist ganz meinerseits«, sagte ich. »Allerdings habe ich im Augenblick ziemlich viel zu tun.« Ich nahm die Vordrucke, die Henning rausgesucht hatte, sah sie durch, ordnete sie neu und legte sie in eine Schublade.

»Haben wir das nicht alle?« sagte Reisz und ging zur Verbindungstür. »Verschieben Sies. Sie wollen doch wohl nicht verreisen?« fragte er und zeigte auf Thereses Koffer.

»Nein, ich bin nur vorübergehend in mein Büro gezogen.«

»Ah ja«, sagte er, »ich erinnere mich, daß Ihre Freundin so etwas erwähnte.«

»Meine frühere Freundin.«

»Natürlich, Sills, Ihre frühere Freundin. Sie erwähnte etwas von Schwierigkeiten. Haben Sie Schwierigkeiten, Sills?«

»Haben wir das nicht alle?« tönte ich höhnisch.

Reisz grinste nur. Er ging ins Nebenzimmer, sah in die Küche, strich um den Koffer rum und blieb dann in der Tür stehen.

»Alles gesehen?«

Er setzte sich in den Beichtstuhl.

»Was tun Sie denn so, wenn Sie viel zu tun haben?«

»Ich wüßte nicht, daß Sie das was anginge.«

»Mich?« sagte er. »Nichts, Sills, gar nichts. Sie haben recht, es geht mich ganz und gar nichts an. Daß Sie davon leben, die Wohnung eines Anwalts an einen anderen Anwalt zu verhökern, dessen Wohnung an einen anderen Anwalt und dessen Wohnung wieder an den ersten Anwalt, daß Sie, wie es aussieht, von der Wohltätigkeit einiger Anwälte leben, die für Wohltätigkeit nicht gerade bekannt sind, geht mich einen feuchten Dreck an, denn die kleinen Gefälligkeiten, die Sie Ihnen dafür erweisen, werden ja wohl hoffentlich nichts mit Mord zu tun haben. Sie fallen nicht in mein Ressort, Sills, Sie sind ein zu kleines Licht. Besser, Sie machen sich das erst mal klar.«

Er nahm sich eins seiner stinkenden Dinger.

»Deshalb müßten wir uns eigentlich ganz gut verstehen. Sehen Sie, letztlich bin ich selbst nur ein kleines Licht, und das müßte Ihnen doch ein bißchen Entgegenkommen wert sein, so von einem kleinen Licht zum anderen«, sagte er und blies den Rauch in meine Richtung. »Aber vielleicht wollen Sie einfach nicht entgegenkommend sein. Dafür habe ich so meine Beziehungen, zu anderen kleinen Lichtern. Ich rede über etwas, das der kleine Dienstweg heißt und sich zu einer ganz großen Schweinerei auswachsen kann. Ich rede über das Finanzamt, das Gewerbeaufsichtsamt und ein paar andere Ämter, die vollgestopft sind mit verbitterten kleinen Lichtern, die nur darauf warten, so einen wie Sie in die Fänge zu kriegen. Sie sollten mal sehen, wie es ist, wenn die sich so richtig in eine Sache verbeißen.«

Er sah sich nach einem Aschenbecher um, fand keinen, wartete ab, ob ich etwas zu sagen hatte, und ließ sein Streichholz auf den Fußboden fallen.

»Worüber haben wir gerade geredet? Richtig, wir sprachen darüber, daß Sie Ihren Wagen nicht mehr parken können, ohne einen Strafzettel unter den Scheibenwischern zu finden. Sie gehen aus dem Haus, und Sie finden Ihren Wagen nicht mehr, weil er abgeschleppt worden ist. Wenn Sie einen Wagen haben. Jede Streife, der Sie über den Weg laufen, und Sie werden einer Menge Streifen über den Weg laufen, glauben Sie mir, Sie werden glauben, daß es gar nichts anderes mehr gibt als Streifenschleicher, jede dieser Streifen wird sich von Ihnen auf die Füße getreten fühlen.«

Er setzte sich auf die Kante des Schreibtischs.

»Wir reden darüber, daß das Leben für Sie ziemlich unangenehm werden kann, Sills. Wenigstens rede ich darüber.« Er aschte auf den Boden. »Worüber reden Sie?«

»Ich rede überhaupt nicht. Sie reden so schon genug, Reisz, irgendwie kommt es mir überflüssig vor, wenn ich auch noch meinen Senf dazu gebe«, sagte ich. »Und ich muß nicht reden, vergessen Sie das nicht. Wenn ich reden müßte, würde ich vielleicht über meinen Anwalt reden.«

»Über Leyfeldt?«

»Richtig, Reisz. Über Leyfeldt.«

Er lachte.

»Leyfeldt würde Sie nicht mal mit der Zange anfassen, Sills.«

Ich legte die Hand aufs Telephon und schob es ihm hin.

»Versuchen wirs.«

Er sah eine Weile auf das Telephon, dann schob er es zurück.

»Ich habe nicht genug Zeit, um sie mit Leyfeldt zu verschwenden«, sagte er leise.

»Ich weiß«, sagte ich und fixierte ihn. Von mir würde er den Hören-Sie-um-Himmels-willen-auf-auf-mir-rumzureiten-Blick nicht kriegen. Nie.

Aber es kam anders.

»Vielleicht weiß ich, daß Sie das wissen«, sagte er. Und dann schenkte er mir den Vielleicht-könnten-Sie-jetzt-endlich-aufhören-mich-zu-verarschen-Blick.

Mit diesem Blick hatte er fast etwas Menschenähnliches.

»Ich weiß«, sagte ich.

Er sah mich immer noch an.

»Ich werde Ihnen jetzt was sagen, Reisz. Manchmal klappts, manchmal nicht. Sie gehen jetzt zu dieser Tür dort drüben, gehen raus, und dann kommen Sie wieder rein, und wir fangen das Ganze noch mal von vorne an wie zwei ganz gesittete Affen.«

Er rührte sich nicht.

»Beantworten Sie mir vorher eine Frage«, sagte er.

Ich schob das Telephon an seinen alten Platz zurück. Er betrachtete die graue Asche an seinem stinkenden Ding, aschte dann aber doch nicht auf den Boden. Sie würde sowieso dorthin fallen, wozu sich die Mühe machen?

»Bis vorgestern sind Sie Quilt noch nie begegnet, oder?«

Ich sah ihn an. Ich sah ihn eine ganze Weile an. Immerhin war ich im Begriff, meinen Klienten zu hintergehen. Aber mein Klient war aus dem Schneider und damit vielleicht gar nicht mehr mein Klient. Außerdem hatte ich den Verdacht, daß er mich von Anfang an hintergangen hatte.

»Bingo«, sagte ich.

Reisz stand auf, drückte seine Zigarette aus und ging zur Tür.

»Gar nicht so übel, Ihr Büro«, sagte er. »Es riecht nur ein bißchen merkwürdig, für einen Makler.«

Er zog die Tür ins Schloß. Ich lehnte mich zurück und starrte die Tür an. Die erste Hitze hievte sich durchs Fenster wie ein müder alter Mann auf dem Weg zu anderen müden alten Männern, und die Fliegen schwirrten wie üblich durch die Gegend. Im Hof schrie irgend jemand irgend jemanden an, und irgend jemand lachte. Ich starrte die Tür an, die Reisz hinter sich zugezogen hatte, und wartete. Ich wartete darauf, daß er zurückkommen würde, aber ich wartete umsonst.

Achtes Kapitel

1. Ich saß in einer Ecke im Restaurant des Hotels Kempinski und las in einem Schriftsatz, den ich aus Mahnungen und Drohbriefen von Kling, meinem Vermieter, zusammengestellt hatte. Neben mir auf einem Stuhl lag Schlesingers Aktenmappe, und um mein Handgelenk hing seine Patek Philippe. Auf der Straße draußen, im Parkverbot, stand sein alter, lackroter Karmann. Nur Schlesinger und seine Schuhe fehlten.

Ich sah nach Geschäften aus, nach windigen Geschäften, bei denen ich mir die Absätze schiefgelaufen hatte. Es gibt Leute, die sagen, daß ich immer nach windigen Geschäften aussehe, aber die Leute reden eine Menge Mist, und eine Menge Leute, die in der Gegend um den KuDamm rumhängen und keine Schuhe mit schiefgetretenen Absätzen tragen, machen wesentlich windigere Geschäfte als ich.

Ich sah sie vom U-Bahnhof Kurfürstendamm kommen. Sie hatte kurze, asymmetrisch geschnittene, hell gebleichte Haare, ein schmales Gesicht und wirkte mit ihrem weißen, dreiteiligen Leinenanzug viel schmächtiger als ohne. Sie kam durch die Tür und ging zwischen den Tischen hin und her. Sie war weiß geschminkt, nur der Mund war rot, und sie wirkte gehetzt.

»Frau Rehde?«

Sie kam an den Tisch.

»Leyfeldt. Ernst Leyfeldt«, sagte ich leise. Ich stand auf und ging um den Tisch herum, um ihr den Stuhl zurechtzurücken. Einige ältere Herren glotzten sie an. Dann warfen sie einen Blick auf mich. Wahrscheinlich kannte die Hälfte von ihnen Leyfeldt.

»Ich vertrete Frau LaMotte«, sagte ich, als sie sich gesetzt hatte. »Genauer gesagt hoffe ich, daß ich Frau LaMotte vertrete. Es...«

»Sie haben nicht zufällig eines dieser Dinger mitlaufen, Herr Leyfeldt?« fragte sie.

Verdammt, das wars, was mir fehlte. Ich hatte geahnt, daß mir irgendwas fehlte. Eins dieser Dinger, die mitlaufen. Ich sagte nichts und zeigte nur auf Schlesingers Aktenmappe mit dem falschen Schriftsatz, einem Handelsblatt, das ich noch schnell am Zoo gekauft hatte und im Winter vielleicht zum Heizen verwenden konnte, und ein paar leeren Aktendeckeln mit Kopierpapier, ebenfalls aus Schlesingers Kostümverleih.

»Ich bin nicht hier, um Sie über den Tisch zu ziehen, Frau Rehde.«

Etwas sprang in ihr Gesicht. Ein Lächeln. Es sah aus wie ein Riß in einer hauchdünnen Schüssel aus Porzellan und sprang sofort wieder raus.

»Natürlich nicht, Herr Leyfeldt.«

Ich gab ihr Feuer. Die Zigarette zitterte zwischen ihren Fingern, und sie hatte ein paar rote Flecken am Hals.

»Und was wollen Sie von mir?« fragte sie leise.

»Ich will, daß Sie Frau LaMotte helfen«, sagte ich. Der toten Nora LaMotte, der Frau im Hängeboden. »Und sich selbst. Ich nehme an, daß Ihnen etwas Ähnliches passiert ist wie Frau LaMotte. Wenn, und ich sage: wenn Sie sich dazu entschließen, gegen die betreffende Person oder die betreffenden Personen auszusagen, wird Ihre Aussage die von Frau LaMotte stützen und umgekehrt. Ich will sie zu nichts überreden. Ich habe nicht nur Ihren Namen. Ich habe insgesamt vier Namen, und ich werde versuchen, mit jeder dieser Frauen zu reden. Verstehen Sie, wenn Sie, wenn nur eine dieser vier Frauen...«

»Woher, sagten Sie noch, haben Sie meinen Namen?« fragte sie schnell.

»Ich habe es Ihnen noch nicht gesagt.«

»Dann sagen Sie es jetzt.«

Ich sah sie an. Sie hatte schmale, graugrüne Augen, die mich ansahen, als ob ich ihr einen ganzen Wagenpark voller Schrottkisten andrehen wollte.

»Sie verstehen, daß das unter uns bleiben muß«, sagte ich.

Sie sagte nichts, sah mich nur an.

Ich beugte mich vor und flüsterte:

»Henning hat mir die Namen gegeben.«

Sie drückte ihre Zigarette so heftig aus, daß sie in der Mitte auseinanderbrach.

»Bitte bleiben Sie«, sagte ich schnell. »Er hat sie mir nicht von sich aus gegeben.«

Sie sah auf. Ich zog ein bißchen an meiner Krawatte, als ob mir nicht ganz wohl in meiner Haut wäre.

»Ich mußte ihm zuerst die Schulter ausrenken, und dann ist sein Kopf leider auch noch gegen die Tür gestoßen, bevor er sich endlich dazu entschließen konnte, mir behilflich zu sein. Das ist nicht ganz die übliche Vorgehensweise, aber ich denke, daß er das vergessen wird, wenn er erst merkt, daß Quilt die Felle wegschwimmen.«

Sie blieb sitzen.

»Wissen Sie was?« fragte sie nach einer Weile. »Sie sehen eigentlich gar nicht aus wie ein Anwalt.«

Ich zuckte mit den Schultern und lächelte sie an.

»Ja, Sie sind nicht die erste, die das sagt.«

2. Der Rauch ihrer Zigarette im Aschenbecher stieg gerade auf und verschwand irgendwo oben in der Kempinski-Luft. Der Rauch der Zigarette, die sie zwischen den Fingern hatte, stieg genauso gerade auf, kam dann aber ins Schlingern und verlor sich in einem grauen Schleier neben ihrem Kopf. Sie hörte mir zu, sie hörte mir sogar genau zu, und ich hatte nicht die geringste Ahnung, was ich sagen mußte, um sie zum Reden zu bringen.

»Wie ich schon sagte, Frau Rehde, würde Ihre Aussage die Aussage von Frau LaMotte stützen. Wenn nicht, wenn Sie nicht aussagen, und wenn auch keine der anderen Frauen aussagt, kann Frau LaMotte die ganze Angelegenheit vergessen. Ich brauche Ihnen nicht zu sagen, was das für sie heißen würde. Natürlich«, sagte ich und schloß die Augen für einen Augenblick, »natürlich gibt es gewisse… physische Evidenz, nach allem, was passiert ist, aber wenn

Frau LaMottes Aussage in Zweifel gezogen werden sollte, wird ihr letzten Endes auch diese Art Evidenz nichts nützen. Hatten wir alles schon.«

Sie riß die Augen auf.

»Ist sie ... verletzt?«

»Sie hat Schnittwunden, hauptsächlich an den Händen und den Unterarmen, aber auch ein paar tiefere Stichwunden in der Brust und ...«, ich zögerte, um ihr Gelegenheit zu geben, sich das Schlimmste auszumalen, »im Gesicht.«

»O Gott«, sagte sie und drehte den Kopf weg.

»Sie liegt seit Donnerstag in einer Privatklinik. Ihr Arzt sagt, daß im Gesicht fast keine Narben bleiben werden.«

»O mein Gott.«

Wir schwiegen eine Weile.

»Vielleicht fangen wir mit Herrn Henning an«, sagte ich.

»Henning«, sagte sie nach einer Weile, »Henning kam eines Tages nach den Probeaufnahmen für einen ihrer üblichen Streifen zu mir und fragte mich, ob ich nicht zu einer kleinen Party kommen wollte. Er sagte, ich würde dort Leute treffen, die mir vielleicht helfen könnten, ich müßte mich allerdings darauf gefaßt machen, daß sie mehr von mir wollen als reden. Na ja, Sie wissen ja, wie das ist.«

Ich nickte. Dann schüttelte ich den Kopf. Woher sollte ich wissen, wie das war?

»Wann war das?«

Sie drückte die Zigarette zwischen ihren Fingern aus und nahm die im Aschenbecher.

»Vor einem halben Jahr. Ende Januar.« Ihr linker Mundwinkel zuckte. »Ich bin drauf eingegangen. Zuerst war es nur das, was er gesagt hatte, eine Party, einen Teil der Leute kannte ich aus dem Studio, die anderen hatten auch alle was mit Film zu tun. Na ja, es war nicht gerade aufregend. Irgendwann fingen die Leute an, nach Hause zu gehen, und Quilt sagte, ich sollte noch bleiben.« Sie sah auf die Straße, redete aber weiter. »Ich glaube, daß er den ganzen Abend über ziemlich genau aufpaßte, daß ich immer was zu trinken hatte. Ich wurde müde. Irgendwann gingen die letzten, ich war ziemlich betrunken, aber Quilt sagte, ich sollte noch bleiben. Ich wunderte mich darüber, daß Quilt …, ich weiß nicht, ob Sie ihn schon mal getroffen haben, er zeigt es nicht offen, aber er ist …«

»Den Männern zugeneigt«, warf ich ein. »Frau LaMotte sagte so was.«

»Ich dachte mir nichts weiter dabei, wissen Sie, ich dachte, ich hätte mich geirrt, aber es passierte nichts, Quilt redete und redete und ließ mich immer mehr trinken. Irgendwann bin ich dann eingeschlafen, und als ich wieder zu mir kam …«

Sie sah immer noch auf die Straße raus.

»War noch jemand da.«

Sie sah mich erstaunt an.

»Noch jemand?« sagte sie. »Wie kommen Sie darauf?«

»Frau LaMotte konnte nicht sehen, wer sie mit dem Messer angegriffen hat, aber sie sagte, es sei mit Sicherheit mehr als eine Person im Zimmer gewesen.«

Sie drückte auch die zweite Zigarette aus.

»Ich weiß nicht, wovon Sie reden, Herr Leyfeldt«, sagte sie. »Als ich wieder zu mir kam, lag Quilt auf mir. Ich war … ich war halb ausgezogen, und Quilt war dabei, sich an meiner Wäsche zu schaffen zu machen. Er lag auf mir, dieser miese, schmierige Fettsack, und schnappte nach Luft und sabberte und …« sagte sie, schloß die Augen und lächelte krampfhaft. »Er schaffte es nicht. Dieser elende Schlappschwanz schaffte es nicht, mich zu vergewaltigen. Am Ende lag er einfach da und wimmerte.« Sie schüttelte sich. »Ich weiß nicht, ob sie das verstehen, aber das Schlimmste war gar nicht, daß er versucht hat, mich zu vergewaltigen, das Schlimmste war das, was danach kam. Es war widerlich, wie er auf dem Boden rumkroch, als hätte er dort irgendwas verloren, und vor sich hin wimmerte«, sagte sie. Dann sagte sie nichts mehr und starrte eine Weile auf ihre Hände.

»Ist es das, was Sie hören wollten?«

»Hat er Sie irgendwie bedroht?«

»Ob er mich irgendwie bedroht hat?« fragte sie entgeistert. »Er hat versucht, mich zu vergewaltigen. Meinen Sie nicht, daß er mich damit bedroht hat, irgendwie?«

»Entschuldigen Sie, wenn ich mich ungenau ausgedrückt habe. Hat er versucht – während er versuchte Sie zu vergewaltigen, oder danach – Sie durch Drohungen gefügig zu machen? Hat er Sie zum Beispiel mit einem Messer bedroht?«

»Nein. Nichts dergleichen. Er hatte kein Messer«, sagte sie.

»Sind Sie sicher, daß Sie mit Quilt allein waren? In welchem Zimmer fand das Ganze statt?«

»In dem großen, vollgestopften Zimmer im Erdgeschoß.«

»Allein mit Quilt?«

»Das habe ich Ihnen doch gesagt. Die anderen waren alle fort.«

»Was passierte dann? Nachdem er versucht hatte Sie zu vergewaltigen.«

»Er heulte. Er kroch vor mir auf dem Boden rum und wimmerte. Er sagte, er hätte die Beherrschung verloren, es täte ihm leid und so weiter. Es war lächerlich, es war einfach lächerlich, aber gleichzeitig war er mir so zuwider, daß ich ihn sofort loswerden wollte. Deshalb...« sagte sie mit einem Zögern, »deshalb habe ich dann sein Angebot angenommen.«

»Was für ein Angebot?«

Wieder zitterte eine Zigarette zwischen ihren Fingern.

»Er bot mir an, wenn ich die ganze Sache vergessen würde, würde er dafür sorgen, daß ich bei Venus Films bessere Rollen kriege.«

»Und dann?«

»Er wollte mich nach Hause bringen, aber ich wollte nicht. Er hat mir ein Taxi kommen lassen, und das wars«, sagte sie und sah auf ihre Hände. Dann sah sie mich an. Sie lächelte, und in ihrem Lächeln lag etwas Verächtliches. »Das wars nicht, was Sie hören wollten, nicht? Wenigstens sollte ich mich schämen, mich auf dieses Geschäft eingelassen zu haben.«

»Ich denke, Ihre Entscheidung geht mich nichts an«, sagte ich.

»Genau«, sagte sie knapp. »Sie geht Sie einen Dreck an.«

3. Wir saßen da, und sie wartete darauf, daß ich etwas sagte. Aber ich sagte nichts, ich sah sie nur an. Ich dachte an etwas anderes. Ich dachte an Henning und an vier Blätter, die er aussortiert hatte. Die Blätter von Frauen, die sich beschwert hatten.

»Sie sehen«, sagte sie nach einer Weile, »meine Aussage würde Frau LaMotte wohl kaum nützen.«

»Nein, ich glaube nicht. Der Staatsanwalt würde Sie zerpflücken«, sagte ich und stand auf. »Es tut mir leid, Sie umsonst hierher bemüht zu haben, Frau Rehde.« Sie schien verwirrt, vielleicht, weil sie nicht wußte, weshalb ich es auf einmal so eilig hatte, aber es blieb ihr nichts übrig, als auch aufzustehen.

Ich streckte die Hand aus. Sie gab mir über den Tisch hinweg die Hand, und ich schüttelte sie kurz.

»Ach, eine letzte Frage noch, Frau Rehde«, sagte ich im Gehen.

»Ja?«

Ich blieb stehen.

»Ich frage mich nur: Wenn Sie sich mit Quilt geeinigt haben, über die ganze Sache Stillschweigen zu bewahren, weshalb haben Sie sich dann bei Henning über ihn beschwert?«

Sie nahm ihre Handtasche.

»Ich habe mich nicht über Quilt beschwert«, sagte sie leise. »Ich habe Henning nur Bescheid gesagt, daß er mich nicht mehr zu irgendwelchen Partys einzuladen braucht.«

»Verstehe.«

Sie wandte sich ab.

»Sagen Sie Frau LaMotte bitte, daß es mir ...« sagte sie langsam, »nein, sagen Sie ihr nichts.«

4. Sie hatte mich angelogen. Sie wußte es, ich wußte es, und sie wußte, daß ich es wußte. Ich ging auf den KuDamm und suchte mir im Geschiebe der Fußgänger und Hütchenspieler eine Lücke für meine Füße. Wenn sie mich nicht angelogen hatte, weshalb hätte sie sich dann mit mir treffen sollen? Weshalb hatte sie sich mit mir getroffen?

In einem Hauseingang vor der Ecke KuDamm-Fasanenstraße saß eine alte Frau mit gespreizten Beinen auf einem Klappstuhl, hinter sich einen Berg von blauen Plastiksäkken und einen Handkarren. Sie war in mehrere Schichten dreckiger Klamotten eingehüllt, so daß sie aussah wie ausgestopft, und hatte ihre Mütze tief in die Stirn gezogen. Die Augen waren hinter einer Sonnenbrille verborgen. Ich hatte einmal zugesehen, wie sie ihre Habe bewegte. Sie lud den Handkarren voll, ließ alles stehen, was nicht auf den Wagen paßte, ging ein paar Häuser weiter, lud die Säcke ab und ging mit dem leeren Karren zurück. Sie hatte ungefähr zwanzig von diesen Plastiksäcken. Ich fing überhaupt an, überall Plastiksäcke zu sehen.

Unter dem Scheibenwischer von Schlesingers Karmann klemmte ein Strafzettel. Wenn die Rehde gewußt hatte, daß sie mich würde anlügen müssen, weshalb hatte sie sich dann mit mir getroffen? Ich stieg in den Karmann und machte das Handschuhfach auf, um den Strafzettel hineinzulegen. Schlesinger würde ihn schon irgendwann finden, dachte ich. Aber dann war ich es, der etwas fand. Im Handschuhfach lag eine Waffe, eins dieser Dinger mit einem Magazin im Griff. Ich nahm sie raus und starrte sie an. Ich hatte noch nie eine echte Waffe in der Hand gehabt. Sie war schwer, viel schwerer, als ich gedacht hätte, und sie schimmerte dunkel. Wozu zum Teufel hatte Schlesinger eine Waffe in seinem Handschuhfach? Das war eine der Fragen, die mir durch den Kopf gingen. Eine andere war, ob die Rehde sich mit mir getroffen hatte, um mir ihre Lügen aufzutischen. *Ich bin nicht hier, um Sie über den Tisch zu ziehen.* Hatte sie versucht, mich über den Tisch zu ziehen?

Ich sah hinaus auf die Straße, mit der Waffe in der Hand, und da standen sie, die samstäglichen Passanten, und starrten mich entgeistert an.

5. Es war Samstag, der 23. Juli 1988, Schlesingers Uhr zeigte 11 Uhr 15, und die Stadt lag wie im Fieber. Es gab schwere Kämpfe an der gesamten Golffront, die Industrie- und Handelskammer zeigte sich zufrieden mit der Konjunktur in Westberlin, und am Senftenberger Ring hatte sich ein Mann aus dem achten Stock auf die Straße gestürzt. Eine Busladung halbnackter Familienväter, die auf ihre Frauen warten und sich für den Tag in Stimmung trinken mußten, saß vor einem der Nepp-Läden am KuDamm an weißen Plastiktischen, holte sich einen kostenlosen Sonnenbrand und dachte voller Wehmut an einen ruhigen Nachmittag im Schatten eines Sonnenschirms, irgendwo im tiefsten Weser-Ems-Land.

Ich hatte einen Wagen, der mir nicht gehörte, eine Waffe, mit der ich nicht umgehen konnte oder wollte, und zwanzig große Scheine, die anfingen, mir Löcher in die Innentasche meines Anzugs zu brennen. Und ich fuhr zum Rendezvous mit einem Mörder.

Seit Donnerstag hatte ich eine ganze Menge Papier abgestaubt: Neben den Zwanzigtausend von Senger hatte ich eine Liste mit Quilts Gästen, die Besetzungsliste von Wellers Film, die Liste der Leute, die ihr Geld bei Venus Films verdienten und die mit den Bekannten der LaMotte. Ich war der Mann mit den Listen, und ich hatte sie mir angesehen. Ein einziger Name tauchte auf allen außer der letzten auf: Paul Goldstaub.

Er hatte den Mörder im »Stecher« gespielt.

Er wußte nichts von unserem Rendezvous. Goldstaub hieß Rolf Dorn, wenn er in Pornofilmen spielte, und Paul Goldstaub, wenn er seine Blößen bedeckt hielt. Ich hatte den leisen Verdacht, daß auch Paul Goldstaub nur ein Künstlername war, aber geführt wurde er bei Venus Films unter diesem Namen. Wie die Unterlagen zeigten, schnitt

Rolf Dorn in Pornos schlechter ab als Paul Goldstaub in Hosenrollen und wurde nur noch selten eingesetzt. Dorn, geboren 1950, kam langsam in die Jahre, vielleicht war sein Schamhaar schon in Ehren ergraut. Beide, Rolf Dorn und Paul Goldstaub, wohnten vielleicht nicht in derselben Brust, aber immerhin in derselben Wohnung in der Reichsstraße.

Die Unterlagen, die mir Henning zur Verfügung gestellt hatte, ließen nichts zu wünschen übrig. Zum Beispiel erfuhr ich neben seiner Körpergröße, seinen Maßen und seinem Gewicht auch die Größe eines bestimmten Körperteils und daß es den Vermerk ›kN‹ trug, was immer das heißen mochte. Ein zweiter Vermerk war klarer: Goldstaub hatte zwei Jahre gesessen.

Ich fuhr die Kantstraße hinunter, an den billigen Ramschläden in der Wilmersdorfer Straße vorbei. Die Reichsstraße ist eine breite Ausfallstraße in Richtung Spandau. Ich lenkte den Karmann über die Masurenallee, vorbei an dem verklinkerten Haus des Rundfunks und den Nazi-Bauten des Messegeländes, über das Nichts, das hier für eine Weile die Gestalt des Theodor-Heuss-Platz angenommen hatte, in Richtung Spandau.

Dorn-Goldstaub wohnte im Erdgeschoß, auf der Höhe des Neuen Westends. Ich parkte den Karmann, stieg aus, zog den Knoten meiner roten Krawatte nach unten, machte den obersten Knopf des Hemds auf und wühlte mir im Haar herum. Danach sah ich aus wie jeder andere Zuhälter auch. Ich sah so verwegen aus, daß ich die Knarre im Handschuhfach liegen ließ.

Ich wußte nicht genau, was ich eigentlich von Goldstaub wollte, vielleicht nur ein bißchen Staub aufwirbeln. Goldstaub hingegen wußte genau, was er von mir wollte: in Ruhe gelassen werden. Er fluchte hinter der Tür. Ich ließ den Finger auf der Klingel. Nach ein paar Minuten stand er mir in der Tür gegenüber, bekleidet mit einem ausgewaschenen schwarzen Bademantel.

»Entschuldigen Sie, Herr... Goldstaub? Mein Name ist Sills.«

Es schien ihn nicht besonders zu interessieren.

»Nehmen Sie gefälligst Ihre Finger von meiner Klingel und verschwinden Sie«, zischte er. Er versuchte, mir die Tür vor der Nase zuzuschlagen, schlug sie mir aber nur gegen den Fuß.

»Na, Sie sind mir vielleicht ein Goldjunge, Goldstaub, jetzt machen Sie mal halblang«, sagte ich und stemmte mich gegen die Tür. »Ich habe nur ein paar harmlose Fragen.«

»Fragen?« fragte er und stemmte sich seinerseits dagegen.

»Fragen«, sagte ich. »Fragen, wie in: Fragen und Antworten.«

»Ich habe Ihnen nichts zu sagen. Ich habe schon alles gesagt, was ich weiß, und ich weiß nichts. Überhaupt nichts.«

Reisz.

»Wenn Reisz bei Ihnen war, wissen Sie ja, daß Quilt in der Klemme steckt. Ich versuche nur, ihm da rauszuhelfen.«

Der Druck auf seiner Seite ließ nach, und ich stand in der Tür.

Er war unausgeschlafen, ungekämmt und unrasiert, und trotzdem sah er so aalglatt aus wie beim ersten Mal, als ich ihn auf der Leinwand gesehen hatte. Schwarze Haare, glatte, makellose Haut, ein längliches, gut, aber nicht zu gut aussehendes Gesicht. Er war kleiner und schmächtiger als ich, und seine dreiundzwanzig Zentimeter mit dem kN-Vermerk hätte ihm keiner angesehen. Auch nicht, daß er gesessen hatte. Ich sah keine der einschlägigen Tätowierungen.

»Woher soll ich wissen, daß das stimmt?«

Ich kramte in meinem Archiv. Listen. Listen über Listen. Und endlich der Brief an die Berg.

»Wenn Ihnen das nicht reicht, rufen Sie Senger an.«

Er überflog den Brief.

»Nein, ich glaube, das reicht«, sagte er. »Dieser Reisz war gestern hier. Ich habe die Nase gestrichen voll von Leuten, die meinen, Sie müßten mir irgendwelche Fragen stellen. Gestrichen voll.« Er machte eine energische Bewegung mit der Hand, drehte sich um und ging mit wiegenden Schritten durch den engen Flur, in dem zwei Koffer standen.

»Wollen Sie verreisen?«

»Sehen Sie, was ich meine?« fragte er und fuchtelte dazu mit den Armen in der Luft herum. »Das gleiche hat dieser Reisz auch gefragt. Es muß so eine Art Beißzwang bei euch Schnüfflern sein. Die Antwort ist: Nein, ich will nicht verreisen. Ich will nur meine Koffer eine Weile auslüften.«

In dem Zimmer, in das er mich führte, stand kaum etwas außer einem großen, schwarzen Ledersofa im Bauhausstil, einem niedrigen Tisch und einem riesigen Fernseher mit Videogerät. Daneben ein Stapel mit Videos. Er hatte nicht viel, aber was rumstand, sah teuer aus.

»Was wollen Sie sonst noch wissen?«

Ich holte meine Listen hervor.

»Sie arbeiten schon eine ganze Weile bei Venus Films, Herr, hm, Goldstaub. Oder sollte ich Dorn sagen? Wie heißen Sie richtig?«

»Was hat das mit Quilt zu tun?«

»Nichts«, sagte ich und sah ihn an. Ich kniff die Augen zusammen, starrte ihn lange an und stellte mir Dorn/Goldstaub mit gebrochenem Nasenbein vor. Zugegeben, es mag mir an Vorstellungskraft fehlen, deswegen lande ich am Ende immer bei gebrochenen Nasen. Aber gebrochene Nasen haben andererseits einen ganz eigenen Reiz. Ich schrieb etwas hinter seinen Namen. kN. Dann beschloß ich, ihm auf die ganz harte Tour zu kommen. »Nichts«, sagte ich ruhig. »Aber wenn Sie weiter vorhaben, für Venus Films zu arbeiten, und wenn Sie nicht wollen, daß ich Ihnen Ihre dreiundzwanzig Zentimeter abreiße und in die Fresse stopfe, antworten Sie jetzt auf meine Fragen. Wenns geht, schenken Sie sich die Gegenfragen. Ich habe meine Zeit nicht gestohlen. Könnten Sie sich jetzt vielleicht dazu durchringen, mir zu sagen, wie Sie heißen?«

»Goldstaub«, sagte er, als müßte er sich erst mühselig daran erinnern.

»Wie Sie wollen, Goldstaub. Sie waren am Mittwoch abend bei Quilt. Weshalb?«

Er verdrehte die Augen.

»Was heißt da weshalb? Ich war eingeladen.«

»Das habe ich fast angenommen. Aber weshalb waren Sie eingeladen?«

»Ich weiß nicht, worauf Sie rauswollen.«

»Nein?« Ich schüttelte mein müdes Haupt. »Dann werde ichs Ihnen sagen: Sie waren der einzige Schauspieler von Venus Films, der eingeladen war. Ich meine, der einzige mit irgendwelchen Zentimetern.«

Vielleicht wußte er jetzt, was gespielt wurde. Ich wußte es nicht. Wenn er etwas ahnte, versteckte er es gut. Er zuckte mit den Schultern.

»Und?«

»Nichts und.«

»Ich bin fast immer bei Quilt eingeladen. Ich habe nicht die geringste Ahnung, weshalb.« Er sah sich seine Fingernägel an. »Fragen Sie, weshalb, wenn Sie auf eine Party eingeladen werden?«

»Ich werde nicht auf Partys eingeladen.«

Es war die Wahrheit, die ganze Wahrheit und nichts als die Wahrheit. Goldstaub lachte.

»Ich denke, ich verstehe, weshalb.«

»Ja, irgendwann werden wir uns mal darüber unterhalten müssen, was ich falsch mache«, sagte ich. »Aber jetzt unterhalten wir uns über Sie und Quilt. Und ein totes Mädchen.« Zwei. Aber ich war den anderen immer eine Leiche voraus. »Was ist am Mittwoch passiert?«

»Kommen Sie, was soll schon groß passiert sein? Diese Partys sind nicht gerade aufsehenerregend. Keine Orgien oder was Spießer wie Sie oder dieser Reisz sich sonst so vorstellen.«

»Wann sind Sie gegangen?«

»Irgendwann nach eins.«

»Ich weiß, Reisz wird Sie das schon gefragt haben, also sparen Sie sich Ihren Kommentar: Haben Sie irgend jemanden, der bezeugen kann, daß Sie wirklich gegangen sind? Ich meine, nach Hause gegangen sind.«

»Ich bin nicht nach Hause gegangen«, sagte er lächelnd. »Und ich habe jemanden, der bezeugen kann, daß ich nicht nach Hause gegangen bin. Und um Ihnen die nächste Frage zu ersparen: Ich habe nicht vor, Ihnen zu sagen, wer.«

»Was Sie nicht sagen«, sagte ich und gab ihm den ganz harten Blick, der zur ganz harten Tour dazugehört. Aber irgendwie gings wieder mal schief.

»Sagen Sie nichts«, sagte er und stand auf. »Sie werden mir jetzt meine dreiundzwanzig Zentimeter abreißen und in die Fresse stopfen wollen. Vorher wollen Sie vielleicht noch mit Senger sprechen. Bitte, bedienen Sie sich. Das Telephon steht im Flur.«

6. Ich kam nicht dazu, mit Senger zu sprechen, weil das Telephon klingelte, bevor ich seine Nummer gefunden hatte. Goldstaub hatte sich in die Küche verzogen, verging sich dort an der Kücheneinrichtung und schien das Klingeln nicht zu hören, so daß mir nichts übrigblieb, als selbst abzunehmen.

»Ja?« sagte ich und hatte dabei einen Hustenanfall.

Auf den Listen war ich einem weiteren Namen begegnet, allerdings nur auf zweien von ihnen, und nur auf einer davon, der Gästeliste, war er mir aufgefallen. Daß die Berg nicht in Wellers Film mitspielte, war, wie die Dinge standen, naheliegend. Obwohl sie das Talent dazu hatte.

»Paul?« fragte sie langsam.

»Paul ist gerade anderweitig gefragt«, sagte ich.

Die Antwort gefiel ihr nicht.

»Wer sind Sie?«

Ich wollte ihr eine Antwort geben, die ihr wirklich gefiel, deshalb sagte ich: »Ein Freund. Ich bin ein Freund der Familie« und legte auf. Dann legte ich den Hörer neben die Gabel.

Keine Frage, ich tappte im dunkeln. Nach zwei Tagen hatte ich ein paar Fäden in der Hand und eine Handvoll Ahnungen dazu, die meisten von eher unangenehmer Art, aber alles in allem hatte ich es nicht sehr weit gebracht: Genaugenommen tappte ich noch mehr im dunkeln als am Anfang. Mit meiner lässig ins Telephon gehauchten Antwort kam ich allerdings näher an die Wahrheit, als ich damals ahnte.

7. »Hat Reisz eine Ahnung, was Sie im ›Stecher‹ gespielt haben?«

Goldstaub kaute auf seiner Zigarette rum und sah mich gelangweilt an.

»Weshalb fragen Sie ihn das nicht selbst?«

Er hatte aus der Küche heißes Wasser in einer Kaffeekanne gebracht. Auf einem Tablett zwischen uns standen die Kanne, zwei Tassen, ein Glas Kaffeepulver und eine Schale mit Würfelzucker. Es war eine Geste des Einlenkens, aber ich hasse Kaffeepulver, es war zu wenig Zucker, und es gab weit und breit keinen einzigen Tropfen Milch. Die Kanne und die Tassen waren schwarz und schlicht. Ziemlich geschmackvoll. Ziemlich nobel. Eine Zierde für jeden Haushalt. Ich sorgte dafür, daß Goldstaub sich noch in Sicherheit bringen konnte, bevor das ganze Tablett über ihn wegsegelte, gegen die Wand hinter ihm krachte und alles mit einem großen Scheppern in Scherben ging. Es blieb ein riesiger, dampfender Fleck an der Wand, in dem sich das Kaffeepulver schwarzbraun auflöste.

Bevor Goldstaub losschreien konnte, saß ich mit beiden Knien auf seinem Magen.

»Es reicht, Goldstaub.«

Er würgte und versuchte unter mir rauszukommen. Um ihn zu beruhigen, gab ich ihm einen ganz sanften Schlag auf die Nase. Nur, um ein Gefühl dafür zu kriegen.

»Nein«, schrillte es. »Nein.«

»Hören Sie auf zu schreien«, zischte ich. »Und jetzt reden Sie, aber ein bißchen plötzlich: Weiß Reisz, daß Sie im ›Stecher‹ den Mörder gespielt haben?«

Goldstaubs Augen weiteten sich.

»Er hat mich nicht danach gefragt«, quäkte er.

»Wie sind Sie zu der Rolle gekommen?«

Wieder eine Frage, mit der er nichts anfangen konnte.

»Ich ... ich ... ich spiele öfter Mörder.«

Ich schüttelte den Kopf.

»Ich glaube, Sie haben es immer noch nicht kapiert, Goldstaub«, sagte ich und hielt ihm die Faust ins Gesicht. »Ich frage Sie, wie Sie zu *dieser gottverdammten Rolle* gekommen sind, und Sie sagen mir, daß Sie öfter solche Rollen spielen. Welche Rollen Sie sonst spielen, interessiert mich im Augenblick nicht die Bohne.«

Er versuchte, sich das Blut vom Mund zu wischen, kam aber mit der Hand nicht ran. Als er nach ein paar Sekunden immer noch nichts gesagt hatte, drückte ich ihm ein Knie ein bißchen tiefer in den Magen.

»Quilt«, würgte er. »Quilt kam an und sagte, ich sollte den Mörder spielen.«

»Sehen Sie«, sagte ich. »Es ist ganz einfach. Ich frage, Sie antworten. Versuchen wirs gleich mit der nächsten Frage: Weshalb wollte Quilt, daß Sie den Mörder spielen?«

Schon wieder eine Frage, mit der er nichts anfangen konnte, aber wenigstens ließ er sich keine Zeit damit.

»Er sagte, ich müßte die Rolle spielen. Sie würden sie für mich schreiben, und ich würde groß damit rauskommen.«

»Mit einer beschissenen Nebenrolle?«

Er würgte, und ich ließ ihm angesichts seiner Verdienste in letzter Zeit und angesichts der Tatsache, daß ich meinen Sonntagsstaat nicht vollgekotzt haben wollte, etwas mehr Platz für seinen Magen.

»Die Rolle... ist nur in der Fassung, die übriggeblieben ist, eine Nebenrolle. Als Weller erst mal weg vom Fenster war, haben sie sich den Film im Schneideraum wieder und wieder vorgenommen, und dabei ist immer mehr von meiner Rolle unter den Tisch gefallen.«

»Was heißt *sie*?«

Glauben Sie nicht, daß Goldstaub es nicht sagen wollte. Er wollte es sagen, aber ich kam ihm zuvor.

»Die Berg?«

Er hauchte: »Ja.«

»Wer noch?«

Er schüttelte den Kopf. Sein Gesicht nahm langsam eine grünliche Farbe an.

»Weshalb haben Sie gesessen?«

»Sie ... sie haben mich mit ein bißchen Koks erwischt.«

»Und für das Bißchen haben Sie dann zwei Jahre im Knast abgerissen?«

»Es war ein bißchen mehr, Mann.«

Ich ging von seinem Magen runter. Er sah erleichtert aus, mitgenommen, aber erleichtert. Deshalb sprang ich ihm noch mal auf den Magen.

»Eins hätte ich fast vergessen.«

Er bäumte sich auf und schlug sich die Hand vor den Mund.

»Bei wem waren Sie nach Quilts Party?«

Ich wußte, daß er es früher oder später sagen würde. Er wußte, daß er es früher oder später sagen würde, und er wußte auch, daß zwischen früher und später in diesem Fall nur ein paar Sekunden liegen durften.

»Bei der Berg«, würgte er. Dann ließ ich ihn ins Bad verschwinden. Ich hörte noch, wie die Spülung rauschte, als ich die Tür hinter mir zuzog.

Ich hatte nicht wirklich gedacht, daß Dorn/Goldstaub der Mörder war. So was gibts nur in miesen Krimis. Das Rendezvous mit ihm war eine Pleite gewesen, nicht zuletzt, weil ich vergessen hatte, ihn zu fragen, was ›kN‹ hieß. Aber etwas hatte es mir bewiesen: Die Dinge waren noch viel verwirrter, als ich gedacht hatte.

8. Es gibt Dinge, die Sie nicht verlieren wollen und doch verlieren, und es gibt Dinge, die Sie verlieren wollen und nicht verlieren. Irgendwie kriegen Sies nicht hin, sie kleben an Ihnen. Wenn Sie zu den Smarteren unter uns Staubgeborenen gehören, finden Sie sich irgendwann damit ab.

Nehmen Sie meine Schlüssel, ich meine die Schlüssel zu meinem Büro. Ich will sie nicht verlieren, weil ich dann durch die Gegend laufen muß, um sie zu suchen, und ich verliere sie immer wieder. Deswegen steht mein Büro dauernd offen.

Oder nehmen Sie meine beiden Freunde, die, die Reisz

mir auf den Hals geschickt und dann verleugnet hatte. Mir war klar, daß sie von der klebrigen Sorte waren. Ich hatte es geschafft, sie zu verlieren, aber irgendwann würde ich ihnen wieder über den Weg laufen. Daß es ausgerechnet in meinem Büro sein mußte, hat vielleicht etwas zu bedeuten. Vielleicht aber auch nicht.

Der eine saß in dem Sessel hinter meinem Schreibtisch und hatte die Stiefel auf meiner Ablage. Der andere stand neben der Tür und hatte mich am Arm gepackt, noch bevor ich ihm die Hand schütteln konnte. Er drückte mich mit dem Gesicht gegen die Wand und tastete mich ab. Dann durfte ich mich wieder umdrehen.

»Da sind Sie ja, Sills«, sagte der hinter dem Schreibtisch. Er trug eine Schlangenlederjacke, wie Brando in »Der Mann mit der Schlangenlederjacke«, aber ansonsten sah er Brando nicht besonders ähnlich. Er sah wesentlich unangenehmer aus. In der Hand hatte er irgendwelche Papiere.

»Ja«, sagte ich, »da bin ich ja. Wie ich sehe, sind Sie auch da. Damit sind wir dann fast alle da. Wie haben Sie mein Büro gefunden?«

»Dumme Frage«, sagte er, und er hatte recht. Reisz, dachte ich. »Immer der Nase nach«, sagte er. »War gar nicht schwer.«

»Ach ja?«

»Aber sicher, Sie Armleuchter.«

Er grinste.

»Was will er?«

»Wer?«

»Reisz.«

»Reisz?« fragte er.

»Wer ist Reisz?« fragte der, der mich festhielt.

»Sie meinen, Sie wissen nicht, wer Reisz ist?«

»Nie gehört«, sagte er und drehte den Kopf zur Seite. Er drehte ihn so, daß er in mein Nebenzimmer sehen konnte.

»Vielleicht siehst du dir das hier besser mal an.«

»Was gefunden?« fragte eine Stimme. Eine Stimme, die ich kannte. Eine Stimme, die manches in einem anderen Licht erscheinen ließ.

»Irgendwie hat unser Freund hier Unterlagen von Venus Films in die Finger gekriegt.« Er legte die Vordrucke mit den Photos auf den Schreibtisch.

»Was für Unterlagen?« fragte Lohmeyers Stimme, und dann stand Lohmeyer auch schon selbst in der Tür. Er ging zum Schreibtisch, ohne mich eines Blickes zu würdigen.

»Sills, Sills, Sills«, sagte er, nachdem er sich angesehen hatte, was es zu sehen gab. Es gefiel ihm nicht. »Ich würde folgendes vorschlagen: Sie sagen uns jetzt sofort, woher Sie das haben.«

»Oder?«

»Was heißt hier *oder*?«

»Ich dachte, Sie wollten mir drohen.«

»Ich? Ihnen drohen?« fragte er und lachte. »Ich drohe nie, Sills. Ich habe überhaupt keine Lust, Ihnen zu drohen. Und ich habe keinen Grund dazu. Sie sollten nicht vergessen, für welche Seite Sie arbeiten.«

»Ich will mit Senger sprechen«, sagte ich.

»Das trifft sich bestens«, sagte er. »Senger will Sie sehen. Aber vorher sagen Sie uns noch, woher Sie das hier haben.«

»Gestohlen«, sagte ich. »Aus dem Büro der Berg.«

Er legte den Kopf schief und sah die Schlangenlederjacke an. Die Schlangenlederjacke erwiderte den Blick und grinste.

»Nicht gut genug. Nicht schlecht, aber noch lange nicht gut genug«, sagte er. »Versuchen Sies doch noch mal.«

»Gestohlen«, sagte ich. »Aus dem Büro der Berg.«

»Wieder nicht gut genug«, sagte er und gab dem Mann hinter dem Schreibtisch ein Zeichen.

Er stand auf und kam auf mich zu. Der andere hielt mich fester.

»Ich dachte, Sie wollten mir nicht drohen, Lohmeyer«, sagte ich.

Er breitete die Arme aus und lachte.

»Aber Sills, ich drohe Ihnen doch gar nicht. Wir wollen Ihnen bloß ein bißchen helfen, sich zu erinnern«, sagte er und setzte sich auf den Schreibtisch. »Los.«

Der Mann, der vor mir stand, hob die Faust. Für einen

Augenblick sah es so aus, als ob er mir ins Gesicht schlagen wollte, und ich dachte an meine Nase. Ich drehte den Kopf und lehnte mich gegen den Mann, der hinter mir stand, und der Schlag landete mit voller Wucht in meiner Magengrube.

Ich beugte mich vor. Mir blieb gar nichts anderes übrig. Ich würgte, und mir blieb die Luft weg. Teile des Zimmers wurden dunkel und dann wieder heller. Ich stand da, vornübergebeugt, rang nach Luft und starrte auf meine Schuhe. Und fragte mich, was, verdammt noch mal, mich eigentlich Henning anging.

»Ich sags ja schon«, stieß ich hervor.

Lohmeyer sah sich die Fliegen an, die am Fliegenpapier klebten.

Der Mann, der vor mir stand, machte unzweifelhafte Anstalten, ein zweites Mal zuzuschlagen.

»Ich hab doch gesagt, ich sags«, stieß ich wieder hervor.

Lohmeyer zuckte mit den Schultern.

»Ich fürchte, Sills, daß mich das schon nicht mehr besonders interessiert.«

9. Als es klopfte, hoffte ich, es wäre Reisz, der die tote, langsam aus dem Hängeboden tropfende Nora LaMotte gefunden hatte und mich jetzt wegen Mordes festnehmen wollte.

Lohmeyer warf mir einen Blick zu, der hieß, daß er mir in keiner Weise drohen wollte. Der eine seiner beiden Schergen ging zur Tür, der andere blieb hinter mir stehen und ließ mich einen kurzen Blick auf die Pistole in seiner Tasche werfen. Lohmeyer selbst lehnte sich gegen den Schreibtisch.

Es klopfte wieder. Der Mann, der neben der Tür stand, nahm eine Waffe aus einem Schulterhalfter und steckte sie in die Tasche seiner Jacke.

Es war nicht Reisz in Begleitung der Bullen. Es war Therese, und sie war ohne jede Begleitung.

»Was willst du schon wieder hier?« fuhr ich sie an. Sie stand in der Mitte des Zimmers, und hinter ihr schloß der Mann mit der Waffe die Tür. Sie dreht sich kurz zu ihm um, und er lächelte sie an. Sein Lächeln warf harte, fast rissige Falten in sein Gesicht.

»Wieder die Höflichkeit selbst«, sagte sie.

»Was willst du hier?«

Ich konnte sehen, daß sie sich nicht besonders wohl fühlte mit drei bemüht grinsenden Fremden und mir im Zimmer. Und ich wollte nicht, daß sie sich wohl fühlte.

»Reisz war wieder bei mir.«

»Und?«

»Wenn dus genau wissen willst, er war auch nicht gerade die Höflichkeit in Person«, sagte sie. »Er sagte, und das wörtlich, daß du deinen Arsch entweder so bald wie möglich in die Wohnung einer gewissen LaMotte bewegst, oder er wird ihn dir ...«

»... aufreißen, ich weiß«, sagte ich.

Ich sah Lohmeyer an. Lohmeyer lächelte. Dann sah ich Therese an, aber Therese hatte Lohmeyer im Visier und lächelte nicht.

»Wer sind die?« fragte sie.

»Wir kommen von Reisz«, sagte Lohmeyer. »Wir wollten Herrn Sills gerade holen.«

»Sie kommen zu dritt, um ihn abzuholen? Wozu denn das?« fragte Therese.

»Wir waren gerade in der Gegend, wegen der LaMotte-Sache. Wir wollen ihm nur ein paar Fragen stellen«, sagte Lohmeyer und kam auf mich zu, »dann können Sie ihn wiederhaben.«

»Sie können ihn behalten«, sagte Therese. Lohmeyer lachte leise. Dann lachten die beiden Herren fürs Grobe.

»Wir werden sehen, was wir für Sie tun können, Frau ....«

»Ossowski.«

»Sievers«, sagte Lohmeyer und gab ihr die Hand. »Wenn Sie uns jetzt bitte entschuldigen wollen, Frau Ossowski, Reisz verliert leicht die Geduld, und er kann ziemlich unangenehm werden, wenn er die Geduld verliert.«

Lohmeyer faßte Therese am Arm an, um sie zur Tür zu bringen. Sie riß ihren Arm los und drehte sich mir zu.

»Hast du irgendwelche Schwierigkeiten?« sagte sie, »Soll ich dir einen Anwalt besorgen?«

»Nein«, sagte ich und ging einen Schritt in Richtung Tür, zu Lohmeyer, »Ich glaube nicht, daß ich einen Anwalt brauche. Glauben Sie, daß ich einen Anwalt brauche, Sievers?«

»Ach was«, sagte er und lachte. »Ein Anwalt ist das letzte, was Sie brauchen. In einer halben Stunde sind Sie wieder hier.«

Der Mann mit der Schlangenlederjacke hielt Therese die Tür auf.

»Bis dann«, sagte sie.

»Ja«, sagte ich und hob eine Hand, »bis dann.«

Ich sah ihr nach. Dann sah ich mir meine Hand an. Sie zitterte.

Neuntes Kapitel

1. Die Hitze hing zwischen den Mauern wie ein toter Akt am Trapez. Es war so heiß, daß die Fassaden sich nach innen zu biegen schienen. Ich sah Therese nach, wie sie langsam über die Straße ging. Mir zitterten die Knie. Ich hatte wieder diesen galligen Geschmack im Mund, und mein Magen fühlte sich an wie aufgebohrt. Die Schlangenlederjacke hielt mich am Arm fest, der andere Mann sah Lohmeyer fragend an. Lohmeyer beobachtete mit zugekniffenen Augen, wie Therese über die Straße und auf der gegenüberliegenden Seite in Richtung Ufer ging. Sie drehte sich nicht um. Lohmeyer sah fast so aus, als ob es ihm leid täte.

Die Schlangenlederjacke und der andere Mann nahmen mich zwischen sich, und wir gingen mit Lohmeyer im Rükken in Richtung Reichenberger. Ich sah an den Fassaden entlang, sah die Schlagschatten, die die Sonne unter den Fenstersimsen warf, die einzigen Schatten in der ganzen Straße, und dann sah ich Schlesingers Karmann.

»Kann ich schnell was aus meinem Wagen holen?«

Die Schlangenlederjacke und der andere blieben stehen.

»Aus welchem Wagen?« fragte Lohmeyer.

»Aus dem da«, sagte ich und zeigte auf den Karmann.

»Das ist nicht Ihr Wagen.«

»Ich weiß, daß das nicht mein Wagen ist, Lohmeyer. Ich hab mir das Ding heute morgen geliehen.«

»Was wollen Sie aus dem Wagen holen?«

»Papiere«, sagte ich.

Lohmeyer sah den Wagen an. Dann sah er mich an und grinste.

»Ich glaube nicht, daß Sie Ihre Papiere brauchen werden, Sills.« Er drehte sich in Richtung Reichenberger.

»Was ist, wenn sie geklaut werden?«

»Was ist, wenn sie geklaut werden«, sagte Lohmeyer

und lachte. »Darüber sollten Sie sich jetzt wirklich nicht den Kopf zerbrechen.«

»Ich dachte, Sie wollten mir nicht drohen, Lohmeyer.«

Lohmeyer lachte bloß.

2. Statt der schwarzen Limousine fuhren sie einen unauffälligeren schwarzen Mercedes. Sie ließen mich hinten einsteigen, dann setzten sich die Schlangenlederjacke und der andere Mann neben mich. Lohmeyer klemmte sich hinters Steuer, und er schien nicht in der Stimmung für eine nette kleine Unterhaltung zu sein. Die Schlangenlederjacke und der andere wurden ebenfalls nicht fürs Reden bezahlt.

Am Paul-Lincke-Ufer konnte ich noch sehen, daß die Bullen die Uferstraße zwischen der Manteuffelstraße und der Lausitzer gesperrt hatten und gleich mit mehreren Wannen mitten auf der gepflasterten Fahrbahn parkten. Seit ihnen die Autonomen bei den Feiern zum 1. Mai regelmäßig den Krieg erklärten, zeigten sie ihre Zähne, schon, um den Rest der Bevölkerung daran zu hindern, die Lage auszunützen und wieder eine Bolle-Filiale zu plündern wie in diesem Jahr. Auch in den umliegenden Straßen standen Wannen mit vergitterten Fenstern und Scheinwerfern am Straßenrand.

Lohmeyer fuhr schnell, aber er achtete darauf, nicht aufzufallen. Ich nahm die Schachtel Gitanes aus der Innentasche und mußte feststellen, daß sie ziemlich in Mitleidenschaft gezogen worden waren, als die Schlagenlederjacke sich meinen Magen vorgenommen hatte. Er sah es und bot mir eine von seinen an. Er gab mir sogar noch Feuer. Ich dachte, daß er eigentlich ganz nett aussah, in seiner alten Schlangenlederjacke. Wie der nette Killer von nebenan.

3. Schwanenwerder wirkte wie ausgestorben, nur auf der Havel draußen fuhren zwei langgezogene, vorne hoch aus dem Wasser schießende Motorboote um die Wette. Auf der Inselstraße kam uns nichts und niemand entgegen. Lohmeyer lenkte den Wagen in die Auffahrt. Helle Flecke huschten über Sengers graugrünen Bunker, und zwischen den hohen Bäumen schimmerten sandige, wurzeldurchfurchte Stellen.

Lohmeyer fuhr den Wagen in die Tiefgarage, und sie ließen mich aussteigen. Zu viert gingen wir zum Aufzug.

»Ihr bleibt unten«, sagte Lohmeyer.

Wir mußten auf den Aufzug warten. Ich zeigte auf den zweiten Mann und fragte Schlangenleder:

»Kann er reden?«

»Er kanns, aber er tuts nicht«, sagte er.

»Was tut er denn so, wenn er nichts sagt?«

Schlangenleder warf mir einen vielsagenden Blick zu.

»Er reißt Fingernägel aus.«

»Ich wollte nicht wissen, was er am liebsten tut, nur, was er sonst so tut.«

»Fingernägel ausreißen.«

Der Aufzug kam, und wir fuhren nach oben. Gehlenz erwartete uns.

»Irgendwelche Schwierigkeiten?«

Lohmeyer schüttelte den Kopf.

»Los, kommen Sie«, sagte Gehlenz.

Er klopfte an der Tür zum Tümpelzimmer, wartete kurz und ließ mir den Vortritt. Lohmeyer blieb in der Tür stehen.

Senger saß hinter seinem Schreibtisch und telephonierte. Als er mich sah, winkte er mich zu sich.

»Ich verstehe. Verstehe.« Seine Haut wirkte durchsichtig, und darunter schien alles blutleer zu sein, weißes, unbewegtes Fleisch.

»Woher hatte er Ihren Namen?« fragte er ins Telephon. »Von Henning? Verstehe. Nein, nein, darüber müssen Sie sich wirklich nicht den Kopf zerbrechen. Ich werde mich darum kümmern. Wie sah er aus?«

Senger sah mich an.

»Ende Dreißig, schwarze Haare, schwarzer Anzug? Ein wenig zwielichtig für einen Anwalt?« Er lächelte. »Und er trug eine lächerliche Krawatte? Das klingt eigentlich nicht so, als ob wir uns seinetwegen den Kopf zerbrechen müßten.«

Das Lächeln verschwand.

»Nein, ich kenne diesen Herrn... Leyfeldt nicht, aber wie gesagt, ich werde mich um die Sache kümmern.«

Er lehnte sich in seinem Sessel zurück.

»Er wird Sie nicht wieder behelligen.«

Er winkte Gehlenz und hielt ihm den Hörer hin. Gehlenz ging neben den Schreibtisch, nahm den Hörer in die Hand und sagte: »Frau Rehde? Hier wieder Gehlenz.«

Senger hielt die Augen geschlossen.

»Herr Senger wird nicht vergessen, daß Sie sich sofort mit uns in Verbindung gesetzt haben. Wir werden uns bei Ihnen melden, wenn wir etwas erfahren. Ja. Vielen Dank, Frau Rehde.«

Er legte den Hörer auf. Senger öffnete die Augen. Gehlenz drehte sich zu mir um und legte die Finger der rechten Hand langsam auf den Rand des Schreibtischs.

»Gehen Sie, Gehlenz«, sagte Senger.

»Ist es nicht besser...«

»Gehen Sie. Herr Sills wird uns keine Scherereien mehr machen.«

Gehlenz deutete eine Verbeugung an und ging zur Tür und blieb stehen.

»Schließen Sie die Tür«, flüsterte Senger.

Gehlenz und Lohmeyer gingen. Senger drückte auf einen Knopf, der neben dem Telephon in einer Leiste im Schreibtisch versenkt war.

»Die Mikrophone«, sagte er und stützte sich auf die Lehnen seines Sessels.

»Würden Sie mir bitte helfen?«

Ich nahm ihn am Arm, und wir gingen langsam zum Tümpel hinüber und setzten uns. Sein Arm war so dünn wie ein abgenagter Hühnerflügel. Als ich mich beim Sessel über ihn beugte, merkte ich, daß ein merkwürdiger Geruch von ihm ausging, ein Geruch, der nur noch mühsam kaschiert wurde. Ich stand einem Mann gegenüber, der langsam starb.

»Diese Krawatte, die Sie da tragen, ist tatsächlich lächerlich«, sagte er.

Ich sah mir die Krawatte näher an. Vielleicht hatte er recht. Sie war rot, mit eingewirkten goldenen Streifen.

Er hatte die Augen geschlossen.

»Sonderlich weit sind Sie nicht gekommen, Sills«, sagte er nach einer Weile.

»Ich habe die LaMotte aufgestöbert, und diese Rehde.«

Er schüttelte den Kopf.

»Ich weiß, ich weiß«, sagte er. »Aber es war nicht besonders schwer, Frau LaMotte zu finden. Sie wartete ja geradezu darauf, gefunden zu werden.«

»Ja«, sagte ich. »In ihrem Hängeboden.«

»Ja«, sagte er leise.

Seine rechte Hand hob sich, eine faltige, alte Hand, die immer noch aussah wie ein alter Fleischerhaken. Er hielt sie hoch und ließ sie wieder auf die Lehne des Sessels fallen.

»Aber ich habe eigentlich weniger an Ihre Ermittlungen gedacht, Sills. Ihre Ermittlungen haben uns immerhin gezeigt, daß wir uns nicht auf die Diskretion von Herr Henning verlassen sollten. Wir werden uns wohl oder übel von ihm trennen müssen. Nein, ich habe eigentlich eher an etwas anderes gedacht.«

Von unten stießen die Fische gegen das Glas.

»Sie tragen den gleichen Anzug wie gestern. Sie sehen, entschuldigen Sie bitte, aber Sie sehen nicht aus, als ob Sie sehr erfolgreich wären. Ihre Krawatte ist lächerlich, Sie können Ihre Telephonrechnung nicht bezahlen, ganz zu schweigen von Ihrer Miete und den Raten für Ihren Wagen. Ich will Ihnen nicht zu nahe treten, mein Lieber«, sagte er und teilte mir eine Portion seiner Lächelration zu, »aber in meinen Augen sehen Sie aus wie jemand, der auf dem absteigenden Ast sitzt.«

Ich wollte etwas sagen, aber er hob seine Hand.

»Nein, nein, warten Sie. Verstehen Sie mich richtig, Sills, ich will das gar nicht bewerten, ich stelle nur etwas fest. Wenn Sie in irgendeinem Loch in Kreuzberg wohnen wollen, bitte, wohnen Sie in Ihrem Loch, es interessiert mich nicht, wo und wie Sie wohnen, solange Sie und Ihresgleichen dort bleiben und mir hier nicht in die Quere kommen. Vielleicht... vielleicht sind Sie auf Ihre Art ja zufrieden. Obwohl ich es bezweifle. Vergessen Sie nicht, ich bewerte nicht, ich stelle nur etwas fest. Verstehen Sie mich?«

Er sah mich an.

»Verstehen Sie mich?«

»Nehmen wir mal an, ich verstehe«, sagte ich. »Was dann?«

»Bisher haben Sie sich mit, sagen wir, Gefälligkeiten über Wasser gehalten. Aber seit Frau Ossowski Sie verlassen hat...«

»Woher wissen Sie das?«

»Von Ihrem Vermieter, wie heißt er noch... Kling?«

»Dieser...«

»Oder von Herrn Leyfeldt.«

Er lächelte.

»Oder vielleicht von Reisz. Sie werden mir das nachsehen müssen, ich weiß es wirklich nicht mehr.«

Das Lächeln hielt sich mühselig auf seinen Lippen.

»Wie gesagt, seit Frau Ossowski Sie verlassen hat, haben Sie sich gehen lassen. Wie ich höre, haben Sie angefangen zu trinken.«

»Und wieder aufgehört.«

Er machte eine wegwerfende Bewegung mit der Hand.

»Sie glauben, daß Sie aufgehört haben. Tatsache ist, daß Sie ein paar Monate lang nichts mehr getan haben. Einige Ihrer früheren Freunde dürften Sie schon vergessen haben.«

»Einige, sicher«, sagte ich, »Aber nicht Charlotte, oder?«

Er ging nicht darauf ein.

»Es kommt noch schlimmer für Sie. Frau LaMotte ist heute morgen gefunden worden. Tot. Ich weiß noch nicht, welche Schlüsse Reisz daraus ziehen wird, es kann aber kaum ein Zweifel daran bestehen, daß er Quilt auf freien Fuß setzt. Ihr Freund Leyfeldt wird dafür sorgen. Ich würde Ihren Auftrag damit für erledigt halten.«

»Soweit ich weiß, hat sich immer noch niemand gefunden, der die erste Tote auf dem Gewissen haben will. Außerdem heißt mein Klient Quilt, nicht Senger.«

»Ich zahle, Quilt ist Ihr Klient, und er wird Ihnen das sagen, was ich will.«

Er schwieg eine Weile.

»Was ich Ihnen mit alldem sagen will, Sills, ist, daß Sie schon wieder da angekommen sind, wo Sie am Donnerstag waren. Sie haben nichts gewonnen, außer daß Sie einen Teil Ihrer Schulden bezahlen können. Aber selbst wenn Sie sie ganz bezahlen könnten, würden Sie sofort wieder in Schulden stecken.«

Ich zuckte mit den Schultern.

»Und Sie haben keine Aussichten darauf, daß das anders wird.«

»Ich kann wieder für meine Bekannten arbeiten, wie früher.«

»Nein«, sagte er.

»Was heißt hier *nein*?«

»Nein heißt nein«, sagte er müde. »Sie werden nicht wieder für Ihre Bekannten arbeiten. Wenn alles sich so entwikkelt, wie ich denke, werden Sie leider feststellen müssen, daß die meisten Ihrer früheren Bekannten Sie nicht einmal mehr kennen.«

»Ich verstehe kein Wort«, sagte ich, aber ich verstand sehr wohl. »Wovon reden Sie eigentlich?«

»Ich rede von einem Geschäft«, sagte Senger und sah mich an. »Ich rede von einem Geschäft, das Ihnen eine Menge Ärger einbringt und mir eine Menge Ärger erspart.«

Er sah hinaus aufs Wasser.

»Weshalb sollte ich mich auf ein solches Geschäft einlassen?« fragte ich.

Draußen ging ein leichter Wind. Senger wisperte fast:

»Weil es Ihnen nicht nur Ärger einbringt, Sills. Und weil Sie gar keine andere Wahl haben.«

4. »An was für eine Art Geschäft haben Sie gedacht?«

Senger war in seinem Sessel zurückgesunken und schien sich erst wieder zurechtfinden zu müssen.

»Quilt«, sagte er, »wird zwar auf freien Fuß gesetzt werden, aber damit ist die Sache für ihn noch lange nicht ausgestanden. Wie Sie gesagt haben, ist der erste Mord noch immer nicht aufgeklärt. Quilt kann zwar nicht verdächtigt werden, diese LaMotte umgebracht zu haben, aber solange wir Reisz für den ersten Mord keine plausiblere Erklärung bieten, wird der Verdacht immer wieder auf ihn fallen. Auf alle Fälle wird etwas an ihm hängenbleiben. Reisz, oder irgend jemand anders, könnte auf die Idee kommen, in Quilts Vergangenheit herumzustochern, und er könnte dabei auf Dinge stoßen, die besser vergessen bleiben.«

»Dinge wie die, die Frau Rehde mir...«

»Dinge wie die, die Frau Rehde Ihnen zu berichten hatte.«

»Ich habe ihr kein Wort geglaubt.«

»Ich weiß nicht, ob das für oder gegen Sie spricht, Sills. Was sie Ihnen erzählt hat, war mit einigen Abstrichen die Wahrheit. Aber die Art, wie sie es Ihnen erzählt hat, so als ob sie es nicht erzählen wollte, war gespielt. Nicht gut genug gespielt, wie es scheint. Frau Rehde hat sofort mit mir telephoniert, nachdem Sie sich mit ihr in Verbindung gesetzt hatten.«

»Soll das heißen, daß Quilt wirklich versucht hat, sie zu vergewaltigen, und daß Sie es zu vertuschen versuchen?«

»Ja«, sagte er knapp, »und er hat es nicht nur bei Frau Rehde versucht.«

»Wer hat die erste Tote auf dem Gewissen?« fragte ich.

Er schüttelte den Kopf.

»Was glauben Sie, Sills?« sagte er und sah mich mit seinen grauen Augen an. »Was glauben Sie?«

»Ich glaube, daß noch jemand dort war, oder später kam, jemand, den weder Sie noch Quilt bisher erwähnt haben.«

Er schüttelte wieder den Kopf.

»Sie irren sich, Sills.«

Das Lächeln verschwand.
»Es war Quilt.«

5. »Und die zweite Tote?«

»Frau LaMotte? Gleich, ich komme gleich zu Frau LaMotte, nur noch einen Augenblick.«

Er hielt sich die Hand vor die Augen.

»Das Geschäft, das ich Ihnen vorschlagen will, hat, ich kann es nicht nicht anders ausdrücken, es hat für Sie einige sehr unangenehme Seiten.«

Er beugte sich so weit zu mir, wie es die Lehne seines Sessels zuließ, und flüsterte: »Ich will, daß Sie sich stellen. Ich will, daß Sie sich stellen und das Ganze auf sich nehmen. Dafür biete ich Ihnen die Garantie, daß Sie nicht ins Gefängnis kommen. Ich werde alles in meiner Macht Stehende tun, damit Sie nach ein paar Jahren, die Sie in einer psychiatrischen Klinik verbringen werden, ein freier Mann sind. Ein reicher Mann. Wie Sie wissen, gibt es keine Strafe, wenn Sie nicht zurechnungsfähig waren, als Sie die Tat begangen haben. Ich kann Ihnen mit einiger Sicherheit garantieren, daß Sie mit einem Anwalt wie Leyfeldt und einer entsprechenden Vorgeschichte, die wir Ihnen besorgen werden, in eine Klinik eingewiesen werden. Es bleibt ein gewisses Risiko, ich will das gar nicht verschweigen, weil wir nicht jeden Gutachter kaufen können, aber wir werden alles tun, um dieses Risiko so gering wie möglich zu halten. Sie haben Gehlenz gesehen. Er verfügt über ein bemerkenswertes Talent, diese Dinge zu arrangieren. Außerdem scheinen Sie mir jemand zu sein, der bereit ist, ein gewisses Risiko einzugehen.«

Er hielt inne, aber als ich dazu ansetzen wollte, etwas zu sagen, hob er wieder seine Hand.

»Warten Sie, Sills, hören Sie sich zuerst an, was ich Ihnen anzubieten habe. Ich sagte, ich kann es Ihnen mit einiger Sicherheit garantieren, und das heißt natürlich, daß ich es Ihnen nicht wirklich garantieren kann. Richter sind nur selten zu kaufen. Staatsanwälte auch. Aber selbst wenn ich nicht in dieser Weise Einfluß nehmen kann, gehe ich davon aus, daß Sie nach fünf bis sechs Jahren wieder frei sind. Sagen wir fünf Jahre. Für diese Zeit, für Ihre Zeit, Sills, biete ich Ihnen eine Million, die Sie sofort bekommen. Das sind zweihunderttausend pro Jahr, wesentlich mehr, als Sie bisher verdient haben oder je verdienen würden. Richtig angelegt haben Sie nach fünf Jahren schon zweihundert-, zweihundertfünfzigtausend an Kapitalerträgen. Ohne jedes Risiko. Für jedes weitere Jahr, das sie in der Klinik verbringen müssen, biete ich Ihnen weitere dreihunderttausend.«

Er ließ sich zurücksinken und sah hinaus auf die Havel.

Für eine Weile wurde es sehr still. Ich konnte hören, wie sein Atem ging. Irgendwann sagte ich: »Sie müssen verrückt sein.«

Er lächelte wieder.

»Überlegen Sie es sich, Sills. In Ruhe. Überlegen Sie sich, was Ihre Zeit Ihnen wert ist. Mir scheint, das ist eine Frage, die zu stellen die meisten nie die Gelegenheit haben. Überlegen Sie sich, was in den nächsten fünf Jahren mit Ihnen passieren würde. Keine Bekannten mehr, keine kleinen Gefälligkeiten an den ausgefransten Rändern der Legalität mehr, für die Sie bezahlt werden. Stellen Sie sich vor, wie Sie sich in immer billiger werdenden Versionen dessen einrichten, was Sie jetzt Ihr Leben nennen. Überlegen Sie es sich. Und gehen Sie bei Ihren Überlegungen davon aus, daß das alles mit Sicherheit eintreten wird. Ich werde dafür sorgen. Sie müssen sich übrigens nicht sofort entscheiden.«

»Haben Sie nicht etwas vergessen?«

»Sie meinen die LaMotte? Nein, ich habe sie nicht vergessen. Ich dachte, das wäre offensichtlich. Sehen Sie, als die LaMotte ermordet wurde, auf eine Art und Weise übrigens, die wie im ersten Fall Zweifel an der geistigen Gesundheit des Täters aufkommen läßt, war Quilt in Untersuchungshaft. Sie nicht. Sie waren sogar in der Wohnung, und ich kann Ihnen verraten, daß Sie dort Spuren hinterlassen haben. Sie hätten sie auch hinterlassen, wenn Sie nicht dort gewesen wären, aber so ... ist alles wesentlich einfacher.« Er hob die Hände und faltete sie. »Der Tod von Frau LaMotte war notwendig, weil sie gesehen hat, was in der Nacht bei Quilt geschehen ist. Aber vielleicht wird er auch dabei helfen, Ihnen die Entscheidung zu erleichtern.«

»Und das dritte Mädchen?« fragte ich, aber ich kannte die Antwort schon. »Die LaMotte und ihre Freundin sind nie von dort weggekommen, oder?«

»Wir mußten Sie hierher bringen«, sagte Senger. Er legte die Hand vor die Augen. »Sie müssen mich jetzt für eine Weile entschuldigen, Sills, ich bin müde. Überlegen Sie es sich.«

»Warten Sie, Senger.«

Er sah mich an. Vielleicht hoffte er, daß ich auf sein Angebot eingehen wollte.

»Ich verstehe nicht, was hinter dem Ganzen steckt. Wenn Sie selbst keinen Dreck am Stecken hatten, weshalb haben Sie Quilt dann die ganze Zeit gedeckt?«

Er winkte ab.

»Das alles sind Dinge, Sills, die Sie nicht wissen müssen. Es würde Sie nur belasten, wenn Sie anfingen, an Ihrer Entscheidung zu zweifeln. Wenn Sie sich dafür entscheiden, mein Angebot anzunehmen.«

Die Tür ging auf.

»Weshalb überlegen Sie es sich nicht eine Weile in Ruhe? Gehlenz wird Sie hinausführen.«

Gehlenz stand neben dem Sessel und legte seine Hand auf meinen Arm.

»Verdammt«, sagte ich und riß meinen Arm weg. »Warten Sie. Was passiert, wenn ich nein sage?«

Aber Senger war schon weg. Er saß zwar noch in seinem Sessel, und die Fische versuchten, ihm die Füße anzuknabbern, aber er war schon wieder verschwunden, versunken in einen tiefen Schlaf.

»Dasselbe, was passiert, wenn Sie ja sagen«, sagte Gehlenz. Er lächelte geschäftsmäßig, und ich hatte nicht schlecht Lust, ihm das Lächeln aus dem Gesicht zu prügeln. »Nur hätten Sie sich dann auch noch die letzte Chance verdorben, Kapital aus der Sache zu schlagen.«

6. Wir standen vor der Tür des Aufzugs. Lohmeyer war nicht zu sehen. Die Tür glitt auf, und Gehlenz ließ mich einsteigen.

Im Aufzug stellte er sich dicht hinter mich, so daß ich seinen Atem im Nacken spüren konnte. Er mußte sich sehr sicher fühlen, und er hatte allen Grund dazu. Der Aufzug verlangsamte die Fahrt, bremste ganz ab, stand, und wir warteten einen Augenblick, bis die Tür zurückglitt.

Durch den Spalt in der Tür sah ich, daß das Gitter der Tiefgarage hochgefahren war. Ich ging einen Schritt auf die Tür zu und lauschte darauf, ob Gehlenz mir folgte. Als die Tür offen war, ging ich weiter, blieb aber in der Tür wieder stehen und sah mich in der Garage um. Lohmeyer saß rechts neben der schwarzen Limousine auf einem Klappstuhl. Die Schlangenlederjacke und der andere Mann waren nicht zu sehen. Ich setzte Gehlenz den Ellbogen mit Nachdruck in die Magengrube und hörte, wie er gegen die Rückwand des Aufzugs taumelte. Dann rannte ich los.

Lohmeyer reagierte sofort. Ich sah, wie er den Mund aufriß, um etwas zu schreien, das ich nicht verstehen konnte, und dann aufsprang. Der Klappstuhl, auf dem er gesessen hatte, fiel nach hinten. Ich sah alles wie in Zeitlupe, auch, daß er, während er losrannte, unter sein Jakkett griff. Aber ich war schon am Garagentor, bevor er hinter mir her kam.

Ich rannte die Einfahrt hoch. Die Hitze schlug mir entgegen, aber mit der Hitze wäre ich fertig geworden. Ich denke immer noch, daß es geklappt hätte. Ich hätte die Auffahrt rauflaufen und eine der Luxuskutschen anhalten können, die nur darauf warteten, Abschaum wie mich auf ihre gekühlten Rücksitze zu lassen. Auf dem Rücksitz hätte eine sehr einsame, sehr gepflegte, rothaarige Dame mit langen, spitz zugefeilten und blutrot lackierten Fingernägeln nur darauf gewartet, mich den Klauen meiner Verfolger zu entreißen. Es hätte klappen können, trotz der Hitze, wenn die Schlangenlederjacke nicht am Ende der

Einfahrt gestanden und mich in Empfang genommen hätte.

Er grinste. Nach allem, was wir gemeinsam durchgemacht hatten, grinste er, und dann zeigte er mir die Hand mit dem Schlagring.

Ich habe nicht wirklich Angst vor Schlagringen. Schlagringe an sich sind harmlos. Aber ein Schlagring in der Hand der Schlangenlederjacke gefiel mir ganz und gar nicht. Ich konnte in der schmalen Einfahrt nicht an ihm vorbeikommen, deshalb blieb ich stehen. Hinter mir hörte ich Lohmeyer rennen. Der Schlangenmensch holte zum Schlag aus.

»Halt«, schrie ich.

Er sah mich erstaunt an, aber der Arm holte nicht weiter aus.

»Ich bin nicht krankenversichert.«

Es war die Wahrheit, die ganze Wahrheit und nichts als die Wahrheit. Sie hatten mich rausgeworfen, kaum daß ich mit meinen monatlichen Zahlungen nicht mehr nachgekommen war.

»Macht nichts«, sagte die Schlangenlederjacke.

»Verletz ihn nicht«, keuchte Lohmeyer, als er meine Arme von hinten packte und mich wieder in die Tiefgarage schleifte. Ich war ihm fast dankbar, aber der Schlangenmensch hatte seine eigenen Vorstellungen davon, was es hieß, mich nicht zu verletzen. Der Schlagring landete in meinem Magen. Er ging neben mir her und schlug mir immer wieder in den Magen, bis es ihm keinen Spaß mehr machte. Mir machte es von vorneherein keinen. Ich dachte ernsthaft über einen Magendurchbruch nach.

7. Sie schleppten meinen Magen und mich in einen Teil des Kellers, der unter dem Haus liegen mußte, warfen uns in einen dunklen Raum und gingen. Die Tür fiel ins Schloß, und ich konnte hören, wie sich ihre Schritte entfernten.

In dem fensterlosen Raum herrschte vollkommene Finsternis. Ich wartete darauf, daß sich meine Augen an die Finsternis gewöhnten, aber ich sah kein Licht, nicht einmal dort, wo ich die Türschwelle vermutete. Nachdem ich eine

Weile versucht hatte, meinen Magen zu beruhigen, tastete ich mich mit den Fingern bis zur Wand und an der nackten Wand entlang in Richtung Tür zurück. Es war eine Metalltür, nicht besonders schwer, aber mit mir würde sie es schon aufnehmen. Links neben der Tür war ein Lichtschalter. Ich dachte nicht, daß das Licht angehen würde, ich weiß nicht, weshalb. Eine nackte Glühbirne flammte auf.

Sie lag auf einem Feldbett in einer der hinteren Ecken. Vor der Wand aus grauem, rissigem Waschbeton sah sie aus wie tot: Ihre Haut war weiß und wächsern, und sie lag so starr da, als ob sie sich schon seit Tagen nicht mehr bewegt hätte. Ich ging zu ihr und kniete mich neben sie. Ihr Atem ging flach. Ich suchte ihren Puls an der Hand und fand ihn nicht, erst am Hals glaubte ich so was wie eine hauchdünne Ahnung davon zu spüren. Dann zog ich eines ihrer Lider hoch. Die Pupille war stark erweitert und reagierte nicht auf das Licht. Sie hatten sie mit irgendwelchen Mittelchen gefüttert.

Ich konnte stolz auf mich sein. Immerhin hatte ich die beiden fehlenden Frauen ausfindig gemacht. Die LaMotte war tot und lag in ihrem Hängeboden, oder vielleicht lag sie auch schon nicht mehr im Hängeboden, sondern in einem Zinksarg oder aufgeschnitten und auseinandergenommen auf einem Obduktionstisch, und ihre Freundin, Irene Berger, war schon so gut wie tot und lag hier im Keller, mit Verbänden an den Händen und den Unterarmen. Die Verbände waren an einigen Stellen durchgeblutet, und das Blut war braun getrocknet.

Ich schüttelte sie, aber ich wußte, daß ich nicht zu ihr durchdringen würde. Ich stand wieder auf und sah mich in dem Raum um. Er enthielt nichts, außer dem Feldbett, ihr und mir. Nichts, das mir helfen würde, die Tür aufzubrechen, eine Wand zu sprengen oder einen Tunnel zu graben. Mir fiel ein, daß sie vielleicht irgendwas in ihren Taschen haben könnte, eine Feile oder ein kleines Messer, und ich mußte feststellen, daß ihr grünes Paillettenkleid keine Taschen hatte. Sie hatten sich übrigens gar nicht erst die Mühe gemacht, meine Taschen zu durchsuchen. Ich hatte immer noch eine Menge Papier bei mir. Sie mußten sich ihrer Sache sehr sicher sein.

Und sie hatten recht. Ich hatte nichts bei mir außer einem Umschlag mit zwanzig Tausendern, in meinen Taschen verstreutes Kleingeld und eine zerdrückte Schachtel Gitanes. Und meine Listen und Quilts Brief an die Berg. Alles, was ich tun konnte, war, mein Hemd in kleine Streifen zu reißen, um mich an der Glühbirne aufzuknüpfen. Oder zu warten.

Ich entschied mich dafür zu warten, nicht, weil ich besondere Hoffnungen hegte, daß es sich lohnen würde, sondern weil ich nicht an mein Glück mit der Glühbirne glaubte.

Übrigens glaubte ich auch immer noch nicht an die Geschichte, die mir immer wieder aufgetischt wurde. Ich hatte Quilt nur ein einziges Mal gesehen, aber der Quilt, den ich gesehen hatte, hatte nicht drei Frauen mit dem Messer angegriffen und mindestens eine von ihnen abgeschlachtet. Gab es noch einen Quilt, den ich noch nicht gesehen hatte? Oder war da doch noch ein dritter Mann, der bisher noch nicht aufgetaucht war? Wenn Quilt der Mann mit dem Messer war, weshalb half ihm Senger dann, das Ganze unter den Teppich zu kehren? Und wenn es den dritten Mann gab, in welcher Verbindung stand er zu Quilt und Senger? Weshalb sollten sie ihn decken?

8. Ich saß auf dem Boden neben dem Bett. Ich fror und hatte jedes Gefühl für Zeit verloren. Es mußte einige Stunden her sein, daß sie mich hier eingesperrt hatten. Die Berger auf dem Feldbett hatte sich immer noch nicht bewegt.

Ich dachte daran, ob ich Sengers Angebot annehmen sollte. Vor ein paar Monaten, auf dem Boden der Flasche angekommen, hätte ich es angenommen, ohne lange nachzudenken. Ich hätte mich eine Weile in irgendeinen Winkel verkrochen und gewartet, bis ich wieder zum Vorschein kommen konnte. Ein paar Jahre in einem stillen Zimmer sitzen, den Kopf mit den Sonnenflecken auf dem Boden bewegen oder die Wand anstarren. Ein paar Jahre in einem stillen Zimmer sitzen, mit den Stimmen, die näher kommen und wieder verschwinden. Langsam, ganz langsam den Verstand verlieren, oder wenigstens das, was ich davon nicht schon verloren hatte. Vor ein paar Monaten, als ich noch die Hoffnung gehabt hatte, mich eines Morgens im Spiegel nicht mehr wiederzuerkennen, wäre das noch ein verlockender Gedanke gewesen.

Vor ein paar Monaten, dachte ich.

Dann ging die Tür auf.

Ich saß neben dem Feldbett auf dem Boden und hatte nicht gehört, wie sie gekommen waren. Vielleicht hätte ich mich zu irgend etwas hinreißen lassen, wenn ich sie gehört hätte.

Die Tür ging auf, und im ersten Augenblick sah es so aus, als ob sie erwarteten, daß ich mich zu Dummheiten hinreißen ließe. Lohmeyer stand in der Tür, hinter ihm die Schlangenlederjacke und der andere Mann. Als sie sahen, daß ich nicht mit einer der Stahlfedern des Feldbetts in der Hand auf sie wartete, eine Idee, die mir erst jetzt kam, gingen sie zur Seite, und Senger kam herein, gestützt auf Gehlenz.

»Wie ich sehe, haben Sie es sich gemütlich gemacht«, sagte er. »Gut. Ich denke, Sie hatten genug Zeit, sich mein Angebot zu überlegen, Sills. Was sagen Sie?«

»Was geschieht mit ihr?«

»Was denken Sie, was mit ihr geschieht? Sie hat gesehen, was passiert ist.«

»Sie können sie doch nicht...«

»Ich nicht, Sills, Sie. Sie können. Sie wird Ihnen behilflich sein, sich noch ein bißchen mehr Glaubwürdigkeit zu verschaffen, ein weiterer Posten auf Ihrem Aktivkonto sozusagen.«

»Sie müssen verrückt sein, Senger«, sagte ich und stand auf. Ich ging auf ihn zu. Er rührte sich nicht, nur Gehlenz wich einen Schritt zurück.

»Ich sehe nicht, wohin es uns führt, jetzt über diese Frage nachzudenken. Aber wenn es Sie beruhigt, kann ich Ihnen sagen, nur unter uns, daß ich darüber nachgedacht habe.

Aus gegebenem Anlaß. Ich habe immer wieder darüber nachgedacht, und ich würde es nicht ausschließen. Wenngleich ich nicht daran glaube.«

Er sah auf die Uhr und wandte sich zu Gehlenz.

»Wie lange, sagten Sie, wirken die Beruhigungsmittel?«

»Zehn bis zwölf Stunden.«

Lohmeyer und die Schlangenlederjacke schoben sich an ihnen vorbei. Ich duckte mich und machte einen Sprung, aber die beiden hatten mich schon an den Armen gepackt, noch bevor ich Senger erreichen konnte.

»Ich nehme an, das heißt, daß Sie auf das Geld verzichten, Sills«, sagte Senger.

Gehlenz hatte eine Spritze in der Hand und hielt sie gegen das Licht, um die Luft aus dem Kolben zu spritzen.

»Vielleicht ist es sogar besser so«, sagte Senger. »Besser, wenn wir uns nicht wieder auf irgend jemanden verlassen müssen.« Er drehte sich um und ging durch die Tür.

Lohmeyer und die Schlangenlederjacke hielten mich fest, während Gehlenz mir die Spritze gab. Dann ließen sie mich einfach fallen. Dann fiel die Tür hinter ihnen zu.

Zuerst merkte ich nichts. Ich wartete darauf, daß etwas passieren würde, und es passierte nichts. Dann fing der Raum an, sich langsam zu drehen. Ich klammerte mich mit beiden Armen an das Feldbett und versuchte, ihn festzuhalten, aber er drehte sich immer schneller, und das Feldbett schlitterte durch die Gegend. Ich legte mich auf den Boden und schloß die Augen, aber er drehte sich immer weiter und weiter. Die Wände wurden weiß, immer weißer, und ich mußte mich zusammengekrümmt auf die Seite legen und ein Bein des Feldbetts umarmen, um nicht über den Boden zu rollen.

Dann wurde es still.

Auf dem Bett lag eine Tote, die noch atmete.

Zehntes Kapitel

1. Das erste, was ich sah, als ich wieder zu mir kam, war ein Schuh, ein staubiger Halbschuh, der mit Flecken bedeckt war. Mein Schuh. Daneben stand eine Whiskyflasche, fast leer. Neben ihr lag eine zweite Flasche.

Irgend etwas klapperte ganz in der Nähe. Es dauerte eine Weile, bis ich begriffen hatte, daß es meine Zähne waren. Ich lag, den Kopf auf dem linken Arm, im nassen Gras und starrte den Schuh und die Flaschen an.

Es war noch dunkel, aber nicht dunkel genug, um sich noch eine Weile aufs Ohr zu legen, und irgendwie hatte ich das Gefühl, daß es nicht mehr lange dunkel bleiben würde. Ich versuchte, den Kopf zu heben, aber er bewegte sich nicht. Irgend jemand hatte ihn im Boden festgepflockt. Zum Trost stellte sich ein stechender Schmerz ein. Es nieselte, aber das war nicht weiter schlimm. Es gibt Schlimmeres, als irgendwo im Gras zu liegen, wenn es regnet.

Eine Krähe krächzte. Ich drehte mich auf den Rücken, ohne meinem Kopf gleich zu viel zuzumuten. Etwas lag jetzt unter mir, vermutlich der zweite Schuh. Oder noch eine Flasche.

Hinter den Flaschen war Gras, lange, lange nur Gras, das immer dunkler wurde. Weiter weg sah ich kein Gras mehr, nur noch Dunkelheit.

Die Krähe krächzte wieder. Vielleicht paßte ihr nicht, daß ich hier im Gras lag. Ich drehte den Kopf nach oben, und der stechende Schmerz wich einem Bohren. Ich schloß die Augen. Mit der rechten Hand griff ich unter mich, um meinen zweiten Schuh zu befreien. Nur daß da kein Schuh war. Was ich in der Hand hatte, war kalt, fühlte sich fremd an und hatte fünf Finger.

Ich versuchte mich aufzusetzen. Der Bohrer bohrte, und in meinem Hirn fing es an zu knirschen. Auf meinem Hemd und der Krawatte waren noch mehr Flecken. Senger hatte recht, die Krawatte sah tatsächlich lächerlich aus, mit den goldenen Streifen und den Blutflecken. Auch auf meinen Händen waren Flecken, feuchte, schimmernde Flecken. Sie sahen aus wie kleine, mit Blut verklebte Augen.

Ich drehte mich um. Neben meiner Hand lagen die Reste einer dritten Flasche, der Boden, der Hals und einige Scherben. Die fehlenden Scherben steckten in einem Gesicht oder in dem Klumpen aus gerinnendem Blut, der einmal ein Gesicht gewesen sein mußte, bevor sich einer die Mühe gemacht hatte, alles, was auch nur entfernt daran erinnerte, zu entfernen.

Sie trug immer noch das kurze Kleid aus grünem Samt mit Pailletten, Strümpfe mit Strumpfbändern und schwarze Schuhe mit hohen Absätzen. Keinen Schmuck. Ihr Kleid war bis zu den Hüften hochgezogen. Darunter war sie nackt, bis auf das Blut zwischen ihren Beinen, auf dem der Regen dunkel glänzte. Ihr Haar konnte rot gewesen sein, aber es ließ sich nicht mehr sagen, und das nicht nur wegen der Dunkelheit.

Ich wollte mir den Regen aus dem Gesicht wischen, aber dann sah ich, daß meine rechte Hand mit Blut beschmiert war. Die Manschette des Hemds war in Blut getränkt und stank nach Whisky. Auf dem Hals der Flasche waren verwischte Fingerspuren. Der Regen schaffte es nicht, sie ganz wegzuwischen.

Mir wurde schlecht. Der Bohrer knirschte jetzt, als ob er auf etwas Lohnendes gestoßen wäre, vielleicht auf den Fetzen einer Erinnerung: einen Betrunkenen, der einen abgeschlagenen Flaschenhals in der Hand hat, und eine Frau, die verzweifelt versucht, ihr Gesicht vor den Scherben zu schützen. Ich drehte mich nach links, versuchte, in die Höhe zu kommen, aber meine Beine wollten nicht, und so kroch ich einige Meter weg von ihr, um zu kotzen.

Ich wischte mir die Hand im nassen Gras ab. Dann stand ich langsam auf und sah mich um. Ich hatte keine Ahnung, wo ich war. Der Rasen schien in einem Park zu liegen, in irgendeinem Park, und irgendein Park ist in diesen Breitengraden fast immer der Tiergarten. Es fing an zu regnen. Mir war so kalt, daß ich zitterte. Erst jetzt fiel mir auf, daß ich kein Jackett anhatte. Zitternd fing ich an, im Kreis um die Tote herumzulaufen. Die Krähe krächzte wieder, und von der anderen Seite antwortete ihr eine zweite Krähe. Es hatte angefangen zu dämmern. Ich zog einen weiteren Kreis um die Tote. Ungefähr dreißig Meter weg von ihr lag mein Jackett. Ich nahm es und griff in die Brusttasche. Nichts. Ein paar Meter weiter schimmerte etwas Helles im Gras. Der Umschlag, durchnäßt zwar, aber mit dem Geld, den ganzen zwanzig Tausendern. Und meine Listen. Ich versuchte, das Geld in den Umschlag zurückzustecken, aber er war zu naß, und meine Hände zitterten zu sehr, und so stopfte ich das Ganze in mein Jackett.

Ich ging zurück, um meinen zweiten Schuh zu suchen, und stolperte über etwas. Eine schwarze Handtasche. Ich bückte mich und hob sie auf. Sie war geschlossen. Ich suchte das Gras ab, aber anscheinend war sie nicht geleert worden. Ich wischte meine Fingerabdrücke ab, so gut es ging, ließ die Tasche liegen und ging zurück zu der Toten.

Sie hatte sich nicht gerührt und würde sich auch nie wieder rühren. Mein zweiter Schuh lag neben ihrem rechten Bein. Ich zog die Schuhe über die nassen Socken und überlegte, ob ich noch einmal kotzen sollte. Dann zog ich mein Hemd aus und breitete es auf dem Boden aus. Ich legte die beiden ganzen Flaschen und die Scherben der dritten hinein, wenigstens die, die nicht in ihrem Gesicht oder in ihrem Unterleib steckten. Als ich neben ihrem Kopf nach Scherben suchte, ließ es sich nicht umgehen, sie anzusehen. Das einzige, was noch an ein Gesicht erinnerte, war ein Auge, das aus der Augenhöhle quoll. Ich überlegte es mir und kotzte doch. Von dem Erbrochenen stieg ein widerlicher Whiskygeruch hoch. Dann schnürte ich mein Bündel.

2. »Wer zum Teufel...« fluchte die Stimme.

»Sills.«

»Sills? Sills und weiter?« keifte er. »Was ist es diesmal? Bist du betrunken, pleite oder betrunken und pleite?«

Es war nicht das erste Mal, daß ich ihn so spät nachts anrief, daß er es für frühen Morgen hielt, und so früh am Morgen ist nicht seine beste Zeit. Meine übrigens auch nicht.

»Hör mir zu, Schlesinger, hör mir eine Sekunde zu und stell jetzt keine Fragen. Du mußt mir helfen.«

Er fluchte leise, aber er hörte mir zu.

»Ich stecke in der Scheiße, Schlesinger. Oberkante Unterlippe.«

»In was für einer Scheiße?«

»Da ist diese Tote.«

Er schwieg.

»Hörst du, Schlesinger? Eine Tote.«

»Und?«

»Sie ist erstochen worden.«

»Und?«

»Ich weiß, wer sie erstochen hat.«

»Und?« sagte er. »Willst du vielleicht nen Orden dafür?«

Wir schwiegen eine Weile. Dann sagte er:

»Wie betrunken bist du?«

»Ich bin nicht betrunken, Schlesinger, ich bin über und über mit Blut beschmiert. Es sieht so aus, als ob ich sie erstochen hätte. Aber ich hab sie nicht erstochen.«

»Dann geh zu den Bullen.«

»Geht nicht. Die Bullen suchen mich schon wegen einer anderen.«

»Hast du die etwa auch erstochen?«

»Sieht so aus.«

»Sieht so aus, als ob du in letzter Zeit ziemlich viel rumgekommen wärst.«

»Ich hab sie nicht erstochen. Sie wollen es mir anhängen.«

»Wer? Die Bullen?«

»Nein, nicht die Bullen. Senger.«

»Senger? Wer zum Teufel ist jetzt wieder Senger?«

»Erzähl ich dir später. Du mußt mir helfen, Schlesinger.«

Es gab eine Pause. Die Leitung rauschte.

»Wie kommst du da grade auf mich?«

»Weil du der einzige bist, der mir was schuldet. Und weil du der einzige bist, den ich kenne, der eine Waffe in seinem Handschuhfach hat.«

Er fluchte.

»Ich bin gerührt darüber, daß du an mich gedacht hast. Und danke, daß du mich an diesen kleinen Gefallen erinnerst. Hätte ich glatt vergessen. Vergiß bloß nicht, mich hin und wieder daran zu erinnern. Weißt du was, Sills? Manchmal, nur manchmal, in schwachen Stunden, frage ich mich, ob es mir jemals gelingen wird, dir diesen verdammten Gefallen zurückzuzahlen.«

»Vielleicht verschieben wir das Geplauder lieber. Ich stecke in der Scheiße, Schlesinger. Tief drin.«

»Scheint so, wenn du schon Tote neben dir liegen siehst.«

»Noch was. Wenn du mir hilfst, steckst du in denselben gottverdammten Schwierigkeiten.«

Er lachte.

»Das klingt doch gleich viel besser. Ich wollte schon immer mal in denselben Schwierigkeiten stecken wie du, Süßer. Dann sag mal an, was du willst.«

»Schwing dich in deinen Wagen und hol mich hier ab.«

»Und wo, bitte, ist *hier*?«

»Tiergarten. Ich bin am S-Bahnhof Tiergarten, bei der S-Bahn-Brücke.«

»Tiergarten?« wisperte es in der Leitung. »Soll das heißen, daß du die Nacht über im Tiergarten warst?«

»Sieht so aus.«

»Sills, das ist das Haarsträubendste, was du dir in letzter Zeit geleistet hast. Na ja, wenigstens hattest du Gesellschaft.«

3. Die Beifahrertür des roten Karmann sprang auf, bevor der Wagen zum Stehen gekommen war. Ich warf die klamme Zigarette in den Rinnstein und stieg ein.

Schlesinger war der Liebling der Frauen in unserer

Gegend. Sie flogen auf ihn, und sie waren nicht mal sauer, wenn sie mitbekamen, daß sie bei ihm nicht den Hauch einer Chance hatten. Dunkelblondes, immer sehr korrekt geschnittenes Haar, braune Augen, groß, schlank, sehr zuvorkommend. Wenn er zuvorkommend sein wollte. Die Knarre in seinem Wagen schien dafür zu sprechen, daß er es nicht immer sein wollte.

»Du stinkst, Sills«, begrüßte er mich. »Und wo steckt deine Leiche? Ich brenne darauf, sie kennenzulernen.«

Er startete durch und fuhr los.

»Liegt irgendwo dort.« Ich drehte mich zu ihm um und zeigte hinter mich.

Schlesinger sah mich an. Dann bremste er scharf.

Rechts neben der Fahrbahn, vorm Ernst-Reuter-Haus, fingen sie in der verregneten Dämmerung an, die ersten Stände für den Flohmarkt aufzustellen. Ein paar der Arbeiter sahen her.

»Was ist das?« fragte Schlesinger.

»Was?«

»Das«, sagte er und zeigte auf die Krawatte, die aus der Brusttasche meines Jacketts hing.

»Blut«, sagte ich und zeigte ihm das Bündel mit der blutgetränkten Manschette. »Es gibt noch mehr davon.«

»Scheiße«, sagte er und fuhr wieder an. »Was ist passiert?«

Ich versuchte ihm klarzumachen, was passiert war, aber ich schaffte es nicht, vielleicht, weil mir selbst nicht klar war, was eigentlich vor sich ging. Ich versuchte es ein paarmal. Ich fing mitten in der Geschichte an, er ließ mich eine Weile reden, um mich dann mit Fragen zu unterbrechen, ich mußte ein Stück zurückgehen, er ließ mich wieder reden, bis ich in dem ganzen Gewirr dort angekommen war, wo ich angefangen hatte, dann stellte er wieder ein paar Fragen und ließ mich noch ein Stück weiter ausholen, bis wir schließlich bei Quilt angelangt waren, der mit seinem zerdrückten Hut in meinem Büro saß.

»Übrigens«, sagte er, als wir am Wittenbergplatz waren, »du kannst nicht in dein Büro, sie suchen dich.«

»Reisz?«

»Ich glaube, so heißt er. Wirklich entzückend. Irgendwas scheint bei ihm zu Hause nicht zu stimmen. Er war heute oben in meinem Büro und wollte mich über dich ausquetschen. Ich habe ihm gesagt, daß ich dich kaum kenne und auch keinen Wert darauf lege, dich kennenzulernen. Er sah aus, als ob er es schlucken würde. Ich nehme an, sie suchen dich wegen dieser...«

»Nora LaMotte.«

»Er wollte nicht so richtig damit rausrücken, was sie gegen dich in der Hand haben. Ich werde dich erst mal mit zu mir nehmen, aber da kannst du nicht bleiben.«

Ich wollte etwas sagen. Ich wollte ihm sagen, daß ich nichts anderes von ihm wollte als das Ding, das in seinem Handschuhfach lag, wenns ging geladen, aber er war schneller.

»Ich werde schon eine Bleibe für dich auftreiben, aber wir fahren erst mal zu mir und verpassen dir ein paar neue Kleider. Und eine Dusche. Und lassen das da verschwinden.« Er zeigte auf das Bündel zu meinen Füßen.

Wir bogen von der Kleist- in die Courbièrestraße, und Schlesinger parkte vor einem Haus aus der Gründerzeit, dessen Fassade so überladen war, daß sie aussah wie eine schwere Hautkrankheit.

»Du wohnst doch nicht etwa hier, in dieser Gegend?« fragte ich.

»Wo sonst? Irgendwo muß ich schließlich wohnen.«

»Schätze, es ist ein bißchen spät, dich danach zu fragen...« sagte ich.

Ich hatte ihn noch nie danach gefragt, weil ein silbernes Schild mit der Aufschrift *Invest Tech* an einem Hauseingang in der Lausitzer Straße im tiefsten Kreuzberg nicht so aussieht, als ob der, der es aufgehängt hat, Lust hätte, irgendwelche Fragen zu beantworten. *Invest Tech* klang nach Investitionen. Oder nach irgendwelcher Software für Leute, die das Geld für Investitionen übrig hatten. Es klang ein bißchen zwielichtig, aber nicht so, daß es einen gleich vom Hocker riß. Schlesinger hatte auch nie danach gefragt, was die Aufschrift auf meinem Schild zu bedeuten hatte.

»... aber was treibst du eigentlich?«

Er lachte.

»Du meinst mein Schild?« fragte er und bremste. »*Invest Tech*«, sagte er, »ist ein bißchen irreführend, vielleicht sogar ein bißchen großkotzig, aber der Name erfüllt seinen Zweck. Außerdem habe ich ihn mir nicht ausgesucht.«

Er parkte den Wagen.

»Ich bin Privatdetektiv«, sagte er, drehte den Zündschlüssel um und sah mich an. »Ein mieser, kleiner Schnüffler.«

Er lachte.

4. Schlesingers Wohnung war eine dieser bescheiden eingerichteten Behausungen, in denen Sie irgendwann, nachdem Sie sich schon eine Weile unwohl gefühlt haben, einen Schmutzfleck an der Wand entdecken und begeistert darauf zulaufen, nur um im letzten Augenblick zu merken, daß Sie sich im Spiegel selbst anstarren. Glas, Chrom, kaltes, blaues Licht, Sichtblenden an den Fenstern. Sein Bad war nur um weniges größer als meine Wohnung in der Lausitzer, dafür aber wesentlich besser in Schuß. Was immer Schlesinger als Schnüffler trieb, er trieb es besser als ich. Klassen besser.

Unter der Dusche beging ich den Fehler, mit der Hand über meinen Magen zu fahren. Ich hatte die purpurnen Blutergüsse, die der Schlagring der Schlangenlederjacke auf meinem Bauch hinterlassen hatte, im Spiegel gesehen. Es war eine Weile her, daß ich Bauchmuskeln aus Gußeisen gehabt hatte.

Mit einem Handtuch um die Hüften stand ich danach vor Schlesingers Kleiderschrank.

»Nimm die hier«, sagte er, nachdem er mich gemustert hatte, und nahm eine schwarze Hose aus dem Schrank. »Irgendwo sollte noch ein Hemd liegen, das mir zu groß ist. Das da«, zeigte er auf die Blutergüsse und gab mir ein schwarzes Seidenhemd, »sieht übrigens so aus, als ob du bald noch mehr Schwierigkeiten kriegen würdest. Krawatte?«

»Nein, danke.«

Ich zog mich an. Ich konnte froh sein, daß ich in letzter Zeit notgedrungen ein paar Kilo abgenommen hatte. Trotzdem war das Anziehen qualvoll. Jede Bewegung schmerzte, und am Ende stand mir der Schweiß auf der Stirn, und ich mußte mich aufs Bett setzen.

»Hier«, sagte Schlesinger, als er wieder ins Zimmer kam, »ist etwas, das gestern mittag in meinem Büro für dich abgegeben worden ist.« Er hatte einen braunen Umschlag in der Hand. »Von einem Boten von Leyfeldt.«

Ich riß den Umschlag auf. Das erste Blatt war mit der Hand geschrieben:

Sills,
hier das, was wir bisher über Quilt herausfinden konnten. Leider ist uns ein kleiner Fehler unterlaufen. Es gibt nicht nur einen, sondern zwei Sengers, die mit Quilt zu tun haben oder hatten. Ich lasse im Augenblick Sengers Lebenslauf überprüfen.
L.

Beigefügt waren zwei maschinengeschriebene Blätter mit Quilts Lebenslauf. Alles war, wie Leyfeldt es mir im Exil gesagt hatte, nur daß der Senger, der Ende 1981 mit Quilt als Gesellschafter der Berliner Voices and Sounds im Handelsregister eingetragen war, nicht Friedrich Senger hieß, sondern Ernst Senger. 1983, als Voices and Sounds in die Filmgesellschaft Lite Films eingegliedert worden war, hieß der Gesellschafter immer noch Ernst Senger, Anfang 1984 aber, als aus Lite Films dann Venus Films wurde, hieß er auf einmal Friedrich Senger.

»Sieht so aus, als ob du dich um diesen verschwundenen Senger kümmern solltest«, sagte Schlesinger.

»Wie?« fragte ich.

»Wie?« Er lachte. »Sills, irgendwelche wildfremden Leute heuern dich an, um merkwürdige Ermittlungen für sie zu erledigen, und du hast nicht die leiseste Ahnung, was du zu tun hast?«

Irgendwie kam es mir vor, als ob Schlesinger den Nagel auf den Kopf getroffen hatte: Irgendwelche wildfremden Leute heuerten mich an, um merkwürdige Ermittlungen für sie zu erledigen, und ich hatte nicht die leiseste Ahnung, was ich zu tun hatte. Die wildfremden Leute wußten, daß ich nicht die leiseste Ahnung hatte, und genau deswegen hatten sie mich angeheuert. Das Ganze stank zum Himmel. Der einzige, der den Gestank nicht bemerkt hatte, war ich.

»Wie!« sagte er und nahm die zwei maschinengeschriebenen Blätter. »Glaubst du, daß du diesem Leyfeldt über den Weg trauen kannst?«

»Ich weiß nicht mehr, wem ich trauen kann und wem nicht«, sagte ich.

»Gut«, sagte Schlesinger. »Endlich geht dir ein Licht auf.«

5. Schlesinger fuhr unterm Schlesischen Tor durch. Das Kopfsteinpflaster war naß und glänzte, und über uns fuhr ein Zug in Richtung Ruhleben. Er bog links in die Oberbaumstraße, an deren Ende die Reste der Oberbaumbrücke standen, zerschossene Aufbauten, die aussehen wie riesige, schwarz verfaulte Zahnstümpfe, dann wieder links, zum Gröbenufer, und von dort in die Pfuelstraße. Dröhnende Musik kam aus einer der Fabriketagen rechts, und auf der Straße lagen aufgeschlitzte Sofas und Sessel und Müll, der hier anscheinend aus den Fenstern geworfen wurde.

Das Bürschchen dürfte ziemlich überrascht ausgesehen haben, als wir Sonntag morgens um sieben so lange klingelten, bis er, nur mit Boxershorts und ein paar Haaren auf der schmalen, weißen Brust bekleidet, an seiner Tür erschien.

»Schlesinger«, sagte er. Er konnte mich nicht sehen, weil ich neben der Tür stand. »Sehnsucht?«

»Doch nicht sonntags«, sagte Schlesinger. »Sonntag ist der Tag des Herrn. Du erinnerst dich doch an Herrn Sills? Er wird eine Weile bei dir wohnen.«

Ich ließ mich blicken.

»Sills? Nein. O nein.«

Er ging einen Schritt zurück.

»Aber ja doch.«

»Und wo soll ich wohnen?«

»Woher soll ich wissen, wo du wohnen sollst? Zieh doch für eine Weile ins Büro. Sieht so aus, als ob ich dich dort sowieso brauchen würde.«

»Scheiße«, fluchte er und ging in die Wohnung. Schlesinger ging vor und blieb mitten im Zimmer stehen.

Ich hatte erwartet, auf irgendwelche Perversitäten zu stoßen, eine Schaufensterpuppe im Sado-Maso-Zaumzeug, Sträuße mit getrockneten Kornblumen, die umgekehrt von der Decke hingen, eine Sitzgarnitur aus schwefelgelbem Ciré oder ein nachkoloriertes Photo seiner Mutter in Lebensgröße. Aber es gab nichts dergleichen. An einer Wand hing ein altes Bild eines alten Mannes, das war alles, was mir auffiel.

»Wer ist sonst noch hier?«

Das Bürschchen zuckte mit den Schultern. »Was weiß ich, wie der Kerl heißt. Hab ihn gestern abend erst aufgegabelt.«

Schlesinger schob mich in eine Küche mit Blick auf die ausgeschlachteten Fabriketagen auf der anderen Straßenseite, eine Küche, die so peinlich sauber war, daß ich fast spürte, wie unser Bürschchen unter der Pfuelstraße leiden mußte, unter den Tauben, den Ratten und dem ganzen Rest. Draußen gab es Verhandlungen, die mit leisen, aber erregten Stimmen geführt wurden. Es dauerte eine Weile, dann waren die Stimmen verschwunden, und Schlesinger kam in die Küche.

»Es ist nicht gerade dein Büro in der Lausitzer, aber immerhin ...« sagte er.

»Besser als nichts«, sagte ich.

»Besser als nichts«, sagte er. »Irgendwas, was ich für dich tun kann?«

»Nein«, sagte ich und unterdrückte das Bedürfnis nach seiner Waffe für eine Weile. »Oder doch. Sag mir, was du an meiner Stelle tun würdest.«

»Ich? An deiner Stelle?« Er lachte. »Ich würde mich für den Rest meines Lebens hier verkriechen und beten, daß Reisz nicht vorbeikommt. Oder mein Glück auf der anderen Seite des Hafens versuchen. Soviel ich weiß, knallen dich die Grenzer nicht gleich ab, wenn du in ihre Richtung schwimmst. An deiner Stelle würde ich allerdings aufpassen, das du unterwegs nicht allzuviel Wasser schluckst. Und laß dich nicht von den Ratten erwischen.«

Er grinste. Dann ließ er das Grinsen verschwinden und sagte: »An deiner Stelle würde ich mich um diesen Senger kümmern, oder um die beiden Sengers, und über sie rauskriegen, was du rauskriegen kannst.«

»Mehr hast du nicht zu bieten?«

»Kommt drauf an.«

»Worauf?«

»Darauf, was du zu bieten hast, Sills.«

Er lehnte sich gegen den Kühlschrank und sah sich in der Küche um.

Ich verstand nicht gleich. Dann fiel der Groschen, und ich sagte:

»Zwanzigtausend.«

»Sieh an!« sagte er erstaunt. »Hätte ich gar nicht gedacht. Ich dachte sogar, mir wär so was ans Ohr gedrungen, daß du bei Kling ziemlich tief in der Kreide stehst. Tja, mit zwanzigtausend sieht die Sache natürlich gleich ganz anders aus.« Er ging an den Küchenschrank. »Mit zwanzigtausend würde ich das gleiche machen und dann erst mal warten. Das Warten kannst du dir dann leisten.«

»Warten?«

»Warten, Sills. Warten. Verdammt, gibts hier keinen Kaffee?« Er wühlte im Schrank. »Du kannst versuchen, noch mal mit dieser Frau zu sprechen, die dich reingelegt hat, und sehen, ob du sie so beeindruckst, daß sie irgendwas ausspuckt. Vielleicht bringt dich dieser Typ aus dem Film weiter, dieser, wie hieß er ... Goldstaub, was für ein Name, aber das glaube ich nicht. Ah, wer sagts denn, Kaffee. Sogar Bohnenkaffee. Die Frage ist, ob er ihn so in sich hineinstopft oder irgendwie veredelt. Natürlich kannst du auch versuchen, an eine der anderen Frauen ranzukommen. Siehst du hier irgendwo Filter? Aber ich denke nicht, daß du auf diese Weise weiterkommst. Senger kennt die Frauen, die Quilt, oder wer auch immer, angegriffen hat, und er braucht nur zu warten, bis du dich rührst und ihm oder Reisz über den Weg läufst. Herrgott noch mal, ein Filter, wenigstens ein einziger Filter wird doch wohl zu finden sein. Diese Berg klingt vielversprechend, weil ihr Name immer wieder auftaucht. Kann aber auch nur ein Zufall sein. Außerdem kommst du da im Augenblick nicht ran.«

»Und wenn ich dich ...?«

Er schüttelte den Kopf.

»Bei mir sieht das Ganze nicht viel anders aus. Senger kennt mich zwar nicht, aber er würde mich bald kennen, wenn ich versuche, an mehr als eine der Frauen ranzukommen, und so, wie die Dinge jetzt stehen, kannst du es dir nicht leisten, daß er mich kennt. Wenn dus so versuchen willst, brauchen wir mehr Leute, ich meine Leute, die wissen, was sie zu tun haben, und dafür brauchst du eine Menge Geld. Scheiße«, fluchte er, einen leeren Karton in der Hand. »Keine Filter mehr.«

Ich hatte gerade nichts Besseres zu tun, deshalb zeigte ich ihm den Harpertrick. Harper untersuchte den Müll und fand einen alten Filter, der sich auswaschen ließ. Schlesinger machte eine angeekelte Miene.

»Wenn du mich fragst, wird das Ganze nicht sehr viel bringen. Und es kann sein, daß du dir die einzige Chance vermasselst, die du hast. Nein, ich denke, es ist besser, wenn du wartest.«

»Warten«, zischte ich ihn leise an und suchte den Zukker. »Vielleicht machst du dir mal klar, daß ich nicht mehr die Zeit habe, mich in irgendeine Ecke zu verdrücken und zu warten. Ich weiß nicht mal, worauf ich eigentlich warten soll.«

»Worauf? Auf Quilt, worauf sonst? Quilt ist das schwache Glied in der Kette, egal, ob er die Frauen auf dem Gewissen hat oder nicht. Ihn mußt du in die Finger kriegen. Vielleicht ergibt sich aus dem, was wir über die Sengers rauskriegen, irgend etwas, mit dem du ihn unter Druck setzen kannst. Wenn er erst mal draußen ist.« Er zündete sich eine Zigarette an. »Leider gibt es da eine kleine Schwierigkeit.«

»Senger?«

»Senger steckt mit Quilt unter einer Decke, er hat seinetwegen zwei Frauen umbringen lassen, wenn wir mal annehmen, daß du sie nicht umgebracht hast, und er wird ihn keinen Augenblick aus den Augen lassen. Da wird uns was einfallen müssen.«

Er trank einen Schluck Kaffee.

»Ekelhaft«, sagte Schlesinger und spuckte ihn in den Abfluß.

6. Ich hatte Schlesinger versprechen müssen, in der Wohnung zu bleiben, aber was ist schon ein gebrochenes Versprechen unter Freunden? Es würde in der Liste meiner Sünden neben drei Toten wohl kaum noch sonderlich ins Gewicht fallen. Der rote Karmann war noch nicht um die Ecke gebogen, als ich schon aus der Wohnung war, mit Sonnenbrille, schwarzer Lederjacke, schwarzer Hose und schwarzem Hemd getarnt. Im Hauseingang nebenan lag ein Punk mit Sonnenbrille, schwarzer Lederjacke und schwarzer Hose. Sein Hemd konnte ich nicht richtig sehen, weil ein Hund ihm winselnd das Gesicht leckte. Aus der Eckkneipe vorne an der Köpenicker Straße drangen Fetzen eines alten Schlagers und ein Geruch wie nach einem Gelage mit fatalem Ausgang, das aber schon eine Weile her sein mußte. Ich ging nach links in Richtung Schlesisches Tor.

Ich sah ungefähr so aus wie die Hälfte der Bewohner dieses hintersten, finstersten Winkels von Kreuzberg, und trotzdem wirkte ich verdächtig. Jeder, der Sonntag morgens um acht wach genug ist, um mit der U-Bahn zu fahren, macht sich in dieser Gegend verdächtig, wenn er nicht auf Entzug ist oder in die Kirche will. Weil ich nicht gerade aussah wie einer der wenigen Kirchgänger, versuchte ich, übernächtigt zu wirken. Es wirkte, und als ich wieder aufwachte, hatte ich den U-Bahnhof Möckernbrücke verschlafen und mußte bis zum Zoo fahren, um in Richtung Steglitz umzusteigen.

Die Gegend um das Rathaus Steglitz mit den riesigen Pfeilern der Stadtautobahn sah an einem verregneten Sonntagmorgen nicht trostloser aus als sonst auch. Ich ging die Albrechtstraße rauf, in die Filandastraße und stand irgendwann vor der rechten Hälfte eines Doppelhauses in der Elisenstraße. Ich mußte nur fünf- oder sechsmal klingeln, dann kam Leyfeldt an die Tür. Er sah verschlafen aus.

»Sills?« sagte er durch das Sichtgitter.

»Tja, sieht so aus. Der Tag fängt schlecht an, was? Ich muß mit dir sprechen.«

»Worüber?«

»Über Quilt natürlich, worüber sonst.«

Es war nicht anzunehmen, daß Leyfeldt schon Bescheid wußte, daß ich die LaMotte erstochen hatte. Er öffnete die Tür, und ich setzte ihm einen gehörigen Schlag in seine nur durch einen leichten Morgenmantel geschützte Magengrube, einen Schlag, der ihn durch den halben Flur trug.

»Nein!« schrie er, als ich auf ihn zugestürzt zukam. Vielleicht dachte er, daß ich es schon wieder auf seine Nase abgesehen hatte, aber ich mußte mich erst mal um meinen Magen kümmern.

Er lag im Flur, stützte sich mit einer Hand auf und hielt die andere schützend vor sich.

»Nein!« schrie er wieder. »Ich hab dir gesagt, daß du Quilts Geld nicht nehmen sollst.«

»Weshalb?« schrie ich zurück.

»Weshalb?« Er versuchte zu lachen, aber sein Magen hatte etwas dagegen. Ich kannte das Gefühl, ich kannte es langsam in- und auswendig. »Hast du irgendwann in letzter Zeit mal nachgedacht? Hast du mal darüber nachgedacht, wozu sie dich brauchen, ausgerechnet dich, Sills?«

Er wußte es. Schlesinger wußte es. Vielleicht wußte es sogar dieser gottverdammte Reisz und hatte mich deswegen nicht verfolgen lassen.

»Hast du eine Sekunde darüber nachgedacht, wie sie dir den Auftrag gegeben haben?«

»Worauf willst du raus?«

»Das Geld, Sills. Bargeld in einem Umschlag, den dir dieser Gehlenz zusteckt. Ich brauche nicht einmal die Nase hinzuhalten, um dir zu sagen, daß da was faul ist. Keine Quittung, kein gar nichts. Du hast nichts in der Hand, das beweist, daß Quilt dein Klient ist.«

»Du weißt, daß er es ist.«

»Weiß ich das?« Er schüttelte den Kopf. »Was du nicht sagst. Ich weiß, was du mir sagst, Sills. Und was mir Senger gesagt hat.« Er mühte sich ein Lachen ab. »Am Telephon. Und wer wird mir schon glauben, wenn erst mal rauskommt, daß wir früher mal...? Und dann ist da Reisz. Du hast selbst gesehen, wie gut er auf mich zu sprechen ist.«

»Ich habe einen...« sagte ich. Dann fiel es mir ein, und ich setzte mich erst mal auf die Treppe. Nein, ich hatte keinen. Der Brief, den Quilt mir für die Berg geschrieben hatte, war nicht mehr bei den Listen.

»Was willst du eigentlich hier?« fragte Leyfeldt.

Ich sah ihn an.

»Vielleicht wollte ich sehen, ob du mit ihnen unter einer Decke steckst.«

»Und? Weißt du es jetzt?«

»Vergiß es.«

»Vergiß es?«

»Vergiß es.«

Ich stand auf und streckte die Hand aus, um ihm aufzuhelfen. Er übersah es.

»Vergiß, daß ich hier war. Reisz ist hinter mir her.«

»Hinter dir?«

»Hinter mir und meinen Leichen. Die LaMotte, das zweite der drei Mädchen, hat er gestern gefunden, in ihrer Wohnung, nachdem ich dort eingebrochen war. Das war, bevor wir uns getroffen haben. Sie lag mit einer Menge Stiche in ihrem Hängeboden, und es sieht ganz so aus, als ob ich sie erstochen hätte. Heute wird er die Leiche ihrer Freundin finden, die jetzt auf einem Rasen im Tiergarten liegt, und es wird wieder so aussehen, als ob ich sie auf dem Gewissen hätte. Nach allem, was ich weiß, habe ich es vielleicht sogar getan. Ich würde sagen, es sieht gut aus für Quilt.«

Ich erzählte ihm die ganze Geschichte, wie ich sie Schlesinger erzählt hatte. Ich ließ nichts aus. Nichts bis auf eine Kleinigkeit: Schlesinger.

»Das sieht übel aus, Sills«, sagte Leyfeldt. »Ich meine, wirklich übel.«

7. Im Haus war es totenstill. Ich zeigte auf das Photo von Leyfeldts Frau, das auf seinem Schreibtisch stand. Auf dem Photo trug sie nur eine einzige Perlenkette, aber ich erkannte sie trotzdem wieder.

»Wo ist deine Frau?«

Leyfeldt schob sich die Brille zurecht.

»Krank«, sagte er abwesend.

»Tut mir leid«, sagte ich. »Was fehlt ihr?«

Leyfeldt sah mich an. Er nahm die Brille ab und legte die Finger seiner rechten Hand an die Schläfe. Er hatte plötzlich einen bitteren Zug um die Lippen.

»Nichts«, sagte er. »Ihr fehlt nichts. Gar nichts. Es ist nur so, daß ihr ein paar Dinge zum Hals raushängen.« Er räusperte sich. »Ich, zum Beispiel. Und alles, was mit mir zu tun hat.«

Dazu war nicht allzuviel zu sagen, und das, was zu sagen war, behielt ich für mich.

»In der Sache mit den beiden Sengers sind wir gestern nicht mehr weitergekommen«, sagte Leyfeldt, nachdem er seine Tasse genau in die Mitte der Untertasse gestellt hatte. Es schien ihm wichtig zu sein, sie genau in die Mitte zu stellen, nicht ungefähr genau in die Mitte, sondern genau. Wir saßen in seinem mahagonigetäfelten Arbeitszimmer, das mich an eine Schiffskajüte erinnerte, weil es kein Fenster gab, tranken Kaffee, der zwar nicht nach Asche schmeckte, meinem Magen aber trotzdem kleine Nadelstiche versetzte, und Leyfeldt hatte eine Akte vor sich liegen. »Aber wir wissen jetzt immerhin, daß es zwei Sengers gibt. Laß uns diese Sache ...« Er nahm seine Brille. »Laß uns diese Sache mal in Ruhe durchgehen. Was wissen wir über die Verbindung zwischen Quilt und den beiden? Wir wissen, daß der Senger, der zuerst mit Quilt zu tun hatte, nicht der Senger war, den wir kennen, ... hier, Friedrich Senger. Der erste hieß Ernst Senger. Über diesen Ernst Senger haben wir noch nichts ausgegraben, außer daß er nicht der Bruder von Friedrich Senger sein kann.«

»Woher willst du das wissen?«

»Sengers, ich meine, Friedrich Sengers Lebenslauf ist bisher eine einzige Lücke, aber hier steht, daß er der einzige Sohn von Dr. Oswald Senger ist. Geboren 1915 in Düsseldorf. Seine Mutter starb bei der Geburt. Sein Vater, dieser Oswald Senger, war die rechte Hand eines gewissen Max Winkler. Sagt dir der Name etwas?«

»Nein.«

»Mach dir nichts draus, mir sagte er auch nichts. Senger, oder beide Sengers, sind nicht zufällig im Filmgeschäft gelandet. Es liegt ihnen gewissermaßen im Blut.« Er nahm ein Blatt, das hinter Sengers Lebenslauf geheftet war. »Dieser Winkler, ein Dr. h.c., war eine graue Eminenz in der Bankenwelt der Weimarer Republik. Erledigte zwischen 1934 und 1937 den Aufkauf der wichtigsten deutschen Filmgesellschaften für Goebbels über eine Firma namens Cautio Treuhand, die ihm seit 1929 gehörte. Still und leise und hintenrum, um zu verschleiern, daß sie dabei waren, pleite zu gehen, weil sie ihre Filme im Ausland nicht mehr absetzen konnten. Und natürlich, um die Filmindustrie gleichzuschalten. Im Gleichschalten hatte er Übung, das gleiche hatte er vorher schon mit der Presse getan. Er hat es am Ende sogar geschafft, Hugenberg zum Verkauf seiner Ufa-Aktien zu bewegen, immer unter Mithilfe von Oswald Senger. Friedrich Senger, der Senger, den wir kennen, ist sein einziger Sohn, und Ernst Senger ...« Er hob die Hände.

»Sein Sohn?«

»Könnte schon sein. Es scheint, daß wir auf dem üblichen Weg nichts über ihn finden können.«

»Es würde ins Bild passen«, sagte ich.

»In welches Bild?«

»Quilt. Ich habe mich die ganze Zeit gefragt, weshalb Senger Quilt deckt, wenn er nicht selbst Dreck am Stecken hat. Weshalb es überhaupt diese merkwürdigen Beziehungen zwischen ihnen gibt, wenn Quilt zwanzig oder dreißig Jahre jünger ist als Senger. Aber vielleicht ist der Senger, um den es eigentlich geht, gar nicht dreißig Jahre älter als Quilt. Vielleicht ist er so alt wie Quilt.«

»Die Frage ist, was mit Ernst Senger passiert ist.« Er nahm die Brille ab. »Ich kann eine Weile in diese Richtung recherchieren lassen, aber ...«

»Aber?«

»Es gibt eine Grenze, die ich nicht überschreiten kann. Quilt ist mein Mandant. Wir wissen zwar nicht, ob er noch dein Klient ist, aber er ist immer noch mein Mandant, und als Mandant hat er gewisse Rechte.«

Leyfeldt lächelte. »Im Augenblick hat er das Recht, daß ich davon ausgehe, daß er nicht in diese Geschichte verwikkelt ist. Wenn sich herausstellen sollte, daß er doch darin verwickelt ist«, sagte er und sah ins Licht seiner Schreibtischlampe, »werde ich mein Mandat niederlegen.«

»Langsam, langsam«, sagte ich. »Wie die Dinge stehen, würdest du mir sehr viel mehr nützen, wenn du dafür sorgst, daß Quilt sofort aus der Untersuchungshaft kommt.«

Er legte die Brille weg und schaltete die Lampe aus.

»Wie bitte?«

Wir sahen uns im Halbdunkel an.

»Nichts.«

Er stand auf.

»Und ich dachte, du hättest was gesagt.«

Elftes Kapitel

1. Für die Schlagzeile auf Seite 3 der Mottenpost, neben der Meldung »Bei Berliner Republikanern knirscht es in der Führung«, hatten sie die fettesten Lettern genommen, die aufzutreiben waren: »TOTE IM HÄNGEBODEN« sprang mir fast ins Gesicht. Darüber stand nur wenig kleiner: »WIEDER EIN OPFER DES STECHERS???« In den Artikel eingebaut war ein kleines, unscharfes und sehr vorteilhaftes Bild der LaMotte und ein weniger vorteilhafter, dafür aber scharfer Schnappschuß von mir, den ich noch nie gesehen hatte. Unter dem Bild stand: »Haben Sie diesen Mann gesehen?« Außerdem wurden für den Nachmittag 30 Grad und ein Gewitter vorhergesagt, und bei Radtouren entlang der Mauer sollten sich Amerikaner und Berliner näherkommen.

Ich keuchte. Ich hatte mich beeilt, im U-Bahnhof Mökkernbrücke von der U 7 zur Hochbahnlinie U 1 zu kommen. Und das alles nur, um jetzt in einem fast leeren Wagen einem älteren, grauhaarigen Mann mit Hut in einem billigen, anthrazitfarbenen Anzug gegenüberzusitzen, mit Bügelfalten, an denen er sich schneiden konnte, einem Hemd in schreiendem Rosa und einer passenden grünen Trevirakrawatte, einem Mann, der aussah wie ein naher Verwandter von Eddie Constantine und mich mißbilligend fixiert hatte, als ich in den Wagen gestürmt kam. Jede Wette, daß er sich seine Rente als Nachtwächter bei einer Versicherung aufbesserte.

Der Alte las gerade Seite 2, und ich hoffte, daß es dort irgend etwas gab, das seine ganze Aufmerksamkeit in Anspruch nehmen würde, irgendeine halbnackte Dame mit drei oder vier Brüsten etwa oder das Arztbulletin von Harald Juhnke. Der Zug hielt am Halleschen Tor. Zwei junge Männer in Joggingklamotten und Sporttaschen stiegen ein, die Haare vorne kurz, hinten lang geschnitten. Sie beachteten mich nicht weiter. Einer von den beiden hatte einen Oberlippenbart, der andere kein Kinn. Sie blieben an der linken Tür stehen, von wo aus sie nicht in die Zeitung des Alten sehen konnten.

Prinzenbad. Der Zug hielt wieder, und dieses Mal schien er ewig stehenbleiben zu wollen. Ich dachte daran, auszusteigen und den Rest des Wegs zu Fuß zu gehen. Ich würde eine halbe Stunde unterwegs sein, aber die Wahrscheinlichkeit, auf der Straße erkannt zu werden, war geringer als in einer U-Bahn, in der die Leute nichts Besseres zu tun haben, als Zeitung zu lesen. Ich dachte so lange daran, bis die Türen sich schlossen, der Wagen wieder losfuhr, der Alte einen verächtlichen Blick auf mich warf, die Zeitung umdrehte und sich den Artikel über den Stecher vornahm.

Zuerst passierte nichts. Ich hoffte schon, daß er sich in die Sonderangebote verbissen hatte, aber dann hob er die Zeitung immer weiter hoch, so daß ich sein Gesicht nicht mehr sehen konnte. Er saß jetzt sehr steif da und hatte beide Arme vom Oberkörper abgespreizt. Nur der obere Rand seines Huts war noch zu sehen. Dann senkte sich die Zeitung wieder, langsam, ganz langsam, Hutband, die Krempe, Augenbrauen, der obere Rand seines schwarzen Kassengestells erschienen und dann zwei kalte, hellgraue Augen, die aussahen wie die Augen eines toten Blockwarts. Ich weiß, wovon ich rede. Ich weiß, wie die Augen eines toten Blockwarts aussehen, als Knirps habe ich meinem Großvater, den gerade ein Schlaganfall dahingerafft hatte, eine Stunde am Küchentisch gegenübergesessen.

Die Blockwartsaugen starrten mich ohne jeden Ausdruck an, und ich starrte genauso zurück. Nach einer Weile sah er weg. Aber ich wußte, daß er mich erkannt hatte.

Die Zeitung hob sich wieder, aber der Hut verriet mir, daß er sich im Wagen umsah. Er fixierte die beiden Männer in Joggingklamotten. Ich stand auf und ging an die rechte der beiden Türen auf der linken Seite des Wagens, um am Kottbusser Tor auszusteigen. Draußen glänzten die nassen Schienen auf den schwarzen Bohlen. Der Zug fuhr ein.

Ich war im vorletzten Wagen, so daß es besser war, die

hintere Treppe in Richtung Wassertorplatz zu nehmen, besser als es mit der Rolltreppe in der Mitte des Bahnhofs zu versuchen. Ich sah zu dem Alten hin. Der Zug bremste. Ich ließ ihn nicht aus den Augen. Sein Unterkiefer zitterte.

Wir hielten, ich riß die Tür auf und sprang aus dem Wagen, im selben Augenblick, in dem er schrie: »Der Stecher! Das da, das ist er! Das ist der Stecher!«

Ich stieß gegen etwas Blaues und wollte dem Blau schon einen Schlag in den Magen versetzen, als ich bemerkte, daß es die Jacke eines privaten Wachmanns war. Neben ihm stand etwas Grünes, unverkennbar ein Bulle.

Ich zeigte hinter mich und brüllte sie an: »Der Stecher! Der Stecher! Der aus der Zeitung!«

Es klappte. Der Bulle zückte seine Waffe, und der blaue Wachmann stieß mich zur Seite. Ich ließ sie in den Wagen stürmen und rannte so schnell ich konnte in Richtung Treppe. Erst hinter den Fahrkartenautomaten drehte ich mich um. Sie zerrten gerade den Blockwart aus dem Wagen, der irgend etwas Unverständliches schrie. Er wedelte mit seiner Zeitung in der Luft herum und versuchte ihnen mein Photo zu zeigen. Der Wachmann sah schon her. Jetzt hatte es auch der Bulle begriffen, und sie stellten ihr Opfer wieder auf die Füße.

Der Blockwart kreischte: »Das ist der Stecher, der da!«

Der Bulle riß sein Walkie-talkie aus dem Halfter.

»Stehenbleiben!«

Ich rannte die Treppe hinunter und über die Skalitzer Straße, vorbei an den Bänken auf dem Platz vor der Sparkasse, auf denen die Junkies saßen und mit leeren Augen auf ihre leeren, zitternden Hände starrten, über die Ritterstraße, mitten in einen Junkiehaufen.

»Äih, watt bistn so in Eile? Haste mah ne Maak, Alta?« krähte eine nikotingelbe Gestalt in einem langen, grünen Nappaledermantel und mit großen Schorfstellen im Gesicht. Ich stieß gegen ihn, fiel und riß ihn mit um.

»Äih, Aahsch.«

»Stehenbleiben!«

Ich lag schon, was wollten sie denn noch? Hinter mir

kamen sie über die Skalitzer Straße gerannt, der Wachmann vorneweg, der Bulle hinter ihm und als Schlußlicht die beiden jungen Kerle in den Joggingklamotten. Ich versuchte, das dürre Gerippe von mir wegzuschieben, aber er klammerte sich an mir fest.

»Äih«, schrie er. Das verschorfte Gesicht war nicht mehr als fünfzehn Zentimeter von mir entfernt, und sein Blick gab mir einen Vorgeschmack auf das, was mich im untersten Höllenkreis erwartete. Erst jetzt merkte ich, daß er kein Er, sondern eine Sie war. Was ihn allerdings nicht wesentlich attraktiver erscheinen ließ.

»Nich sso stürmisch, Süßah. Haste mah ne Maak?«

Ich stieß sie weg und kroch hoch. Einer der Junkies trat mir in die Kniekehle, aber er war zu schwach auf den Beinen, um fest zuzutreten, deshalb schüttete er mir seine Bierdose über. Ich rannte wieder los, unter dem verwahrlosten, mit Plakaten für die PKK verklebten Block durch, der über die Adalbertstraße führte. Neues Kottbusser Zentrum, NKZ bei den Eingeborenen. Meine Verfolger waren keine fünfzig Meter mehr von mir entfernt. Sie hatten zwar keine Hunde dabei, dafür aber zwei Jogger und einen nur unerheblich langsameren Blockwart. Seit die Zeiten vorbei sind, in denen die Leute Blockwart werden konnten, gehen sie in ihren Joggingklamotten auf die Straße und helfen den Bullen.

Mein Magen und ich rannten die Adalbertstraße runter bis zur Oranienstraße, mein Magen immer ein Stück hinter mir her. An der Kreuzung war eine Art Brüstung, wo immer ein paar Punks mit ihren Hunden rumlungerten. Um ihnen aus dem Weg zu gehen, lief ich über die Straße und wäre fast unter die Räder eines silberfarbenen Mercedes geraten, dessen Fahrer mir den Finger zeigte. Noch ein Jogger. Noch ein blonder Vokuhila. Er schrie mir etwas nach, schloß sich den anderen aber nicht an.

Ich rannte auf der Straße weiter. Hinter mir kläfften die Hunde der Punks. Ich sah mich um. Zwei der Hunde, riesige, zottige Monster, hielten auf den Bullen und seinen Trupp zu.

Naunynstraße. Hinter mir schrien sie, die Punks, der

Bulle, vielleicht auch der Blockwart, die Hunde kläfften, irgendeiner hupte, und mir ging langsam die Puste aus. Waldemarstraße und rechts ab.

Ich hatte die leise Hoffnung, sie irgendwo hier zu verlieren, im Gestrüpp zwischen dem alten Bethanienkrankenhaus, dem Rauch-Haus und der St.-Thomas-Kirche, deswegen rannte ich links in den Park. Sie waren durch die Begegnung mit den Hunden zurückgefallen, aber es waren immer noch nicht mehr als hundert Meter Vorsprung, und mein Knie fing an, sich bemerkbar zu machen. Außerdem stellte ich fest, daß ich zwei Lungenflügel hatte, die sich mehr und mehr ausdehnten.

»Stehenbleiben oder ich schieße«, schrie der Bulle hinter mir.

Ich blieb nicht stehen. Er schoß.

Die Kugel schlug ein paar Meter links von mir in den Boden ein, für einen Warnschuß in die Luft eigentlich merkwürdig. Aber er konnte schließlich sicher sein, daß ich mich nicht beschweren würde.

Ich rannte nach rechts und dann am Bethaniendamm entlang, zwischen dem Gestrüpp und der Mauer durch. Vielleicht würde er an der Mauer nicht mehr schießen. Es war nicht gerade ratsam, in der Nähe der Mauer herumzuballern. Rechts hinter den Büschen tauchten die ersten besprühten Hütten und umgebauten Kleinlaster auf. Ein halbnackter Punk pinkelte gegen einen Baum. Weiter hinten, zwischen der St.-Thomas-Kirche und der Mauer, war genau das, was ich jetzt brauchte: eine kleine Wagensiedlung von Autonomen, älter noch als die große Siedlung am Potsdamer Platz.

Ich fing an zu schreien: »Die Bullen kommen! Die Bullen!«

Der Punk sah mich nur an und pinkelte seelenruhig weiter.

»Sie kommen mit Bulldozern«, schrie ich und rannte weiter zu der Wagenburg, über den aufgerissenen Asphalt. Ich mußte ein paar Haken schlagen, um den Autoreifen auszuweichen.

Die Wagen lagen friedlich da, keiner war zu sehen, nur ein paar Hunde, die um ein Sofa herumsaßen. Ich rannte zu einer Stelle, wo ich über die Aufhängung eines Bauwagens klettern konnte, und trommelte mit beiden Fäusten gegen Holzwände.

»Die Bullen! Die Bullen!«

Eine Art Tarzan mit langen, fettigen Dreadlocks sprang aus dem Wagen, bewaffnet nur mit einer orangefarbenen Unterhose.

»Haste ne Macke, Mann?«

»Die Bullen kommen!« schrie ich ihn an und fuchtelte in Richtung Bethanien. Was er dort sah, mußte ihn davon überzeugen, daß Volkes Seele zum großen Halali geblasen hatte: Bullen, Privat-Sheriffs und die Spießer in Joggingklamotten. Er sah zwar nur einen Bullen und einen privaten Sheriff, aber dafür schlugen die Jogger schon auf den Punk ein, und in der Ferne, irgendwo weiter hinten Richtung Mariannenplatz, konnte ich die ersten Martinshörner hören. Dann bog auch noch der abgeschlagene Blockwart um die Ecke.

»Das ist nur die Vorhut«, keuchte ich. »Weiter hinten kommen sie mit Bulldozern.«

»Scheibenkleister.«

Er drehte sich um und schrie: »Die Schweine sind los.«

Was dann kam, ließ auf eine gewisse Vorbereitung schließen. Aus den Wagen kamen mehr und mehr von ihnen, Autonome in verschiedenen Stadien des Be- bzw. Entkleidetseins, einige nur in Unterhosen, andere in Unterhosen und Stiefeln, wieder andere in Unterhosen, Stiefeln und Lederjacke. Eine Frau hatte sich die Lederjacke über ihr zerrissenes Nachthemd gezogen. Einige hatten Zwillen, zwei machten sich an einer Plane zu schaffen, unter der eine Menge handlicher Asphaltbrocken lagen, und einer kam aus seinem Wagen und schrie: »Wo verdammich ist jetzt wieder das Tränengas?«

Inzwischen waren der Bulle und der Wachmann an der Wagenburg und versuchten, eine Stelle zu finden, durch die sie eindringen konnten.

»Laßt sie rein«, zischte Tarzan und grinste. »Verhandeln.«

Sie kamen herein. Der Bulle, ein ziemlich junges Bürschchen mit dünnem Oberlippenbart und dem teigigen Berliner Schrippenteint, versuchte zur Deeskalation beizutragen, indem er seine Waffe aus dem Halfter zog, aber bevor er sie in der Hand hatte, landete schon eine abgebrochene Latte in seinem Gesicht. Das Holz war morsch und splitterte, aber erst, als die Latte zu Boden fiel. Er schlug sich die Hand vors Gesicht und ging in die Knie. Blut schoß ihm zwischen den Fingern durch. Der Wachmann hinter ihm fuchtelte mit seinem Schlagstock in der Luft herum und wurde bleich. Ein paar Autonome kamen auf ihn zu, und er fing an zurückzuweichen, bis nichts mehr ging: Er stand mit dem Rücken gegen einen der Wagen.

»Macht doch hier keinen Scheiß«, sagte er. Ich wartete noch, bis sie sich mit Latten auf ihn stürzten, dann verdrückte ich mich durch eine Lücke in Richtung Köpenicker Straße. Zwei Wannen bogen hinter der Kirche um die Ecke. Ich hinkte. Beim Grenzübergang Köpenicker Straße/Schillingbrücke blieb ich stehen und wartete, ob mir jemand nachkam. Die ersten Steine flogen gegen die Wannen. Befehle wurden gebellt. Die Jogger joggten in die entgegengesetzte Richtung. Nur der Blockwart stand da, fuchtelte in der Luft herum und kreischte mir nach.

2. Aus der Kneipe Ecke Pfuel- und Köpenicker Straße kam immer noch derselbe Geruch. Der Punk lag noch in derselben Stellung in seinem Hauseingang. Es sah aus, als ob alles beim alten war, nur der Hund, der bei ihm gewesen war, hatte sich aus dem Staub gemacht. Außerdem parkte Schlesingers Karmann wieder am Straßenrand.

»Du mußt noch verrückter sein, als es sonst den Anschein hat«, sagte er, als ich mich an ihm vorbei durch die Tür schob. »Weißt du, daß du uns so alle reinreiten kannst?«

Ich wollte etwas sagen, aber mein Magen kam mir in die Quere.

»Was ist los mit dir?« fragte Therese. Sie stand in der Küchentür. Sie kam mir wie gerufen, um eine Weile von meinen Sünden abzulenken.

»Was zum Teufel...?« Weiter kam ich nicht. Ein stechender Schmerz wühlte mir in den Eingeweiden. Ich krümmte mich nach vorne, und dann stand der Boden auf und kam mir entgegen.

3. Das Zeug, das sie mir aus der Apotheke holten, sah aus wie Kalk und schmeckte wie verdorbene Milch, aber es schien zu wirken. Sie konnten mich wieder auseinanderbiegen.

»Was tust du hier?« fragte ich Therese.

»Ich wollte den Stecher mit eigenen Augen sehen«, sagte sie. »Du bist jetzt eine Berühmtheit, wenigstens hier in der Gegend. Cilly sagt, sie hätte es schon immer gewußt.« Sie lächelte. »Und Kling sagt, die Sache mit deiner Wohnung ginge in Ordnung.«

»Die beiden sollen bloß warten, bis ich wieder in Form bin. Was tut sie hier?« fragte ich Schlesinger, der in der Küche rumfuhrwerkte.

»Ich hab sie drüben bei Willy und Cilly getroffen, und...« sagte er, als er ins Schlafzimmer kam, mit einer Tasse in der Hand, die er mir entgegenhielt: »Hier, trink das: Magentee.«

»Bist du übergeschnappt, sie hierher zu bringen?«

»Wer hier übergeschnappt ist, werd ich mir in einem ruhigen Stündchen überlegen. Uns ist wenigstens niemand nachgerannt.«

Er hielt mir die Tasse hin.

»Was ist das?« fragte ich. Blut in der Pisse sieht nicht schlimmer aus.

»Hab ich doch gesagt, Magentee.«

Ich verbrannte mir die Lippen.

»Ich verziehe mich jetzt«, sagte Schlesinger. »Geh nur ans Telephon, wenns dreimal klingelt, aufhört und wieder klingelt. Und geh nicht wieder aus der Wohnung. Der

Magentee steht auf dem Kühlschrank. Morgen früh kümmere ich mich um Senger.«

Therese stand auf und brachte ihn zur Tür. Sie trug ein kurzes moosgrünes Kleid, grüne Strümpfe und grüne Augen. Tümpelgrüne Augen mit goldenen Schlieren, wenn das Licht richtig hineinfiel. Die Augen trug sie immer, das Kleid eigentlich nur, um mich zu bestimmten Handlungen zu zwingen und vorher auf die Folter zu spannen. Aber das war lange her. Sie kam zurück und blieb in der Tür stehen.

»Wozu hast du das Kleid angezogen?« fragte ich sie.

»Was?«

»Das Kleid. Den grünen Fetzen da.«

»Du meinst dieses Kleid hier? Das grüne?« Sie sah an sich runter, als ob da noch mehr Kleider hingen, und strich es glatt. »Es ist Sonntag, oder? Ich mußte irgendwas anziehen. Außerdem bin ich verabredet.«

»Ach ja?«

»Ja.«

»Mit wem?«

»Ich wüßte zwar nicht, was dich das angeht, aber bitte, und sag hinterher nicht, du hättest es eigentlich gar nicht wissen wollen: Ich bin mit Kling verabredet. Er hat mich zum Essen eingeladen.«

Es klang, als würde sie zu Cilly und Willy gehen, um mit Oskar, unserem Hausfaktotum und -trinker, einen zu zwitschern.

»Kling lädt dich zum Essen ein, und du ziehst diesen grünen Fetzen an?«

»Was sollte ich sonst anziehen?« fragte sie.

»Die Frage ist nicht, was du sonst anziehen solltest, sondern wie du dazu kommst, dich von Kling zum Essen einladen zu lassen«, giftete ich.

»Erstens ist es meine Sache, von wem ich mich zum Essen einladen lasse. Und dann hat Kling so was gesagt...« sagte sie, kam näher und setzte sich auf den Rand des Betts. Sie lächelte.

»Was hat Kling gesagt?«

»Wenn dus genau wissen willst, er hat gesagt, beim Essen ließe sich besser über ein Mietverhältnis reden.«

»Das hat das verdammte Schwein gesagt? Daß ich nicht lache. Über ein Mietverhältnis. Mich hat er damals nicht zum Essen eingeladen, als er mit mir über ein Mietverhältnis reden wollte. Mir kams so vor, als wollte er nicht mal, daß ich mich auf einen Stuhl in seinem Büro setze.«

»Vielleicht lag das daran, daß er mit dir nur über das Mietverhältnis reden wollte.«

»Ach ja, und mit dir wollte er nicht nur über das Mietverhältnis reden?«

»Doch, schon«, sagte sie lächelnd. »Ich denke, reden wollte er nur über das Mietverhältnis. Aber vielleicht wollte er mir beim Reden auch noch die Hand aufs Knie legen.«

»Die Hand aufs Knie? Eine von seinen schmierigen Pfoten?« sagte ich. Dann sagte ich eine Weile nichts mehr und sah sie nur an.

Dann kam mir eine Idee.

»Du meint so?« fragte ich und legte ihr meine Hand aufs Knie.

Sie sah meine Hand an. Ich sah meine Hand an. Dann sah ich sie an, wie sie meine Hand ansah.

»Ich denke, etwas deutlicher wäre er schon geworden.«

»Doch nicht etwa so?« Ich ließ meine Hand an der Innenseite ihres grünen Schenkels nach oben gleiten, bis zum Saum des Kleids.

»Noch deutlicher«, sagte sie.

Ich sah sie an. Ihre grünen Augen funkelten dunkel. Meine Hand bewegte sich zwischen ihren Schenkeln entlang. Sie hatte lange Schenkel, aber irgendwann haben auch die längsten Schenkel ein Ende.

»So?«

»Vielleicht«, sagte sie. »So.«

»Das ist...« sagte ich, aber ich nahm die Hand nicht weg. Sie nahm mich beim Handgelenk, preßte die Hand an sich und stand auf.

»Widerlich«, sagte ich. »Ich werde mich Reisz stellen.«

»Gleich«, sagte sie und zog ihr Kleid nach oben. »Aber

vorher fickst du mich noch mal, oder? Das heißt, wenn du das in deinem Zustand schaffst.«

Was soll ich sagen? Ich schaffte es, in meinem Zustand. Ich schaffte es gerade so.

4. Ich hatte geschlafen. Es wurde dunkel, aus dem alten Fabrikhaus auf der anderen Seite kam wieder röhrende Punkmusik, und ich glaubte, in dem fremden Zimmer zu ersticken. Statt des versprochenen Gewitters hatte es den ganzen Tag genieselt, aber ich hoffte, daß sich Amerikaner und Berliner bei ihrer Radtour an der Mauer entlang trotzdem nähergekommen waren.

»Laß uns eine Weile rausgehen, ans Ufer. Es ist dunkel genug.«

Am Gröbenufer tropfte es von den Trauerweiden. Auf den Holzbänken lagen ein paar dunkle Gestalten unter Plastikplanen und schliefen ihren Rausch aus. Es war still, ich hörte nur zwei oder drei flüsternde Stimmen, unten am Wasser, an der alten Anlegestelle, und das Gurren der Tauben, die auf der gußeisernen Brüstung hockten. Die Reste der Oberbaumbrücke hingen finster über dem Wasser, als ob sie jeden Augenblick einstürzen würden. Jenseits des Wassers, jenseits der Mauer auf der anderen Seite, lag ein anderes Land, in dem es noch dunkler zu sein schien als hier.

»Ziemlich still hier«, sagte Therese. Ich legte meinen Arm um sie und sagte nichts. Eine Weile.

Dann sagte ich: »Ich ...«

»Ja?«

»Ich weiß nicht, wie ...«

Sie fing an zu zittern und wurde so starr wie trockenes Holz.

»Ich will mich nicht entschuldigen. Ich weiß nicht, wie ich mich entschuldigen sollte.«

Sie starrte aufs Wasser hinaus.

»Es gibt eine Menge Entschuldigungen, mit denen dus wenigstens versuchen könntest«, sagte sie und machte sich von meinem Arm los. »Du bist nicht der erste, dem dieses kleine Mißgeschick passiert ist, oder? Die anderen haben einen breitgetrampelten Pfad hinterlassen. Miese kleine Entschuldigungen wie ›Es hatte nichts mit dir zu tun‹ oder ›Tschuldige, aber es ist eben passiert, war nur ein Ausrutscher‹, irgend etwas in dieser Art, es klingt vielleicht nicht besonders gut, aber du weißt doch, daß es das ist, was ich hören will, und dann kommt noch das Versprechen, daß es nicht wieder passieren wird, nie wieder, ein Versprechen, das dich nichts kostet, weil du sowieso weißt, daß ich jetzt nicht mehr dran glauben kann ...«

Sie biß sich auf die Lippen.

»Ich müßte lügen. Du würdest wissen, daß ich lüge«, sagte ich. »Es hatte etwas mit dir zu tun, nur daß ich noch nicht dahintergekommen bin, was.«

»Vergiß es«, flüsterte sie. »Ich will nicht, daß du hinter irgendwas kommst, ich will, daß du mich anlügst.«

Ich preßte sie an mich. Sie zitterte, oder vielleicht zitterte ich, oder vielleicht zitterte das ganze verdammte Ufer, und ich wußte, daß zwischen mir und dem, was ich wollte, nur eine Lüge lag, eine Lüge, die nicht einmal eine echte Lüge war, ich wußte, daß ich lügen würde und daß es nichts, nicht das Geringste mehr nützen würde.

Therese würde mir nicht verzeihen. Nur wußte sie es noch nicht.

Zwölftes Kapitel

1. Vor der Baerwaldbrücke bog ich links in den Böcklerpark. Auf der Uferböschung lagerten Studenten, Punks und Autonome mit den Sixpacks eines Picknicks, einige oben ohne, bleiches, blühendes Fleisch, enggeschnürte Lederhosen, Springerstiefel an den Füßen, und ließen sich von ihren Hunden umtoben. Oben, im Schatten der alten Kastanien, saßen die Witwen, bänkeweise Witwen in hellen Sommerkleidern, die Handtaschen an sich gepreßt, die fetten, asthmatisch keuchenden Schoßhündchen neben sich, und ereiferten sich über die Autonomen-Köter, die ihre Haufen auf die Böschung setzten, weil sich ihre eigenen kleinen Widerlinge zu fein waren, einen Haufen danebenzusetzen.

Auf der anderen Seite des Urbanhafens spreizte das graubraune Urbankrankenhaus seine Schenkel über der trüben, übelriechenden Brühe des Landwehrkanals. Ein Touristenschlepper zog vorbei, und eine lautsprecherverzerrte Stimme wehte zum Ufer rüber, eine Stimme, die etwas von »Hausbesetzerszene« und »entspannt« und »Balla« kreischte. Auf dem Kneipenkahn Pik-As saßen die ersten Kunden und tranken sich langsam und sanft schaukelnd in den Nachmittag.

Ich ging am Fraenkelufer entlang und ließ die Prunkbauten des sozialen Wohnungsbaus in Kreuzberg links in der Mittagshitze liegen, gleißende Glasfassaden in Südlage, hinter denen die Unordnung, die ihre Bewohner zur Lebensform erhoben hatten, nur noch zur Schau gestellt wurde, Fassaden mit spitzen, wie die Deckel von Fischdosen aufgebogenen Balkonen und schiefen Säulchen, das Ganze mit türkisfarbenem Zierat überhäuft. Auf der Admiralbrücke blieb ich stehen und zündete mir eine Zigarette an. Nach fünf Minuten war ich einigermaßen sicher, daß mir keiner folgte.

Ich ging weiter. Um die Ecke, am Anfang der Böckhstraße, lehnte Schlesinger an seinem Karmann und sah einem jungen, braungebrannten Adonis zu, der nur mit Hose und Hosenträgern bekleidet an einem Fensterrahmen herumstrich.

»Und?« begrüßte er mich.

»Nichts.«

»Na ja, war ja auch nicht zu erwarten«, sagte er und warf seine Zigarette weg. »Ich bin fast eine Stunde durch die Gegend gekurvt, ohne irgendwas zu bemerken. Nicht, daß das was heißen muß. Vielleicht heißt es nur, daß sie genug Aufwand treiben, um nicht aufzufallen. Das hieße dann vier Wagen und einer, der sie dirigiert. Aber das glaube ich nicht.« Er machte mir die Tür auf und ging um den Wagen herum. »Weißt du, weshalb ich so gerne mit den Bullen zu tun habe?« Er grinste. »Weil ein Bulle wie Reisz es sich einfach nicht leisten kann, genug Aufwand zu treiben. Der muß sich nur mal von einer Arschbacke auf die andere setzen, und schon erstickt er im Papierkram.«

Er stieß zurück und fuhr in die Grimmstraße, Richtung Südstern, bog aber vorher rechts in die Urbanstraße ab.

»Was macht dein Magen?« fragte er.

»Hat sich verabschiedet«, sagte ich. Ich hatte keine Schmerzen mehr, aber seit ich am Morgen aufgewacht war, hatte sich von irgendeiner Stelle in meinem Magen her eine Kälte ausgebreitet, die mir nicht gefiel. Es war, als würde ich ganz langsam absterben.

»Wie gings gestern?« fragte er.

»Wie ging was gestern?« fragte ich.

»Wie gings gestern mit Therese?«

»Es ging.« Ich hatte nicht die geringste Lust, darüber zu reden. Wir hatten uns geliebt, wir hatten uns gestritten, wir hatten noch mal, aber mit weniger Erfolg versucht, uns zu lieben, und als klar war, daß das nicht klappen würde, hatten wir uns mit um so größerem Erfolg gestritten. »Bring sie nicht mehr mit. Was ist mit dem Umschlag?«

Schlesinger zeigte nach hinten auf den Rücksitz, wo auf einem Haufen alter Zeitungen ein brauner Umschlag lag.

Ich riß den Umschlag auf.

Sills,
Quilt ist heute morgen um zehn aus dem Untersuchungsgefängnis entlassen worden. Hier einige Unterlagen, die mir ein ehemaliger Mandant, der beim VPK angestellt ist, zur Verfügung gestellt hat. Die Unterlagen sind streng vertraulich. Laß sie verschwinden, bevor irgend jemand sie zu sehen bekommt.
L.

PS: Vielleicht kann ich in der Vormundschaftssache noch einiges ausgraben.

Ich gab volle Kraft in meiner Denkanstalt, aber es dauerte seine Zeit, bis ich mit den Unterlagen klarkam. Es waren Faksimiles, wohl von diesem VPK-Angestellten, die er an Leyfeldt gefaxt hatte, aber alle Fax-Nummern, Zeitangaben und so weiter waren weggeschnitten worden. Es gab mehrere schwarze Stellen, sowohl auf den gefaxten Unterlagen, also von Leyfeldts Freund geschwärzt, als auch auf den Faksimiles, also von Leyfeldt selbst unkenntlich gemacht. Aber was nicht geschwärzt war, reichte aus, um einige der Fragen zu beantworten, die mir seit einiger Zeit durch den Kopf gingen.

»Und«, fragte Schlesinger ungeduldig, als wir in der Gitschiner Straße am Patentamt vorbeifuhren, »hast dus bald?«

»Weißt du, was VPK heißt?«

»VPK? Keine Ahnung.«

»Scheint, daß es was mit privaten Krankenversicherungen zu tun hat«, sagte ich. »Leyfeldt scheint rausgefunden zu haben, daß Senger privat krankenversichert ist, und irgendwie hat er seine Unterlagen in die Finger bekommen.«

»Was du nicht sagst«, sagte Schlesinger langsam. »Irgendwie.«

»Wie auch immer«, sagte ich, »Senger, ich meine Friedrich Senger, ist seit 1949 bei der Alten Hannoveraner krankenversichert.«

»Verband Privater Krankenversicherer«, sagte Schlesinger.

»Was?«

»VPK«, sagte er und ordnete sich nach dem Halleschen Tor zum Rechtsabbiegen ein, »Verband Privater Krankenversicherer.«

»Kann sein. 1950 schloß er einen weiteren Vertrag für seinen Sohn ab, Ernst Senger, geboren am 5. 9. 50, und Ende 1983 kündigt er ihn wieder.«

»Er? Nicht der Sohn selbst?«

»Nein, er, Friedrich Senger, aber das ist nicht weiter merkwürdig: Er kündigt als gesetzlich eingesetzter Vormund seines Sohnes.«

»Gesetzlicher Vormund? Irgendwelche Hinweise, weshalb sein Sohn entmündigt wurde?«

»Nur der Vormundschaftsnachweis.«

»Weshalb würde jemand die Krankenversicherung für sein Mündel kündigen?«

»Keine Ahnung. Vielleicht, weil es die Versicherung nicht mehr braucht. Jedenfalls hat Ernst Senger seine Versicherung nie in Anspruch genommen.«

Wir waren in der Stresemannstraße.

»Was?«

»Zwischen 1950 und 1983, in dreiunddreißig Jahren, sind keine Krankenhaus- oder Arzt- oder Arzneimittelkosten unter dem Namen Ernst Senger abgerechnet. Entweder er hatte nie was, oder er hat die Grenze der Eigenbeteiligung nie erreicht...«

»...oder die Rechnungen sollten nicht über die Versicherung laufen«, sagte Schlesinger.

»...oder die Krankheit oder die Art der Behandlung sind von vorneherein aus dem Leistungskatalog der Versicherung ausgeschlossen...« Auf dem Gebiet kannte ich mich aus.

»Oder?«

»Es gibt keinen Ernst Senger.«

Schlesinger sah mich an, als säße er neben einem Wahnsinnigen und hätte gerade das Ausmaß seines Wahnsinns entdeckt.

»Sonst noch was?«

»Leyfeldt will sich weiter hinter die Vormundschaftssache klemmen.«

»Will er?« sagte er und hielt, um den Wagen einzuparken. Wir waren angekommen.

2. Auf der Tür stand »E. Liersch – Ermittlungen«, nicht mehr und nicht weniger. Lierschs Büro, wenn Sie es so nennen wollen, war in der Stresemannstraße, es war sogar im Vorderhaus, aber wenn Sie erst mal drin waren, sah es weniger nach einem Büro aus als nach einer Mülldeponie.

Schlesinger hatte gesagt, es sei besser, wenn er erst mal unter vier Augen mit Liersch sprechen würde. Ich stand im Wartezimmer, wartete und sah mich um. Alles in diesem Zimmer war schmierig. Es fing mit der Klingel an, ging mit der Türklinke zu seinem Wartezimmer weiter, setzte sich über die schwärzlichen Fettflecke auf den Stühlen für wartende Klienten bis zu der Tür zu seinem Sprechzimmer fort. Weiter konnte ich vorerst nicht sehen, aber es bestand nicht sonderlich viel Hoffnung, daß es hinter der Tür besser aussah. Immerhin hatte der Mann Klienten, die ihre Spuren an den Wänden hinterlassen konnten. Der schlieriggraue Linoleumboden des Wartezimmers war an einigen Stellen durchgetreten. Auf einem niedrigen Tisch lag die prächtigste Sammlung zerlesener und vergilbter Lesezirkel-Zeitschriften aus den Fünfzigern, die ich je gesehen hatte. In einer Ecke stand das, was von einer Hyazinthe übrigbleibt, wenn Sie sie einige Jahre auf Wasser warten lassen. Irgendwann hatte sie das Warten satt gehabt.

Liersch, ein Bekannter Schlesingers, war früher einmal Bulle gewesen, einer von der Sorte, die sich schmieren ließ. Einigen anderen Bullen hatte er deshalb nicht in den Kram gepaßt, und irgendwann sah er sich gezwungen, die Seiten zu wechseln und seinerseits Bullen zu schmieren. Da er nur ungern seinen Sessel verließ und es einigen seiner früheren Freunde durchaus in den Kram paßte, geschmiert zu werden, hatte er angefangen, mit Akten zu handeln. Mit Bullenakten, aber er hatte auch seine Drähte zu Versicherern. Er war darauf spezialisiert, Dinge in Erfahrung zu bringen, die nur ein aufwendiger Apparat in Erfahrung brachte, Dinge, wie sie in den Berichten der Spurensicherung oder der Gerichtsmedizin standen. Es war ein ziemlich lukratives Geschäft, obwohl Liersch es nicht an die große Glocke hing. Er war der Beste in diesem Geschäft. Er war allerdings auch der einzige.

Als ich mich gerade fragte, ob ich es riskieren konnte, mich auf einen der Stühle zu setzen, ging die Tür auf, und ein Riese in einem feingerippten Schiesser-Unterhemd, dem die Hosenträger lose um die Knie baumelten, schob sich mit einem feuchten Zigarrenstummel im Mundwinkel ins Wartezimmer. Hinter ihm stand Schlesinger. Liersch war um die Fünfzig, und er sah aus, als ob er es schon lange aufgegeben hätte, in einen Spiegel zu sehen. Wirre Strähnen stumpfgrauen Haars hingen ihm in die Stirn, sein Gesicht war aufgedunsen, und in seinem Mund kamen gelblichbraune Zähne zum Vorschein, wenn er ihn weit genug aufmachte. Auf seiner schwammigen Brust über dem Rand des Unterhemds kräuselten sich verloren ein paar Haare auf der grauen Haut.

»Sie sind Sills?« sagte Liersch und kratzte sich am Bauch. Dann zeigte er in sein Büro. »Gehen Sie doch schon mal rein in die gute Stube.«

Er schlug sich mit der flachen Hand auf den Bauch.

Schlesinger zog mich in sein Büro und schloß die Tür hinter mir.

»Er ist ein Spezialist«, sagte er. »Aber alles, was recht ist, er ist nicht gerade ein Spezialist für Hygiene.«

Ich sah mich in dem Zimmer um.

»Vielleicht überleben wirs, wenn wir nichts berühren«, sagte ich.

In dem Zimmer stand eine ganze Menge Zeug in Ecken, in denen ich mich um keinen Preis genauer umsehen wollte, aber beherrscht wurde es von einem riesigen, dunkel gebeizten Schreibtisch. Auf dem Schreibtisch, neben dem Schreibtisch und unter dem Schreibtisch türmten sich die durchgeweichten Überreste seiner Junk-food-Orgien, Pizzapappen, Styroporbecher, in die hineingebissen worden war, Pappteller mit grünlich schimmelndem Tomatenketchup, Fritten, die ihre braun vertrockneten Spitzen hängen ließen, Bouletten, die in den milchigen Plastikpackungen schon so gut wie verdaut schienen, und jede Menge zerknüllter Bierdosen. Auf die Schreibtischplatte hatte jemand »ZIMBOZOMBI« gekritzelt. Das Ganze sah aus wie die Ausstellungsräume der städtischen Schädlingsbekämpfung.

»Vielleicht«, sagte Schlesinger.

Liersch kam mit einer Kanne Kaffee und weiteren Styroporbechern zur Tür rein.

»Setzen Sie sich«, sagte er. »Fühlen Sie sich ganz wie zu Hause. Ist ein bißchen übergemütlich hier, aber ich hatte keine Zeit mehr sauberzumachen.« Er warf Schlesinger einen übelgelaunten Blick zu. »Zehn Uhr morgens ist nicht meine beste Zeit. Vor allem nicht an einem Montag.«

»Ich bleibe lieber stehen«, sagte ich.

Schlesinger schmiß ein paar leere Aktendeckel von einem der Stühle auf den Boden und setzte sich. Liersch stellte die drei Becher auf den Schreibtisch und goß sie mit einem heißen, dickflüssigen Kaffeesud voll. Aus einem der Regale holte er einen großen Becher mit der Aufschrift *Fleischsalat*, in dem der Würfelzucker war. Dann zog er die mittlere Schublade seines Schreibtischs auf, und eine Flasche Calvados rollte ihm entgegen.

»Sie wollen diese Senger-Akte haben«, sagte Liersch. »Schlesinger wirds Ihnen schon gesagt haben, aber ich sollte vielleicht noch mal erwähnen, daß das eine ziemlich kostspielige Angelegenheit ist.«

»Geld spielt keine Rolle«, sagte ich.

Ich war schon immer scharf drauf gewesen, einmal diesen Satz vom Stapel lassen zu können, aber jetzt, wo mir die Scheinchen zwischen den Fingern knisterten, wars nicht besonders erhebend.

»Das ist die richtige Einstellung«, sagte er. »Schlesinger sagte, daß Sie die Akte haben wollen, so bald es geht, und das ist noch kostspieliger.«

Ich zuckte nur mit den Schultern.

Er schraubte den Deckel von der Flasche und goß Calvados in zwei der Becher. Als ich eine Hand über den dritten hielt, sah er auf und nickte wissend. Dafür plünderte ich seine Zuckerreserven.

»Und dann sollten Sie noch etwas wissen. Ich stehle diese Akten nicht, ich kriege sie von ein paar alten Freunden geliehen. Ich will eine Akte, und meistens kriege ich sie. Dafür leite ich ab und zu auch Akten weiter, die gar niemand haben will, wenn meine Freunde nicht weiterkommen. Sie wissen schon, die richtige Akte an die richtige Stelle, und die Dinge erledigen sich wie von selbst. Es kommt aber auch vor, daß ich eine Akte haben will und sie nicht kriege, und dann wird das Ganze wirklich kostspielig.« Er trank an seinem Kaffee. »Der Kaffee ist übrigens umsonst.«

»Wieviel kriegen Sie?«

»Sagen wir, drei Riesen für den Anfang. Wenn ich Schwierigkeiten mit der Akte habe, noch mal drei.«

Ich sah Schlesinger an. Schlesinger sah mich an. Liersch sah sich eine Fliege an, die sich an den klebrigen Zuckerrand in seinem Becher ranmachte.

Ich blätterte ihm das Geld auf den Tisch.

Liersch ließ die Hand, die Schein für Schein neben einen Pizzarest legte, nicht aus den Augen. Dann sah er mich an.

»Kommt mir so vor, als ob ich Ihr Gesicht schon mal irgendwo gesehen hätte«, sagte er, als er über den Tisch langte. Er knitterte die drei Tausender zu einem Ballen zusammen und steckte sie in eine seiner Hosentaschen.

»Mein Bild ist in letzter Zeit ziemlich oft in der Zeitung«, sagte ich. »Viel öfter, als mir lieb ist.«

3. »Glaubst du immer noch, daß ihm nicht zu trauen ist, trotz der Unterlagen?« fragte ich Schlesinger, als wir wieder in seinem Karmann saßen.

»Diese Unterlagen beweisen nichts, Sills«, sagte er. »Ich sage dir, wenn Leyfeldt mit ihnen unter einer Decke steckt, ist das der beste Weg, um rauszukriegen, was wir rausgekriegt haben.«

»Wir werden gleich sehen, ob er mit ihnen unter einer Decke steckt«, sagte ich. »Wenn, werden sie jetzt auf uns warten.« Wir waren am Rathenauplatz. Vorne kamen die Darmschleifen des Autobahndreiecks in Sicht.

»Sie erwarten uns so oder so«, sagte Schlesinger. »Mach doch mal das Handschuhfach auf.«

Auf den fünf Kilometern der AVUS wurden wir von einer Menge wütender freier Bürger überholt, die ihr Recht auf freie Fahrt austoben wollten, trotz der Geschwindigkeitsbegrenzung, die der rotgrüne Senat dem motorisierten Teil der Bevölkerung eingebrockt hatte. Die wenigen, die von der Überholspur aus sehen konnten, daß ich eine Waffe in der Hand hatte, das Magazin herausnahm, ohne Magazin schoß und es wieder einsetzte, ließen sich davon nicht weiter beeindrucken, sondern rasten gelassen weiter. Wahrscheinlich hatten sie selbst ihre abgesägten Schrotflinten unter dem Sitz liegen.

»Sie sollten ein paar von den verkohlten Leichen aufspießen und hier am Straßenrand aufstellen, wie unten in der Türkei«, sagte Schlesinger.

»Sie spießen nicht die verkohlten Leichen auf, sondern die verkohlten Wagen«, sagte ich.

»Weiß ich«, sagte er, »aber das würdste hier nie durchkriegen, Wagen aufspießen. Nie.«

Er fuhr von der AVUS ab auf die Spanische Allee, bog links ab in die Wasgenstraße, rechts in die Matterhornstraße und wieder rechts in eine Straße, an deren Namen ich mich beim besten Willen nicht mehr erinnern kann.

»Das links ist das ungarische Konsulat, also keine Schießereien hier, sonst nehmen sie dich nicht mal mehr im Osten, wenn alles schiefgeht.«

Ich ließ die Waffe in der Lederjacke verschwinden.

4. Quilts cremefarbenes Mercedescoupé stand in der Einfahrt, sonst war nichts zu sehen. Wir liefen die Auffahrt rauf und schlugen uns dann rechts in die Büsche, um unangekündigt über die Terrasse ins Haus zu gehen.

Hinten war alles ruhig, und der Garten sah immer noch aus, als ob er in einer stillen, netten Gegend liegen würde. Die Tür zur Terrasse stand offen. Wir liefen gebückt an den Fenstern vorbei zur Treppe und schlichen uns ins Haus. Ich zeigte auf die Tür zu dem großen Zimmer. Dahinter war leise Quilts Stimme zu hören. Er schien zu telephonieren, jedenfalls war in den kurzen Pausen keine zweite Stimme zu hören. Ich öffnete die Tür einen Spalt.

»Ja, ja«, sagte Quilt leise, »später.«

Ich sah nach hinten zu Schlesinger, der mit dem Rücken zur Tür stand. Er drehte sich um und flüsterte: »Rein ins Vergnügen.«

Ich stieß die Tür auf. Quilt saß in einem der Sessel, in einem seidenen Morgenmantel. Seine Haare waren naß. Er hatte graue Ringe unter den Augen und sah auch ansonsten so aus, als ob ihn das Wochenende in Moabit ziemlich mitgenommen hätte. Das Telephon hatte er auf den Knien.

»Ich...« sagte er. Dann sah er mich. »Sills ist hier. Er ist *hier*«, sagte er schnell in den Hörer. Dann legte er auf.

»Sills.« Er schrie fast.

»Ein bißchen leiser, wenns geht, ich bin ja nicht taub.«

»Sills.« Das Telephon fiel auf den Boden. »Was tun Sie hier, ich dachte...«

»Sie dachten, ich hätte mich schon längst gestellt, was? Wer war das? Senger?«

»Senger? Nein, Sills, nicht Senger, ich habe mit Leyfeldt gesprochen. Er hat gesagt, daß Sie in Schwierigkeiten sind.«

Schlesinger sah mich an.

»Nicht der Rede wert, Quilt. Nichts gegen die Schwierigkeiten, in denen Sie stecken.«

»Ich weiß nicht, wovon Sie reden, Sills. Sie haben mich aus der Untersuchungshaft entlassen.«

»Weil sie jetzt hinter mir her sind.« Ich stellte mich vor den Sessel. »Und ich bin hinter Ihnen her.«

Er krümmte sich und sah zur Tür. Dann sah er Schlesinger an, der daneben stehengeblieben war.

»Es ... es tut mir wirklich leid, Sills, daß Sie wegen mir in Schwierigkeiten geraten sind. Wenn ich Ihnen irgendwie helfen kann, dann ...« Er fuhr sich mit der Zunge über die Lippen. »Wenn ich irgend etwas für Sie tun kann, ich meine, wenn Sie Geld brauchen, sagen Sie es, sagen Sie es mir.«

»Senger hat mich schon bezahlt. Sie haben mich noch fast eine Woche auf dem Hals, Quilt, und um Ihnen zu zeigen, daß ich Ihr Geld nicht zum Fenster rauswerfe, werden wir jetzt einen kleinen Ausflug machen, nur wir drei, und dann werden Sie uns ein paar Fragen beantworten.«

»Ich ...« sagte Quilt, sah dann aber ein, daß es sinnlos war.

»Los, gehn wir«, flüsterte Schlesinger.

»Sollen wir ihn vielleicht im Morgenmantel mitnehmen?«

Ich drehte mich wieder zu Quilt um.

»Wer ist sonst noch hier?«

»Wer soll sonst noch ...«

»Wer hat Sie hergefahren?«

Quilt sagte nichts, er starrte nur hinter mich, zur Tür.

»Verdammt«, sagte Schlesinger.

Ich drehte mich wieder um. In der Halle stand die Schlangenlederjacke mit einer Waffe in der Hand. Er ließ Schlesinger vor sich her ins Zimmer gehen.

»Sills«, sagte er. »Wie nett von Ihnen, daß Sie uns den Ärger ersparen wollten, nach Ihnen zu suchen. Nicht daß ich von Ihnen nicht so was gedacht hätte.« Er grinste. »Und jetzt mal die Flossen hoch.«

Schlesinger hob langsam die Hände über den Kopf.

»Die Einladung gilt auch für Sie, Sills.«

Ich hob die Hände hoch. Er stand vielleicht zwei Meter von Schlesinger entfernt, der den Kopf senkte und betrübt schüttelte.

»Ich habs gewußt«, sagte er, »ich habs doch gewußt. Mit dir geht einfach alles schief.« Die Schlangenlederjacke grinste ihn an. In diesem Augenblick hob Schlesinger den Kopf wieder und schrie: »Nein! Nicht, Sills!«

Ich hatte mich nicht von der Stelle gerührt.

Schlangenleder riß die Waffe herum. Es sah so aus, als ob er auf irgendwas schießen wollte. Einen Augenblick lang sah es so aus, als ob er auf mich schießen wollte, und er hätte vielleicht sogar auf mich geschossen, wenn Schlesinger nicht mit beiden Händen auf seiner Rechten mit der Knarre gelandet wäre. Das Ding ging los, traf aber nur das Sofa hinter mir. Die Polsterung platzte, und Roßhaar quoll aus einem riesigen Loch.

Schlesinger landete einen Schwinger an seiner Schläfe. Ich stieß Quilt, der aus dem Sessel gesprungen war, den Ellbogen vor die Brust, und er setzte sich wieder. Die Schlangenlederjacke lag auf dem Boden, und Schlesinger klaubte seine Waffe auf.

»Danke, verdammt«, sagte ich. »Beinah wär ich dabei draufgegangen.«

»Du brauchst mich gar nicht so anzusehen«, sagte er. »Es geht meistens gut.«

»Und wenns nicht gutgeht?«

»Dann«, sagte er, »geht es daneben.«

»Ist wohl schon oft danebengegangen?«

»Keinen blassen Schimmer«, sagte Schlesinger, »ich habs eben zum ersten Mal versucht.«

Ich zeigte auf die Schlangenlederjacke.

»Er sieht zwar nicht danach aus, aber er hat noch einen Freund.«

Sein Freund, der Nägelausreißer, ließ nicht allzu lange auf sich warten. In der Halle kamen Schritte die Treppe runter. Ich sah, daß Schlesinger sich neben der Tür an die Wand stellte, drehte ihm schnell den Rücken zu und kniete mich auf Quilt.

»Besser, Sie sind jetzt für ne Weile still, Quilt, sonst geht es Ihnen wie Ihrem Sofa«, zischte ich.

Durch die Tür konnte der andere nur sehen, daß die Schlangenlederjacke zu Boden gegangen war und daß ich dabei war, Quilt in die Mangel zu nehmen. Er schien ins

Zimmer zu stürmen. Es gab ein häßliches Geräusch, ein kurzes Gurgeln, und dann lag er da und sah sich den Teppich aus nächster Nähe an.

»Wars das?« fragte Schlesinger.

»Wo ist Lohmeyer?« fragte ich Quilt.

»Lohmeyer ist ... nicht ...«

»Wenn er erstickt, nützt er uns nichts mehr, Sills.«

»Lohmeyer ist ... nicht hier«, keuchte Quilt.

»Verschwinden wir hier«, sagte Schlesinger. Ich riß Quilt hoch und schob ihn in Richtung Tür.

Dreizehntes Kapitel

1. »Wohin fahren wir?« wimmerte Quilt und versuchte sich zu mir umzudrehen. »Sills! Ich will sofort wissen, wohin Sie mich bringen? Ich... ich bin immer noch Ihr Klient.«

Er schwitzte, und das nicht nur wegen der Hitze. Quilt wußte, daß wir ihn durch die Mangel drehen würden, und der Eindruck, den Schlesinger bisher bei ihm hinterlassen hatte, versprach nicht gerade die sanfteste Behandlung. Schweißperlen standen ihm in den Nackenfalten, als Schlesinger in der Köpenicker Straße auf die Bremse stieg. Wir waren wieder in der Nähe der Oberbaumbrücke: Vor uns ragten die rußgeschwärzten BEHALA-Speicher des Osthafens auf. Seit der Hafen durch die Teilung der Stadt lahmgelegt war, hatten sich hier ein paar Transportbetriebe angesiedelt, Fast-food-Hersteller und Briefkastenfirmen, die nur die Berlinhilfe kassieren wollten. Einige Dächer waren eingefallen, auf den Straßen wuchs das Unkraut, und die Fassaden sahen aus wie die Kulissen einer Geisterstadt. Überall standen aufgebockte Wagen, aus denen die Innereien quollen. Schlesinger fuhr langsam auf eins der heruntergekommenen Fabrikgelände zu.

»Ich bin mir nicht sicher, ob Sie je mein Klient waren, Quilt«, sagte ich. »Ich fürchte, es gibt nichts Schriftliches.«

»Senger hat Sie doch bezahlt.«

»Hat er«, sagte ich. »Heißt das, ich habe mich an das zu halten, was Senger sagt?«

»Ich dachte, das wäre klar.«

»Mir schon, aber Ihnen offensichtlich nicht. Wenn Senger derjenige ist, der das Sagen hat, kann ich Sie in aller Ruhe durch die Mangel drehen.«

Er riß die Augen auf.

»Was?«

»Senger hat mir gestern gesagt, daß der Auftrag erledigt ist, sobald Sie auf freien Fuß gesetzt sind.«

Der Karmann rollte in eine schmale Sackgasse zwischen zwei hohen, schmutzigroten Speichern. Die Asphaltdecke war aufgebrochen, in den Löchern standen ölig schillernde Pfützen, und an den Mauern lagen Haufen mit Lumpen. In der Luft hing ein stechender Ölgeruch, und die Stille lag über dem Hafenbecken wie eine alte, verfilzte Decke. Das Ganze erinnerte entfernt an den Hof vor den Fenstern meines Büros. Überhaupt zog es mich zurück in mein Büro, in mein stickiges Büro, zu den Fliegen und der stinkenden Couch, ich wollte nichts als hinter meinem Schreibtisch sitzen, eine Gitane nach der anderen rauchen, auf das leise Rieseln der Zeit lauschen und mich der vergleichsweise angenehmen Frage widmen, wie lange meine unbezahlten Rechnungen noch unbezahlt bleiben konnten, bevor es brenzlig wurde.

Schlesinger stieg aus und ging um den Wagen.

»Komm schon«, zischte er, »oder soll ich dir erst Beine machen?«

Quilt versuchte, den Gurt loszuwerden, aber seine Finger zitterten so sehr, daß ich ihm helfen mußte. Er klammerte sich mit der Hand an die Gurthalterung, und als ich sie wegzerrte, sah ich, daß seine Fingernägel bis auf blutige Splitter abgekaut waren. Wir stiegen aus dem Wagen. Als er draußen war, erstarrte Quilt. Er sah Schlesinger an. Und die Brechstange in Schlesingers Hand.

»Da sind wir, Quilt.« Schlesinger grinste wieder, und sein Gesicht verzog sich zu einer Fratze. Wenn er wollte, konnte er so herzlos aussehen wie ein rostiger Nagel, der schief aus einem Türrahmen ragt.

Wir gingen aufs Wasser zu. Am Ende der Sackgasse war eine niedrige Betonmauer, die etwa zwei Meter über dem graubraunen Spreewasser vor sich hin bröckelte, ein pokkenbedeckter Anlegepflock und eine schmale Treppe, die links hinunter zum Wasser führte.

»Hier runter.«

Schlesinger stieß Quilt mit der Brechstange die Treppe

runter. Quilt taumelte und mußte sich an der Mauer abstützen. Wenn nicht so große Hitze herrschte wie jetzt, lagen die letzten Stufen der Treppe unter Wasser. Eine blaugrün schillernde Algenschicht hatte sich auf ihnen abgesetzt, und dasselbe schmierige Zeug bedeckte die Schwelle einer kleinen, rostigen Tür links in der Mauer. Vor der Tür hing ein neues Vorhängeschloß. Schlesinger setzte die Brechstange an und brach den Ring heraus.

»Nach Ihnen, Quilt.«

Quilt setzte zögernd einen Fuß über die Schwelle. Hinter der Tür herrschte Finsternis. Modergeruch schlug uns entgegen. Schlesinger stieß Quilt von hinten mit der Brechstange und lachte.

»Ab zu den Ratten.«

Ich hörte, wie es um uns herum kratzte, raschelte und scharrte, und bildete mir einen Augenblick lang ein, eine Bewegung neben der Tür zu sehen, ein schnelles Krümmen wie von einem Rattenschwanz.

»Wo sind wir hier?« flüsterte ich.

»Teil der alten Bunkeranlage im Hafen«, sagte Schlesinger. »Der Rest des Bunkers ist geflutet.«

Auf dem Boden stand das Wasser in großen Pfützen. Es roch nach verfaultem Wasser, Moder und Rattendreck.

Schlesinger brannte eine Fackel an, die neben der Tür in einer Drahtschlinge hing. Wir standen in einem kleinen Raum, in dem sich zwei Gänge trafen. Die Gänge waren nur zwei Meter hoch und vielleicht drei oder vier Meter breit, und sie liefen wie Schläuche links und rechts am Wasser entlang. Es gab keine Öffnungen in den Mauern, und der Geruch wurde mit jedem Schritt schlimmer. Wir gingen nach rechts. Ich versuchte nicht nach unten zu sehen, aber das Geraschel der Ratten war nicht zu überhören.

Am Ende des Schlauchs war eine Stahltür, deren Angeln so verrostet waren, daß Schlesinger sie aufstemmen mußte. Hinter der Tür war eine Art Treppenhaus, links ging die Treppe nach unten, rechts drei Stufen nach oben. Das Treppenhaus mußte unter einem der Speicher liegen. Der linke Teil war überflutet. Als ich mit der Fackel auf das Wasser sah, sprangen zwei Ratten, die auf der obersten Stufe gesessen hatten, in das schwarze Wasser, das stank wie eine lange aufgegebene Kloake.

Schlesinger zeigte auf die Brühe, die mit Holz und schmutzigen Styroporstücken und anderem Müll bedeckt war.

»Hier gehts in die unteren Stockwerke.«

Er ging die drei Stufen nach oben. Wieder eine Tür mit verrosteten Angeln. Dahinter lag ein kleiner, ziemlich trokkener Raum. Nur in einer Ecke tropfte Wasser neben einem rostigen Rohr, wohl einer Art Abfluß, über die veralgte Wand in ein Loch im Boden.

In einer Ecke standen Stühle, alte, dunkelgrün gestrichene Klappstühle. Schlesinger stellte einen davon in die Mitte des Raums und nahm Quilt das Jackett ab. Dann holte er Gewebeband aus der Tasche und band ihm zuerst die Hände hinter der Lehne des Stuhls zusammen, dann die Füße an die Querschiene zwischen den Stuhlbeinen. Quilt zitterte vor Angst. Dann setzte sich Schlesinger so hinter ihn, daß Quilt ihn nicht sehen konnte, ohne den Kopf zu drehen, zündete sich eine Zigarette an und schlug mit der Spitze der Brechstange gegen ein Stuhlbein. Ich setzte mich vor Quilt.

»Ich finde es hier unten genauso unangenehm wie Sie, Quilt«, sagte ich leise. »Auf Dauer dürfte es für Sie allerdings wesentlich unangenehmer werden als für uns. Hier ist der Deal: Wenn Sie reden, wird Ihnen nicht das Geringste passieren. Wir werden Sie zurückbringen und die Dinge irgendwie auf die Reihe kriegen. Wenn Sie wollen, werden wir Sie sogar vor Senger verstecken, bis wir das Ganze hinter uns haben.« Ich beugte mich vor. »Wenn Sie nicht reden, verspreche ich Ihnen, daß es hier unten noch viel unangenehmer wird, als Sie sich das im Augenblick vorstellen können. Haben Sie verstanden?«

Er sagte nichts. Seine wäßrig-blauen Augen irrten hin und her, und ich konnte sehen, daß er den Kopf drehen wollte, um nach Schlesinger zu sehen, gleichzeitig aber Angst davor hatte, mich aus den Augen zu lassen. Die Brechstange fiel auf den Boden, und Quilt zuckte zusammen.

»Weshalb, Quilt, weshalb haben Sie mich angeheuert?«

»Weshalb ich Sie…?« Er sah mich an, und in seinen Augen lag etwas Flehendes, ein Blick, den ich schon einmal gesehen hatte. Ein Blick, der mir eine Menge Scherereien eingebrockt hatte.

»Als ich am Donnerstag zu mir kam, hatte ich doch keine Ahnung, was passiert war«, sagte er so schnell, daß er über seine eigenen Wörter zu stolpern schien. »Ich… ich hatte vergessen, daß Senger schon gegangen war, und ich dachte, wenn er irgendwas mit der Sache zu tun hat, hängt er mir was an.«

»Weshalb sollte er Ihnen was anhängen?«

»Er war doch der letzte, der gegangen ist. Entweder er oder ich, das haben Sie doch selbst…«

Ich sah ihn an. Dann lächelte ich.

»Entweder er oder Sie, sicher.«

Das war der rote Faden, der durch die ganze Sache lief. Entweder Quilt oder Senger.

»Wenn ich mich nicht irre, hat Reisz Ihrer Erinnerung ein bißchen auf die Sprünge geholfen. Wie steht es inzwischen? Heißt es inzwischen nicht: weder Senger noch Sie?«

»Er ist gegangen, Sills, ich schwörs Ihnen, ich kann mich jetzt dran erinnern, daß er gegangen ist. Und dann war ich…«

»…weggetreten, das hatten wir alles schon. Und dann?«

»Woher soll ich wissen, was dann…«

»Ja, woher sollen Sie das wissen?« Ich lächelte ihn immer noch an. »Lassen Sie sich gefälligst was einfallen, Quilt, oder mein Freund dort hinter Ihnen holt es mit der Brechstange aus Ihnen raus.«

Schlesinger ließ die Spitze der Brechstange über den Boden schleifen.

»Ich weiß nichts«, kreischte Quilt, und seine Stimme überschlug sich. Gleichzeitig versuchte er sich auf seinem Stuhl zu bewegen.

»Woher kennen Sie Senger, Quilt? Und bleiben Sie gefälligst sitzen, sonst fallen Sie noch auf die Nase.«

»Senger?« Er lachte hysterisch. »Was haben Sie denn die ganze Zeit getrieben, Sills? Senger und ich sind Partner. Geschäftspartner.«

»Seit wann sind Sie Sengers Partner?«

»Seit, warten Sie, 1980... nein, seit 1981.«

»Seit 1981?«

»Ja.«

Ich lehnte mich zurück, sah ihn an und sagte nichts mehr. Ich sah es kommen. Quilt nicht. Er hörte vielleicht auch das leise Schwingen der Brechstange nicht, als sie einen halben Meter an seinem Kopf vorbeiflog, fast genauso knapp wie an meinem, und dann mit einem Scheppern in der Tür stekkenblieb. Aus einer der dunklen Ecken, aus der Ecke mit den Stühlen, kam das Fiepen einer Ratte. Quilt krümmte sich und fiel mit seinem Stuhl fast um. Ich stand auf, zog die Stange mit einiger Mühe aus der Tür und legte sie auf meinen Stuhl.

»Mir reichts, Quilt. Ich werde Sie mit meinem Freund allein lassen, vielleicht fällt Ihnen dann eine bessere Geschichte ein.«

»Nein«, schrie er. »Nein, Sills. Lassen Sie mich nicht allein.«

Ich ging zurück zur Tür.

»Sills«, schrie er, »warten Sie.«

Ich blieb stehen, drehte mich um und herrschte ihn an.

»Wer wars, Quilt? Wer hat sie erstochen?«

Er brüllte es, und seine Stimme sprang zwischen den Wänden hin und her.

»Ich, ich wars, ich hab sie umgebracht.«

Ich starrte ihn an. Es sah echt aus. Es sah genauso echt aus wie alles andere, was Quilt bisher geboten hatte.

2. »Ich kann mich nicht richtig daran erinnern. Sie... sie war in diesem Zimmer, und ich war bei ihr, außer uns war niemand da, und sie hat gelacht, verstehen Sie, Sills, sie hat über mich gelacht, im ganzen Zimmer war nichts als dieses hämische Gelächter, sie hat gesagt, was für ein lächerlicher

Schlappschwanz ich wäre, und dann hatte ich das Messer in der Hand, und alles war voller Blut, ich war schon über und über mit ihrem Blut beschmiert, und irgendwie schien sie immer noch zu lachen, verstehen Sie, sie lachte immer weiter, obwohl sie doch schon tot war. Ich bin aus dem Zimmer gerannt und...«

Quilt war in Fahrt gekommen. Fast schien er froh zu sein, es endlich ausspucken und hinter sich bringen zu können.

Ich nahm die Brechstange in die Hand.

»Haben Sie nicht was vergessen?«

»Vergessen?«

»Vergessen. Meinetwegen, Sie hatten Ihren Auftritt, geschenkt, Sie sind ausgerastet, waren im Blutrausch, alles geschenkt, Quilt, und dann sind Sie irgendwann mit dem Messer in der Hand aus dem Zimmer gerannt, das kaufe ich Ihnen alles ab, aber vorher sind Sie noch an der Tür stehengeblieben und haben das Licht ausgemacht. Mit der Rückseite Ihrer blutbeschmierten Finger, um nur ja keine Fingerabdrücke zu hinterlassen.« Ich schüttelte den Kopf. »Ihre Geschichte stinkt schon wieder, Quilt.«

Seine wäßrig-blauen Augen irrten hin und her.

»Woher kennen Sie Senger, Quilt?«

»Das habe ich Ihnen doch vorhin schon gesagt«, jammerte er. »Wir sind...«

»Partner, ich weiß«, sagte ich und winkte ab. »Geschäftspartner. Seit 1981.« Ich schüttelte den Kopf. »Sie lügen, Quilt, ich weiß nicht, weshalb, aber Sie lügen.«

Quilt wußte nicht, was ich wußte. Und was immer er ahnte, er zeigte es nicht. Er hatte Angst, aber ich sah, wie seine Augen mein Gesicht abtasteten, wie sie nach einer Spur dessen suchten, was ich herausgefunden hatte.

»Früher, in München, hatten Sie eine eigene Firma, ein Synchronstudio namens Voices and Sounds. Richtig?«

Er nickte.

»Dann haben Sie den Laden in München dichtgemacht, sind Ende der 70er nach Berlin gezogen, und in Berlin haben Sie 1981 wieder so eine Klitsche aufgemacht, wieder unter dem Namen Voices and Sounds, mit Senger als Partner.«

Er nickte.

Wir schwiegen eine Weile.

Dann sagte ich leise: »Die Frage ist: mit welchem Senger?«

Sein Kopf bewegte sich nicht, es sah so aus, als ob er immer noch auf den Boden starren würde, aber ich spürte, daß er mich ansah.

»Was meinen Sie, mit welchem Senger? Sie haben Senger doch gesehen.«

»Klar, habe ich. Ein Wrack namens Friedrich Senger, das bald abkratzen wird. Sehr bald, wie ich hoffe. Irgendeine Rolle spielt er sicher in dieser Geschichte, ich weiß nicht, welche, aber dazu kommen wir schon noch. Was ich jetzt wissen will, Quilt, ist, wo in Ihrer beschissenen Geschichte Sengers Sohn vorkommt.«

Einen Augenblick lang war es sehr still, bis auf das Gefiepe aus der Ecke.

Dann fragte Quilt leise: »Sengers Sohn?«

Er fuhr sich mit der Zunge über die Lippen.

Hinter ihm fuchtelte Schlesinger in der Luft rum.

»Sicher, Sengers Sohn. Wie heißt er noch? Ernst Senger, nicht? Sie erinnern sich doch, oder?«

»Sengers Sohn?« stotterte er.

»Weshalb decken Sie ihn, Quilt? Zwingt Senger Sie dazu, ihn zu decken?«

Schlesinger verzog das Gesicht und drehte sich zur Seite.

Ich packte Quilt beim Kragen seines Hemds.

»Wer wars, Quilt? Sie oder Sengers Sohn?«

Quilt keuchte.

»Sengers Sohn«, stieß er schnell hervor. Etwas schien sich in seinem Gesicht zu entspannen wie ein Krampf, der langsam nachläßt.

»Sengers Sohn wars.«

3. »So kommen wir nicht weiter«, zischte Schlesinger, als wir im Schein seines Feuerzeugs vor der Tür standen. Die Styroporstücke auf der dunklen Brühe schaukelten hin und her.

»Merkst du nicht, wie du ihm soufflierst? Zuerst gibt er zu, daß er sie umgebracht hat, weil er denkt, das ist es, was du hören willst. Dann bringst du Sengers Sohn ins Spiel, er spitzt die Ohren, hört *Sengers* Sohn, und schon war er es, der sie um die Ecke gebracht hat. Wenn du jetzt reingehst und ihm sagst, daß es Harald Juhnke war, wird er sagen, klar, Mann, klar wars Juhnke.«

»Kaufst du ihm etwa ab, daß er es selbst getan hat?«

Schlesinger wischte sich den Schweiß von der Stirn.

»Ich weiß es nicht«, sagte er. »Alles, was ich weiß, ist, daß er es getan haben kann.«

»Sieh ihn dir doch an«, sagte ich. »Er zittert, soviel Schiß hat er vor dir.«

»Willst du etwa behaupten, er sieht nicht so aus, als ob er die Frank abgestochen haben könnte? Seh ich etwa so aus, als ob ich ihn mit der Brechstange erschlagen wollte?«

»Wenn du mich schon so fragst: Genauso siehst du aus.«

Wir lachten.

»Gib mir fünf Minuten mit unserem Schmuckstück«, sagte Schlesinger und drückte mir sein Feuerzeug in die Hand. »Fünf Minuten, und wir wissen, wer es war, Sengers Sohn oder er oder Harry Juhnke.«

Er riß die Tür auf. Die rostigen Angeln knarrten, und sein Gesicht sah im Schein der Fackel gespenstisch aus, verzerrt wie eine Fratze, auf die jemand getreten hatte. Er sagte nichts, als er auf der Türschwelle stand, grinste nur und zog die Tür zu, so weit es ging.

Ein Schrei kam aus dem Raum, als Quilt ihn in der Tür stehen sah, es war ein leiser, erstickter Schrei, aber er hallte noch eine ganze Weile durch den Gang hinter mir. Ich stand im Finstern und hielt mich an Schlesingers Feuerzeug fest, nur ein düsterer Lichtschimmer drang aus dem Raum, in dem Schlesinger jetzt die Brechstange an der Wand entlangschleifte, nach draußen.

Ich fluchte leise.

Eigentlich war alles ganz einfach: Quilt sah nicht aus wie jemand, der sein Opfer mit dem Messer vor sich herscheucht und immer wieder auf es einsticht, bis es an irgendeiner Wand zusammenbricht. Ich hatte es gesehen, schon am Donnerstag, als er in meinem Büro vor mir saß und seinen Hut zerdrückte, hatte ich es gesehen. Vielleicht hatte Schlesinger recht, und ich sollte einen Dreck auf das geben, was ich in Quilts Gesicht gesehen hatte oder was ich nicht gesehen hatte, aber da war immer noch eine Frage, auf die ich bisher keine Antwort gefunden hatte, die Frage der Fragen: Wenn Quilt es getan hatte, weshalb deckte ihn Senger dann?

Senger hatte ihn in der Hand, finanziell, aber ich war mir ziemlich sicher, daß es hier nicht nur um so etwas Läppisches wie Quilts Finanzen ging. Es ging um mehr, um viel mehr. Was hatte Senger über Quilt gesagt? *Quilt ist, wie soll ich es sagen, Quilt ist schwach, Sills. Vergessen Sie das nicht. Er hat nicht nur seine kleinen Schwächen wie wir alle, verstehen Sie, er ist schwach. Ein Schwächling.*

Ich hörte, wie Schlesinger leise auf Quilt einredete.

Schon bei unserer ersten Begegnung hatte Senger keinen Hehl daraus gemacht, daß er Quilt verachtete, und Quilt machte es einem leicht, ihn zu verachten. Andererseits gab es irgend etwas, das nicht nur Quilt an Senger, sondern auch Senger an Quilt band, vielleicht Sengers Sohn. Der geheimnisvolle Sohn. Vielleicht war er der dritte Mann an jenem Abend gewesen, wenn die Sache mit dem dritten Mann stimmte. Quilt und Sengers Sohn waren fast im gleichen Alter, vielleicht waren sie sich begegnet und hatten sich angefreundet, als Quilt hierhergekommen war. Henning hatte gesagt, daß Quilt eine Schwuchtel war. Vielleicht hatten sie sich mehr als nur angefreundet. Wenn, konnte Senger eine solche Beziehung kaum gefallen haben. *Quilt ist, wie soll ich es sagen, Quilt ist schwach, Sills. Vergessen Sie das nicht. Er hat nicht nur seine kleinen Schwächen wie wir alle, verstehen Sie, er ist schwach. Ein Schwächling.* Hatte Senger dem Treiben ruhig zugesehen? Oder hatte er seinen Sohn irgendwie aus dem Verkehr gezogen? Ihn irgendwohin geschickt, um ihn Quilts Einfluß zu entziehen? Was, wenn Sengers Sohn ohne Wissen seines Vaters zurückgekommen war? Wenn es an dem Abend plötzlich zu einer Katastrophe gekommen war, noch bevor Senger hatte eingreifen können? Aber wenn Senger die Freundschaft zwischen Quilt und seinem Sohn nicht paßte, weshalb hatte er Quilt dann nicht einfach einen Tritt in den Hintern gegeben und ihn bei Venus Films rausgeworfen? Wußte Quilt irgendwas über Senger oder über seinen Sohn? Etwas, das mit dem Abend zu tun hatte? Oder etwas, das weiter zurückreichte? Mußte Senger ihn deshalb wenigstens finanziell über Wasser halten? Erpreßte ihn Quilt?

Plötzlich hörte ich hinter der Tür einen Schrei, einen hohen, durchdringenden Schrei, und sofort danach ein helles, metallisches Klingen, zwei- oder dreimal, dem jeweils ein Schrei folgte.

»Ich sag doch, er wars«, schrie Quilt. »Er wars.« Seine Stimme überschlug sich. »Sengers Sohn. Er wars.«

Ich riß die Tür auf.

Quilt war mit dem Stuhl umgefallen, und Schlesinger stand über ihm. Die Rückenlehne des Klappstuhls war durchgebrochen. Quilts Beine zuckten hin und her. Er röchelte. Er war vollkommen mit den Nerven runter.

»Scheiße«, sagte Schlesinger.

»Es reicht jetzt«, sagte ich und legte ihm die Hand auf die Schulter. »Hilf mir.«

Wir stellten den Stuhl mit Quilt wieder auf die Beine.

»Ich glaube diesem fetten Schwein kein Wort«, sagte Schlesinger mit einem Beben in der Stimme. »Kein einziges gottverdammtes Wort.«

4. Ich schloß die Tür hinter Schlesinger. Quilt sah mich an. Er schien sich einigermaßen gefangen zu haben. Ein leichtes Zittern lief durch seinen Körper, als ob es ihn vor Müdigkeit schütteln würde. Ich ließ ihm Zeit und zündete mir eine Zigarette an. Irgendwann hob er den Kopf.

Wir saßen uns wieder gegenüber, in der feuchten, dumpfen Luft des Bunkers, und starrten uns an. Die Fackel war fast niedergebrannt. Es war zu dunkel, um genau zu sagen, was in seinem Gesicht vor sich ging, aber ich konnte sehen, daß es nicht das war, was ich erwartet hatte. Ich hatte erwartet, daß sich, nachdem Schicht für Schicht abgefallen war, das zeigen würde, was am Boden von allem liegt: Angst, nackte, häßliche Angst, Angst, die ich mir immer so vorgestellt hatte wie ein in einer Ecke zusammengekauertes Etwas, dem die Haut abgezogen worden ist, etwas, das einem Menschen ähnelt, dem aber gleichzeitig alles Menschliche fehlt.

Es zeigte sich nichts dergleichen.

Nichts, außer vielleicht der Spur eines Grinsens.

»Weshalb haben Sie gelogen, Quilt?« fragte ich und setzte mich wieder vor ihn.

»Gelogen?«

»Weshalb haben Sie zuerst gesagt, daß Sie es waren?«

Er stierte auf sein Jackett.

»Quilt?«

Nichts.

»Quilt?«

Nach einer Weile sagte er leise: »Ich wußte nicht, daß Sie über Sengers Sohn Bescheid wissen. Wie haben Sie davon erfahren?«

»Wir haben ein paar alte Akten ausgegraben«, sagte ich. »Wann kam er? Als die anderen gegangen waren?«

»Ja«, sagte Quilt. Und dann leise: »Wie immer.«

»Wie immer? Das heißt, die anderen Frauen, die Frauen, die behaupten, Sie hätten versucht, sie zu vergewaltigen, sind alle von Sengers Sohn ...? Alle bei Ihren kleinen Partys? Sie wußten, was passieren würde, und haben nichts getan?«

»Es war das erste Mal, daß er eine mit dem Messer angegriffen hat«, flüsterte er.

»Aber er hat die anderen angegriffen und versucht sie zu vergewaltigen.«

Nichts.

»Quilt!«

Quilt zuckte mit den Schultern.

»Und?«

»Und?!«

»Und wenn er versucht hat, sie zu vergewaltigen, was dann?«

»Ich verstehe nicht, wie Senger verhindert, daß eine von ihnen das Ganze an die große Glocke hängt.«

Dann passierte es: Quilt grinste. Das Grinsen brach regelrecht aus ihm heraus.

»Sie kennen Senger nicht, Sills. Vielleicht glauben Sie, daß Sie eine Ahnung davon haben, wer er ist, aber ich sage Ihnen, Sills, Sie kennen ihn nicht. Sie haben nicht die leiseste Ahnung, wie weit sein Einfluß reicht. Diese... Frauen, sie wissen, daß das, was er ihnen bietet, die Rollen, die er ihnen gibt, keine großen Rollen, aber immerhin Rollen in Filmen, die keine Pornos sind, sie wissen, daß das alles ist, was sie je kriegen werden. Es ist das letzte Angebot, das ihnen je einer machen wird. Jede von ihnen ist einem solchen Angebot jahrelang nachgerannt, und glauben Sie bloß nicht, daß auch nur eine von ihnen nicht schon öfter mehr als nur ihren Charme eingesetzt hat, um zu kriegen, was sie will. Mein Gott, was wollen Sie, Henning sagt ihnen doch, was sie erwartet.«

»Nicht, daß sie vergewaltigt werden.«

»Ach was, Sills, Sie reden hier über Unterschiede, die mit bloßem Auge kaum noch wahrzunehmen sind. Glauben Sie, daß sie *nein* sagen werden, nur weil Sengers Sohn versucht hat, sie zu vergewaltigen, ohne sie vorher zum Essen auszuführen?«

»Er ist krank, nicht?«

Quilt starrte mich an.

»Krank?« höhnte er. »*Krank?* Niemand hat was dagegen, wenn Sie sagen, daß er krank ist. Es gibt Leute, die sagen, diese Filme zu machen sei krank. Jeder nennt das krank, was ihm nicht in den Kram paßt. Krank, das ist doch bloß ein Wort, und es spielt in Sengers Wortschatz keine sonderlich große Rolle. Aber wenn es Ihnen irgend etwas bringt, nennen Sie es krank.«

»Wo ist er?« fragte ich. »Sengers Sohn, meine ich.«

»Senger bringt mich um, wenn er erfährt, daß ich Ihnen irgendwas erzählt habe. Sie kennen Senger nicht.«

»Senger wird Sie vielleicht umbringen, wenn Sie mir etwas erzählen, aber mein Freund da draußen wird Sie in Stücke reißen, wenn Sie mir nichts erzählen. Und das mit Sicherheit, und zwar bald.«

Ich lehnte mich in meinem Stuhl zurück.

»Machen Sie sich nicht lächerlich, Sills«, sagte er langsam. »Ihr Freund wird mich nicht umbringen, und Sie werden mir kein Haar krümmen.« Er grinste mich an.

»Aber Sie, Sills, Sie werden wohl oder übel dran glauben müssen.«

5. »Wie war das mit dem Film?« fragte ich.

»Mit welchem Film?«

»Wellers Film. ›Der Stecher‹.«

»Ah«, sagte er, »Wellers Meisterwerk. Haben Sie ihn gesehen?«

»Den Verschnitt.«

»Vergessen Sie den. Weller hat einen ganz anderen Film gedreht.«

»Einen Film, in dem Goldstaub eine Hauptrolle hatte.«

»Ja. Sie haben dann fast eine halbe Stunde Goldstaub rausgeschnitten, aber das hat ihnen immer noch nicht gereicht. Die Szenen waren zu gut. Sie haben sich nicht getraut, ihn rauszubringen.«

»Sie meinen, die Szenen waren zu gut, weil sie zu echt waren?«

»Sie müßten ihm zuhören, wenn er zuviel getrunken hat, dann redet Weller eine Menge merkwürdiges Zeug über die Fickfilme, die er drehen muß. Er hatte früher sogar politische Ambitionen, die sind ihm allerdings mit der Zeit abhanden gekommen. Aber eins muß man ihm lassen, sein ewiges Die-herrschende-Moral-Untergraben hin oder her, er beherrscht sein Handwerk. Er braucht nur die richtige Story.«

»Und die haben Sie ihm geliefert.«

»Ich hab sie ihm untergeschoben.« Quilt lachte. Das Ganze schien ihm langsam zu gefallen. »Oft hat er gar nicht gemerkt, daß es meine Ideen waren, mit denen er hinterher zu mir kam.«

»Ihre Ideen?«

»Na ja, Ernsts Ideen eben.«

»Hat Goldstaub etwas mit der Sache zu tun?«

»Goldstaub?« Er schüttelte den Kopf. »Nein. Goldstaub ist nur ein Gesicht, das mich irgendwie an Senger erinnert hat.«

»Sie meinen, er sieht Senger ähnlich?«

Quilt nickte.

»Wo steckt er?«

Quilt schüttelte den Kopf.

»Ich weiß es nicht, Sills.«

6. »Was sollen wir jetzt mit ihm anfangen?« fragte Schlesinger, der im Schein seines Feuerzeugs auf die trübe Brühe sah.

»Keine Ahnung. Ich werde mich mit Senger in Verbindung setzen und sehen, was er zu sagen hat. Wenn er was zu sagen hat.«

»Weshalb sollte er nichts zu sagen haben?«

»Ich hab so ein Gefühl«, sagte ich, »als ob ihm das Ganze hier vielleicht ganz gut in den Kram paßt. Vergiß nicht, wie es bisher aussieht: Derjenige, der die drei Mädchen auf dem Gewissen hat, bin ich, und jetzt habe ich auch noch eine Entführung am Bein. Würde mich nicht wundern, wenn es Senger jetzt egal ist, was mit Quilt passiert.«

Schlesinger schnippte seine Zigarette ins Wasser. Es zischte.

»Vielleicht sollten wir ihn am besten hier lassen«, sagte ich. »Ich denke, er kanns verkraften.«

Wir gingen zu Quilt zurück. Schlesinger untersuchte seine Fesseln und legte noch mehr Gewebeband auf.

»Hier unten kannst du schreien, wie du willst«, sagte er zu Quilt.

Quilt grinste ihn an.

Wir ließen ihn unten sitzen. Eine neue Fackel brannte, als wir die Tür wieder zustemmten, aber sie würde nicht ewig brennen. Er würde im Dunkeln sitzen. Er würde die Ratten hören, das Scharren ihrer Füße, und vielleicht nicht nur das.

Vierzehntes Kapitel

1. Der Montag zog sich hin, und ein Ende war nicht in Sicht. Der großen Uhr am Schlesischen Tor fehlten beide Zeiger. Die Uhr am Armaturenbrett des Karmann zeigte zehn vor fünf. Schlesinger stand in den staubigen Strahlen der Nachmittagssonne in einer Telephonzelle mit eingetretenen Scheiben und redete mit dem Bürschchen in seinem Büro. Der Punk lag immer noch im Hauseingang, den zweiten Tag jetzt. Wenn gestern der erste Tag gewesen war. Keine drei oder vier Meter weg von ihm war ein alter, verbeulter Lieferwagen im Rinnstein geparkt, neben dem ein echtes Berliner Ekel mit Schweißermaske und einer Bierwampe kniete, die ihm über den Bund seiner Jogginghose hing. Aus den Fabriketagen auf der anderen Straßenseite dröhnten die Sex Pistols. Anscheinend war in der Pfuelstraße noch alles in Ordnung.

Ich hatte Senger unter der Nummer angerufen, die mir Gehlenz gegeben hatte, aber keiner hatte mit mir sprechen wollen. Die Sache brannte mir auf den Nägeln, nicht nur wegen Quilt. Mir war nicht ganz wohl bei dem Gedanken, daß wir ihn unten im Bunker hatten sitzen lassen. Sein Grinsen zum Abschied verhieß nichts Gutes. Vielleicht drehte er langsam durch. Aber vielleicht war er dort wirklich besser aufgehoben als in Sengers Keller oder in irgendeinem Hängeboden. Oder wo immer Senger ihn hinverfrachten würde, wenn er ihm nichts mehr nützte. Aber Quilt war nichts im Vergleich zu den anderen Schwierigkeiten, die ich hatte. Um aus dem Schlamassel, in dem ich steckte, mit einigermaßen heiler Haut rauszukommen, mußte ich Sengers Sohn auftreiben. Um Sengers Sohn aufzutreiben, mußte ich dafür sorgen, daß Reisz mich nicht in die Finger bekam. Aber solange ich mich vor Reisz versteckte, konnten Senger und seine Schergen sich in aller Ruhe zurücklehnen und zusehen, wie ich mich immer tiefer reinritt. So gesehen konnte Quilt dort unten im Bunker verrotten.

Türkische Mädchen mit Kopftüchern liefen lachend über die Straße. Schlesinger schüttelte wegen irgendwas den Kopf. Dann sagte er eine Weile gar nichts, hörte nur stumm zu, und während er zuhörte, sah er auf die Straße hinaus, sah die Mädchen, sein Blick blieb an einem von ihnen hängen, folgte ihm auf seinem Weg zwischen den geparkten Wagen durch, in einen der düsteren Hauseingänge, von denen der Putz abfiel. Die schmutzig-weißen Flecken unter dem Putz sahen aus wie tote Haut.

Die ganze Zeit sagte Schlesinger kein Wort. Dann glitt sein Blick weiter über die Reihe der geparkten Wagen, fand den Karmann, wir sahen uns an, und ich wußte, daß irgendwas nicht stimmte.

Schlesinger drehte sich weg. Er klemmte sich den Hörer unters Kinn und suchte in seinen Taschen nach irgendwas. Kleingeld. Dann unterbrach er das Gespräch und wählte ein zweites Mal.

Der zweite Anruf war nur kurz. Schlesinger stieg in den Wagen.

»Kennst du einen Gehlenz?«

»Der bleiche Begleiter von Senger«, sagte ich.

»Er hat vor einer halben Stunde bei mir im Büro angerufen und nach dir gefragt.«

»Bei dir?« Irgendwas passierte da, und ich war wie immer nicht mit von der Partie. »Wie kann er...?«

»Richtig. Frage ich mich auch. Wie kann er...?«

Wie in aller Welt hatte Gehlenz Schlesinger mit mir in Verbindung gebracht?

»Ich habe keine Ahnung«, sagte ich.

Schlesinger bog in die Skalitzer.

»Jedenfalls habe ich meinem Kleinen gesagt, daß er Gehlenz, falls er wieder anruft, sagen soll, daß du bei ihm anrufst.«

»Mmh«, sagte ich.

»Is was?«

»Dein Wagen«, sagte ich. »Als Lohmeyer und die Herrn

fürs Grobe mich am Samstag abgeholt haben, bin ich bei deinem Wagen stehengeblieben und habe ihn gefragt, ob ich meine Papiere aus dem Wagen holen könnte. Lohmeyer meinte, das wär nicht mein Wagen, und ich meinte, ich hätte mir den Wagen von einem Freund geliehen.«

»Was wolltest du in meinem Wagen?«

»Die Knarre.«

Er schüttelte den Kopf.

»Jedenfalls hab ich dich jetzt mit reingezogen.«

»Hattest du vorher schon, wegen Beihilfe und ein paar anderen Delikten.«

»Ja, ja, aber das waren alles nur die einleitenden Kleinigkeiten. Die richtig dicken Brocken kommen noch, jetzt, wo Senger Bescheid weiß.«

»Ja«, sagte Schlesinger. »Wenn mir oder meinem Kleinen was passiert, setzts ein paar Ohrfeigen.«

2. Schlesinger setzte mich am Halleschen Tor ab und fuhr weiter zu Liersch. Ich hatte keine Lust, wieder irgendeinem Blockwart und seinen joggenden Kohorten zu begegnen, und so mußte ich mich wohl oder übel einem Taxifahrer ausliefern und darauf hoffen, daß er nichts von dem glaubte, was in seiner BZ stand.

Meine Freundin am Empfang hatte mich schon der fernmündlichen Auskunft für würdig befunden, daß Weller noch in seinem Büro war, allerdings gerade in einer Besprechung steckte, und sie hatte nicht gelogen. Weller war nicht nur in seinem Büro, er saß auch immer noch so hinter seinem Schreibtisch, wie ich ihn am Freitag verlassen hatte. Es sah so aus, als ob er sich die ganze Zeit nicht von der Stelle gerührt hätte. Er steckte mitten in einer Besprechung mit der Flasche.

»Sills«, lallte er. Das Zimmer stank wie eine alte Destille.

»Weller«, sagte ich. »Tag und Nacht dabei, was?« Ich ging durch die Alkoholschwaden zum Schreibtisch, blieb dann aber an der Wand stehen und zeigte auf das Photo.

»Sagen Sie mal, wer ist das da auf dem Photo, der mit der Kalkfratze?«

»Mar...tin«, lallte er. »Martin Scor...sese.«

»Was Sie nicht sagen«, sagte ich. »Sie haben ein signiertes Photo von Scorsese? Iss jan Ding.«

Er glotzte das Photo an. Ich ließ ihn glotzen und ging zu meiner Freundin.

»Herr Weller fühlt sich nicht besonders. War anscheinend eine anstrengende Besprechung. Hätten Sie vielleicht einen Schluck Kaffee für ihn übrig?«

Zuerst schien sie es nicht mitzukriegen. Dann sah es einen Augenblick lang so aus, als ob sie die Telephone von der Empfangstheke wischen wollte. Dann fing sie an, mich anzufauchen.

»Ick bin hier nich die Kaffeemaschine, vastehste det? Und die von dem besoffenen Wella da drin schon jah nüscht. Jeht mir ja nüscht an, wie der Herr sich fühlt. Jeht mir nüscht die Bohne an. Nix drin mit Kaffe.«

»Aha«, sagte ich. »Danke.«

»Wat heeßt hier danke? Ick jeb Ihnen gleich ma wat von wejen danke.«

Eins der Telephone klingelte. Sie griff danach wie ein Hütchenspieler nach seinen Hütchen und flötete in den Hörer.

Ich winkte ihr zu.

In seinem Büro sprach Weller gerade wieder mit der Flasche.

Ich nahm sie ihm aus der Hand und sagte: »Weller, Sie müssen mir noch mal helfen.«

Er nahm Anlauf und kam nach einer Weile mit einem verwischten »...Vergnügen« nieder.

»Ich war bei Goldstaub«, sagte ich, ganz langsam, damit er es mitbekam. »Paul Goldstaub. Der, der den Mörder in Ihrem Film gespielt hat.«

»Mörder«, lallte er.

»Ja, den Mörder. Goldstaub hat gesagt, daß die meisten Szenen, in denen er gespielt hat, später von der Berg rausgeschnitten wurden.«

»Berg geschnitten.«

»Weller!« schrie ich ihn an, als er wieder nach der Flasche greifen wollte. »Jetzt reißen Sie sich mal nen Augenblick zusammen.«

Er fiel fast vom Stuhl. Ich hievte ihn ganz runter.

»Wir gehen jetzt ein paar Schritt, ins Archiv.«

Vielleicht hatte er sich seit Freitag wirklich nicht vom Fleck gerührt. Jedenfalls wollte er sofort in die Knie gehen.

»Nichts da, Weller.« Er griff nach der Flasche. »Ja, verdammt, die Flasche nehmen wir mit.«

3. Wir fanden das Archiv. Der Archivar hieß zwar Willy, sah aber anders aus als Willy aus dem Reichenberger Eck. Er kam nicht mal entfernt aus der gleichen Gegend. Ich tippte auf Vietnam. Willy aus Vietnam hatte langes, silberweißes Haar, das ihm in dünnen Strähnen von der senfgelben Kopfhaut abstand. Seine Augenbrauen waren in einem dunkleren Grau gehalten und hatten die Form von winzigen Sicheleisen. Die Augen darunter waren hinter einer runden Nickelbrille zu Fliegendreck verkleinert. Sein langer, dünner Kinnbart war wieder silberweiß. Er sah aus, als ob Ho Chi Minh sich im Archiv eines Schweinefilmstudios verkrochen hätte. Ho Chi kicherte, als er Weller sah, und schob ihm einen Stuhl unter.

»Willy, wir wollten uns das Filmmaterial ansehen, das aus dem ›Stecher‹ rausgeschnitten worden ist«, sagte ich.

Reden schien nicht seine Stärke zu sein. Er ging gebückt vor mir her, durch ein Labyrinth von Metallregalen, in denen Filmrollen, Skripte und anderer Kram lagerten. Schließlich blieben wir stehen. Ho Chi zeigte auf eine Lücke.

»Weg.«

»Was?«

»Weg.«

»Ich seh schon, daß sie weg sind, Willy. Die Frage ist: Wo sind sie hin?«

Er schüttelte den Kopf.

»Weg«, sagte er.

»Und die Kopie, die, die ich am Freitag mit Weller gesehen habe?«

Er zeigte auf eine Lücke neben der Lücke.

»Weg«, sagte er und schüttelte wieder den Kopf.

»Wissen Sie nicht, wo die Rollen hingekommen sind? Vielleicht hat sie jemand genommen, um sie sich anzusehen.«

»Alle Projektoren dort«, sagte er und zeigte hinter sich.

»Vielleicht hat sie jemand mit nach Hause genommen«, sagte ich, ohne daran zu glauben. Wozu sollte jemand von hier sich die Mühe machen, Filmrollen mit nach Hause zu schleppen? Wozu sollte sich jemand von hier überhaupt mit irgendwelchem rausgeschnittenen Filmmaterial abgeben?

Wir gingen zu Weller zurück. Ich hatte vergessen, ihm die Flasche abzunehmen.

»Verdammt noch mal, Weller«, sagte ich und riß sie ihm aus der Hand. Ich mußte ihm fast die Hand mit abreißen. »Was war auf diesem Film, daß sies unbedingt rausschneiden mußten?«

Weller stierte nur vor sich hin.

Ho Chi Willy kicherte.

»Vielleicht Photo.«

»Photo?«

Er kicherte immer noch und nickte.

»Photo. Photo von Berg.«

4. Es stellte sich heraus, daß Ho Chi Willy alles gesehen hatte, was auf seinen Metallregalen vor sich hin schimmelte, nicht nur die Filme, sondern auch jeden Zentimeter des Materials, das nicht verwendet worden war, vorausgesetzt, es war entwickelt. Ich konnte nicht mit Sicherheit sagen, was das bei ihm bewirkt hatte, weil ich ihn nicht gekannt hatte, bevor er aufgebrochen war, um auf eigene Faust Pornoforschung zu betreiben. Bis auf das Kichern schien er eigentlich noch ganz gut beieinander zu sein.

An eine Szene erinnerte er sich ziemlich genau. Eine Vergewaltigung. Er wußte nicht, ob der Vergewaltiger Goldstaub war oder nicht, aber da die Szene in der Kopie, die mir Weller gezeigt hatte, rausgeschnitten war, nahm ich es an. Goldstaub hatte der Frau in ihrer Wohnung aufgelauert. Im Lauf der Vergewaltigung hatte er ein Photo gesehen, das irgendwo herumstand, und angefangen, »Mutter« zu flüstern. Das Photo war ein Photo der Berg.

Für meinen Geschmack war der Name jetzt einmal zu oft aufgetaucht. Ich drückte Ho Chi Willy einen meiner vielen Tausender in die Hand. Er staunte, beäugte ihn mißtrauisch, hielt ihn gegen das Deckenlicht, knitterte ein bißchen mit ihm rum und ließ ihn dann mit einer flinken Bewegung in einer seiner Taschen verschwinden. Umgelegt auf die vielen Stunden, in denen er sich die Fickstreifen von Venus Films hatte ansehen müssen, bevor er mir mit dem Photo helfen konnte, eigentlich ein ziemlich bescheidener Stundenlohn.

5. Die Berg lag diesmal weder auf noch unter ihrem Schreibtisch. Sie lag auch sonst nirgendwo. Sie saß einfach da und telephonierte, als ich, ohne mich lange mit Klopfen aufzuhalten, in ihr Büro stürmte. Henning war nicht zu sehen. Es war eher fragwürdig, ob ich Henning noch mal wiedersehen würde. Es roch auch nicht nach verschmortem Zelluloid.

Sie sah auf, ihr Blick glitt an mir runter und rauf, und dann sah sie wieder den Hörer in ihrer Hand an. Sie war nicht gerade begeistert, mich zu sehen. Wahrscheinlich hatte sie es gern jünger.

»Ja«, sagte sie, »Ja. Wie immer.« Und legte auf.

»Herr Sills, richtig? Was verschafft mir das zweifelhafte Vergnügen? Ich dachte, Quilt ist wieder draußen.«

Ich schleifte einen Stuhl zum Schreibtisch, setzte mich, suchte nach meinen Zigaretten und griff mir ihr Feuerzeug.

»Vielleicht sind Sie nicht ganz auf dem laufenden, Verehrteste, und da ich weiß, wie kostbar Ihre Zeit ist, werde ich Ihnen auch nur wenig davon stehlen. Am besten ist es,

Sie sparen sich Ihre Fragen und geben mir ein paar Antworten auf meine.«

Sie lehnte sich zurück.

»Was halten Sie davon, die Fliege zu machen, Sills? Oder soll ich Sie rauswerfen lassen?«

»Das verschieben wir lieber. Das Ganze dauert nur einen Augenblick«, sagte ich. »Ob Sies glauben oder nicht, aber meine Zeit ist im Augenblick vielleicht fast so kostbar wie Ihre, und was glauben Sie erst, wie kostbar Quilts Zeit ist.«

Sie sah immer noch gelangweilt in die Gegend, aber der Lack hatte erste Kratzer.

»Quilt? Was ist mit Quilt?«

Ich schüttelte den Kopf.

»Sie sollten doch nicht.«

»Was ist mit Quilt?«

»Sagen wir, wir haben mit ihm einen Ausflug gemacht, und ich glaube nicht, daß es ihm gefällt, dort, wo er jetzt ist.«

»Wo...«

»Ich will jetzt nicht über Quilt reden. Reden wir doch lieber ein bißchen über Sie«, sagte ich. »Sie und Sengers Sohn.«

Ich sah, wie es langsam bei ihr einsank.

Dann verengten sich ihre Augen, und sie sagte ungläubig: »Sengers was?«

»Sengers Sohn. Quilt sagt, er hat das erste Mädchen umgebracht.«

Sie fing an, auf ihrer Unterlippe herumzukauen, und erinnerte sich erst an ihren Lippenstift, als es zu spät war.

»Wer, sagt Quilt, hat das Mädchen umgebracht?«

»Sengers Sohn. Leider konnte oder wollte uns Quilt nicht sagen, wo er steckt.«

Sie sah mich an, mit Augen voller Mißtrauen.

»Ich weiß nicht, wovon sie reden. Ich weiß nichts von irgendeinem Sohn von Senger.«

»Nein?« Ich zuckte mit den Schultern. »Dann reden wir vielleicht erst mal von Wellers Film.«

Sie hatte ihre Hände vor sich gefaltet und sah sie an.

»Wo ist das Material, das Sie rausgeschnitten haben?«

»Ich wüßte nicht, was das mit Quilt zu tun hat. Oder mit...« Sie kaute wieder auf ihrer Unterlippe, als ob sie das Wort nicht aussprechen wollte, spuckte es dann aber doch aus: »Sengers Sohn.«

»Wußte ich bis vor kurzem auch nicht. Aber inzwischen sieht es so aus, als ob Quilt eine Szene in den Film geschmuggelt hätte, in der Goldstaub ›Mutter‹ schreit, als er Ihr Photo sieht.«

Sie sah zum Fenster. Nach ein paar Sekunden zuckte sie mit den Schultern.

»Und? Einer von Wellers miesen kleinen Scherzen.«

»Nein. Mit Verlaub, aber es war einer von Quilts miesen kleinen Scherzen. Und Quilt hatte die Idee von Sengers Sohn.«

Sie sah auf Ihre Hände. Dann hob sie den Blick zu mir hoch. Sah mir in die Augen. Ich konnte sehen, wie sie versuchte, in mich hineinzukriechen. Dann fing sie an, auf ihren beringten Fingern herumzubeißen, bis ihr die Tränen in den Augen standen.

»O Gott«, sagte sie erstickt. »O mein Gott. Bitte helfen Sie mir, Sills. Sie müssen mir helfen.«

6. Es war eine häßliche Geschichte, aber ich war für alles dankbar, das ein bißchen Licht ins Dunkel brachte. Sengers Sohn war nicht nur Sengers, er war auch der Sohn der Berg. Senger hatte sie verführt, als sie sechzehn war. Ihr Vater war nach 1939 irgendein hohes Tier in der Verwaltung des Generalgouvernements der Nazis in Polen gewesen, untergetaucht, als ihm aufgegangen war, daß aus den tausend Jahren nichts werden würde, und hatte schließlich mit seiner Tochter Unterschlupf im Haus der Sengers in Berlin gefunden und die SS-Uniform mit der des Chauffeurs vertauscht. Sengers Vater, der schneller entnazifiziert worden war, als er gebraucht hatte, um sich das Parteiabzeichen vom Revers zu reißen, versteckte ihn und brauchte sich sein Stillschweigen gar nicht erst zu erkaufen, auch dann nicht, als nach einem Monat klar wurde, daß sie schwanger war. Vielleicht war sein Chauffeur sogar ganz froh, daß das Band, das die beiden Familien verknüpfte, jetzt noch enger war. Senger adoptierte den Sohn, den er ihr angedreht hatte, wollte aber nichts davon wissen, sie zu ehelichen.

Die Berg und ihr Vater hatten ihren Schnitt gemacht bei dem Geschäft, keine Frage, es war ihnen gar nichts anderes übriggeblieben. Immerhin konnte sie ihren Sohn so hin und wieder sehen. Ernst Senger wußte nicht, daß er ihr Sohn war. Der alte Senger hatte ihn immer bei sich im Haus behalten, alles andere aber an seine Schergen delegiert. Irgendwann war die Sache aus dem Ruder gelaufen.

»Er war immer schwierig«, sagte sie. »Sein Vater und dieses Haus und alles. Er war in Behandlung, aber... Irgendwann ging es nicht mehr.«

»Was ist passiert?«

»Er hat ein Mädchen umgebracht.«

»Eines ihrer Glitzergirls?«

Sie schüttelte den Kopf.

»Ein Mädchen aus der Nachbarschaft, unten in Schwanenwerder. Senger konnte ihn gerade noch in der Versenkung verschwinden lassen. Seither lebt er mehr oder weniger im Verborgenen.«

»Wo?«

Sie schüttelte wieder den Kopf.

»Ich weiß es nicht. Senger hat sich immer geweigert, es zu sagen.«

»Haben Sie ihn seither gesehen?«

Kopfschütteln.

»Was ist mit Goldstaub?«

»Mit Goldstaub?« fragte sie entgeistert.

»Sie haben vorgestern bei Goldstaub angerufen, oder?«

»Sie...?«

»Ja, ich. Der Freund der Familie. Das war der erste Treffer, den ich in der ganzen Sache gelandet habe. Ist Goldstaub der Nachfolger von Henning, oder was?«

»Goldstaub?« sagte sie. »Goldstaub hat überhaupt

nichts mit dieser Angelegenheit zu tun. Er versorgt uns mit Koks, das ist alles, was zu Goldstaub zu sagen ist. Er ist nur ein ganz kleines Licht.«

Ich schlug mir die Hand vor den Kopf.

»Sie meinen, er verdient sich eine goldene Nase mit den ganzen Koksern bei Venus Films? Deswegen war er immer bei Quilt eingeladen?«

Sie nickte.

»Was dagegen, wenn ich mir mal Ihr Telephon lange?«

7. Es klickte in der Leitung. Dann klingelte es. Beim zweiten Klingeln wurde der Hörer abgenommen.

»Ja?«

»Gehlenz? Sind Sie das? Hier...«

»Falsch verbunden«, sagte Gehlenz und legte auf.

Ich starrte den Hörer an.

»Keine Namen«, sagte die Berg.

»Aha«, sagte ich.

Es klickte und klingelte wieder. Diesmal wurde der Hörer schon nach dem ersten Klingeln abgenommen.

»Ja?« sagte Gehlenz.

»Legen Sie nicht auf«, sagte ich. »Ich habs kapiert.«

»Was haben Sie uns zu sagen?«

»Es geht um Ihren Freund«, sagte ich. »Den Fettsack. Der Ausflug hat ihm gefallen, aber jetzt ist er müde und würde sich gern ein bißchen ausruhen. Er kann natürlich hier bei uns bleiben, aber...«

»Aber?«

»Ich glaube, er würde es vorziehen, in seinem eigenen Bett zu schlafen.«

Es rauschte eine Weile. Dann sagte Gehlenz: »Ich glaube, da irren Sie sich.«

»Ich verstehe nicht...«

»Das glaube ich«, sagte er. »Sehen Sie, sein Bett ist belegt. Wir haben unangekündigten Besuch.«

Der Hörer war plötzlich so schwer, daß ich ihn ans Ohr stemmen mußte.

»Besser gesagt, wir haben eine unangekündigte Besucherin.«

»Was wollen Sie damit ...« sagte ich.

»Ich denke, Sie verstehen mich ziemlich gut. Nachdem unser Freund zu seinem kleinen Ausflug aufgebrochen war, hat sich Ihre Freundin in den Kopf gesetzt, sie müßte es ihm nachmachen. Ein Glück, daß wir sie noch getroffen haben, würden Sie nicht sagen?«

»Vergessen Sie sie«, zischte ich in den Hörer. »Sie ist nicht mehr meine Freundin. Interessiert mich nicht, was mit ihr passiert.«

»Aber, aber«, lachte er. »Ich kaufe Ihnen nicht ab, daß Sie so weit gehen würden.« Gehlenz irrte sich. Ich würde noch viel weiter gehen. Ich würde ihm die Eier abschneiden und sie ihm gebraten mit süß-saurer Sauce verfüttern. »Ich fürchte übrigens, ihre Freundin fühlt sich hier nicht besonders wohl.« Dann gab es eine lange Pause. »Sie ist jetzt sehr, sehr still geworden. Und mir scheint, als ob sie noch stiller werden würde, wenn sie gezwungen ist, hier zu bleiben.«

»Du mieses kleines Stück Hühnerscheiße«, schrie ich in den Hörer, »ich leg dich um.«

Es rauschte eine Weile.

»Sind Sie fertig?« fragte er dann. »Ich empfehle Ihnen, regen Sie sich nicht auf. Es nützt keinem, wenn Sie sich aufregen. Vielleicht ist bisher nicht alles so gelaufen, wie es laufen sollte, aber noch haben Sie die Sache in der Hand. Vielleicht erinnern Sie sich an das Angebot, das Sie vor einiger Zeit so leichtfertig abgelehnt haben. Ich soll Ihnen sagen, daß es wieder gilt. Aber Sie müssen sich sofort entscheiden, es ist das letzte Mal, daß wir Ihnen ein Angebot machen.«

»Sofort?«

»Jetzt sofort.«

Es rauschte wieder eine Weile.

»Und, wie ist es? Wie entscheiden Sie sich?«

»Was bleibt mir anderes übrig?«

»Sehen Sie, ich wußte, daß Sie die richtige Entscheidung treffen würden.«

Ich sah zur Berg und erwischte sie, wie sie mich anstarrte.

»Wie gehts jetzt weiter?«

»Wir sollten uns alle irgendwo treffen.«

»Wo?«

»Ja, wo?« überlegte er. »Ich fürchte, ich muß erst noch Rücksprache mit den anderen halten. Vielleicht sollten Sie morgen früh gegen sechs wieder anrufen.«

»Weshalb bringen wirs nicht gleich hinter uns?«

»Sie vergessen, daß wir erst noch einiges in Ordnung bringen müssen.«

Ich versuchte ruhig zu bleiben.

»Wenn ihr irgendwer auch nur ein Haar krümmt, dann gnade Ihnen Gott.«

»Halten Sie sich an die Regeln, dann geht die Sache klar«, sagte Gehlenz.

»Klar«, sagte ich.

Es rauschte. Nach einer Weile legte er auf.

Nichts war klar.

Fünfzehntes Kapitel

1. Das Klingeln des Telephons zerriß die Stille, dreimal, Pause, dreimal. Ich schreckte hoch und warf es vom Bett. Bis ich den Hörer unter dem Bett gefunden hatte, hatte Schlesinger aufgelegt.

Ich gönnte mir eine kalte Dusche. Dann stieg ich in die Klamotten, die mir Schlesinger vorgestern gegeben hatte, machte Liegestützen, bis ich das Gefühl hatte, wieder Blut im Hirn zu haben, und ging hinunter auf die Straße.

Es war halb zwei Uhr nachts, und die Straße war in ein trübes gelbes Licht getaucht. Der Punk lag immer noch in seinem Hauseingang und hatte angefangen zu riechen. Niemand schien ihn zu vermissen. Niemanden schien es zu stören, daß er dort lag, und wie die Dinge aussahen, würde er niemanden mehr stören.

Schlesinger hatte mir nicht lange zureden müssen, daß wir Senger zuvorkommen mußten: Senger blieb gar nichts anderes übrig, als mich aufs Kreuz zu legen, wenn ich mich an meinen Teil der Abmachung hielt. Er würde Therese nicht gehen lassen. Er konnte sie gar nicht gehen lassen, immerhin war sie die erste, die meine Version der Geschichte bezeugen konnte.

Sie hatten keine Zeit verloren, nachdem wir Quilt kassiert hatten. Kling hatte alles gesehen. Er hatte mit Therese auf der Straße gestanden, und das war schon das erste, was mir an der Sache mißfiel. Nicht daß Sie denken, ich bin eifersüchtig, wo denken Sie hin? Ich bin rasend eifersüchtig. Nicht zu vergessen, daß es bei diesem Techtelmechtel irgendwie um meine Bleibe ging.

Kling sagte, er hätte einen schwarzen Mercedes gesehen, der langsam von der Reichenberger Straße her gefahren kam, anhielt, zwei Männer aussteigen ließ und dann neben ihnen herfuhr. Die beiden Männer, die Kling nicht beschreiben konnte, waren auf sie zugelaufen, und in dem Augenblick, in dem der Mercedes an ihnen vorbeigefahren war, hatte der eine Kling einen Stoß gegeben. Kling war zu Boden gegangen, der andere hatte Therese von hinten gepackt und auf die Straße gezerrt und sie gezwungen, in den Mercedes zu steigen, dessen Nummernschild Kling nicht erkennen konnte, weil er zu Boden gegangen war. Dann war alles sehr schnell gegangen, viel zu schnell, sagte Kling, um einzugreifen, und es bestand kaum die Aussicht, daß sie das Ganze für ihn noch einmal aufführen würden. Therese hatte geschrien und versucht sich zu wehren. Kling hatte sich an einem der geparkten Wagen hochgezogen und wollte, wie er sagte, dem Wagen nachrennen. Vielleicht wollte er sich auch nur aus dem Staub machen. Aber bevor er auf der Straße stand, war der Wagen schon um die Ecke verschwunden. Sagte Kling. Sagte Schlesinger.

Mein Magen sagte mir, daß der Spaß jetzt zu Ende war. Ich setzte Kling auf die Liste der Leute, mit denen ich ein Hühnchen zu rupfen hatte.

Die Tür der Eckkneipe stand offen, und der Geruch von schalem Bier, der auf die Straße kam, warf mich fast um. Drinnen war es womöglich noch finsterer als draußen. Ein bleiches, frettchengelbes Gesicht erschien im Türrahmen, erschrak, als es mich sah, und war sofort wieder verschwunden. Ich kramte nach meinen Zigaretten, aber die Gitanes-Schachtel war leer. Ich versuchte mich zu erinnern, wann ich die letzte Zigarette geraucht hatte. Unten im Bunker, mit Schlesinger. Ich dachte an Quilt. Quilt saß immer noch in diesem Loch, in der Finsternis, und wartete darauf, daß ihn die Ratten annagten.

Quilt.

Ein alter grauer Citroën bog von der Skalitzer in die Köpenicker, verlangsamte die Fahrt und hielt am Straßenrand. Er war verbeult, und an der rechten Seite zogen sich ein paar Schrammen über die ganze Länge des Wagens. Schlesinger saß auf der Beifahrerseite und zeigte nach hinten. Als ich die hintere Tür aufmachte, stieg mir ein durchdringender Essensgeruch entgegen, und ich ahnte das Schlimmste. Hygienemäßig.

»Schmeißen Sie einfach einen Teil von dem Zeug raus auf die Straße«, sagte Liersch.

Ich schaufelte einige durchgeweichte Pappkartons in den Rinnstein.

»Liersch fährt«, erklärte Schlesinger. »Immer besser, wenn einer beim Wagen bleibt. Außerdem brauchen wir einen großen Wagen.«

»Sag dem Hohlkopf bloß, daß ...« sagte Liersch.

»Sollte irgendwas passieren, kennt er dich nicht, und du kennst ihn nicht ...« fuhr ihm Schlesinger in die Parade.

»... und der Rest ...« sagte Liersch.

»... ist Scheiße mit Zwiebeln, ich weiß«, sagte ich. Ich versuchte, das Fenster auf meiner Seite runterzukurbeln, aber die Kurbel drehte durch, ohne zu greifen.

»Wenn die Arschgeige da hinten mich auf den Arm nehmen will ...« knurrte Liersch.

»Wie wärs«, sagte Schlesinger, »wenn du fährst und dich für eine Weile ausschließlich mit dem Straßenverkehr beschäftigst?« Liersch kaute auf seinem Zigarrenstummel rum.

»Klar«, sagte er. »Du zahlst.«

»Sills zahlt«, sagte Schlesinger und drehte sich zu mir um. »Ich glaube, ich weiß, wie wir ins Haus kommen.« Ich hatte ihm das Haus so genau beschrieben wie ich konnte.

»Du bist dir sicher, daß es ein Flachdach war, oder?«

»Ja«, sagte ich. »Ich konnte nicht sehen, ob es zwei Stockwerke sind oder nur ein Stockwerk mit einer Mauer, die rund ums Dach läuft, aber das Dach ist auf jeden Fall flach. Wie ...«

»Warts ab«, sagte Schlesinger. Er hielt mir seine Schachtel mit Lucky Strikes hin. »Ich hab übrigens noch was für dich, was dich interessieren dürfte.« Feuer. »Was glaubst du, hat Quilt die Wahrheit gesagt?«

»Wann?«

»Genau das ist die Frage: Wann? Zuerst hat er zugegeben, daß er selbst die Frank um die Ecke gebracht hat, dann fragst du ihn, was mit Sengers verlorenem Sohn ist, und er greift danach wie ein Ertrinkender nach dem Strohhalm und schiebt das Ganze auf Senger. Und wir sind genauso schlau wie vorher.«

Liersch saugte Luft durch den feuchten Stummel seiner Zigarre. Unsere Blicke trafen sich im Rückspiegel.

»Dein dritter Mann. Du hast von vorneherein angenommen, daß weder Quilt noch Senger den Mord begangen haben. Über die Gründe reden wir besser nicht. Und die beiden Frauen, die noch da waren, sind irgendwie ganz unter den Tisch gefallen. Darüber reden wir besser auch nicht. Es mußte ein dritter Mann her. Und Leyfeldt, dein alter Freund Leyfeldt, über dessen Verbindungen zu Quilt oder zu Senger du nichts, aber auch gar nichts weißt, liefert ihn dir. Ebenso und unter Tränen die Berg. Und jetzt muß alles zu der Annahme passen, daß es Sengers Sohn war. Was nicht paßt, gibt es nicht.«

Wir schwiegen eine Weile.

»Fertig mit der Predigt?« fragte ich.

Er grinste.

»Die beiden Frauen schieden von Anfang an aus. Die Frank wurde abgeschlachtet, und Frauen schlachten ihre Opfer nicht ab. Sie erledigen es mit Nagellackverdünner. Oder mit einer Haarnadel oder einem Fön, den sie dir in den Badezuber werfen. Und dann schieden die beiden eine nach der anderen ganz von selbst aus. Oder sollte dir das entgangen sein?«

»Was du von Anfang an geahnt hast.«

»Und dann Senger. Senger ist ein altes Wrack«, sagte ich, ohne weiter darauf einzugehen. »Ein krankes, altes Wrack.«

»Und was ist mit der LaMotte? Und der anderen?«

»Die gehen auf Sengers Konto. Er hat sie umbringen lassen. Aber die beiden sind nur gestorben, weil sie gesehen haben, wie die Frank gestorben ist. Wer sie umgebracht hat. Und um mir die Sache anzuhängen.«

»Bleibt immer noch Quilt.«

Ich schüttelte den Kopf.

»Du vergißt Senger«, sagte ich. »Der springende Punkt ist Quilts Beziehung zu Senger. Sengers Verhalten ergibt nur dann Sinn, wenn ein Dritter beteiligt war, nennen wir ihn Sengers Sohn, den Senger decken will und den er Quilt zu decken zwingt.«

»Und wenn kein Dritter beteiligt war?«

»Aber wir wissen doch schon, daß Senger einen Sohn hat.«

»Wir? Ich weiß nichts«, sagte Schlesinger. »Und du glaubst bis jetzt nur, daß du es weißt. Du hast es von Leyfeldt gehört, oder? Und von dieser Berg. Aber du weißt nicht mal, ob du Leyfeldt trauen kannst, von der Berg ganz zu schweigen. Was, wenn Senger nie einen Sohn hatte und wenn es auch sonst keinen Dritten gibt? Wer wars dann, Sills? Quilt oder Senger?«

Langsam, ganz langsam dämmerte es mir.

»Du weißt etwas über Sengers Sohn, oder?«

Schlesinger grinste.

»Würde ich mich hier sonst so aufspielen?«

»Hat Leyfeldt gelogen?«

Er schüttelte den Kopf.

»Nein, Leyfeldt hat nicht gelogen. Noch nicht.«

2. Er holte ein zerknittertes Stück Papier mit ein paar Fettflecken aus seiner Innentasche und strich es glatt.

»Senger, Ernst, geborener Berg. Geboren am 5. 9. 1950 in Berlin. Zur Adoption freigegeben am 12. 9., am gleichen Tag adoptiert von Friedrich Senger, von Beruf Unternehmer, unverheiratet. Der Name der Mutter ist Elisabeth Berg, geboren 1934 in Dresden. Vater unbekannt.«

»Hat mir die Berg alles schon gesagt«, sagte ich.

»Warte«, sagte Schlesinger. »Da hätten wir also den verlorenen Sohn. Und was noch besser ist, er ist sogar aktenkundig. Am 12. August 1967 wurde er angezeigt, von den Eltern eines Mädchens, das er im Wannseebad sexuell belästigt und dann angegriffen haben soll. Es gab Zeugen, aber das Verfahren wurde niedergeschlagen, bevor es zu irgend etwas kam. Senger, ich meine, der alte Senger, verpflichtete sich, ihn behandeln zu lassen. Laut Akte war er dann bis

Ende 1971 in psychiatrischer Behandlung, mit Aufenthalten in einer Privatklinik, die so privat gewesen zu sein scheint, daß auch seine private Krankenkasse sie nicht gezahlt hat, mal ganz davon zu schweigen, daß Senger die Sache wohl auch nicht an die große Glocke hängen wollte. Im Dezember 1972, Senger hatte inzwischen angefangen, an der HdK Film zu studieren, wird im Grunewald die Leiche eines siebzehnjährigen Mädchens gefunden. Versuchte Vergewaltigung. Stichwunden, Würgemale. Todesursache sind Verletzungen am Kopf, die von einem Stein herrühren. Die einzige Verbindung zu Senger ist der Ort, wo sie ermordet wurde: unten im Grunewald, beim Großen Fenster. Weißt du, wo das ist?«

Er sah von dem Blatt Papier auf. Ich schüttelte den Kopf.

»Zwischen der Klaren Lanke und der Steinlanke«, sagte Schlesinger, »praktisch bei Senger um die Ecke. Senger, der Sohn, wird ohne irgendein nennenswertes Ergebnis befragt. Da ist übrigens noch eine Kleinigkeit: Einer der ermittelnden Beamten damals war ein Freund von dir.« Schlesinger grinste. »Reisz. Ein echter Wadenbeißer, wie es aussieht. Dann geschieht lange, lange Zeit nichts, außer daß Senger sein Studium an der HdK abbricht. Der Mord an dem Mädchen wird nie aufgeklärt, ebensowenig wie ein zweiter Mord an einer Dreiundzwanzigjährigen, im Dezember 1977. Im Prinzip das gleiche, versuchte Vergewaltigung, eine Menge Stichwunden, die tödliche Wunde ist diesmal auch eine Stichwunde, aber es gibt einen Unterschied zum ersten Mord: Der Ort, wo die Leiche gefunden wurde, war nicht der Tatort. Sie wurde im Tiergarten gefunden, ungefähr dort, wo du vorgestern zu dir gekommen bist. Und es gab Spuren, die darauf hinwiesen, daß sie von mehr als einer Person dorthin gebracht wurde.«

»Und Sengers Sohn?«

»Kommt als Täter nicht in Frage. Er war zur Tatzeit gar nicht in Berlin. Es gibt auch Zeugen dafür, daß er nicht in Berlin war. Genauer gesagt gibt es einen Zeugen, einen Freund von Sengers Sohn.«

Schlesinger sah von seinem Papier auf und grinste.

»Quilt«, sagte ich.

Er nickte.

»Auftritt Quilt. Die beiden waren in München. Genauer gesagt waren sie natürlich nicht in München, sondern in einem Haus der Sengers am Starnberger See, ziemlich einsam gelegen, wo Senger keiner Menschenseele außer Quilt begegnet ist.«

»Damit wäre geklärt, weshalb Senger Quilt nicht fallenläßt. Was immer sein Sohn mit der Sache jetzt zu tun hat«, sagte ich.

»Ja«, sagte Schlesinger, »was immer sein Sohn mit der Sache jetzt zu tun hat. Was, glaubst du, hat er mit ihr zu tun?«

»Liegt das nicht auf der Hand?«

Liersch drehte sich zu mir um und grinste feist.

»Auf der Hand liegt nur, daß es besser gewesen wäre, wenn du dich von Anfang an aus dieser Sache rausgehalten hättest«, sagte Schlesinger. »Sengers Sohn ist tot.«

3. »Tot?«

»Tot. Gestorben. Schon eine ganze Weile verschimmelt.« Er faltete das Papier zusammen und gab es mir nach hinten. »Vergiß ihn.«

Die Zigarette in meiner Hand war ausgegangen.

»Wie ist er gestorben?«

Liersch bog von der Potsdamer Chaussee in die Spanische Allee und von dort in eine der dunklen Seitenstraßen. Dort hielt er den Wagen an.

»Hier«, sagte er. Schlesinger stieg aus. Liersch fuhr um die Ecke und hielt wieder unter einer Kastanie.

»Unfall«, sagte Liersch. »Hat sich in seiner Karre in einen Schmorbraten verwandelt.«

»War irgendwas faul an der Sache?«

»Sie könnens nicht lassen, was?« höhnte er. »Nichts war faul an der Sache, Sills. Gar nichts. Nach der Aktenlage sieht es so aus, als ob wir damals den Wagen und die Leiche in ihre Einzelteile zerlegt haben. Der Tote wurde anhand seiner Beißer eindeutig identifiziert. Und sie haben die Reste seiner Papiere gefunden. An der Sache mit dem Gebiß kann auch Senger nichts drehen.«

Wir schwiegen eine Weile. Ich sah Schlesinger, der hinter einem geparkten Wagen auftauchte.

»Und, auf wen setzen Sie jetzt?« fragte Liersch. »Quilt oder Senger?«

»Senger«, sagte ich.

Er nahm den Zigarrenstummel aus dem Mund und hielt ihn sich dicht vors Gesicht.

»Haben Sie schon mal dran gedacht, dieses Angebot von Senger anzunehmen? Wenn die Sie wirklich angeheuert haben, weil Sie einen Armleuchter brauchten, hätten sie sich keinen besseren aussuchen können.«

Schlesinger warf zwei Nummernschilder durchs Fenster des Wagens.

4. Liersch fuhr den Wagen mit den neuen Nummernschildern über die Schwanenwerderbrücke und rechts in die Inselstraße. Außen an Sengers Haus und an der Auffahrt brannte Licht.

»Hinten gibt es mindestens ein großes Fenster«, sagte Schlesinger. »Besser, wir kommen von der Seite.«

Nach der Kurve, zwei- oder dreihundert Meter nach der Auffahrt, parkte Liersch den Wagen. Schlesinger holte zwei Waffen aus dem Handschuhfach und drückte mir eine davon in die Hand.

»Wenns irgend geht, halt dich zurück mit dem Ding«, sagte er. »Und nicht in meine Richtung zielen.«

Ich sagte nichts. Er nahm den Rucksack, der auf dem Rücksitz stand. Er schien schwer zu sein. Dann gab er mir ein paar schwarze Turnschuhe.

»Zieh die hier an. Wir gehen übers Dach«, sagte er. »Wenn das Haus nur ein Stockwerk hat, gibt es einen Aufbau für den Aufzug. Nicht ausgeschlossen, daß der Notausstieg nicht gesichert ist.«

Wir stiegen aus und zogen die Schuhe an. Liersch lehnte

sich gegen den Wagen und steckte sich eine neue Zigarre in den Mund.

»Wenn er gesichert ist, oder wenn es zwei Stockwerke sind und der Aufzug nur bis ins Erdgeschoß geht, bleibt uns nichts anderes übrig, als durch das Glasdach zu steigen. Hier rüber«, sagte er.

Wir kletterten über einen alten Lattenzaun in den Garten des Nachbarhauses. Auch hier brannten außen am Haus Lichter, aber zwischen den beiden Grundstücken gab es eine efeubewachsene Laube mit alten, verwitterten Holzgittern, in der wir uns verstecken konnten.

»Kein Licht hinter den Fenstern«, flüsterte Schlesinger. »Hat aber nicht viel zu heißen. Sehen wir uns mal die Rückseite an.«

Wir gingen gebückt über den Rasen, bis wir ans Wasser kamen. An der Seite gab es kein einziges Fenster, nicht einmal Schießscharten wie an der Vorderfront. Ich konnte das Wasser riechen. Schwarz schwappte es gegen den schmalen Strand.

»An der Seite ist es besser«, sagte Schlesinger, nachdem er sich die hintere Seite angesehen hatte. Wir liefen am Wasser entlang bis zu einem halbverfallenen Steg. Dort stellte er den Rucksack ab, machte eine der Außentaschen auf und holte ein Seil mit großen Knoten heraus. An einem Ende hatte es einen Drillingshaken.

»Fertig?« fragte er.

Mir zitterten die Knie.

»Bleib hinter mir«, flüsterte Schlesinger. Dann lief er gebückt bis zu einer hohen Kiefer, die nur ein paar Meter vom Haus entfernt stand. Die Hauswand war vielleicht sieben Meter hoch.

Er mußte das Seil ein paarmal werfen, bis der Haken sich endlich verfangen hatte. Jedesmal gab es einen Krach, der noch den letzten Kladower auf der anderen Seite der Havel aus dem wohlverdienten Scheintod riß, aber im Haus blieb alles dunkel und ruhig. Als er es geschafft hatte, zog Schlesinger sich an der Wand hoch. Dann winkte er mir.

Ich war schweißgebadet, als Schlesinger mich schließlich

über die Kante der Mauer zog. Ich verfluchte die Trinkerei und dachte dabei an einen langen Schluck aus der Flasche. Schlesinger ließ mich eine Weile ausruhen und ging bis zur Mitte des Dachs, wo in etwa zwei Metern Tiefe das Glasdach des Innenhofs lag. Graues Licht schimmerte nach oben. An der rechten Seite der Vertiefung war der Aufbau für den Aufzug, von dem er gesprochen hatte. Er kletterte die Steigleiter hoch. Nach einer Weile kam er zurück.

»Wir haben Glück«, flüsterte er. Er nahm den Rucksack, ließ das Seil aber hängen. »Vielleicht brauchen wir es noch mal.«

Wir hatten es bisher vermieden, darüber zu reden, aber wenn Therese nicht in der Lage war, sich zu bewegen, mußten wir uns den Weg freischießen. Ich konnte nur hoffen, daß wir das Seil noch brauchen würden.

Auf dem Aufbau lag eine Klappe, die zugeschraubt war. Die Schrauben ließen sich mit einem Vierkantschlüssel aufdrehen, ohne daß uns die Alarmanlage um die Ohren heulte. Schlesinger grinste. Unter der Klappe lag der Aufzugsschacht. Ein stechender Geruch nach Öl und modrigem Beton kam uns entgegen. Wir stiegen über die innere Steigleiter nach unten, an zwei Türen vorbei bis zum Dach des Aufzugs. Hier war eine weitere Klappe mit einem versenkten Griff. Ich nahm die Klappe ab und ließ mich hinunter in die Aufzugskabine. Schlesinger gab mir den Rucksack und kam nach.

Der Aufzug stand in der Garage, und wenn sie Therese hier versteckt hatten, dann in dem Raum hinten im Keller, vermutete ich. Ich sah Schlesinger an. Bis hierher war alles glatt gegangen. Vielleicht eine Spur zu glatt. Vielleicht war der Aufzug nachts abgestellt. Oder sie warteten schon auf uns, und wir saßen in der Falle, sobald ich auf den Knopf drückte. Schlesinger mußte das gleiche gedacht haben. Er zuckte mit den Schultern. Ich drückte, und die Tür ging auf.

In der Tiefgarage brannte kein Licht, und Schlesinger gab mir eine Stablampe aus dem Rucksack. Er blockierte die Tür des Aufzugs mit einem Klappstuhl, der an der Wand lehnte, dann gingen wir zwischen der Limousine und dem schwarzen Mercedes durch zu der Tür, die in den eigentlichen Keller führte. Schlesinger sah sie sich an.

»Zylinderschloß«, flüsterte er. »Schrauben außen.«

Er machte sich daran, das Schloß aufzuschrauben. Nach einer Weile ging die innere Klinke scheppernd zu Boden. Schlesinger fluchte.

Ich machte die Lampe aus. Wir standen da und lauschten auf die Schritte hinter der Tür.

5. Die Schritte kamen langsam näher. Schlesinger wisperte: »Ein Mann.« Der Mann blieb eine Weile hinter der Tür stehen. Dann trat er sie auf.

Neonlicht fiel in die Garage. Ich kniff die Augen zusammen, konnte aber nur seine Silhouette sehen: Es war der andere, der Namenlose, der Nägelausreißer. Er erstarrte, als er die Knarren sah, die auf ihn gerichtet waren. Jedenfalls hatte ich den Eindruck, daß er erstarrte. Er hatte nichts, aber auch gar nichts in der Hand und damit keine guten Karten.

»Du bist schon so gut wie tot«, knirschte Schlesinger in Richtung der Silhouette. »Und ganz tot, wenn du dich rührst.«

Die Silhouette stand da wie eine Wachsfigur.

»Fallen lassen«, sagte eine Stimme.

Sie kam von hinten. Es war weder Schlesingers Stimme noch meine eigene. Und die Silhouette hatte nichts, das sie fallen lassen konnte.

Es war Lohmeyer.

Ich spürte den Lauf der Waffe an meinem Hinterkopf und sah im Augenwinkel, daß es Schlesinger nicht wesentlich besser ging. Hinter ihm stand der Schlangenledermensch.

Wir ließen die Waffen fallen.

»Heb die Dinger auf«, sagte Lohmeyer.

Die Silhouette wollte sich schon bücken, als eine Stimme, die von noch weiter hinten kam, sagte:

»Liegenlassen.«

Es war Liersch.

Ich hoffte inbrünstig, daß Liersch mit dem Rücken an der Wand stand, damit die Sache mit den Stimmen ein Ende hatte.

»Flossen hoch.«

Schlesinger drehte sich um, langsam, so als ob er noch immer den Lauf der Waffe an seinem Kopf spürte. Ich drehte eine halbe Pirouette und hatte das Vergnügen, Lohmeyer wiederzusehen. Schlesinger nahm der Schlangenlederjacke die Waffe ab, und dann machte er etwas, das mit einem Knie und mehreren Weichteilen zu tun hat. Er erledigte es schnell und ohne Rücksicht auf Verluste. Schlangenleder ging in die Knie und wollte schreien, aber bevor er schreien konnte, ging ihm schon die Puste aus. Vom bloßen Anblick fing mein Magen an zu brennen, und darunter regte sich ein Widerstand gegen diese Art der Behandlung. Die Gürtellinie ist jedem Boxer heilig, vorausgesetzt, er hat noch nie in Profikreisen geboxt. Ich würde es nicht fertigbringen, mich an meinem Gegenüber so zu vergehen. Nicht mal an Lohmeyer. Lohmeyer schien zu befürchten, daß ihm das gleiche bevorstand, jedenfalls machte er den Fehler, auf mein Knie zu achten und nicht auf meine Hand. Es klang, wie es immer klingt, wenn ein Nasenbein bricht. Lohmeyer ging in die Knie.

»Wer fehlt?« fragte Liersch.

»Gehlenz«, sagte Schlesinger.

Ich griff mir die Silhouette, zog sie in die Garage und warf sie gegen die Garagenwand. Er knackte, aber nicht allzu laut, und aus einer seiner Taschen fiel ein Walkie-talkie, an dem ein rotes Licht blinkte. Ich trat darauf, und es knirschte unter der Sohle.

»Gehlenz«, zischte ich. »Wo ist er?«

»Oben«, quetschte er hervor und verzog das Gesicht. Er redete wirklich nicht viel. Vielleicht wollte er nicht. Oder er konnte nicht mehr.

»Die Frau, zeig uns, wo sie ist.«

Schlesinger war wieder mit Klebeband zugange, aber es gab unerwartete Schwierigkeiten. Der Schlangenmensch war zu weit zusammengeklappt, um seine Hände zwischen den Beinen rauszukriegen. Über Lohmeyers Hände lief Blut. Wir waren nun mal nichts als ein Haufen Stümper, Liersch ausgenommen.

Die Silhouette hielt sich die gebrochenen Rippen, als ich ihn vor mir her durch den Gang schob. Neben der Metalltür stand ein Stuhl. Der Schlüssel steckte. Schlesinger kümmerte sich um unseren Freund. Er würde sich eine Weile an mich erinnern, wenn er wieder irgend jemandem die Fingernägel ausriß. Liersch war bei Lohmeyer und der Schlangenlederjacke geblieben.

Das Licht brannte. Therese lag zugedeckt auf dem Bett. Soweit ich sehen konnte, war noch alles an ihr dran, aber sie hatten sie mit irgendwelchem Zeug vollgepumpt. Gehlenz und seine netten kleinen Spritzen. Ich beugte mich zu Therese runter. Sie stöhnte, als ich sie hochhob. Ich kam mir vor wie Johnny Weissmuller in »Tarzans Vergeltung«.

»Wie kommt Liersch hierher?« zischte ich Schlesinger an.

»Auf demselben Weg wie wir«, sagte er. Liersch kam mit Lohmeyer und der Schlangenlederjacke in den Raum. Lohmeyer ging, Schlangenleder schleifte er am Kragen seiner Jacke hinter sich her.

»Glaubst du im Ernst, ich gehe ohne Rückendeckung in ein überwachtes Haus, wenn ich weiß, daß sie dort schon auf mich warten?«

Liersch warf mir einen dieser mitleidtriefenden Blicke zu, und ich setzte ihn wieder auf die Liste der Leute, mit denen ich ein Hühnchen rupfen würde. Nicht gerade oben, eher in die Mitte. Ganz leicht, mit Bleistift sozusagen, notierte ich auch Schlesingers Namen.

»Weshalb weiß ich nichts davon?« sagte ich.

»Wenn ich dir erst alles erklärt hätte, was du nicht weißt, säßen wir immer noch in der Pfuelstraße.«

»Willst du damit etwa andeuten, daß es noch mehr gibt, was ich nicht weiß?«

»Später«, sagte Schlesinger. »Wenn wir das hier erledigt haben. Ich denke, wir sollten uns erst mal Senger und diesen

Gehlenz vorknöpfen, oder sollen wir warten, bis sie sich aus dem Staub gemacht haben?«

6. Wir legten Therese auf den Rücksitz des schwarzen Mercedes. Liersch blieb bei ihr.

Es gab keine Treppe ins Erdgeschoß, die Stockwerke waren nur durch den Aufzug verbunden. Als er sich in Bewegung setzte, merkte ich, daß mir immer noch die Knie zitterten. Oder wieder. Es gab keine bessere Falle als diesen Aufzug.

Der Aufzug bremste ab und hielt. Dann glitt die Tür auf, und ich starrte ins Dunkel.

Sie hatten die Scheinwerfer im Innenhof ausgeschaltet. Im Licht des Aufzugs kam ich mir so ähnlich vor wie eine Schweinehälfte, die im Schlachthaus an einem Haken hängt. Selbst Schlesingers Lächeln wirkte ziemlich angestrengt. Wir warteten darauf, niedergemetzelt zu werden, aber nichts passierte.

Das Erdgeschoß lag im Dunkeln. Ich wollte zurück in den Aufzug, um den ersten Stock unter die Lupe zu nehmen, aber Schlesinger schüttelte den Kopf. Ein Lichtkegel strich über die Wand auf der anderen Seite des Hofs und fand die Kamera. Sie bewegte sich nicht.

Die Tür zu Sengers Arbeitszimmer stand offen. Schlesinger ging in Richtung Schreibtisch. Ich blieb bei der Tür stehen und ließ das Licht auf den Glasboden fallen. Für den Bruchteil einer Sekunde sah ich einen schuppigen, braunen Fischrücken, dann nur noch die Wolken von Schlamm, die er auf seiner Flucht aufgewirbelt hatte.

»Schalten Sie das Licht aus«, sagte Senger leise.

Im Lichtkegel der Lampe sah ich, daß er zusammengesunken in einem der Sessel saß, in einem grauen Flanellanzug mit Weste. Neben dem Sessel lehnte ein Stock.

»Schalten Sie das Licht aus, Sills.«

»Wo ist Gehlenz?«

»Weg«, wisperte er. Ich sah, wie Schlesinger vom Schreibtisch zurückkam und durch die Tür nach draußen ging. »Außer mir ist niemand mehr hier.« Das Sprechen schien ihm ziemliche Mühe zu machen. Nach jedem Satz mußte er eine Pause einlegen. »Setzen Sie sich doch.«

Auf der Lehne des zweiten Sessels lagen eine Spritze und ein altes, ledernes Mäppchen.

»Hat Gehlenz Ihnen eine Spritze gegeben?«

Eine Weile sagte er nichts. Dann wisperte er: »Die letzte.«

Im Dunkeln sah ich nur seine Umrisse. Als sich meine Augen an die Dunkelheit gewöhnt hatten, konnte ich sehen, daß die Havel draußen schiefergrau schimmerte. Das Wasser schien heller zu sein als der Himmel.

»Eigentümlich, wie die Dinge sich wiederholen. Wußten Sie«, sagte Senger langsam, »daß das fast der gleiche Ausblick ist, den Goebbels vom Fenster seines Arbeitszimmers aus hatte? Sein Haus war weiter vorne, bei der Brücke.«

Goebbels. Ich dachte an das, was Leyfeldt über diesen Winkler in Erfahrung gebracht hatte. Und über Oswald Senger.

»Ich habe ihn gekannt, als junger Mann, damals. Ich habe die Schauspielerinnen gesehen, die er zu sich ins Haus eingeladen hat. Zu seinen Privatvorführungen. Einmal bin ich der Baarova begegnet.«

»Wo steckt Gehlenz jetzt?«

Ich spürte, daß er es mit einem dünnes Lächeln versuchte, aber er war zu müde.

»Ich weiß es nicht. Und wenn ich es wüßte, Sills, würde ich es Ihnen nicht sagen.«

Schlesinger stand in der Tür und gab mir ein Zeichen, daß er sich den ersten Stock vornehmen würde.

»Weshalb haben Sie sich die Spritze geben lassen?«

»Es hatte keinen Sinn mehr. Die Dinge ... ich habe sie ... nicht mehr im Griff. Nichts mehr. Ich konnte ihn nicht mehr kontrollieren.«

»Ihn?«

»Meinen Sohn.«

»Welchen ...?«

»Ihn nicht. Diese ... Ermittlung nicht. Und Sie, Sills, Sie

wollten sich nicht kaufen lassen. Ich habe nicht gedacht, daß es je so weit kommen könnte, aber Sie waren meine letzte Hoffnung, so oder so.«

Ich schüttelte den Kopf.

»Ihr Sohn ist tot.«

»Nein«, wisperte er. »Gehlenz ist tot. Der echte Gehlenz.«

»Gehlenz? Aber die Leiche wurde damals als die Ihres Sohns identifiziert.«

»Ja. Mit Gehlenz' Unterlagen, ausgestellt auf den Namen Senger.« Seine Stimme wurde immer leiser. »Es war alles sehr einfach, wir hatten keinerlei Schwierigkeiten.«

»Sie haben den echten Gehlenz umgebracht, um Ihren Sohn in seine Haut schlüpfen zu lassen?«

»Nein.« Sein Atem fing an zu rasseln. Ich sah, wie er sich in seinem Sessel zu mir herüberbeugte und flüsterte:

»Gehlenz kam bei einem Unfall ums Leben. Er ... hatte sich den Wagen meines Sohns geliehen, und Reste seiner Papiere lagen noch im Wagen. Dann kamen sie und sagten, mein Sohn sei verunglückt.« Es rasselte. »Ernst stand daneben, als sie es mir mitteilten.«

Er versuchte zu lachen, aber das Lachen ging im Rasseln unter. Senger fing an zu husten. Es dauerte eine ganze Weile, bis er wieder reden konnte, aber seine Stimme war jetzt so leise, daß ich mich zu ihm hinüberbeugen mußte, um ihn zu verstehen.

»Er ist weg. Geflohen. Es ist ... vorgesorgt. Aber irgendwann werden Sie ihn erwischen.«

Wenn er wieder jemanden umbrachte und dabei einen Fehler machte.

»Sills?« fragte er, und ich sah, wie seine Hand nach mir tastete. »Haben Sie über mein Angebot nachgedacht?«

Ich schwieg eine Weile.

Dann sagte ich: »Ich habe darüber nachgedacht.«

»Und Sie haben es ... abgelehnt.« Es rasselte. »Denken Sie wirklich, daß ein paar Jahre Ihres Lebens ... mehr wert sind als das, was ich Ihnen geboten habe?« fragte er.

»Nein«, sagte ich. »Ich habe nicht die leiseste Idee, was

sie wert sind.« Seine Hand hatte meinen Arm gefunden. »Das war der Grund, weshalb Sie sie mir nicht abkaufen konnten.«

Es rasselte. Das Rasseln wurde lauter, die Hand verkrampfte sich, und dann hörte das Rasseln plötzlich auf, und die Hand glitt von meinem Arm.

Sechzehntes Kapitel

1. »Gehlenz!« fluchte Schlesinger und schlug mit der Faust auf das Lenkrad des Citroën ein.

Therese bewegte sich. Sie lag auf dem Rücksitz des Citroën unter einer Decke. Angesichts der hygienischen Bedingungen, die in Lierschs Wagen herrschten, war ich heilfroh, daß sie immer noch nicht zu sich gekommen war.

Ich hatte noch eine Weile neben Sengers Leiche gesessen. Schlesinger hatte den ersten Stock durchsucht und dann Reisz angerufen. Der Arzt, den er mitbrachte, sah sich Therese an und sagte, daß sie ihr nicht mehr als ein leichtes Betäubungsmittel gespritzt hatten.

Es war, wie Senger gesagt hatte: Gehlenz hatte sich aus dem Staub gemacht. Reisz ließ sofort eine Großfahndung einleiten. Das Haus war plötzlich nur noch ein Haufen alter Mauern, die die ersten Risse zeigten. Mit Senger war das gestorben, was alles zusammengehalten hatte. Lohmeyer fing schon an zu singen, um seinen Hals aus der Schlinge zu ziehen. Er hatte keine Ahnung, wohin Gehlenz geflohen war, und schob alle drei Morde auf ihn. Ich hatte das üble Gefühl, daß Gehlenz für Sengers Schergen, aber auch für die Bullen, die damit mehrere Akten schließen konnten, als Sündenbock herhalten mußte.

Liersch war geblieben, weil er auf Reisz warten mußte. Er steckte mit Reisz unter einer Decke, seit Schlesinger mich zu ihm geschleppt hatte, und Schlesinger steckte mit Liersch unter derselben Decke, seit der Junk-food-Junkie die Akten an uns weitergeleitet hatte. Auf diese Weise hatte Reisz über jeden meiner Schritte Bescheid gewußt.

»Mir blieb gar keine andere Wahl, Sills«, sagte Schlesinger mit einem verlegenen Grinsen. »Es gibt gewisse Regeln in diesem Spiel, und ich kann es mir nicht leisten, sie zu ignorieren.« Er fischte eine Zigarette aus der Schachtel. »Aber du brauchst dir gar nicht einzubilden, daß ich dich an Liersch oder an Reisz verkauft hätte. Wenn dus genau wissen willst, da gab es gar nichts zu verkaufen, weil Reisz dich nie verdächtigt hat. Er wußte, daß bei Senger was faul war. Er hatte Sengers Sohn seit dem ersten Mord im Tiergarten im Verdacht, aber er konnte ihm nie was nachweisen. Deswegen mußte das Ganze jetzt auch über Liersch laufen. Reisz hat dabei einiges aufs Spiel gesetzt.«

Irgendwie mußte ich ihn falsch verstanden haben.

»Reisz? Reisz hat einiges ...«

Er grinste.

»Er hat mich nie verdächtigt?«

»Nein.« Er wühlte nach seinem Feuerzeug. »Reisz kannte die beiden anderen Fälle, in die Sengers Sohn verwickelt war. Er hat damals ermittelt. Und dann zeigte die Obduktion der Toten, daß es gewisse Unstimmigkeiten gab, nichts Zwingendes, aber genug, um Reisz merken zu lassen, was für eine Nummer sie abziehen wollten. Das erste Opfer ist vergewaltigt worden, bevor er sie erstochen hat. Dieselbe Vorgehensweise wie in den alten Fällen: Der Täter von damals hat ja auch versucht, seine beiden Opfer zu vergewaltigen, er hat es nur nicht geschafft. Aber die LaMotte ist umgebracht worden, ohne daß der Täter auch nur versucht hätte, ihr die Kleider vom Leib zu reißen. Anscheinend hat einer von Sengers ... Angestellten einen Fehler gemacht. Die dritte Leiche ist noch nicht untersucht worden, aber nach dem, was du gesagt hast, haben sie ihren Schnitzer bemerkt, deshalb haben sie bei ihr versucht, die Spuren zu vertuschen.«

»Wie paßt das zu dem, was Lohmeyer sagt? Daß Gehlenz alle drei ...?«

Schlesinger zuckte mit den Schultern.

»Keine Ahnung.«

»Weshalb hat Reisz die ganze Zeit so getan, als ob er mich verdächtigt?«

»Damit Senger ihm auf den Leim geht«, sagte Schlesinger. »Und um später, falls die Sache schiefgehen sollte, jemand zu haben, der gegen Senger aussagen kann. Vergiß nicht, daß es Senger war, der damit angefangen hat, den

Verdacht auf dich zu lenken. Reisz mußte sich nur dranhängen und darauf warten, daß Senger einen Fehler macht.«

»Was, wenn er keinen Fehler gemacht hätte? Was, wenn Senger mich hätte umlegen lassen, bevor er Reisz den Gefallen getan hätte, einen Fehler zu machen?«

Schlesinger sah auf die Straße.

»Deswegen hat Reisz sich die ganze Zeit bedeckt gehalten. Liersch zwischen dich und sich geschoben. Außerdem wußte Reisz, daß ich bei dir war.« Er zuckte mit den Schultern. »Es gab ein gewisses Risiko bei der Sache. Kein sonderlich großes, wenn du mich fragst, aber es sieht so aus, als ob Reisz dieses Risiko eingehen mußte.«

»Wer?« knirschte ich.

Schlesinger grinste.

»Reisz. Wer sonst?«

2. Es wurde hell, als Schlesinger in der Lausitzer hielt und mir half, Therese in die Wohnung und ins Bett zu bringen.

»Was ist mit Quilt?« fragte ich, als wir danach in der Küche standen.

»Lassen wir ihn noch ein bißchen schmoren«, sagte Schlesinger und schwenkte sein Glas. Das ganze Licht in der Küche schien sich in seinem Whisky zu sammeln wie im Brennpunkt einer Linse. »Quilt hat eine Menge Dreck am Stecken. Er hat Sengers Sohn gedeckt, und er hat Senger geholfen, dich in die Sache mit reinzuziehen. Reisz wird ihn sich morgen vornehmen.«

»Willst du ihn etwa die ganze Nacht bei den Ratten sitzen lassen?«

Schlesinger schüttelte den Kopf.

»Morgen ist vielleicht nicht mehr genug von ihm übrig. Ich bringe erst Lierschs Wagen zurück und sage dann Reisz Bescheid, wo sie ihn abholen sollen.«

»Werden wir irgendwelche Scherereien kriegen wegen Quilt?«

Schlesinger lachte, daß das Eis in seinem Whisky klingelte.

»Mit wem? Mit Reisz? Reisz weiß ganz genau, daß er sich nicht zu weit aus dem Fenster lehnen darf, wenn er nicht rausfallen will. Reisz schuldet dir was, vergiß das nicht.«

3. Es war fast halb fünf, als sie zum ersten Mal die Augen aufschlug. Sie waren immer noch grün. Tümpelgrün. Vielleicht waren sie sogar grüner als sonst, und sie hatten immer noch diese goldenen Schlieren.

»Sills«, sagte sie leise. »Wie kommst du...?«

Dann wurden ihre Augen weit und bodenlos.

Ich hatte eine unangenehme halbe Stunde hinter mir. Ich hatte versucht, mich oder das, was noch von mir übrig war, mit der Whiskyflasche zu messen, die in der Küche stand wie die Sünde selbst, und ich war nicht besonders gut weggekommen. In der Luft lag der schwache Whiskygeruch aus Schlesingers Glas. Ich roch sonst fast nichts mehr, aber Whisky konnte ich noch in den kleinsten Mengen wittern. Ich hatte das Fenster aufgemacht und den Tauben zugesehen, die auf den Fenstersimsen im Innenhof hockten, mit den Krallen unter sich scharrten und mich mit ihren blutroten Augen anstarrten, als ob sie mich von irgendwoher kennen würden. Dann hatte ich den Rest in der Flasche in den Ausguß gekippt. Der Whiskydunst hatte mich fast umgeworfen. Dann hatte ich eine Weile den Kopf unters kalte Wasser gehalten.

Ich legte ihr die Hand auf den Arm. Sie nahm sie und hielt sie sich ans Gesicht. Sie schwitzte, und ihre Stirn war fiebrig.

»Wo...«

»Psst«, sagte ich und legte ihr einen Finger auf den Mund. »Es ist vorbei. Es ist alles vorbei.«

Sie starrte mich an.

Ich beugte mich über sie. Sie drehte den Kopf weg.

»Du elendes Miststück«, sagte sie.

Die Standuhr im Flur schlug halb fünf. Ich wünschte mir, durchsichtig zu sein. Für eine Weile zu verschwinden. Verschwunden zu sein. Sie starrte mich immer noch an, als es an der Wohnungstür klingelte.

Es war Schlesinger. Er hatte sich mit einer Hand gegen den Türrahmen gestützt und keuchte.

»Sills«, sagte er. »Quilt.«

»Was ist mit ihm?«

»Ich bin...« keuchte er, »... zum Bunker zurück. Ich weiß nicht, ob es etwas zu bedeuten hat, aber...«

»Los, spucks schon aus.«

»Quilt ist weg. Er muß den Stuhl in die Ecke gerückt haben, zum Abflußrohr... Daran hat er dann das Band durchgescheuert.«

Es ließ mich ziemlich kalt.

»Sie werden ihn schon finden«, sagte ich. Ohne Geld konnte sich Quilt nicht lange verstecken, und Quilt war pleite. Sie würden ihn finden. Sie würden ihn eine Weile durch die Gegend scheuchen und schließlich in irgendeine Ecke treiben und stellen. Aber ich war mir gar nicht mal sicher, ob ich wollte, daß sie ihn fanden. Senger hatte ihn wahrscheinlich genauso in diese Sache reingezogen wie mich.

»Ich muß zurück in den Bunker«, sagte Schlesinger und sah zur Treppe. »Reisz wird gleich da sein. Wie gehts Therese?«

»Sie ist vorhin zu sich gekommen«, sagte ich.

Ich sah sie, wie sie im Schlafzimmer lag und mich anstarrte.

»Gut«, sagte Schlesinger und drehte sich zur Treppe um.

Ich schloß die Tür und ging zurück zum Schlafzimmer. Bei der Standuhr blieb ich stehen. Aus der Küche kam immer noch durchdringender Whiskydunst, den ich tagelang nicht aus der Nase kriegen würde. Aber was kümmerte ich mich eigentlich um den Whiskydunst in meiner Wohnung? Am Ende würde Therese hier wohnen, und ich würde mich wieder in mein Büro verkriechen. Zurück zu der durchgelegenen Couch, der Harper-Nummer und dem leisen Rieseln der Zeit. Zurück zu den Fliegen und dem Fliegenpapier und den Rechnungen, die ich jetzt vielleicht bezahlen konnte, was allerdings keinen großen Unterschied machte. Alles würde so sein, wie es Senger prophezeit hatte, ich konnte mir mit dem Geld nicht mehr kaufen als eine kurze Verschnaufpause.

Ich ging noch mal zur Wohnungstür und legte die Kette vor. Die ganze verdammte Wohnung stank nach Whisky. Und Schlesinger klingelte schon wieder. Ich drückte die Klinke nach unten. Im gleichen Augenblick schien mir die Tür entgegenzuspringen. Die Kette hielt sie auf, aber ich sah, daß das Holz unter der Halterung schon Risse hatte. Ich sprang einen Schritt zurück, dann wieder zur Tür, um mich dagegenzuwerfen. Aber ich war um den Bruchteil einer Sekunde zu langsam.

Die Halterung der Kette schlug mir gegen die Hand, als sie aus dem Türrahmen riß, ich stolperte und wurde gegen die Wand gedrückt und eingequetscht.

Er klemmte mich zwischen Tür und Wand ein, bis er in der Wohnung war. Dann stemmte er sich gegen die Tür. Ich hörte ein schnelles, lautes Röcheln, das mir in den Ohren dröhnte. Ich fragte mich, wie er röcheln konnte, ich war der einzige, der das Recht hatte zu röcheln, mit dieser Tür auf der Brust würde mir auf die Dauer gar nichts anderes übrigbleiben, als den Löffel abzugeben, bis mir aufging, daß das Geröchel schon von mir kam. Dann packte er meinen linken Arm, riß ihn fast ab und ließ die Tür los. Mir wurde schwarz vor Augen, und eine ganze Menge langer Nadeln bemühten sich um meine Lungenflügel. Irgendwie hatte ich keine Beine mehr. Aber wozu brauchte ich Beine? Ich schwebte, aber nicht lange. Da war die Wand. Sie stand im Weg, und ich schwebte mit dem Kopf auf sie zu. Vielleicht würde ich es schaffen, dachte ich. Es würde nicht leicht werden, aber ich würde es vielleicht schaffen. Mit seiner Hilfe. Mit Hilfe dieses Grinsens würde ich es irgendwie schaffen, mit dem Kopf durch die Wand zu kommen.

4. Es hockte vor mir. Es hockte im Zimmer. Es hockte, wohin ich sehen konnte. Auf dem Boden. Oben auf dem Schrank. Auf den beiden Stühlen an der Wand. Auf dem Bett. Es hockte auf mir, auf meinen Armen und Beinen. Es hockte in mir. Es hockte in meinem Hirn und grinste.

Das Grinsen bewegte sich. Griff nach mir. Es zog und zerrte links an meinem Gesicht. Wollte es verziehen. Wollte es wegziehen. Ich schlug mit der Hand danach, aber alles, was ich traf, war mein Gesicht. Es kicherte. Dann lag die Hand auf meinem Gesicht. Oder dort, wo früher mein Gesicht war. Ich hoffte, daß es immer noch da war. Irgendwo unter dem Verquollenen. Unter dem Blut.

Ich versuchte, den Kopf zu drehen, um Therese zu sehen, aber es war nicht mein Kopf, und er ließ sich nicht drehen. Er war angeschwollen und wog mehrere Tonnen. Vielleicht waren es auch mehrere Köpfe. Ich tastete mit der Hand nach Therese. Sie lag neben mir, mit dem Gesicht nach unten. Er hatte sie gefesselt. Ich machte mir an dem Strick zu schaffen, aber mit einer Hand kam ich nicht sehr weit.

Ich nahm die ganzen Köpfe und drehte sie um. Jede Menge Geröll schien in Bewegung zu geraten, und die Köpfe wollten plötzlich gar nicht mehr aufhören, durch die Gegend zu rollen. Das Bett drehte sich, und sie drehten sich immer schneller.

»Sills«, hörte ich ihn kichern.

Ich versuchte den Mund aufzumachen, aber meine Kiefer waren aufeinandergeschraubt.

Irgendwo in einem der vielen Köpfe stöhnte es.

5. Whisky. Er hatte die zweite Flasche aufgestöbert, die ich immer in Reserve hatte, und versuchte mir etwas von dem Zeug einzuflößen. Ich hustete. Spuckte. Schlug um mich und riß mich und meine Köpfe hoch. Sie mußten geschrumpft sein und ließen sich ohne große Schwierigkeiten hochstemmen, aber jetzt schwirrten sie durchs Zimmer wie riesige schwarze Fliegen. Ihre Körper dröhnten beim Fliegen. Ich fiel wieder nach hinten, aber die Köpfe schwirrten weiter in engen Kreisen durch die Gegend. Erst nach einer Weile wurden die Kreise weiter, und sie schienen zu Boden zu sinken. Dann waren sie verschwunden, vielleicht unters Bett gerollt. Ein letzter Rest Whisky lief mir aus dem Mund.

»Sills«, wisperte Quilt. Ich riet mehr, was er sagte, als daß ich es hörte. Vielleicht wisperte er wirklich. Oder das Dröhnen in den Köpfen unterm Bett war zu laut.

Er saß in einem Sessel neben dem Bett. Sengers Sohn sah aus wie ein Penner, der bessere Tage gesehen hat: Sein Hemd war aufgerissen, und durch die Risse schimmerte die weiße Haut. Sein Anzug hatte Risse und war fleckig, und an den Innenseiten der Ärmel war er blutbeschmiert. An seinen Manschetten hatte er Blut und an seinen Handgelenken. Er sah, daß ich das Blut gesehen hatte, und grinste. Dann schwenkte er den Whisky in der Flasche. Ich dachte an Quilt, wie er auf meinem Besucherstuhl gesessen und seinen Hut zerdrückt hatte.

»Dachte schon, Sie hätten sich endgültig verabschiedet«, wisperte er und schüttelte den Kopf. »Aber ich hätte es besser wissen müssen. Ich hätte wissen müssen, daß Sie sich nicht so einfach davonstehlen. Nicht Sie. Daß Sie Dinge immer auskosten wollen. Er sagte so etwas.« Er kicherte. »Er wußte schon, daß Sie das Angebot nicht annehmen würden.«

Er nahm einen Schluck aus der Flasche. Ich versuchte etwas zu sagen, aber die Schrauben in meinen Kiefern waren immer noch nicht losgedreht.

»Ich bin stolz auf Sie, Sills.«

Er tätschelte meinen Arm.

»Ich habe auf Sie gewartet. Unten im Bunker.« Seine Stimme hatte jetzt etwas Singendes. »Ich habe die ganze Zeit auf Sie gewartet, in diesem netten kleinen Bunker, in den Sie und Ihr netter kleiner Freund mit der Brechstange mich geschleppt haben, aber Sie wollten nicht kommen. Dann kam Ihr Freund«, sagte er kichernd. »Er war so freundlich, mir den Weg zu zeigen. Jetzt bin ich hier, um

Ihnen etwas zu zeigen, Sills. Etwas, dessen Ende Sie bestimmt nicht sehen wollen.«

Er stellte die Flasche neben den Sessel.

»Er ist tot, Quilt«, malmte ich. »Senger. Es ist vorbei.«

Zuerst war es, als ob er mich nicht gehört hatte. Dann lief es wie in Wellen durch seinen Körper. Ich dachte zuerst, er würde heulen, aber dann kicherte er wieder.

»Nennen Sie mich Senger.«

»Er ist tot«, sagte ich. »Der Alte ist tot. Es ist alles vorbei.«

Er grinste.

»Vorbei? Aber reden Sie doch nicht solchen Unsinn, was soll schon vorbei sein? Nur weil er tot ist?« Er schüttelte den Kopf. »Für Sie ist es noch lange nicht vorbei. Noch lange nicht. Für Sie nicht und für Ihre Freundin hier schon gar nicht. Nichts ist vorbei.«

Er nahm einen Schluck aus der Flasche und wischte sich mit der Hand über die Lippen.

»Wie ist er gestorben?«

»Er hat sich eine Spritze geben lassen, von Gehlenz.« Ich hatte Schwierigkeiten zu sprechen. Ich mußte mir bei der Begegnung mit der Wand auf die Zunge gebissen haben. »Aber als wir hinkamen, lebte er noch. Er hat behauptet, Gehlenz sei sein Sohn, und die Leiche, die damals als die seines Sohns identifiziert wurde, sei in Wirklichkeit Gehlenz' Leiche gewesen.«

»Und jetzt suchen sie Gehlenz?«

»Er wollte Ihnen noch einen Vorsprung verschaffen. Aber Reisz wird Gehlenz finden und rauskriegen, daß er nicht Sengers Sohn ist.«

Quilt schüttelte kichernd den Kopf.

»Nein. Nicht Gehlenz. Er wird Gehlenz nie finden.«

»Wie Quilt?«

Er kicherte. »Wie Quilt.« Seine fetten Finger huschten über die Lippen. »Er hat sie alle reingelegt.«

»Wie?«

Er beugte sich zu mir runter.

»Quilt ist verschwunden. Und dann bin ich Quilt geworden«, wisperte er. »Es war alles so... leicht. Die Polizei war es, die uns erst auf die Idee brachte. Sie kamen und sagten, ich sei tot. Im Wagen verbrannt. Vollkommen verkohlt. Sie hatten die Reste meiner Papiere gefunden. Es war mein Wagen, und es gab keinen Grund, anzunehmen, daß es die Leiche von Quilt war.« Er kicherte wieder. »Sie hatten keinen Grund, die Leiche mit Quilt in Verbindung zu bringen. Sie haben keine Ahnung, Sills, keine Ahnung.«

»Nicht Reisz«, sagte ich. »Reisz wußte immer, daß etwas faul war an der ganzen Sache.«

»Nichts wußte Reisz«, zischte Quilt und schlug mir auf den Arm. Die Idee gefiel ihm nicht. »Er ahnte vielleicht, daß etwas nicht stimmte, aber er wußte es nicht. Er weiß immer noch nichts.«

»Er wird es rauskriegen.«

»Nichts wird er rauskriegen«, keifte er. »Er wird zuerst hinter Gehlenz her sein, und dann wird er gezwungen sein, die ganze Sache fallenzulassen. Ab und zu wird er daran denken und sich verfluchen, weil er keinen einzigen Zeugen mehr hat.«

Ich schüttelte ein paar Köpfe. Es war ein Fehler, sie zu schütteln, ein Fehler, den ich in Zukunft nicht mehr begehen würde. Senger würde mir behilflich sein, ihn zu vermeiden.

»Sie werden ihn feuern. Er hat mich benutzt, um Sie dranzukriegen, und wenn ich dabei draufgehe, werden sie den Boden mit ihm aufwischen. Und dann wird er den Rest seiner Tage hinter Ihnen und Gehlenz her sein.«

»Ich werde schon mit ihm fertig, Sills.«

»Sie sind pleite. Wie wollen Sie mit ihm fertig werden?«

»Aber Sills, von Ihnen hätte ich mehr erwartet, gerade von Ihnen! Sollte ich sagen, wir werden mit ihm fertig?«

»Wir?«

»Gehlenz und ich.«

»Sie meinen...«

»Wir hatten einen Plan. Keinen besonders guten Plan, aber wir hatten schließlich nicht die Zeit, uns etwas Besseres auszudenken. Die Sache ist schiefgegangen, weil Sie nicht mitgespielt haben, das heißt aber nicht, daß wir nicht daran gedacht haben, daß etwas schiefgehen könnte. Sehen Sie sich«, sagte er und nahm etwas aus seiner Innentasche, »das hier an.« Es war ein gefaltetes Taschentuch. Er faltete es auseinander und zeigte mir ein paar platinfarbene Glieder eines Armbands. »Ich habe es bei mir, seit Sie und ihr Freund bei mir aufgetaucht sind. Alles wird am Ende so aussehen, als ob Gehlenz dahintersteckt. Es wird keine Fingerabdrücke geben. Alles wird aussehen wie sonst auch.« Er warf die Armbandglieder hinter sich. Sie prallten gegen die Wand und fielen zu Boden. »Gehlenz ist verschwunden, aber er wird wiederauftauchen, mit einem neuen Gesicht, neuen Papieren, und er wird eine Menge Geld haben. Ich werde eine Menge Geld haben.«

»Der Alte wußte schon, daß er sterben würde, als er mir das Angebot gemacht hat?«

Senger zuckte mit den Schultern.

»Er wußte, daß er sterben würde, ob Sie auf sein Angebot eingehen oder nicht. Er war am Ende. Er war schon lange krank.«

Er nahm wieder etwas aus seiner Innentasche. Es war ein Küchenmesser, ein kleines Messer mit schwarzem Griff. Es sah aus wie eins dieser Messer, die Sie in jeder Küche finden, nichts Besonderes, wenn Sie mal davon absehen, daß er mich damit abstechen wollte. Therese und mich. Und es würde nicht mehr lange dauern.

»Ich verstehe nicht, wie Sie sich über Nacht in Quilt verwandeln konnten«, sagte ich, um Zeit zu schinden. Senger fuhr sich wieder mit den Fingern über die Lippen. Er nahm die Flasche, setzte sie an und stellte sie wieder neben den Sessel.

»Sie haben ihn nicht gekannt. Quilt war auffällig. Eine Schwuchtel. Und ein elender Schwächling. Er war fett«, sagte er angewidert. »Fett.« Er schlug sich auf den Bauch und kicherte. »Irgendwann ist es mir aufgefallen, bei den Schauspielern. Je auffälliger sie aussehen, desto leichter ist es, ihr Aussehen zu imitieren. Sofort, nachdem er von meinem kleinen Unfall erfahren hatte, ist Quilt zusammengeklappt. In unserem Haus. Er konnte nicht einmal zu Sengers Beerdigung gehen. Keiner hat sich darüber gewundert. Keiner kam auf die Idee, ihn zu besuchen, nach dem Nervenzusammenbruch. Hatte immer was für mich übrig, der Arme. Er mußte behandelt werden. Er ist dann für ein paar Monate in einer Klinik verschwunden. Sehr privat. Abgelegen. Keine Besucher. Gute plastische Chirurgie, gutes Essen. Eine Menge Essen. Danach sah ich Quilt ähnlich, aber nicht ähnlich genug. Ich ging für eine Weile weg. Verreiste. In eine andere Klinik. Das, was sie bis dahin mit mir angestellt hatten, war nicht angenehm, aber der Teil, der danach kam, war ekelhaft. Ich mußte fressen, fressen und wieder fressen. Als ich zurückkam, sah ich aus, als hätte man mich aufgeblasen. Das fette Schwein, das sie aus mir gemacht hatten, sah genauso aus wie das, was die anderen immer in Quilt gesehen hatten. Keiner hat gesehen, daß noch etwas unter dem Fett steckte.«

»Ich bin Ihnen genauso auf den Leim gegangen wie die anderen.«

Die Klinge des Messers in seiner rechten Hand zeigte mit der Spitze auf mich. Er beugte sich vor.

»Weil Sie schwach sind, Sills. Weil Sie jedem glauben, der genauso ein Schwächling ist wie Sie. Schwächlinge glauben immer nur anderen Schwächlingen. Von den Starken werden sie angezogen, aber sie schaffen es einfach nicht, über ihren Schatten zu springen. Sie müssen ihnen mißtrauen. Deshalb vertrauen sie auf die anderen Schwächlinge.«

Er griff mit der linken Hand nach der Flasche.

»Ich verstehe nicht...«

Die Hand hielt inne.

»Ich verstehe nicht, was Senger sich von der ganzen Sache versprochen hat. Davon, Sie in Quilt zu verwandeln.«

»Er wollte mich aus dem Haus haben. Der Alte«, sagte er und griff wieder nach der Flasche, »er hat mich gehaßt. Meinte, ich sei krank. *Krank*, Sills. Er hat mich gehaßt, weil er wußte, daß ich ein Teil von ihm war.« Er grinste. »Fleisch von seinem Fleisch. Und aus dem gleichen Grund, aus dem er mich nicht bei sich haben wollte, konnte er mich auch nicht gehen lassen. Sein eigen Fleisch und Blut«, höhnte er.

Dann setzte er die Flasche an.

Ich wußte, daß es nur diesen einen Versuch geben würde und daß ich keine gute Karten hatte, weil ich es mit der linken Hand schaffen mußte. Verdammt, ich wußte nicht einmal, wo meine linke Hand war oder ob ich überhaupt noch eine hatte. Mit der rechten griff ich nach der Flasche. Senger sah es und drehte sich nach rechts, um mit dem Messer zuzustechen. Er drehte sich zu mir, beugte sich vor, um mir zuvorzukommen, und spießte meine Hand auf. Ein stechender Schmerz durchzuckte mich. Es war ein guter Schmerz. Ein Schmerz, der mich an meine linke Hand erinnerte. Und an die beiden Finger an meiner linken Hand. Er riß seine wäßrig-blauen Augen weit auf, als er begriff, was ich wirklich vorhatte, aber es war zu spät.

Er wußte schon, daß es zu spät war, als ich meine Finger in das wäßrige Blau bohrte.

Siebzehntes Kapitel

1. Ich hatte eine schwere Gehirnerschütterung, eine leichtere Schädelfraktur, die aber eigentlich nur ein Riß in meinem Dickschädel war, ein paar Stichwunden, einen Magendurchbruch, und meiner Zunge fehlte ein Stück, das ich abgebissen haben mußte, als ich der Wand zu nahe gekommen war. Ich weiß nicht, ob sich jemand die Mühe gemacht hat, danach zu suchen, jedenfalls ist das Stück nie wieder aufgetaucht. Ich nehme an, das macht mich zu so was wie einem Kannibalen. Vielleicht denken Sie dran, wenn Sie mir mal begegnen.

Als ich am nächsten Tag langsam aus der Narkose kam, starrte ich in das verschwommene Gesicht eines alten Mannes, der sich mir als mein Bettnachbar vorstellte und mir erklärte, daß der Tod auf ihn lauere, und zwar in der Klimaanlage. Ein säuerlicher Geruch ging von ihm aus, und in dem Zimmer war es heiß wie in einem Treibhaus. Als ich ihn bat, das Fenster aufzumachen, sprang er auf einen Sessel, der in einer Ecke des Zimmers stand, und schrie, ob ich ihn umbringen wolle.

Mit Sengers Geld leistete ich mir ein vollklimatisiertes Zimmer mit Blick auf den Urbanhafen und den Rest des Sommers, ein Zimmer ohne Nachbarn. Ich wollte nichts als meine Ruhe haben, aber nachdem sie mich zweimal aufgeschnitten hatten, um mir den Magen wieder zusammenzuflicken, fand ich mich statt dessen in einem Taubenschlag wieder. Draußen auf der Uferböschung dorrte das Gras vor sich hin. Die Hitze war fast sichtbar. Die Leute liefen halbnackt durch die Gegend und kamen dabei von Tag zu Tag langsamer voran. Meine Klimaanlage spuckte Wasser durchs Zimmer, und die Luft roch entfernt wie in einem Leichenschauhaus. Irgendwie schien sich mein Geruchssinn wieder eingestellt zu haben.

Therese kam jeden Tag. Jeden gottverdammten Tag.

Manchmal kam sie zweimal am Tag, und das machte es nicht besser. Ihre Haut wurde immer brauner, und der Flaum dünner Haare auf ihrer Haut war so blond wie im letzten Sommer, ihre Augen wurden langsam dunkelgrün, und sie nützte meine Lage schamlos aus und zeigte mir eine Menge von ihrer Haut. Von Tag zu Tag schien sie mehr davon zu haben. Wenn sie sich mir gegenübersetzte, wurde ich fast verrückt. Glücklicherweise hatte ich die Gehirnerschütterung, den Magendurchbruch und die täglichen Ablenkungen durch die Behandlung. Aber ich wußte, daß mich das nicht ewig schützen würde. In der vierten Woche behauptete der Arzt, daß ich die Gehirnerschütterung überstanden hatte, so daß mir nur noch der Magen blieb, um mich von Dummheiten abzuhalten. Aber irgendwas stimmte immer noch nicht mit meiner Denkanstalt, denn ich erwischte mich dabei, wie ich mit Therese darüber redete, ob wir es nicht doch noch mal versuchen sollten. Sie war einverstanden, daß ich wieder bei ihr einzog.

Schlesinger kam am Anfang nur jeden zweiten Tag. Er fing immer wieder damit an, daß er es gewesen sein mußte, der Senger den Weg zu meiner Wohnung gezeigt hatte. Ich sagte ihm, Senger hätte mich so oder so gefunden. Dann kam er eines Tages mit Reisz. Der Geruch der kalten Zigarre, die Reisz in der Hand hatte, drehte mir die Reste meines Magens um. Nicht einmal der Leichengeruch der Klimaanlage kam dagegen an. Sie hatten noch keine Spur von Gehlenz. Anscheinend war die Flucht von langer Hand vorbereitet worden. Der Rest der Bande saß hinter Gittern und wartete wie die Berg darauf, daß ich als Zeuge gegen sie auftreten konnte. Sengers Sohn lag in einer Augenklinik. Eine Weile hatten sie gehofft, wenigstens eins seiner Augen retten zu können, aber inzwischen war klar, daß er für den Rest seiner Tage in der Finsternis leben würde. Reisz meinte, daß er Schlesinger gefolgt sein mußte. Ich sagte, das hätte nichts zu heißen, ein Blick ins nächstbeste Telephonbuch hätte es ebenfalls getan. Schlesinger sah für einen Augenblick erleichtert aus. Dann

sagte Reisz, daß ich in meiner Wohnung kein Telephon hätte. Seither kam Schlesinger jeden Tag.

Leyfeldt kam. Er schien verlegen zu sein, und ich mußte ihn erst ein bißchen beschimpfen, um ihn in Stimmung zu bringen. Ich fragte ihn, ob er jetzt so weit heruntergekommen wäre, daß er sich als Spezialist für Kunstfehler auf den Fluren der Krankenhäuser rumdrücken mußte. Leyfeldt, der Leichenfledderer. Er lachte. Ich lachte mit, aber nicht allzulang, wegen meines Magens. Er freute sich ein bißchen zu lange. Ich konnte sehen, daß ihm irgendwas auf seiner Anwaltsseele lag. Ich ahnte, was es war, aber ich wollte nicht davon anfangen.

Noch nicht.

Liersch kam und brachte mir eine Tüte mit, die er in einem merkwürdigen Winkel von sich weghielt. Es sah so aus, als ob in der Tüte etwas Ansteckendes wäre, aber er sagte, es wären nur Pfirsiche vom Türkenmarkt. Als ich nachsah, fand ich eine Menge Pfirsiche und einen Umschlag mit den drei Tausendern, die ich ihm für die Akte gezahlt hatte. Sie hatten nicht mal Flecken abgekriegt.

Weller kam in einem nüchternen Augenblick. Unrasiert, mit blutunterlaufenen Augen und einem Gesicht, so bleich wie ein Leichentuch. Er brachte mir eine Flasche Aquavit mit, die er leerte, während ich ihm von meinem Magen erzählte. Dann erzählte er mir ein bißchen von seinem Magen, aber bevor ich ihm anbieten konnte, noch ein Bett in mein Zimmer stellen zu lassen, hatte er sich schon wieder aus dem Staub gemacht. Nach Sengers Ableben war Venus Films am Ende. Es war nur noch eine Frage von Tagen, und er würde auf der Straße sitzen. Diese Aussicht schien ihn allerdings nicht weiter zu betrüben. Immerhin hatten sie dafür die Berg eingekerkert.

Willy kam, hinter Cillys Rücken natürlich. Er fühlte sich für alles verantwortlich, was mir passiert war. Er sagte, es würde ihm leid tun, aber ich müßte das Ganze von seinem Standpunkt sehen, er würde schließlich nicht jünger. Ich stimmte ihm zu. Als Penner hatte ich wesentlich bessere Aussichten als er.

Dann kam Cilly, hinter Willys Rücken. Sie brachte mir einen Topf mit Thereses Stachelbeermarmelade mit, den ich neben Thereses Topf mit Thereses Stachelbeermarmelade stellte, um später die Schwäne unten im Landwehrkanal damit zu vergiften. Sie schimpfte und heulte, bis ich ihr erzählte, daß Willy ebenfalls da gewesen war. Danach schimpfte sie nur noch.

Charlotte schickte einen Geschenkkorb.

Es kamen noch mehr. Ein paar von denen, die kamen, würden Sie nicht mal mit der Zange anfassen wollen, deshalb lasse ich sie hier unter den Tisch fallen. Mit ein paar von meinen Besuchern wollte noch nicht mal ich was zu tun haben. Zum Beispiel mit Kling. Er kam, um mich an die Miete zu erinnern. Ich schuldete ihm inzwischen fast viertausend und gab ihm fünf für die Zeit, die ich noch in meinem Einzelzimmer liegen würde. Dann geigte ich ihm die Meinung wegen Therese, drohte ihm an, daß ich ihm ein paar Knochen brechen würde, und warf ihn hinaus.

Es ist merkwürdig, was der Anblick eines wehrlosen, an sein Bett gefesselten Kranken bewirkt. Er bewirkt nicht, daß ihm das Mitgefühl in hohen Wogen entgegenschlägt, wenn es das ist, was Sie vielleicht denken. Vielleicht bin ich ja schief gewickelt, aber wenn das, was mir entgegenschlug, Mitgefühl sein sollte, nahm es ziemlich merkwürdige Formen an.

Schlesinger kam und schüttete sein Herz bei mir aus. Sein Bürobürschchen war ihm durchgebrannt, in die Staaten, in die Arme irgendeines holzfällenden Beaus von der grobgeschnitzten, großkarierten Sorte. Ich fragte Schlesinger, ob er sein Holz vielleicht in Missoula, Montana, fällte, und Schlesinger sah mich an, als ob ich etwas mit der Sache zu tun hätte. Ich erklärte ihm, daß die Schuld nicht bei mir, sondern nur bei meinem Telephon zu suchen war. Wenigstens hatte Senger die Rechnung bezahlt, nicht ich.

Leyfeldt schüttete sein Herz bei mir aus. Seine Frau, die mit der Perlenkette, hatte ihn verlassen, sie war zurück zu ihrer Mutter und ihren Beruhigungsmitteln. Sie beschuldigte ihn, ihr Leben ruiniert zu haben, und vermutlich lag sie damit nicht mal ganz daneben. Für ihn war sie nicht viel mehr gewesen als eine Trophäe, die er sich gerahmt auf den Schreibtisch stellen konnte, um zu beweisen, wie weit er es gebracht hatte. Ich gratulierte ihm zu dem Verlust, und Leyfeldt trug es mit Fassung. Immerhin konnte er sich eine Scheidung leisten.

Reisz kam ein zweites Mal, weil ich meine Aussage unterschreiben mußte, blieb, taute auf, zündete sich eine Zigarre an und schüttete sein graues Herz aus. Seit Jahren verbrachte er die meisten Nächte auf einer Couch, die im Wohnzimmer seines erst halb abbezahlten Reihenhauses in Tegel stand. Ich wollte ihm die Couch in meinem Büro anbieten, aber er sagte, es ginge nicht um die Couch, die Couch in seinem Wohnzimmer sei schon in Ordnung, es ginge darum, daß er sich eine Scheidung nicht leisten konnte.

Ich kam mir langsam vor wie der Kübel für Reste. Wer weiß, vielleicht hätte sich am Ende sogar Kling noch dazu hinreißen lassen, ein paar Worte über sein Unglück zu verlieren, über die vergeblichen Versuche, an Therese herumzufummeln. Aber bevor es dazu kommen konnte, hatte ich ihn schon hochkant rausgeworfen.

Oskar kam, unser Hausfaktotum und -trinker. Er saß auf dem trockenen und wollte sich einen Zwanziger leihen. Otto kam, mein alter Trainer, und fragte, wann ich wieder mit dem Sparring anfangen würde. Ich lachte, bis sich mein Magen verkrampfte.

2. Im September ließen sie mich endlich gehen. Der Sommer zog sich hin. Das Gras unten auf dem Rasen war gelb wie die Verzweiflung, und wenn ich eins meiner Fenster aufgemacht hätte, hätte ich das Wasser gerochen, das im Landwehrkanal vor sich hinfaulte.

Es war ein Mittwoch, und ich sollte um eins entlassen werden. Therese wollte kommen und mich abholen. Um elf stand der Chefarzt mit seinen ganzen Hofschranzen im Zimmer, um sich anzusehen, weswegen er mir, einem der privatesten seiner Privatpatienten, eine Rechnung über dreizehntausend Mark ausgestellt hatte. Oder hatte ausstellen lassen. Er war durchaus zufrieden mit seinen Leistungen. Auch die Hofschranzen waren zufrieden mit seinen Leistungen. Sogar ich war zufrieden mit seinen Leistungen, weil ich mir mehr davon einfach nicht mehr leisten konnte.

Als sie gingen, stand Leyfeldt in der Tür. Mit seinem Armani-Anzug sah er nach dem ganzen Geld aus, das ich brauchen würde, um meinen Krankenhausaufenthalt zu bezahlen. Sein Anblick schien den Chefarzt zu beruhigen. Er nickte zuerst mir zu, dann Leyfeldt. Geld unter sich.

»Wie gehts, Sills?« fragte Leyfeldt.

»Kann nicht klagen.«

Ich konnte wirklich nicht klagen, nur ab und zu hatte ich noch das Gefühl, daß sie mir einen künstlichen Magen verpaßt hatten. Oder eine Kühltasche als Magen.

»Fahren wir?« fragte Leyfeldt.

Ich nahm die Tasche, die Therese mir gebracht hatte, und packte meine Habseligkeiten ein. Ich steckte wieder in Schlesingers Klamotten.

»Fahren wir.«

Leyfeldt fuhr zum KuDamm und parkte den Wagen in einer Tiefgarage in der Lietzenburger. Auf der Fahrt hatten wir außer der ein oder anderen Belanglosigkeit kaum ein Wort gesprochen. Nico war tot, bei einer Radtour auf Ibiza am Hitzeschlag gestorben. Wir legten eine Schweigeminute ein. Leyfeldts Frau hatte die Scheidung eingereicht, und er wollte mir seine beiden Karten für ein Bartók-Konzert aufschwatzen.

»Weiß sie, daß du kommst?« fragte er, als er den Wagen abschloß.

»Sie weiß, daß ich irgendwann bei ihr auftauchen werde. Sie hat sich die ganze Zeit nicht blicken lassen.«

»Laß dich zu nichts hinreißen«, sagte er. »Bloß keine gebrochenen Nasen.«

3. Charlotte stand schon, als uns die Sekretärin in ihr Zimmer durchließ. Sie war eine ziemlich beeindruckende Erscheinung, fast so groß wie ich, aber wesentlich besser erhalten. Keine Narben, Kratzer und Schrammen. Aber das war nur die Schale. Ihre Schale war vielleicht weniger rauh als meine, aber der Kern war genauso hart. Oder härter.

Sie war auf eine fast angeborene Art elegant. Sie trug einen grauen Herrenanzug, der noch teurer zu sein schien als der, den Leyfeldt am Leib hatte, ein weißes Hemd und Krawatte. Keinen Schmuck, keine Schminke. Sie brauchte keine.

Sie stand nicht nur, sie kam uns sogar entgegen, eine Auszeichnung, die kaum einem ihrer Mandanten je zuteil wurde. Hinter ihr, auf der anderen Straßenseite, lag die Griesebach-Villa, eins der Prachtstücke der Fasanenstraße. Sie wirkte nicht überrascht und nicht im mindesten verlegen, obwohl ich Leyfeldt im Schlepptau hatte und sie keine Ahnung haben konnte, weshalb.

»Nicht übel«, sagte ich. Ich stand an dem riesigen Bogenfenster, mit dem Rücken zu ihr.

»Gut, dich zu sehen, Sills«, sagte sie, und es klang ganz so, als ob sie meinen würde, was sie da sagte. Aber sie sagte es zu Leyfeldt. »Ich weiß, ich hätte selbst kommen sollen, aber Krankenhäuser haben etwas an sich, das mich krank macht.«

»Klar«, sagte ich. »Danke für den Korb.« Sie lachte. Ich drehte mich um. Sie stand an ihren Schreibtisch gelehnt, die Arme vor der Brust verschränkt.

»Gut, daß du wieder unter den Lebenden bist«, sagte sie, wieder mit einem Seitenblick auf Leyfeldt. »Du bist genau zur richtigen Zeit gekommen. Es ist eine Menge liegengeblieben. Du wirst ziemlich viel zu tun haben.«

»Ach ja?«

»Ja«, sagte sie mit einem Lächeln. »Du wirst dich sicher erst mal erholen wollen, aber irgendwann sollten wir anfangen, ein paar Pläne zu machen.«

Ich sah sie eine Weile an.

»Pläne?«

»Sicher, Pläne. In letzter Zeit haben sich ein paar Sachen ergeben …«

»Senger sagte, daß sich nichts mehr in der Richtung ergeben würde.«

»Senger?«

»Der alte Senger.«

»Ich verstehe nicht, was Senger damit zu tun hat.«

»Ich habs auch nicht verstanden, als er es gesagt hat. Aber dann hat er noch etwas gesagt.«

Sie sah mich an.

»Ja?«

»Ich glaube, es war, nachdem die LaMotte in ihrem Hängeboden gefunden worden war. Er sagte, daß Reisz mich für beide Morde drankriegen würde, für den an der LaMotte und für den ersten, an der Frank.«

»Ich verstehe nicht ganz, worauf du hinauswillst«, sagte sie und sah mich an. »Du glaubst doch nicht, daß ich etwas mit dieser Sache zu tun habe?«

»Wer hat dich angerufen? Ich meine, als erster?«

Sie dachte eine Weile nach. Dann sagte sie: »Quilt.« Dann verbesserte sie sich. »Senger, meine ich. Aber damals wußte ich noch nicht, daß Quilt Sengers Sohn war.«

»Und er hat dir nicht gesagt, daß er eine Leiche bei sich liegen hatte?«

»Ach, Sills«, sagte sie. »Senger war mit den Nerven am Ende. Bevor ich etwas einwerfen konnte, hatte er es schon ein paarmal gesagt. Aber mir war klar, daß ich ihn nicht verteidigen würde …«

»Dafür hattest du ja mich«, sagte Leyfeldt.

Sie drehte sich zu ihm.

»Was willst du? Was hätte ich tun sollen? Hätte ich ihm nicht den besten Strafverteidiger empfehlen sollen, den ich kenne?«

»Aber ja, selbstverständlich«, sagte Leyfeldt, »den besten Strafverteidiger, wen sonst? Besonders, wenn der beste Strafverteidiger, den du kennst, gleichzeitig mit dem befreundet ist, dem die ganze Sache angehängt werden soll.«

»Ich hatte keine Ahnung von dem, was Senger vorhatte.«

»Wir hatten alle keine Ahnung«, sagte ich.

»Nein, wir hatte alle keine Ahnung. Senger hat mich genauso benutzt, wie er dich benutzt hat, Sills. Und vielleicht sogar dich«, sagte sie zu Leyfeldt.

»Tja«, sagte ich und ging vom Fenster weg, »damit ist eigentlich alles klar. Bis auf eine Kleinigkeit.«

»Ja?«

»Woher konnte Senger wissen, daß er mich benutzen konnte? Woher konnte er wissen, daß ich nicht beweisen konnte, wo ich war, als die Frank umgebracht wurde?«

»Ich weiß es nicht, Sills. Vielleicht hatte er einfach keine andere Wahl. Vielleicht hätte er die ganze Sache abgeblasen, wenn er festgestellt hätte, daß du ein Alibi hast.«

»Ich denke, er wußte, daß ich keins habe.«

»Woher hätte er das wissen sollen?«

»Woher wohl, Charlotte? Woher, wenn nicht von dir?«

Sie riß die Augen weit auf.

»Von mir?«

»Von wem sonst?«

»Sills, bitte, woher hätte ich wissen sollen, daß du kein Alibi hast?«

»Das ist es ja gerade, du hast es nicht gewußt«, sagte ich. »Nicht, als der alte Senger dich das erste Mal angerufen hat. Zuerst hast du nur gewußt, daß ich nicht mehr in meiner Wohnung wohne. Und daß ich ein bißchen heruntergekommen bin und dringend Geld brauche. Dann hast du einen Fehler gemacht. Erinnerst du dich noch an Donnerstag morgen?«

Wir sahen uns eine Weile an. Es wurde sehr still im Zimmer. Charlotte wußte, daß ich ihr nicht glauben würde, daß sie nichts mit der Sache zu tun hatte.

»Was will Leyfeldt hier?«

»Ich habe ihn gebeten mitzukommen. Wenn ich daran denke, wie du mich reingelegt hast, werde ich unruhig, und Leyfeldt hat so etwas wie einen beruhigenden Einfluß auf mich.«

»Du kannst nichts von dem, was du da behauptet hast,

beweisen«, sagte sie, aber ihr Gesicht sagte, daß sie sich nicht sicher war.

»Weshalb sollte ich irgendwas davon beweisen wollen?«

»Ich weiß nicht. Weshalb solltest du irgend etwas davon behaupten wollen? Wenn du nichts davon beweisen kannst, solltest du dir diese Hirngespinste vielleicht besser aus dem Kopf schlagen, sonst ...«

Sie hatte ihr Gesicht wieder im Griff.

»Sonst?«

»Nichts sonst.«

»Nicht doch, Charlotte. Senger und seine Schergen haben mir in letzter Zeit so oft gedroht, daß es mir schon fehlt.«

»Was willst du?«

»Was ich will?« Ich sah Leyfeldt an. »Ich weiß es nicht. Weißt du, was ich will, Charlotte?«

Sie sah mich an, und das Geschäftsmäßige in ihren Augen sprach Bände. Über mich. Bände, in die ich keinen Blick werfen wollte.

»Was wirst du schon wollen?« sagte sie, und ein abschätziges Lächeln irrte für einen Augenblick über ihr Gesicht. »Oder sollte ich sagen: *wieviel?*«

Ich drehte mich wieder zum Fenster und sah raus auf die Fasanenstraße. Auf der Straße stauten sich die Wagen, weil ein Jaguar versuchte, vorwärts einzuparken.

»Sills will, daß du verschwindest. Er will, daß du ihm nie wieder über den Weg läufst«, sagte Leyfeldt. »Es war unklug genug von ihm, sich mit dir und deinen Freunden einzulassen, aber er war nicht so dumm, sich nicht abzusichern.«

»Ich verstehe nicht ...« sagte sie.

»Nein?« Leyfeldt lächelte sie an. Sein Lächeln erinnerte mich an ein Filetiermesser.

»Er hat immer, wenn er Unterlagen für dich vernichten sollte, einen Teil davon behalten.«

Charlotte starrte mich an.

»Was kann er damit schon anfangen? Er würde sich selbst belasten, wenn er sie jemandem zeigen würde.«

»Sicher«, sagte ich. »Sicher. Aber für den Augenblick kannst du davon ausgehen, daß mich das nicht die Bohne interessiert. Und dann darfst du eins nicht vergessen: Im Vergleich zu dir habe ich nichts zu verlieren.«

Wir starrten uns eine Weile an.

»Was soll das heißen, daß ich dir nie wieder über den Weg laufen soll?« fragte sie.

»Genau das. Daß ich dir nie wieder begegnen will, nicht mal durch Zufall, nicht mal im Vorbeigehen auf der anderen Straßenseite. Das gleiche gilt übrigens auch für Leyfeldt. Wir wollen dich hier nicht mehr sehen. Wie du das anstellst, bleibt dir überlassen. Vielleicht kannst du einfach hinter deinem Schreibtisch sitzen bleiben, die Wand anstarren und warten, bis du verschimmelt bist. Oder du kannst von hier verschwinden.«

Der Kretin im Jaguar, wenn es Kretins im Jaguar gibt, hatte sich hoffnungslos verkeilt. Es sah jetzt so aus, als ob er nicht vorwärts ein-, sondern rückwärts ausparken wollte. Die anderen Fahrer veranstalteten das übliche Hupkonzert.

Ich sagte leise: »Senger hat die LaMotte und die Berger umbringen lassen, nur um sich und seinen Sohn zu schützen und mich reinzureiten. Er hat Therese entführt, und wenn er es geschafft hätte, mich dadurch zum Mitspielen zu zwingen, hätte er auch sie umbringen müssen.« Ich ging zur Tür. »Sollte ich dir je wieder über den Weg laufen«, sagte ich und sah sie ein letztes Mal an, »irgendwo, wo auch immer, Charlotte, und sollte ich dich auch nur aus der Ferne sehen, kannst du dich drauf verlassen: Ich halte mich nicht erst damit auf, irgend jemandem irgendwelche Unterlagen zu zeigen.«

Irgendwie kam mir die Tür plötzlich so klein vor, daß ich mir nicht vorstellen konnte, durch sie durchzugehen. Leyfeldt schob mich vor sich her, und irgendwann standen wir dann draußen auf der Straße, wo sich ein paar Luxuslimousinenbesitzer mit hochroten Köpfen gegenseitig anbrüllten. Ich habe keine Ahnung, wie er es anstellte, mich durch diese Tür zu kriegen.

4. Leyfeldt hielt in der Lausitzer neben meinem schwefelgelben Chevrolet, den ich fast nie fuhr, weil er anderthalb Parklücken und eine Unmenge Sprit brauchte. Therese hatte ihn von Johnny abgeholt, damit er wenigstens noch eine Weile in der Lausitzer vor dem Haus stehen konnte, bevor meine gutgebauten Freunde wieder ankamen, weil ich die Raten nicht bezahlte.

Sie kam gerade über die Straße. Leyfeldt und ich stiegen aus, und sie kam auf uns zu. Sie lächelte Leyfeldt zu und knirschte mich dabei an: »Ich komme gerade aus dem Krankenhaus.«

»Ich auch«, sagte ich und dann: »Das ist Leyfeldt.« Aber es zog nicht.

»Hab ich mir schon gedacht«, sagte sie. Sie gaben sich die Hand.

»Ach ja?« sagte ich.

»Ja«, sagte sie.

Leyfeldt räusperte sich: »Ich kann nicht sagen, daß Sills mir viel von Ihnen erzählt hat, Frau ...«

»Ossowski«, sagte sie mit einem Seitenblick zu mir.

»..., und jetzt verstehe ich auch langsam, weshalb.«

Er hatte eine Menge gelernt, seit ich ihn mit meinen Begleiterinnen verkuppeln mußte.

Therese lächelte ihn auf ihre ganz eigene Art an. Es ist ein Lächeln, das Sie an die nächstbeste Wand nagelt, wenn in Ihnen noch ein letzter Rest Leben ist, aber Leyfeldt hielt ihm stand. Keine Ahnung, wie er das anstellte, ich hielt es jedenfalls nicht mehr aus.

Ich gab Leyfeldt die Hand.

»Ohne dich hätte ich nichts gegen sie in der Hand gehabt«, sagte ich.

»Sieht so aus«, sagte er.

Ich hatte natürlich nie auch nur ein einziges Blatt von den Unterlagen, die ich für Charlotte oder ihre Bekannten vernichten sollte, beiseite geschafft.

Leyfeldt schüttelte den Kopf. Dann sah er wohl etwas in meinen Augen, das wie eine gebrochene Nase aussah, nickte Therese zu und schlüpfte ziemlich schnell in seinen Wagen.

»Weshalb ist er so schnell verschwunden?« fragte sie.
»Er hatte Angst.«
»Angst? Wovor hatte er Angst?«
Ich sah sie an.
»Vergiß es.«

5. Nachdem wir den Krach, der anstand, hinter uns hatten, liebten wir uns. Dann fuhr ich mit Therese in meinem Chevy zum KuDamm und kaufte ihr ein Kleid. Danach war es sechs Uhr durch, und wir fuhren zurück und gingen ins Exil essen. Es war nicht viel los. Zwei Punker, die irgendwie zu Geld gekommen waren, versuchten, zum Frühstück falschen Hasen zu essen, ohne sonderlichen Erfolg. Der Kellner und Charlie, der betrunkene Haushund, tanzten Charleston. Danach gingen wir wieder in die Wohnung und liebten uns, bis Therese schließlich einschlief.

Ich stand auf und zog mich an. Von den zwanzigtausend, die Senger mir gegeben hatte, waren noch genau hundertdreiundfünfzig Mark übrig. Ich ging aus der Wohnung, wollte wieder zurück, weil ich meine Zigaretten vergessen hatte, und mußte feststellen, daß ich keinen Schlüssel für das neue Sicherheitsschloß hatte.

Ich ging über die Straße und die Lausitzer runter bis zum Reichenberger Eck. Drinnen legte ich den Rest von Sengers Geld auf die Theke und sagte Willy, daß er seine Stammtrinker eine Weile bei Laune halten sollte.

In meinem Büro war seit Wochen nicht mehr gelüftet worden. Ich wischte die toten Fliegen vom Fensterbrett, machte das Fenster auf und ging auf die Suche nach einer Flasche. Auf meiner Registratur lagen immer noch die Überreste von Quilts Hut. Oder von Sengers Hut. Ich nahm sie und warf sie in den Papierkorb. Auf dem Schreibtisch stapelten sich ein paar Briefe und eine Menge Prospekte. Ich schmiß die Prospekte auf den Hut. Einer der Briefe war von einem Anlageberater, der wahrscheinlich keinen Stadtplan hatte. Der Rest waren unbezahlte Rechnungen. Sie würden für eine Weile unbezahlt bleiben müssen.

Achtzehntes Kapitel

Ein paar Wochen nach der ganzen Sache packte ich Thereses Koffer, meinen alten Plattenspieler und die zerkratzten Bartók-Platten und zog wieder in mein Büro.

Schlesinger sagte, wenn ich wollte, könnte ich für ihn arbeiten. Allerdings würde ich für eine Weile als Senker arbeiten und mir eine entsprechende Legende zulegen müssen. Ich hatte keine Ahnung, was ein Senker war, aber es war mir egal. Ich hatte die Rechnungen, und ich mußte wollen.

Ein halbes Jahr später war ich Senker und hauste mit Thereses Koffer in der Pfuelstraße, damit mich niemand mit Schlesinger in Verbindung bringen konnte. Leyfeldt war schon eine Weile geschieden und gerade im Begriff, wieder zu heiraten, und ich wäre mit Sicherheit ein besserer Trauzeuge gewesen, wenn er nicht ausgerechnet Therese geheiratet hätte. In der Nacht vorher war ich mit Weller durch die Bars gezogen und hatte versucht, mit ihm mitzuhalten. Um elf am nächsten Tag war ich immer noch betrunken, aber nicht betrunken genug. Weller hatte ich in den frühen Morgenstunden irgendwo verloren. Mit mir hatte ich weniger Glück gehabt. Es brauchte eine Menge Kaffee, um mich wieder auf die Beine zu bringen, und einen Schlag von Leyfeldt, um mich daran zu erinnern, was sich gegenüber einer Braut gehört. Ich war vielleicht der erste Trauzeuge in der Geschichte des Standesamts, der im Verlauf der Trauung ein Veilchen bekam. Mit Sicherheit war Leyfeldt der erste Bräutigam, der die ganze Sache mit einer gebrochenen Nase durchstand.

Wieder ein halbes Jahr später stand alles kopf. Botschaften wurden besetzt, und Züge rollten durch abgesperrte Bahnhöfe gen Westen.

Ich kümmerte mich nicht darum. Ich schleppte Särge,

klebte wieder am Boden der Flasche, und mein Magen schien sich endgültig davonstehlen zu wollen.

Dann mußte Schlesinger dran glauben.

Aber das steht auf einem anderen Blatt.